mtb

Umwelthinweis:
Dieses Buch wurde auf chlor- und säurefreiem Papier gedruckt.

Susanne Schomann

Wilder Wacholder

Roman

mtb

MIRA® TASCHENBUCH
Band 25768
1. Auflage: August 2014

MIRA® TASCHENBÜCHER
erscheinen in der Harlequin Enterprises GmbH,
Valentinskamp 24, 20354 Hamburg
Geschäftsführer: Thomas Beckmann

Originalausgabe

Konzeption/Reihengestaltung: fredebold&partner GmbH, Köln
Umschlaggestaltung: pecher und soiron, Köln
Redaktion: Bettina Lahrs
Titelabbildung: Thinkstock/Getty Images, München
Autorenfoto: © by Sabine Kayser, Fotostudio Blendenspiel, Hamburg
Satz: GGP Media GmbH, Pößneck
Druck und Bindearbeiten: CPI – Ebner & Spiegel, Ulm
Printed in Germany
Dieses Buch wurde auf FSC®-zertifiziertem Papier gedruckt.
ISBN 978-3-95649-042-2

www.mira-taschenbuch.de

Für Vincent, Cosmo und Summer.

Vincent, den besten Hund der Welt, der nun schon viele Jahre seinen geliebten Tennisball durch den Hundehimmel trägt.
Cosmo, der mich mit seiner Schönheit noch immer atemlos macht.
Für Summer, die süße Maus, die mich mit einem einzigen Blick aus ihren ungewöhnlichen Augen verzaubern kann.

Und für ihre Menschen, die in meinem Herzen wohnen.

Lustgeschmetter

Goldene Knospenhülle schütten
All die jungen Buchenblätter,
Und den ganzen Wald durchjubelt
Liebessang und Lustgeschmetter.

Um die weißen Sterngrasblumen
Tanzen goldne Schmetterlinge,
Und um jede kleine Blüte
Geht ein summendes Geklinge.

Lachend fass ich deine Hüfte,
Hab so lange dursten müssen,
Lange lange lange Jahre,
Ach so sehr, nach deinen Küssen.

(Hermann Löns, 1866–1914, deutscher Naturforscher, Tierschilderer, Heide- und Liederdichter)

KAPITEL 1

Ein ruhiges und normales Leben. Vor allem das war es, wonach Kjell Loewenthal sich aus tiefstem Herzen sehnte.

Endlich ein Leben ohne nervenaufreibende Aufträge, ohne lebensbedrohliche Situationen und ohne die zermürbenden Trainingseinheiten, die für den Job, den er in den vergangenen Jahren erledigt hatte, so unabdingbar gewesen waren.

Wie war er da nur hineingeraten? Besonders in den letzten Monaten hatte er sich diese Frage immer häufiger gestellt. Das Medizinstudium bei der Bundeswehr allein wäre ja noch in Ordnung gewesen, doch irgendwann hatte ihn der Teufel geritten.

Die Arbeit als Schiffsarzt auf einer Fregatte brachte ihm nicht die Erfüllung, die er sich einst für sein Berufsleben gewünscht hatte, und so war er nach einer zusätzlichen harten Ausbildung schließlich bei einer Eliteeinheit gelandet. Auch das war eine Geschichte, die er nun hinter sich lassen konnte. Seine Dienstzeit bei der Marine war endgültig vorbei. Nach siebzehn langen Jahren war aus dem Oberstabsarzt und Elitesoldaten Dr. Kjell Loewenthal nun wieder ein Zivilist geworden, ein ganz normaler Arzt, der sich auf eine eigene Praxis in seinem beschaulichen Heimatdorf in der Lüneburger Heide freute.

In den vergangenen Jahren war er nicht sehr oft in Lunau gewesen. Ab und zu hatte er es zwar geschafft, über Weihnachten zu Hause zu sein, aber schon nach wenigen Tagen hieß es dann wieder Abschied nehmen. Nicht nur seine Mutter litt unter den ständigen Trennungen, auch er hatte mit der Zeit immer stärker das manchmal quälende Gefühl von Heimweh bei sich bemerkt.

Zufrieden lächelte er in sich hinein, als er in Bispingen die Autobahn verließ, um über eine wenig befahrene Landstraße sein geliebtes Lunau anzusteuern, ein Dorf, das mit knapp siebenhundert Einwohnern seinen Platz im Herzen der Lüneburger Heide hatte. Ein neues Leben lag vor ihm, und er konnte es kaum erwarten, endlich damit zu beginnen.

„Sieh dir das an, Siggi", sagte er. Kjell fuhr rechts ran und warf einen Blick auf die Rückbank und in die Sicherheitsschale, die dort an einem der Gurte befestigt war. Sein Hund, Sigmund Freud, eine zottelige silbergraue Promenadenmischung, nicht viel größer als ein Zwergpudel, hob kurz den Kopf, nur um sich gleich wieder grunzend zusammenzurollen und die Augen zu schließen. Kjell grinste und gab Gas. „Du bist wirklich eine ignorante Schlafmütze, mein Lieber."

Die Touristeninformationstafel direkt hinter dem Ortseingang war erneuert worden, stellte er erfreut fest. Die Schrift auf dem alten Schild war verblasst gewesen, als er Lunau das letzte Mal besucht hatte, doch nun konnte jeder Besucher auf Anhieb erkennen, in welche Richtung er fahren musste, wenn er zum Beispiel zum Gutshof, zum Feriendorf oder in den kleinen Ortskern wollte. Es gab sogar einen Hinweis auf das Buchladen-Café seiner Mutter, der auf der alten Tafel gefehlt hatte.

Kjell lächelte erneut. Am Telefon hatte Christa ihm freudig davon berichtet, dass sie die Café-Ecke in ihrem Geschäft ein wenig erweitert hatte. Die Kombination aus Buchladen und gemütlichem Café kam offenbar nicht nur bei den Touristen und Ausflüglern gut an, sondern hatte sich mit der Zeit auch zum Treffpunkt einiger Lunauer entwickelt.

Bewusst langsam bog er auf die Hauptstraße des Dorfes ein. Vorbei an der kleinen Grundschule, den vertrauten Geschäften und dem Landgasthof, der schon seit Jahren verlassen war, folgte er dem Straßenverlauf bis hin zum Dorfplatz. Hier wurde die Fahrbahn schmaler, gabelte sich, führte auf beiden Seiten um den Platz herum und danach an der einzigen Kirche von Lunau vorbei. Die Straße rechts brachte die Durchreisenden direkt wieder aus dem Ort hinaus. Hielt man sich jedoch links, landete man in einer breit angelegten Sackgasse. Hier gab es einige wunderschöne alte Wohnhäuser, errichtet aus dunkelrotem Backstein, der so typisch für Norddeutschland war.

Eines dieser herrlichen Gebäude gehörte ihm. Schon vor Jahren hatte er es gekauft, denn es war ihm immer klar gewesen, dass er eines Tages nach Lunau zurückkehren würde. Direkt gegenüber, auf der anderen Seite der Straße, stand das Haus, in dem er aufgewachsen war. Seine Mutter bewohnte dort nach wie vor das obere Stockwerk, während sich im unteren Teil ihr geliebtes Buchladen-Café befand.

Kjell schlug das Lenkrad seines alten Volvos ein. Er ließ den Wagen auf sein Grundstück rollen und stellte ihn im Carport ab, der hinter einer Buchsbaumhecke verborgen war. Jetzt, um die Mittagszeit, war es still in Lunau. Auf seiner Fahrt durch das Dorf hatte er außer ein paar Kindern, die auf dem Schulhof Fußball spielten, niemanden gesehen. Die Menschen saßen beim Essen und genossen ihre wohlverdiente Pause. An jedem Wochentag wurden die wenigen Geschäfte im Ort über Mittag geschlossen, an dieser Gewohnheit hielten die Dorfbewohner fest. Nur in der Hochsaison, während der Heideblüte, machten die Geschäftsleute gerne eine Ausnahme, doch bis dahin waren es noch ungefähr zwei Monate. Er wunderte sich also nicht über die Ruhe, die über dem Dorf lag. Diese friedlichen Stunden in der Mitte des Tages waren ihm vertraut, solange er denken konnte.

Fast ein wenig zögerlich, aber mit einem Lächeln auf den Lippen, stieg er aus dem Auto, öffnete die hintere Tür und löste Siggis Gurt. Der Hund verzog sich sofort schwanzwedelnd ins Gebüsch. Kjell sah sich kurz um. Der Garten war geschmackvoll angelegt und wirkte gepflegt. Er hatte auch nichts anderes erwartet. Die uralten Rosenstöcke, die das gesamte Grundstück einrahmten, standen so prachtvoll wie eh und je. Vereinzelt entdeckte er bereits herrliche Blüten. Er wusste, dass Julia sich liebevoll um seinen Garten kümmerte, so wie sie es immer schon getan hatte.

Der Gedanke an seine Jugendfreundin erinnerte ihn daran, dass er bald eine Entscheidung treffen musste, zu der er eigentlich noch nicht bereit war, und ihm wurde flau im Magen. Seufzend schüttelte er den Gedanken ab, ging um den Wagen herum und hob zwei Reisetaschen und seinen olivgrünen Seesack aus dem Kofferraum. Er pfiff nach dem Hund, dann warf er sich den schweren Sack über die Schulter, nahm beide Taschen zusammen in eine Hand und marschierte auf den Eingang seines Hauses zu.

Knapp eine Stunde später hatte er alle Räume durchgelüftet, seine Sachen ausgepackt, die Waschmaschine in Gang gesetzt und den Hund gefüttert. Nach einer ausgiebigen Dusche war er in frische Kleidung geschlüpft und stand nun abermals im Badezimmer, um sich mit dem Kamm durchs Haar zu fahren. Beim Blick in den Spiegel schmunzelte er, denn sogar diese Tätigkeit erinnerte ihn daran, dass sich sein Leben vollkommen verändert hatte. Ein Kamm war in den vergangenen Jahren überflüssig gewesen, doch jetzt wuchs der ehemals militärisch kurze Bürstenhaarschnitt schon seit einigen Wochen nach, und sein dichtes, dunkelblondes Haar hatte wieder eine normale Länge. So gefiel er sich viel besser.

Ein verschmitztes Lächeln trat auf seine Lippen, und er zwinkerte seinem Spiegelbild zu. „Wird wohl langsam Zeit, mich bei Mama blicken zu lassen“, sagte er laut und verließ das Badezimmer. Bisher hatte offenbar niemand seine Ankunft bemerkt, denn sonst wäre seine Mutter längst bei ihm aufgetaucht.

Siggi sprang sofort auf, als Kjell zurück ins Schlafzimmer kam. Wie immer blieb der Hund ihm dicht auf den Fersen.

Den Eingang zum Haus seiner Mutter erreichte man über eine hübsche Holzveranda, die praktisch das gesamte Gebäude einrahmte, sich aber an den Seiten des Hauses zu schmalen Laubengängen verjüngte. Christa hatte diese Veranda erst vor einigen Monaten erneuern und gleichzeitig vergrößern lassen. Sie war sehr stolz darauf, wie er wusste.

Die Tür zum Geschäft stand offen, und noch bevor Kjell die beiden Stufen zur Veranda genommen hatte, stieg ihm der Duft von Frischgebackenem in die Nase. Er konnte nicht umhin, stehen zu bleiben und für einen Moment die Augen zu schließen, um diesen herrlichen Duft tief einzuatmen und richtig auszukosten. Überrascht stellte er fest, dass inzwischen auch auf der vorderen Veranda vier kleine Bistrotische mit jeweils zwei dazu passenden Stühlen standen. Ein paar Kübel, die mit blühenden

Sommerblumen bepflanzt waren, und Blumenampeln, die von den Holzbalken hingen, wirkten einladend und sorgten für eine gemütliche Atmosphäre.

Die Veränderung gefiel ihm. Seine Mutter hatte ihm bereits am Telefon erzählt, dass sie eine Menge frischen Wind in das Geschäft gebracht hatte, offensichtlich war das keine Übertreibung. Er folgte dem verführerischen Duft, trat durch die Tür und blieb abrupt stehen. Hinter einem der beiden halbhohen Kühltresen des Cafés stand eine junge Frau auf der obersten Stufe einer dreistufigen Leiter und sortierte irgendwelche Gegenstände, die sich auf einem Regal an der Wand befanden. Da sie ihm ihre entzückende Kehrseite zuwandte und leise vor sich hin summte, bemerkte sie nicht, dass sie nicht mehr alleine im Laden war. Sie trug Jeans und eine weiße Bluse. Ihre Füße steckten in einfachen, ebenfalls weißen Turnschuhen. Wilde goldblonde Locken kringelten sich über ihren schmalen Rücken. Es dauerte eine Weile, bis Kjell sich an seine gute Erziehung erinnerte und ihm einfiel, dass er sich bemerkbar machen sollte. Auf keinen Fall wollte er sie erschrecken, deshalb räusperte er sich absichtlich leise.

Sein Plan ging auf, und die Frau drehte sich zu ihm um, ohne gleich vor Schreck von der Leiter zu fallen. Ihre hellblauen Augen weiteten sich für einen winzigen Moment, und er hörte, wie sie nach Luft schnappte. „Ich bin Kjell … Kjell Loewenthal", beeilte er sich zu sagen, da sie ein wenig ängstlich dreinblickte. Zumindest kam es ihm so vor. Doch schon im nächsten Augenblick veränderte sich ihr bezauberndes Gesicht schlagartig und nahm einen nahezu verzückten Ausdruck an.

„Na, was bist du denn für ein Hübscher!", rief sie begeistert aus, während sie langsam von der Leiter stieg.

Einen Moment war er irritiert von diesem Ausruf, doch dann ging ihm auf, dass sie überhaupt nicht ihn meinte, sondern dass sie ihren Blick auf Siggi gerichtet hatte.

Der Hund vergaß auf der Stelle, wohin er eigentlich gehörte, und warf sich der jungen Frau zu Füßen. Diese ging daraufhin in die Hocke und verwöhnte das Tier, indem sie ihm den Bauch kraulte.

Kjell konnte kaum glauben, was er da sah, denn sein Hund wirkte zwar auf den ersten Blick, als könnte er kein Wässerchen trüben, gehörte aber normalerweise nicht zu den freundlichsten Exemplaren seiner Gattung. Einige Augenblicke sah er sich das Schauspiel an, dann räusperte er sich erneut. Dieses Mal allerdings etwas lauter.

„Oh, ich muss mich entschuldigen, doch der ist wirklich zu süß. Man kann dem kleinen Kerl nur schwer widerstehen", sagte die Frau lachend und sah zu ihm auf.

Als sie sich erhob, bemerkte er, dass sie ihm gerade bis zur Brust reichte, doch daran war er bei seiner Größe gewöhnt. Er hoffte, dass er ein freundliches Lächeln zeigte, während er in die hellsten blauen Augen blickte, die er jemals gesehen hatte.

„Freut mich übrigens, dich endlich kennenzulernen", plauderte sie weiter und duzte ihn ganz selbstverständlich. „Ich bin Isabell Valentine und arbeite hier. Deine Mutter wird sich freuen, dass du da bist. Seit Tagen spricht sie schon von nichts anderem mehr."

Okay, dachte Kjell amüsiert, dann sind wir also gleich beim Du. Auf ihn wirkte es, als versuchte sie mit ihrer lockeren Art ihre Schüchternheit zu verbergen. Er fand das rührend. Man musste kein Fachmann sein, um ihre Nervosität zu erkennen, sondern nur ein aufmerksamer Beobachter. Ihre langen Wimpern flatterten ein wenig, ihre Wangen waren gerötet und um ihren linken Mundwinkel zuckte es leicht. „Hallo, Isabell", antwortete er und bemühte sich um einen freundlichen Tonfall, um ihr die Scheu zu nehmen. „Ich wusste bis jetzt gar nicht, dass meine Mutter jemanden eingestellt hat. Du … du kümmerst dich vor allem ums Café, schätze ich."

„Ja, stimmt. Das ist mein Bereich." Wieder lachte sie. „Ich backe für mein Leben gern, musst du wissen. Aber wenn es die Situation erfordert, verkaufe ich natürlich auch Bücher."

„Aha." Irgendwie wollte ihm keine passende Antwort einfallen, das kam nur selten vor. Fasziniert sah er sie an. Er hatte noch nie so kristallklare hellblaue Augen gesehen.

„Lust auf einen Kaffee?“, hörte er sie fragen, kurz bevor sein Schweigen peinlich geworden wäre.

„Ähm, ja … ja, Kaffee wäre toll.“

„Ein Stück Käsekuchen vielleicht? Er ist ganz frisch, ich habe ihn heute Morgen erst gebacken.“

„Käsekuchen? Warum nicht?“

„Ich hätte auch noch von der Birnen-Sekt-Torte. Das ist einer meiner Lieblingskuchen, musst du wissen.“

„Danke, ähm … Käsekuchen wäre toll.“

„Na, dann setz dich. Christa ist unterwegs. Sie ist gleich nach dem Frühstück nach Lüneburg gefahren, um ein bisschen zu shoppen. Wir wussten ja nicht, an welchem Tag du hier eintreffen wirst.“

„Ah, ja.“ Langsam fand Kjell es unangenehm, dass er in den vergangenen Minuten offenbar seinen gesamten Wortschatz eingebüßt hatte. Innerlich rief er sich zur Ordnung. Er ging hinüber zu einem der Tische und setzte sich. Sofort rollte sich Siggi unter seinem Stuhl zusammen und schlief auf der Stelle ein.

Isabell verschwand hinter den Kühltresen und bediente einen gurgelnden Kaffeevollautomaten, den er ebenfalls noch nicht kannte. Nachdem sie zwei Tassen auf ein Tablett gestellt hatte, schnitt sie ein gewaltiges Stück von einem goldgelben Kuchen ab.

„Ich könnte mich einen Moment zu dir setzen und auch einen Kaffee trinken, wenn du nichts dagegen hast. Hier scheint heute eher wenig los zu sein.“

„Ich habe überhaupt nichts dagegen.“ Immerhin war das ein normaler und vollständiger Satz, dachte er und freute sich darüber, dass Isabell inzwischen entspannter wirkte. Er beobachtete, wie sie den Kaffee brachte und einen Teller mit Kuchen vor ihm abstellte.

„Deine Mutter erwähnte mal, dass du schwarzen Kaffee liebst, deshalb hab ich gar nicht erst nachgefragt, wie du ihn trinkst“, sagte sie lachend und setzte sich ihm gegenüber.

„Schwarz ist perfekt. Danke.“

„Gern geschehen.“

Beide nippten sie an ihrem Kaffee. Auf ihrem schwamm eine dicke Schicht Milchschaum, wie er bemerkte. „Seit wann arbeitest du schon für Christa?“

„Oh, noch nicht sehr lange. Ein paar Monate. Warte mal, lass mich überlegen ... ein knappes halbes Jahr vielleicht.“

„Hm, dann musst du gleich nach dem Jahreswechsel nach Lunau gekommen sein, also kurz, nachdem ich das letzte Mal hier gewesen bin.“

„Kann schon sein.“

„Du hast vorhin deinen Nachnamen englisch ausgesprochen und mir ist aufgefallen, dass du einen leichten Akzent hast“, sagte Kjell.

„Ich komme aus Cornwall“, antwortete sie und es wirkte, als fiele ein Schatten über ihr Gesicht.

„Entschuldige, ich wollte nicht neugierig sein“, beeilte er sich zu sagen, obwohl die Art, wie sie auf seine Frage reagiert hatte, ihn brennend interessierte.

Sie nickte nur, nahm einen Schluck von ihrem Kaffee und leckte sich danach den Milchschaum von der Oberlippe.

Fasziniert folgte sein Blick der schnellen Bewegung ihrer rosa Zungenspitze. Der Anblick rief eine Gefühlsregung bei ihm hervor, die er ziemlich unangebracht fand. Also versuchte er, sich wieder auf die Unterhaltung zu konzentrieren, die sie gerade geführt hatten. Ihm wären an dieser Stelle des Gesprächs noch tausend Fragen in den Sinn gekommen, aber er beschloss, das auf ein anderes Mal zu verschieben. Es war deutlich, dass es ihr nicht leichtfiel, über ihre frühere Heimat zu sprechen. Stattdessen griff er nach der Gabel neben seinem Teller und probierte den Kuchen. „Himmel!“, rief er kurz darauf aus. „Der ist ja göttlich!“ Isabell lachte, und er war froh, dass der Schatten damit verschwand.

„Ja, ich weiß, das kann ich ganz gut.“

„Gut? Das ist pures Glück in Käsekuchenform.“ Auch er lachte. Um seine Behauptung zu unterstreichen, schob er sich einen weiteren Bissen in den Mund und verdrehte genießerisch die Augen.

Isabell gab sich Mühe, normal und möglichst selbstsicher auf den Sohn ihrer Chefin zu reagieren, auch wenn ihr das nicht leichtfiel. Sie hoffte, dass er nicht merkte, welche Anstrengung es sie in Wahrheit kostete, nicht dauernd verlegen die Augen zu schließen oder krampfhaft nach den richtigen Worten zu suchen.

Der große Mann wirkte einschüchternd auf sie. Mit seiner dunklen Stimme, all diesen Muskeln und dem festen Blick, mit dem er sie regelrecht fixierte, entsprach er nicht gerade dem üblichen Bild des Mediziners, der sich als einfacher Landarzt niederlassen wollte. Kjell Loewenthal passt viel eher in einen dieser amerikanischen Actionfilme als in den weißen Kittel, dachte sie. Nun ja, von Christa Loewenthal hatte sie erfahren, dass er bei irgendeiner Eliteeinheit der Marine als Soldat und Mediziner tätig gewesen war, das prägte natürlich und erklärte vielleicht auch sein beeindruckendes Äußeres.

Es amüsierte sie, wie er voller Genuss ihren Käsekuchen verschlang. „Du bist also Arzt?", fragte sie schließlich, um die Unterhaltung wieder in Gang zu bringen.

Er nickte. „Ja, das ist richtig. Ich bin Allgemeinmediziner mit einer Zusatzausbildung als Unfallchirurg. Das war wichtig für meine Arbeit bei der Marine."

„Wie ist das so?", traute sie sich zu fragen. „Ist man dann in erster Linie Arzt oder Soldat?" Sein dunkles Lachen klang angenehm und rief ein leichtes Kribbeln in ihrem Bauch hervor, wie sie verwirrt feststellte.

„Beides. In den letzten drei Jahren war ich bei einer Spezialeinheit, den Marinekampfschwimmern. Ich habe die anfallenden Einsätze genauso erledigt wie meine Kameraden, aber wenn ein Arzt gefragt war, wurde ich zum Doktor, so einfach ist das." Wieder lachte er. „Eine Zeit lang wollte ich es nicht anders haben."

„War es sehr gefährlich?"

„Manchmal." Sein Blick war jetzt ernst. „Ich bin jedenfalls froh, dass es vorbei ist. Mein Bedarf an Abenteuer ist für den Rest meines Leben gedeckt, das kannst du mir glauben."

„Du wirst es also nicht vermissen?" Es fiel ihr schwer, sich Kjell Loewenthal in einer Dorfpraxis vorzustellen.

„Nein, bestimmt nicht", erwiderte er nachdrücklich. „Ich freue mich darauf, in aller Ruhe meine Praxis einzurichten. Hier in der Gegend gibt es schon seit Jahren keinen Arzt mehr. Die Leute fahren in die größeren Orte oder sogar nach Lüneburg und Hamburg, um vernünftig medizinisch versorgt zu werden. Ich denke, ich werde auch im Umland auf eine gute Resonanz treffen." Er zog die Stirn kraus und legte den Kopf schief. „Und wenn es wider Erwarten nicht klappen sollte, kann ich immer noch nebenher in einer Klinik in Lüneburg oder in Hamburg arbeiten."

Weil ihr darauf keine Erwiderung einfiel, nickte sie nur. Als auch er schwieg, stand Isabell auf und räumte das Geschirr zusammen.

„Der Kuchen war erstklassig", wiederholte er sein Kompliment.

„Danke." Plötzlich wurde ihr die Kehle eng und ihr Herz begann schneller zu schlagen, doch sie fand keinen Grund, wieso das so war. Auch Kjell erhob sich, sein Hund sprang ebenfalls auf, lief zur Tür und blieb dort schwanzwedelnd und mit erwartungsvollem Blick stehen. Isabell musste lachen, weil das kleine Fellknäuel sich bei seiner hektisch anmutenden Aktion fast überschlug. „Der ist wirklich zu niedlich. Wie lange hast du ihn schon?"

Kjell verzog das Gesicht, sie hätte nicht sagen können, ob seine Miene Belustigung oder humorvolle Verzweiflung ausdrücken sollte, dafür kannte sie ihn nicht gut genug.

„Siggi ist mir vor ungefähr drei Jahren zugelaufen. Wochenlang habe ich versucht, seinen rechtmäßigen Besitzer zu finden, ohne Erfolg."

„Aber du warst doch manchmal auch auf einem Schiff, oder?"

„Jep! Das kam vor." Er lachte. „Der Hund war mit auf See. Seit ich ihn habe, weicht er mir nicht mehr von der Seite. Allerdings musste ich auch manchmal ins Wasser, dann hatte er natürlich Pech und wartete an Bord auf mich."

„Und das ging einfach so?"

„Nicht einfach so, aber es ging." Sein Blick senkte sich auf den Hund. „Wenn man ihn sich so anguckt, passt er wohl eher auf den Schoß einer strickenden Großmutter. Ich meine, er ist ja nicht viel größer als ein Kaninchen. Egal, ich habe mich inzwischen daran gewöhnt, einen ziemlich albernen Hund zu besitzen – und außerdem, ich mag den Kerl." Kjell seufzte. „Also, Isabell, es war mir eine Freude, dich kennenzulernen und mit dir Kaffee zu trinken. Ich denke, ich werde dich jetzt wieder arbeiten lassen."

„Ja, ich fand die kleine Pause auch schön", sagte sie und blickte sich lächelnd um. Das Geschäft war noch immer leer. „Obwohl es hier heute tatsächlich sehr ruhig ist. Um diese nachmittägliche Stunde ist das normalerweise anders. Vielleicht finden im Ferienpark, in der Schule oder auf dem Gutshof irgendwelche Veranstaltungen statt, von denen ich nichts mitbekommen habe, keine Ahnung."

„Ja, kann schon sein. Man guckt ja nicht ständig in den Dorfanzeiger und auf sämtliche Plakate."

Sie hatte das Gefühl, dass Kjell Loewenthal die Verabschiedung hinauszögerte. „Wie heißt er eigentlich?", fragte sie schließlich und deutete auf den Hund.

„Stimmt, ich habe euch ja noch gar nicht offiziell miteinander bekannt gemacht. Entschuldige bitte meine Nachlässigkeit", erwiderte er schmunzelnd. „Darf ich vorstellen, Isabell, das ist Sigmund Freud. Gute Freunde dürfen auch Siggi zu ihm sagen. Siggi, das ist Isabell, die schöne Kuchenbäckerin."

Isabell musste lachen. „Sigmund Freud? Na, das nenne ich mal einen passenden Namen für den Hund eines Mediziners."

„Dein Name ist aber auch sehr passend", sagte Kjell, seine Stimme wurde dabei noch eine Nuance dunkler. „Die Schöne, die Vollkommene. Das ist doch die Bedeutung von Isabell, oder liege ich da falsch?"

Sie spürte, wie sie errötete, und hatte plötzlich das Bedürfnis auf ihre Füße zu starren. „Ich ... weiß nicht. Es gibt wohl mehrere Bedeutungen, die ich im Einzelnen gar nicht kenne. Meine Mutter erwähnte mal, Isabell sei eine Abwandlung von Elisabeth."

Stille.

Es war so still im Buchladen-Café, dass man ihre Atemzüge hörte. Kjell sah ihr in die Augen, und sie konnte gar nicht anders und erwiderte seinen intensiven Blick.

Siggi schnaufte und legte sich hin, das brachte sie beide zum Lachen und löste den merkwürdigen Bann.

„Ich wünsche dir noch einen schönen Tag", sagte Kjell gerade, da fuhr der Wagen seiner Mutter vor.

„Du kommst hier heute wohl nicht mehr weg", stellte Isabell schmunzelnd fest.

Christa Loewenthal stand für einen Moment perplex in der Tür, ließ dann ihre diversen Einkaufstüten fallen und warf sich in seine Arme.

Wie immer fiel die Begrüßung zwischen ihm und seiner Mutter herzlich aus. Früher einmal hatte er dieses temperamentvolle Herzen und Drücken eher peinlich gefunden, inzwischen rührte es ihn, und er freute sich ehrlich darüber, sie nach all den Monaten wiederzusehen.

„Ich bin ja so froh, dass du endlich wieder bei mir bist, mein Sohn!", brachte Christa Loewenthal unter Freudentränen hervor. „Ich habe dich so sehr vermisst!"

„Ich habe dich auch vermisst, Mama." Kjell küsste sie auf beide Wangen, verstrubbelte ihr das raspelkurze tizianrote Haar und erwiderte ihr glückliches Strahlen.

Christa tätschelte ihm die Wange, sah aber Isabell an. „Ihr habt euch also schon miteinander bekannt gemacht, ja?"

Isabell nickte und Kjell fiel auf, dass auch sie Tränen in den Augen hatte, er fand das irgendwie süß. „Ja", sagte er schmunzelnd. „Isabell war so nett, mich mit ihrem verführerischen Käsekuchen zu füttern, während wir auf dich gewartet haben."

„Nicht nur ihr Käsekuchen ist verführerisch", warf Christa lachend ein.

„Das glaube ich gern. Ich kann es kaum erwarten, auch alles andere von ihr zu probieren." Kaum war es heraus, hätte er sich am liebsten die Zunge abgebissen. Er sah Isabell tief erröten, und das machte es nicht gerade leichter. Seine Mutter hingegen schien die Zweideutigkeit dieser Bemerkung überhaupt nicht zu registrieren. Sie plauderte munter weiter.

„Ich sage dir, ihre Torten sind wahre Meisterwerke."

„Hm." Kjell haderte noch immer mit sich wegen seiner unbedachten Äußerung, als sie die festen Schritte von schweren Arbeitsstiefeln hörten, die das Holz der Veranda zum Vibrieren brachten. Er wusste sofort, was das bedeutete.

„Schatz, da bist du ja endlich!"

Im nächsten Augenblick hing ihm die nächste Frau am Hals, doch dieses Mal landete ein Paar Lippen direkt auf seinem Mund.

Julia Brix, seine Freundin aus Jugendtagen, seine erste Liebe und die Frau, deren Erwartungen an seine Rückkehr ihm schon seit Wochen bleischwer im Magen lagen, war es, die ihn hingebungsvoll küsste. Der Kuss war ihm unangenehm und er versuchte, sich schnell aus ihrer Umarmung zu befreien. „Julia … ich freue mich auch."

Wie üblich strahlte sie ihn aus ihren großen jadegrünen Augen voller Bewunderung an, das war ihm fast noch unangenehmer als ihr Kuss.

„Ich bin ja so glücklich, mein Schatz." Sie seufzte, legte ihre Arme um seine Mitte und schmiegte sich an ihn. „Endlich!"

Das jähe Bedürfnis Isabell anzusehen, stieg plötzlich in ihm auf, aber er brachte es nicht fertig, diesem Impuls nachzugeben.

Sigmund Freud knurrte vernehmlich.

KAPITEL 2

Die ersten Tage nach seiner Rückkehr brachten für Kjell eine Menge Unruhe und Aufregung mit sich. Viele Menschen freuten sich, dass er nun wieder Teil der Dorfgemeinschaft war, und das Wiedersehen gestaltete sich häufig zeitraubend.

Er genoss es sehr, einfach durch die Straßen zu spazieren, alte Bekannte zu begrüßen und sich auf die eine oder andere nette Unterhaltung einzulassen. Bei Klaus und Sonja Lehmann, die das einzige Lebensmittelgeschäft in Lunau führten, deckte er sich mit dem Nötigsten ein. Im winzigen Drogeriemarkt von Martin und Hilde Steinbach wurde er mit Begrüßungsgeschenken überschüttet, ein Nein ließen die beiden nicht gelten. Das ältere Ehepaar kannte ihn schon von klein auf und freute sich, dass er nun wieder zum festen Bestandteil der Dorfgemeinschaft werden würde. Mit Katja Reichert, einer früheren Mitschülerin, die den Friseursalon ihrer Mutter übernommen hatte, trank er einen zu dünnen Kaffee und erfuhr bei der Gelegenheit die neuesten Klatschgeschichten des Ortes.

Daneben arbeitete er viel, um seine Praxis auszustatten, die er im unteren Teil seines Hauses einrichtete. Das Gebäude war groß genug, denn es war ursprünglich für drei Familien gebaut worden. Kjell hatte es immer als besonderen Glücksfall angesehen, dass er es damals kaufen konnte.

Inzwischen waren seit Tagen ständig Handwerker im Haus. Auch Möbel wurden geliefert, die er schon vor Wochen zu diesem Termin vorbestellt hatte. So entstand nach und nach ein offener Empfangsbereich, ein helles Wartezimmer mit direktem Zugang auf eine hübsche Terrasse aus backsteinroten Fliesen, zwei Behandlungszimmer und weitere Räume, die sich zu gegebener Zeit großzügig in die Praxis integrieren ließen. Am Ende des Flurs unten gab es sogar die Möglichkeit, ein Krankenzimmer für den Notfall einzurichten, vorerst würde er es aber bei dem einfachen Gästebett belassen, das dort schon seit Jahren stand.

Obwohl er nicht einschätzen konnte, ob sich seine Praxis rentieren würde, schaltete er mehrere Anzeigen in den Zeitungen der Umgebung, um zumindest für einige Stunden in der Woche eine versierte Praxishilfe aufzutreiben. Er gab die letzten Bestellungen bei Pharmaunternehmen auf, bestückte die Regale seines neuen Medikamentenschranks und installierte ein gängiges System für Arztpraxen auf den beiden Computern.

Die Tage flogen dahin, und er fand nur wenig Zeit für seine Mutter und für Julia. Auch in Julias Gärtnerei gab es im Augenblick viel zu tun. Wenn er ehrlich war, kam ihm das nicht ungelegen. Einmal hatten sie es geschafft, gemeinsam zu Abend zu essen, aber als Julia über Nacht bei ihm bleiben wollte, hatte er irgendetwas von bleierner Müdigkeit gefaselt. Schließlich war sie in ihr Auto gestiegen und übellaunig nach Hause gefahren. Er hielt sie bewusst auf Abstand, und es konnte nicht mehr lange dauern, bis sie ihn deshalb zur Rede stellte. Er wusste das und erwartete ihren drohenden Ausbruch mit Grauen, trotzdem brachte er es nicht fertig, ein klärendes Gespräch herbeizuführen.

Manchmal erwischte er sich dabei, wie er nach Isabell Ausschau hielt, doch sie war jedes Mal wie vom Erdboden verschwunden, wenn er bei seiner Mutter auf einen Kaffee vorbeiging. Offenbar lebte sie in ihrer Freizeit sehr zurückgezogen und sie verpassten sich immer knapp. Es gab Tage, da verfluchte er die hohe Hecke, die sein Haus umgab, denn sie verhinderte einen Blick auf das Buchladen-Café, zumindest vom unteren Stockwerk aus.

Er wusste inzwischen, dass Isabell sein altes Zimmer im Haus seiner Mutter bewohnte. Manchmal stand er abends am Fenster seines Wohnzimmers und schaute hinüber. Aber alles, was er sehen konnte, war das Licht hinter den dichten dunkelroten Vorhängen. Er war kein Dummkopf und schon gar kein unerfahrener Junge mehr. Natürlich konnte er seine Reaktion auf Isabell recht gut einordnen. Die junge Frau übte praktisch von der ersten Sekunde an eine gewisse Faszination auf ihn aus. Mit ihren goldblonden Locken und den hellen Augen sah sie wie ein leibhaftiger Engel aus. Ihre Stimme war ein wenig tiefer, als man es ihrem Äußeren nach erwarten würde, und der leichte englische Akzent war zusätzlich reizvoll. Ja, er fand Isabell Valentine aus Cornwall anziehend, daran gab es nicht den geringsten Zweifel.

Die letzten beiden Gäste saßen noch an einem Tisch auf der Veranda, aber der Innenraum war bereits leer. So wie jeden Tag um diese Zeit säuberte Isabell die Kühltresen, füllte die Spülmaschine und räumte danach ein paar der sauberen Tortenplatten in den Schrank. Ihre Arbeit machte ihr Spaß, doch heute fühlte sie sich erschöpft und war ungewohnt abgespannt. Vielleicht lag es daran, dass sie schon seit Tagen die gleichen Gespräche hörte. In Lunau hatte es sich schnell herumgesprochen, dass Kjell Loewenthal nach Hause zurückgekehrt war und dass es im Ort endlich einen Arzt geben würde.

Immer wieder hörte sie jemanden sagen, dass nun der erste der drei Musketiere von Lunau heimgekehrt sei. Sie wusste nicht, was das zu bedeuten hatte, aber sie traute sich nicht, nachzufragen. Kjell war das Gesprächsthema Nummer eins im Dorf. Die Leute waren neugierig und warteten ungeduldig darauf, dass er seine Praxis eröffnete. Die verschiedenen Lieferwagen, die ab und zu vor seinem Haus parkten, kurbelten die allgemeine Aufregung zusätzlich an.

Ein tiefes Seufzen entfuhr ihr, während sie den grau gesprenkelten Granit der Arbeitsplatte abwischte, wobei sie ihren Gedanken nachhing. Die Freude von Christa ging ihr ohne Frage ans Herz. Ihre Chefin verströmte von Natur aus schon jede Menge positiver Energien, aber nun strahlte sie von morgens bis abends glückselig vor sich hin und erzählte jedem, der in den Laden kam, wie froh sie darüber war, dass ihr geliebter Junge endlich heimgekehrt war. Aus früheren Gesprächen wusste sie, wie viel Angst Christa um ihren einzigen Sohn gehabt und wie sehr sie ihn vermisst hatte.

Kjells Mutter und die junge Gärtnereibesitzerin Julia Brix hatten in ihrem Beisein häufig über ihn gesprochen. Dennoch war es Isabell noch immer ein Rätsel, wieso sie in den vergangenen Monaten nicht mitbekommen hatte, dass Julia mehr als eine

Freundin aus Jugendtagen für den neuen Doktor von Lunau war. Noch nicht einmal Luisa Milchert, mit der sie inzwischen eng befreundet war, hatte jemals eine Liebesbeziehung zwischen Julia und Christas Sohn erwähnt. Und immerhin arbeitete Luisa nicht nur mit Julia zusammen, sondern wohnte sogar in deren Haus.

Wenn sie an die Begrüßung der beiden zurückdachte, stieg ein eigentümliches Unbehagen in ihr auf. Natürlich war sie überrascht gewesen, als Julia in den Laden gekommen war und Kjell sofort geküsst hatte, aber das war es nicht allein. Sie hatte viel mehr das Gefühl gehabt, dass auch Kjell sich bei dem Kuss nicht wohlgefühlt hatte. Dabei hätte er doch froh und glücklich sein müssen, seine Freundin endlich wieder in die Arme schließen zu können. Schließlich waren sie viele Monate voneinander getrennt gewesen. Er dagegen hatte Julias Umarmung und den Kuss nicht einmal richtig erwidert, das war ihr sofort aufgefallen.

Und dann war da der kleine Stich in ihrer Brust gewesen. Aus unerfindlichem Grund hatte es ihr gar nicht behagt, dass Christas Sohn von einer anderen Frau geküsst wurde. Aber darüber würde sie besser später nachdenken.

Als Isabell aufblickte und Luisa auf die offen stehende Tür zukommen sah, lächelte sie ihr erfreut entgegen. Die Freundschaft zu der jungen Floristin vertiefte sich von Tag zu Tag. So wie sie selbst, war auch Luisa ein eher zurückhaltender Mensch. Isabell gefiel das. Es kam vor, dass sie schweigend auf ihrer Lieblingsbank hinter der Kirche saßen, ohne dass sich eine von ihnen langweilte. Andererseits führten sie mitunter lange und interessante Gespräche, die sie beide sehr genossen. Isabell war dankbar dafür, dass ihr hier in Lunau Menschen begegnet waren, die ihr von Anfang an gezeigt hatten, dass sie willkommen war. Christa durfte sie inzwischen ebenfalls zu ihren Freundinnen zählen. Die ältere Frau hatte ihr in einer schwierigen Zeit geholfen, hatte ihr Arbeit und eine Unterkunft gegeben, das würde sie ihr niemals vergessen. Zum ersten Mal in ihrem Leben hatte sie echte Freundinnen an ihrer Seite, das war ebenso beglückend wie aufregend.

Auf ihrem Weg zum Verkaufstresen begrüßte Luisa die beiden Frauen, die plaudernd an einem der Tische auf der Veranda saßen und sich ein Stück Kirschkuchen mit viel Schlagsahne schmecken ließen. Als sie bei ihr angekommen war, zog sie die Stirn kraus und zwinkerte ihr zu.

„Wenn du die Lunauer Damen weiter so mästest, werden bald alle mit überflüssigen Kilos zu kämpfen haben", sagte sie so leise, dass man sie draußen nicht hören konnte, und kicherte.

Isabell winkte lächelnd ab und erwiderte mit gesenkter Stimme: „Ach, du weißt doch, wie fleißig hier immer alle sind. Zumindest die beiden dort haben genug körperlichen Ausgleich mit ihrer Arbeit auf dem Hof. Außerdem ... hey, gib mir nicht die Schuld daran, wenn sich erwachsene Frauen mit Süßigkeiten vollstopfen."

„Hast du einen Kaffee für mich?", fragte Luisa schmunzelnd in normaler Lautstärke. „Aber bitte keinen Kuchen, hörst du! Du brauchst mich gar nicht erst zu fragen."

„Milchkaffee mit besonders viel Schaum, wie immer?"

„Genau den."

Während sie den Kaffee zubereitete, blickte Isabell ihrer Freundin forschend ins Gesicht. Wie so oft trug Luisa ihr dunkelbraunes Haar zu einem Pferdeschwanz zusammengebunden, ihre schönen grauen Augen wirkten müde. Diese Abgeschlagenheit scheint heute in der Luft zu liegen, dachte sie. „Viel Arbeit oder Ärger? Du guckst ein bisschen matt aus der Wäsche."

„Ach, frag besser nicht. Julia, du weißt ja. Ich meine, wir mögen und verstehen uns, aber es gibt Tage, da ist sie wirklich unausstehlich." Luisa nahm ihren Milchkaffee entgegen und sah sich um. „Kannst du dich zu mir setzen, oder geht das gerade nicht?"

„Klar geht das. Das Nachmittagsgeschäft ist für heute ohnehin vorbei. Ich habe bereits sauber gemacht und für morgen alles vorbereitet. Setz dich, ich muss hier noch eben den Rest aufräumen, dann komme ich zu dir, okay? Es dauert höchstens ein paar Minuten."

„Ich hab Feierabend und kann warten." Luisa wählte einen Tisch, der etwas abseits und fast schon im Buchladenbereich des Geschäfts stand, und nahm dort Platz.

Mit wenigen Handgriffen erledigte Isabell ihre Arbeit und kassierte bei den Kundinnen ab, die kurz darauf die Veranda verließen. Nachdem sie deren Geschirr abgeräumt hatte, schenkte sie sich ein Glas Orangensaft ein, ging zu ihrer Freundin und ließ sich in einen der beiden gemütlichen Polstersessel fallen.

„Wo ist denn Christa?“, wollte Luisa wissen. „Rennt sie wieder mal durch unsere schöne Heidelandschaft?“

Isabell lachte. „Nein, ihren täglichen Fitnesslauf hat sie wie üblich gleich heute Morgen absolviert. Sie ist nach oben gegangen. Ein bisschen Hausarbeit erledigen, wie sie sagte. Ich bleibe noch eine halbe Stunde, dann schließen wir sowieso. Aber nun erzähl mal, weswegen ihr euch gezankt habt, Julia und du.“

Die junge Floristin seufzte. „Eigentlich haben wir uns gar nicht richtig gestritten. Es ist nur so, dass Julia unglaublich launisch sein kann. Ich konnte ihr in den letzten Tagen überhaupt nichts recht machen. Auch einer der Gärtner hat sich bei mir über sie ausgelassen. Ich hab sie gefragt, ob sie wieder ihre fiese Migräne hat, doch das hat sie verneint. Ich nehme an, der Große hat sie irgendwie geärgert, denn in der Gärtnerei läuft alles wie am Schnürchen.“

„Der Große?“

„Kjell. Entschuldige, aber das steckt so von früher drin. Wir nennen ihn so, seit ich denken kann, wieso liegt ja wohl auf der Hand. Der Kerl muss an die zwei Meter lang sein. Er war schon als Junge immer größer als alle anderen.“

„Also, ich wusste bis vor Kurzem noch nicht mal, dass die beiden ein Paar sind“, warf Isabell ein. „Ihr habt das nie erwähnt.“

„Tatsächlich nicht?“, fragte Luisa nachdenklich und legte ihren Kopf schief. „Hm, das liegt wahrscheinlich daran, dass es für uns so selbstverständlich ist wie das stündliche Läuten der Kirchturmuhr. Kjell und Julia waren schon immer ein Paar. Das heißt, wenn man von ihren diversen dramatischen Trennungen absieht.“ Luisa verdrehte die Augen. „Die kurzen Unterbrechungen in ihrer Beziehung kann man aber eigentlich kaum rechnen. Dann und wann haben sie unter großem Getöse Schluss gemacht. Wobei das Getöse jedes Mal von Julia ausging. Der Große ist ja eher der stille Typ. Nach einiger Zeit hat jedenfalls niemand von uns die Trennungen der beiden mehr ernst genommen."

„Ihr wart bestimmt eine lustige und recht wilde Clique, was?"

Luisa verzog den Mund. „Die Clique hatte es in sich, ja. Allerdings meistens ohne mich, ich war ja nur die kleine Schwester von Babsi. Immer wenn richtig Stimmung war oder es sogar spannend wurde, musste ich nach Hause. Meine Schwester und Julia sind zwar nur zwei Jahre älter als ich, aber zu der Zeit waren das zwei ganz entscheidende Jahre. Für die gesamte Clique war ich praktisch noch ein Baby. Und als ich endlich hätte mitmischen können, verschwanden die interessanten Jungs in alle Himmelsrichtungen und schwupp, die eingefleischte Bande gab es nicht mehr."

„Interessante Jungs, soso." Isabell musste lachen.

„Ja, klar. Wir hatten richtig tolle Jungs hier im Dorf, ob du es glaubst oder nicht."

Luisa lachte zwar mit, aber Isabell bemerkte, dass ein inzwischen vertrauter Schatten auf das Gesicht ihrer Freundin zu fallen schien. Das hatte sie schon einige Male erlebt. Sobald Luisa von früheren Zeiten sprach, wurde sie traurig und wortkarg. Vielleicht war auch das ein Grund für ihre gemeinsame Wellenlänge. Sie selbst hatte ebenfalls mit Kummer und Trauer zu kämpfen, wenn sie an ihre Vergangenheit zurückdachte. „Erzählst du mir irgendwann, welcher von diesen interessanten Jungs dich so unglücklich gemacht hat, dass du immer noch solo bist?"

„Na, der Große war es jedenfalls nicht. Der war seit jeher für Julia reserviert. Ich …"

Als die Tür aufging, brach Luisa mitten im Satz ab, denn wie aufs Stichwort kam Kjell hereinspaziert.

„Hey, Großer!", rief die Floristin aus und grinste ihm in entspannter Vertrautheit entgegen, wofür Isabell sie bewunderte. Sie hingegen fühlte sich seltsam gehemmt, wenn Kjell in der Nähe war, und war das eine oder andere Mal sogar nach oben in ihr Zimmer geflüchtet, wenn sie rechtzeitig gesehen hatte, dass er die Straße überquerte und zielgerichtet auf das Haus seiner Mutter zukam. Sie fand das selbst albern und wusste nicht genau, wieso sie sich so verhielt, konnte aber auch nicht aus ihrer Haut.

„Hey, Lu, schön, dich zu sehen“, antwortete Kjell erfreut, dann sah er sie an. „Natürlich freut es mich mindestens genauso sehr, dich zu sehen, Isabell.“

Sein Lächeln war bemerkenswert, stellte Isabell fest. *Sensationell trifft es vielleicht noch besser.* „Hallo, Kjell.“

Kaum hatte sie ihm geantwortet, zischte Siggi durch seine Beine hindurch und direkt auf sie zu, kurzerhand sprang er auf ihren Schoß und himmelte sie regelrecht an. Sofort brachen sie alle drei in Gelächter aus.

„Sag bloß, dein komischer Hund hat endlich gemerkt, dass es noch andere Menschen außer dir auf der Welt gibt.“ Luisa schüttelte lachend den Kopf, dann wandte sie sich an Isabell: „Du musst wissen, dass dieses süße Biest sich normalerweise nicht mal dazu herablässt, uns Normalsterbliche auch nur mit seinem flauschigen Popo anzugucken. Kjell schien für ihn immer der Mittelpunkt des Universums zu sein. Herrje, was für ein Bild! Guckt euch nur diesen verliebten Hund an. Isabell, du hast sein kleines Herz erobert, wie süß!“

Kjell konnte sich kaum sattsehen an der Szene. Siggi lag wie hingegossen auf Isabells Schoß und genoss die liebevollen Streicheleinheiten der blond gelockten Schönheit in vollen Zügen. Schon im nächsten Moment fühlte er, wie ein Anflug von Eifersucht in ihm aufstieg, der sich allerdings nicht auf seinen Hund bezog, sondern allein auf die Zärtlichkeiten, die Isabell dem Tier zukommen ließ. Siggi grunzte entzückt, als sie ihm den Bauch kraulte, so wie sie es bei ihrer ersten Begegnung getan hatte. Ich würde an seiner Stelle wahrscheinlich genauso zufrieden grunzen, dachte er amüsiert.

„Ich kann dem süßen Kerl einfach nicht widerstehen“, stellte Isabell lächelnd fest. „Die Verliebtheit beruht absolut auf Gegenseitigkeit.“ Nach einer Weile hob sie den Kopf und sah ihn an. „Falls du deine Mutter suchst, sie ist oben.“

„Ähm … ah ja, danke.“ Seine Kehle war trocken, er musste kurz husten und sich gleichzeitig zwingen, den Blick von ihren Fingern zu lösen, die noch immer streichelnd und kraulend den

Hund verwöhnten. Sie ist ein bisschen blass, dachte er, als er ihr wieder ins Gesicht sah.

„Ja, Leute, ich werde mich dann mal wieder auf die Socken machen", machte Luisa sich nach einer Weile bemerkbar. „Danke für den Kaffee, Isa. Wir sehen uns jetzt sicherlich öfter, was, Großer?"

„Na klar. Und falls du mal einen Arzt brauchst, Lu, du weißt ja, wo du mich findest." Er lachte, als sie kopfschüttelnd abwinkte und kurz darauf das Café verließ. „Ihr zwei seid recht gut befreundet, oder?", fragte er, nachdem Luisa verschwunden war.

„Wir haben uns auf Anhieb verstanden. Sie ist toll und sie ist mir in den vergangenen Monaten eine wirklich gute Freundin geworden", antwortete Isabell nickend. „Als wir uns einander vorstellten, sagte sie zu mir: Weißt du, Isabell, dein Name fängt mit Isa an und meiner hört damit auf, das muss doch was zu bedeuten haben. So hat sie mich sofort zum Lachen gebracht. Manchmal ist sie unglaublich witzig."

„Ja, Lu ist super. Ich kenne sie schon, seit sie ein kleines Mädchen war."

„Sie hat ein bisschen von eurer Clique geredet und wie gern sie richtig dazugehört hätte. Muss lustig gewesen sein damals."

„Wir hatten Spaß, so wie alle Teenager-Cliquen", entgegnete er. „Und wir hatten durchaus unsere wilden Zeiten."

„Ich mag die Geschichten, die Luisa mir von früher erzählt. Ich meine, sie hat mir leider noch nicht sehr viel verraten, aber ich würde gerne mehr von euch hören. Es muss schön gewesen sein, hier aufzuwachsen. Lunau wirkt immer so ... beschützend und friedlich auf mich."

„Auch in Lunau haben sich schon wahre Abgründe aufgetan, glaub mir." Er gestand sich ein, wie sehr er es mochte, sich mit ihr zu unterhalten, über alltägliche Dinge zu reden und sich auszutauschen. Am liebsten hätte er sich zu ihr gesetzt, gemütlich bei Kerzenschein und einem Glas Wein, und stundenlang einfach nur mit ihr geredet.

„Wolltest du nicht zu deiner Mutter?", fragte sie schließlich, als er nichts mehr sagte, und riss ihn damit aus seinen Gedanken.

Irritiert bemerkte er, dass er sie offensichtlich einige Sekunden lang nur angeschaut hatte. „Ja … du hast recht, ich wollte zu Christa.“ Er wandte sich ab und nahm aus dem Augenwinkel wahr, dass Siggi sofort von ihrem Schoß sprang und wie gewohnt zu seinen Füßen Stellung bezog. „Wir sehen uns“, sagte er leichthin zu Isabell und ging auf die Tür zu, hinter der der Zugang zum obersten Stockwerk und somit zur Wohnung seiner Mutter lag. Aus einem Impuls heraus drehte er sich noch einmal zu ihr um. „Sag mal … hättest du vielleicht Lust, an einem der nächsten Abende mit mir essen zu gehen? In Lüneburg gibt es sehr gemütliche Restaurants.“ Bewusst setzte er ein freches Grinsen auf. „Ich könnte mich breitschlagen lassen, dir von Lunaus dunklen Seiten zu berichten.“

Bis gerade eben hatte sie ihn angelächelt, doch kaum hatte er seine Frage gestellt, wurde ihre Miene ernst und wirkte sogar abweisend.

„Ich denke, das wäre keine gute Idee, Kjell.“

„Warum nicht? Ich bin nur ein harmloser Landarzt, schon vergessen?“ Wenigstens brachte er sie mit dieser Bemerkung zum Lächeln.

„Harmlos, nun ja, dazu enthalte ich mich, aber du bist in festen Händen, wenn ich mich nicht irre. Ich habe meine Prinzipien, Dr. Loewenthal. Nein danke! Ich gehe grundsätzlich nicht mit Männern aus, die gebunden sind.“

Er musste schlucken. So eine klar formulierte Abfuhr hatte er bisher noch nie erhalten. Ihr Ton ließ keinen Zweifel aufkommen, dass er sie allein schon mit seiner Frage enttäuscht hatte, und er verstand sie sogar. „Hm … du wirst mir wahrscheinlich nicht abnehmen, wenn ich jetzt behaupte, dass ich nicht wirklich in festen Händen bin, oder?“

„Nein, das nehme ich dir tatsächlich nicht ab. Eure Begrüßung sah für mich eindeutig aus.“

„Eventuell ist nicht immer alles nur schwarz oder weiß, schöne Engländerin.“

„Dann solltest du möglicherweise deine Grauzonen klären, Doc.“

Das saß. Das Mädchen war demnach nicht ganz so zurückhaltend, naiv und schüchtern, wie er angenommen hatte. Er sog scharf die Luft durch die Nase ein und nickte. „Okay, ich habe verstanden." Erneut wandte er sich von ihr ab, sah sie dann aber doch noch einmal an. „Würdest du überhaupt mit mir ausgehen? Ich meine, wenn es ... keine Grauzonen gäbe?"

Isabell deutete ein Lächeln an. „Das könntest du ganz einfach herausfinden, nicht wahr?"

„Stimmt, das könnte ich."

Kjell aß zusammen mit seiner Mutter zu Abend, Isabell bekam er allerdings nicht mehr zu Gesicht. Obwohl es ihn brennend interessierte, warum sie nicht mit ihnen am Tisch saß, verbot er es sich, Christa danach zu fragen. Er hatte die beiden Frauen miteinander sprechen hören, als er kurz im Bad gewesen war, aber er hatte nicht verstehen können, worüber sie geredet hatten.

Nach dem gemeinsamen Abendessen plauderte er eine gute Stunde mit seiner Mutter, bis er schließlich zurück in sein eigenes Haus ging, denn er hatte sich für den Abend noch einiges an Arbeit vorgenommen.

Schon am Nachmittag hatte er sich die Bewerbungsunterlagen bereitgelegt, die ihm ins Haus geflattert waren. Nun saß er, sein abendliches Glas Rotwein neben sich, am Schreibtisch in der Praxis und vertiefte sich in die Mappen. Fünf Arzthelferinnen hatten sich auf die Stelle beworben, das waren mehr, als er erwartet hatte. Es war nicht einfach, für eine Praxis in einem verhältnismäßig kleinen Ort eine Assistentin zu finden. Vor allem, weil er jemanden suchte, der nicht nur weitestgehend die Organisation übernahm, sondern auch einschlägige Erfahrung im medizinischen Bereich mitbrachte. Wenn er ehrlich war, brauchte er jemanden, der Sekretärin, voll ausgebildete Krankenschwester und Hebamme in einer Person war. Er wusste natürlich, dass diese Kombination nur schwer zu finden war, aber er würde versuchen, in seiner Auswahl möglichst dicht an diese Wunschvorstellung heranzukommen. Die Anzeigentexte in den Zeitungen hatte er dementsprechend formuliert, und nun las er sich die Mappen durch und konnte sein Glück kaum fassen, denn es kamen sogar zwei der Bewerberinnen infrage. Die anderen Bewerbungen legte er gerade zur Seite, als sein Telefon klingelte. Nach einem kurzen Blick auf seine Armbanduhr hob er ab und meldete sich. Es war seine Mutter und sie klang atemlos.

„Kjell, komm bitte schnell rüber und bring deine Tasche mit. Isabell ist krank, ihr geht es überhaupt nicht gut."

In seinem Magen schien eine kleine Bombe zu explodieren. „Ich bin sofort bei euch." Damit legte er auf und griff nach seinem Arztkoffer. „Tut mir leid, mein Lieber, du musst hierbleiben", sagte er zu Siggi, der sofort in den Startlöchern stand, um ihm zu folgen. Der Hund stieß ein unwilliges Grunzen aus, rollte sich aber auf seiner Decke zusammen und schlief auf der Stelle wieder ein.

Christa Loewenthal wartete schon in der offenen Tür, als Kjell mit einem langen Satz auf die Veranda ihres Hauses sprang. „Wo ist sie? Was ist los?", fragte er auf dem Weg nach oben.

„Sie ist in ihrem Zimmer. Oh Kjell, sie fiebert ganz furchtbar. Sie glüht regelrecht."

Wenige Sekunden darauf stand er an Isabells Bett und unterzog sie einer ersten Untersuchung. Ihr Gesicht war unnatürlich bleich, schweißnass und vereinzelt klebten Locken auf ihrer Stirn und den Wangen. Offensichtlich hatte sie sich noch nicht für die Nacht zurechtgemacht, denn sie lag auf der Bettdecke und war bekleidet. Isabell war bei Bewusstsein, aber das Fieber war tatsächlich sehr hoch und sie antwortete nicht schlüssig auf seine Fragen. „Ich muss sie abhorchen", sagte er, nachdem er in ihre Augen gesehen, ihre Temperatur gemessen und Puls und Blutdruck kontrolliert hatte, um sich einen ersten Überblick zu verschaffen. „Hilf mir mal, ihr das T-Shirt auszuziehen, bitte." Er hob Isabells Oberkörper vorsichtig an, und seine Mutter zog ihr das tintenblaue, verschwitzte T-Shirt über den Kopf aus und warf es beiseite. Nun trug Isabell nur noch einen einfachen geblümten Büstenhalter aus Baumwolle und ihre Jeans. „So geht es erst mal." Er griff nach dem Stethoskop und horchte sie gründlich ab.

„Was hat sie nur, Kjell? Vorhin sagte sie, sie habe Kopfschmerzen und überhaupt keinen Appetit und wolle sich lieber hinlegen, deshalb hat sie auch nicht mit uns gegessen. Schon den ganzen Tag hatte ich den Eindruck, dass sie irgendwie blass und nicht ganz auf der Höhe ist." Christa war sichtlich besorgt. „Nachdem du einige Zeit weg warst, wollte ich ins Bett gehen, und als ich an ihrer Zimmertür vorbeiging, rief sie nach mir. Als ich sie so sah, habe ich dich sofort angerufen."

„Das war genau richtig so, Mama. Ich werde ihr erst einmal ein fiebersenkendes Mittel geben. So, wie ich das sehe, hat sie sich entweder ein Virus eingefangen oder sie brütet einen heftigen grippalen Infekt aus. Wir sollten sie heute Nacht im Auge behalten. Wadenwickel wären nicht schlecht, damit wir ihre Temperatur schneller runterbekommen. Fieber ist grundsätzlich nicht verkehrt, aber dies hier ist mir eindeutig zu hoch. Außerdem sollten wir sie frisch machen und sie in ein leichtes Nachthemd aus Baumwolle stecken."

Christa nickte. „Sobald wir sie gewaschen haben, werde ich das Passende raussuchen." Sie verschwand im angrenzenden Badezimmer und kam kurz darauf mit einem angefeuchteten Waschlappen und einem Handtuch zurück. „Hier, fang schon mal an. Ich gehe runter in die Küche und bereite alles für die Wadenwickel vor. Bin gleich wieder da."

Kjell nahm seiner Mutter die Sachen ab und war in der nächsten Sekunde mit Isabell allein. Bedächtig beugte er sich über sie, um ihr mit dem Waschlappen den Schweiß vom Gesicht zu tupfen.

„Oh Jamie", flüsterte Isabell in diesem Moment. Aus fiebrig glänzenden Augen sah sie ihn an, hob eine Hand und streichelte sanft über seine Wange.

„Mein armer, armer Jamie …", sagte sie, dann schien sie zu stutzen und verlor das Bewusstsein.

Kjell hatte plötzlich einen bitteren Geschmack im Mund und hielt in der Bewegung inne. *Jamie? Wer zum Teufel ist dieser Jamie?* Eingehend betrachtete er Isabells schönes Gesicht, ihre samtige helle Haut, die langen, schön geschwungenen Wimpern und die leicht schrägen Augenbrauen. Noch immer schien er die zärtliche Berührung ihrer Fingerspitzen auf seiner Wange zu fühlen. „Verdammt noch mal", stieß er leise hervor.

„Was ist los, um Gottes willen?", hörte er seine Mutter fragen, die genau in dieser Sekunde zurück ins Zimmer kam.

Kjell räusperte sich. „Alles in Ordnung, Mama. Komm her, lass uns zusehen, dass wir sie vernünftig versorgen. Wenn wir fertig sind, kannst du dich hinlegen. Ich übernehme die Wadenwickel, und sobald das Fieber gesunken ist, mach ich es mir hier im Sessel gemütlich, damit ich sie im Auge behalten kann. Du musst dir keine Sorgen machen. Ich werde gut auf sie aufpassen."

Die Nacht verlief ruhig. Nachdem das Fieber gesunken war, hatte Isabell bis zum Morgen tief geschlafen. Ungefähr alle zwei Stunden hatte Kjell ihre Temperatur gemessen und auch die anderen Werte überprüft. Dabei war er behutsam vorgegangen und seine Patientin war nicht ein einziges Mal aufgewacht.

Im Morgengrauen nickte er für einige Minuten ein, und als er die Augen wieder aufschlug, begegneten sich ihre Blicke. Isabell lächelte schwach.

„Was … ist mit mir passiert?", fragte sie mit leiser Stimme. „Ich kann mich nur bruchstückhaft an gestern Abend erinnern."

„Du bist krank, kleine Backfee. So, wie es aussieht, hast du dir was eingefangen, das dir ganz schön zu schaffen macht."

Sie fasste sich an die Kehle und hustete trocken. „Mein Hals tut weh."

„Ja, das habe ich erwartet." Noch etwas schläfrig erhob er sich aus dem Sessel, trat zu ihr, setzte sich auf die Bettkante und legte ihr eine Hand an die Wange. „Du wirst wohl für ein paar Tage das Bett hüten müssen. Ich werde mal kurz rübergehen, mich ein bisschen frisch machen und Siggi rauslassen. Meine Mutter kümmert sich bestimmt schon um dein Frühstück. Eine große Kanne Tee wäre gut. Du solltest so viel wie möglich trinken. Sobald du gefrühstückt hast, möchte ich dich noch einmal untersuchen. Dann sehen wir uns auch deinen Hals an, einverstanden?"

Sie nickte. „Einverstanden, wenn du Siggi mitbringst."

Er lachte. „Ich denke, das lässt sich machen. Musst du zur Toilette?“, fragte er. „Du solltest nicht allein sein, wenn du aufstehst. Nach so einer Fiebernacht macht der Kreislauf manchmal schlapp.“

„Ich … äh …“

„Schon gut“, unterbrach er sie lächelnd und stand auf. „Ich schicke dir Christa, während ich den Hund befreie, okay?“

Dankbar lächelte sie ihn an. „Okay.“

Auf dem Weg zur Tür fiel sein Blick auf die Regalwand, in der früher seine Bücher und andere Dinge gestanden hatten, die ihm wichtig gewesen waren. Nun sah er dort Schneekugeln, jede Menge Schneekugeln sogar. Grinsend wandte er sich an Isabell: „Du sammelst diese kitschigen Dinger?“

„Mach dich nicht lustig über mich“, antwortete sie mit angeschlagener Stimme. „Ja, ich liebe diese kitschigen Dinger, wie du sie nennst. Was dagegen, Doc?“

Sofort hob er beide Hände und vertiefte bewusst sein Lächeln. „Oh nein, ich würde mich nie über dich lustig machen. Ich habe früher Kronenkorken gesammelt. Meine Mutter ist fast wahnsinnig geworden, weil ich mir irgendwann vorgenommen hatte, damit die Zimmerwände zu bekleben.“ Er lachte. „Stell dir das bitte mal vor. Zu ihrer Erleichterung verlor ich gerade noch rechtzeitig das Interesse daran.“

„Was hast du mit deiner Sammlung gemacht?“

„Na, weggeworfen natürlich. Ich sag ja, ich hatte das Interesse verloren.“

„Oh Gott bewahre! Ich könnte meine Schneekugeln niemals wegwerfen. Die ersten habe ich bekommen, als ich noch ein ganz kleines Mädchen war. Als ich hier ankam, hatte ich nur einige dabei, aber inzwischen habe ich mir auch den Rest meiner Sammlung schicken lassen.“ Sie musste husten und hielt sich erneut den Hals, verzog dabei das hübsche Gesicht.

„Streng dich nicht zu sehr an, Isabell“, mahnte er. „Du solltest besser nicht so viel sprechen. Lass uns nachher erst mal sehen, was die Untersuchung ergibt. In spätestens einer halben Stunde bin ich wieder bei dir.“

Wie versprochen, kehrte Kjell bald zurück und brachte Siggi mit.

Isabell hatte inzwischen etwas gegessen und nippte nun an ihrem Kräutertee. Christa, die ihr bei der Morgentoilette geholfen und ihr das Frühstück gebracht hatte, saß neben dem Bett im Sessel und unterhielt sich gerade ein wenig mit ihr, als er kurz an die offene Zimmertür klopfte und hereinkam. Siggi preschte vor, blieb schwanzwedelnd und aufgeregt hechelnd auf dem Flickenteppich vor ihrem Bett stehen und sah erwartungsvoll zu ihr auf.

Isabell lachte. „Na, traust du dich heute nicht zu mir, Siggi?"

„Betten sind für ihn tabu. Wenn du ihn gerne bei dir haben willst und es dir nichts ausmacht, dass er deins mit dir teilt, musst du ihn schon auffordern, zu dir zu kommen."

„Oh! Das ist ja … aber würde ich dir damit nicht die ganze Erziehung verderben?"

„Keine Sorge, dieses erstaunliche Tier kann das unterscheiden. Er ist so unverschämt klug … ich hätte ihn wohl besser Albert Einstein oder Stephen Hawking nennen sollen."

Tatsächlich sprang der Hund glücklich zu ihr hoch, als sie auf die Bettdecke klopfte und ihn aufforderte, zu ihr zu kommen. Selig rollte er sich auf ihrem Bauch zusammen und ließ sich kraulen. Alle drei lachten sie.

„So, ich bring dann mal das Geschirr in die Küche und kümmere mich um den Laden. Das heißt, wenn ihr mich nicht braucht."

Kjell winkte ab. „Nein, nein, Mama, geh du nur runter. Ich muss Isabell noch einmal untersuchen. Alles Weitere klären wir später, sobald wir mehr wissen."

„Gut, mein Junge. Du weißt ja, wo du mich findest. Hauptsache, unser Mädchen wird schnell wieder gesund."

Damit stand sie auf, strich ihr im Vorbeigehen übers Haar, bedachte sie mit einem liebevollen Blick und verließ das Zimmer.

„Deine Mutter ist so wunderbar", stellte Isabell fest.

„Ja, ich weiß. Sie ist großartig." Kjell kam näher und legte seinen Arztkoffer auf dem Sessel ab. „Tauchte das Krankheitsgefühl eher plötzlich auf, oder hat es sich langsam aufgebaut?", fragte er.

„Mir ging es schon den ganzen Tag nicht besonders, aber ich habe gedacht, ich bin einfach nur müde, weil ich die Nacht vorher nicht gut geschlafen hatte. Am Nachmittag wurde es dann schlimmer. Ich bekam dröhnende Kopfschmerzen und wollte mich eigentlich nur ein bisschen hinlegen, den Rest kennst du ja."

„Und wie geht es dir jetzt?"

„Ehrlich gesagt fühle ich mich richtig mies. Mein Hals tut höllisch weh, mein Kopf dröhnt immer noch und ich habe ein wenig Husten. Vorhin, als ich aufgestanden bin, fühlten sich meine Beine völlig kraftlos an, wie Pudding. Ich fand sogar das Zähneputzen anstrengend."

„Hm ... Wenn du einverstanden bist, werde ich mir mal deinen Hals anschauen, dich noch einmal gründlich abhorchen und dir ein bisschen Blut abzapfen, um festzustellen, ob wir dich auch ohne harte Geschütze wieder auf die Beine bekommen. Zum Glück ist mein Labor fix und fertig eingerichtet, so kann ich die wichtigsten Untersuchungen selbst erledigen."

Sein Lächeln wirkte nun professionell und dadurch distanziert.

„Natürlich wäre es für mich kein Problem, wenn du lieber von einem Kollegen ..."

„Nein", erwiderte sie schnell. „Nein, Kjell. Ich möchte, dass du mich weiterbehandelst. Du bist die ganze Nacht hier bei mir geblieben und hast mich schließlich schon gestern Abend untersucht. Das ist okay für mich." Sie musste kurz husten, bevor sie weitersprechen konnte: „Christa sagte, du hast sogar Wadenwickel bei mir gemacht?"

„Ja", er nickte. „Dein Fieber war recht hoch und ich wollte mich nicht allein auf die Wirkung des Medikaments verlassen, das ich dir verabreicht habe. Außerdem senken die Wadenwickel die Temperatur meist schneller und man kann die Zeit damit gut überbrücken, bis die Medikamente anschlagen."

„Danke."

„Ich bin Arzt, Isabell." Er öffnete seinen Koffer und legte sich einiges zurecht. „So, und nun mach mal den Mund weit auf und sag schön A, kleine Backfee."

Zwanzig Minuten später war alles erledigt, und Isabell ließ sich erschöpft in die Kissen sinken. „Nun, was meinst du, Doc?"

„Du sagtest ja, dass du dich gestern schon den ganzen Tag schlecht gefühlt hast und dass es langsam immer schlimmer wurde, deshalb tippe ich auf einen grippalen Infekt, nicht auf eine echte Grippe. Du hast viel Kontakt zu anderen Menschen, da steckt man sich schnell mal an."

„Aber ich habe doch überhaupt keinen Schnupfen", gab sie zu bedenken.

Sein Lachen klang nun gelöster und wirkte ehrlich amüsiert. „Diese Infekte haben so ihre speziellen Eigenarten. Der eine so, der andere so. Mach dir nicht zu früh Hoffnung. Der Schnupfen kann durchaus noch kommen." Kjell packte seine Sachen zusammen und klappte den Arztkoffer zu. „Ich sehe später wieder nach dir. Du solltest möglichst viel schlafen und noch mehr trinken. Ich werde meine Mutter bitten, dir Salbeitee zu kochen, der wird deinem entzündeten Rachen ein wenig Linderung verschaffen."

„Salbeitee? Iiihbäh!"

Erneut lachte er, und sie fand sein Lachen einfach umwerfend. Auf dem Weg zur Tür drehte er sich zu ihr um und zog die Stirn kraus, denn der Hund war nicht wie sonst sofort zur Stelle. Bisher schien er immer schon vor allen anderen zu merken, wenn Kjell vorhatte, den Ort zu verlassen, an dem er sich gerade aufhielt.

„Nanu, Siggi, willst du lieber bei Isabell bleiben?"

Der Hund hob kurz den Kopf, nur um sich dann wieder auf der Bettdecke zusammenzurollen. Isabell musste lachen, griff sich aber sofort an den Hals.

Kjell schüttelte schmunzelnd den Kopf. „Du hast meinen Hund offenbar vollkommen um den Finger gewickelt. Falls irgendwas sein sollte, ruf mich an. Übrigens darfst du mich auch anrufen, wenn Siggi dich nervt. Ich habe dir eine Karte dort auf den Nachttisch gelegt. Meine Handynummer steht ebenfalls drauf. Bis später, ihr zwei."

KAPITEL 3

Weißt du, ich habe jetzt wirklich lange genug den Mund gehalten. Du bist fast einen Monat wieder hier, und bisher haben wir es gerade mal zu zwei kleinen unschuldigen Abendessen und kurzen Gesprächen zwischen Tür und Angel geschafft!"

Julia war wütend. Die Hände in die Hüften gestemmt, stand sie vor ihm und funkelte ihn aus grünen Augen zornig an. „Seit Wochen schiebst du Arbeit vor, weichst mir aus und hältst mich ständig auf Abstand. Meinst du, ich würde das nicht merken? Meine Güte, Kjell, ich hätte erwartet, dass du mich sofort zu dir ins Bett holst, wenn wir endlich zusammen sein können. Stattdessen kümmerst du dich um Gott und die Welt, hast aber nicht einen einzigen Abend für mich allein übrig. Mir reicht das langsam, verflixt noch mal! Was ist eigentlich los mit dir?"

Er räusperte sich und hob kurz die Hände, nur um sie gleich wieder sinken zu lassen. „Hör zu, ich …" Entnervt brach er ab, weil ihm auf Anhieb nicht die richtigen Worte einfallen wollten.

Julias Augen füllten sich mit Tränen. „Ich kenne dich fast mein ganzes Leben lang, Kjell Loewenthal, und ich weiß, dass du dich mit derartigen Gesprächen schwertust, aber bitte … bitte, lass mich nicht weiterhin im Regen stehen. Ich werde sonst noch wahnsinnig."

Er machte einen Schritt auf sie zu, um sie wie gewohnt in den Arm zu nehmen, brachte es jedoch nicht fertig. „Du vergisst, dass wir bereits mehrmals solche Gespräche geführt haben. Du wolltest es nur niemals hören, wenn ich von meinen Zweifeln wegen unserer Beziehung gesprochen habe, Julia. Ich möchte dir nicht wehtun, verstehst du? Du bist einer der wichtigsten Menschen in meinem Leben, aber ich … ich weiß einfach nicht, ob wir beide … du und ich, ob das richtig ist. Ehrlich gesagt weiß ich das schon seit einigen Jahren nicht mehr."

Sekundenlang sah Julia ihn verständnislos an, dann strich sie sich mit beiden Händen durchs kurze dunkelbraune Haar und rang um Fassung. „Das ist … heftig."

Tief durchatmend unterdrückte sie einen Schluchzer, er hörte es trotzdem.

„Mir ist klar, dass mein Verhalten dir gegenüber nicht fair gewesen ist, Julia. Du hast die ganze Zeit auf mich gewartet. Allerdings musst du zugeben, dass ich dir schon vor Monaten gesagt habe, dass ich mir nicht mehr sicher bin, ob wir beide zusammenbleiben sollten."

„Du willst also wieder einmal eine Auszeit?", fragte sie tonlos. „Das hatten wir in der Vergangenheit doch oft genug, meinst du nicht?"

„Julia, ehrlich gesagt denke ich, dass es ... dass es endgültig vorbei ist." Er hatte ebenfalls einen Kloß im Hals. Es fiel ihm schwer, ihr das zu sagen, gleichzeitig spürte er eine Art Erleichterung in sich aufkeimen.

Sie nickte, der Sinn seiner Worte schien ihr aber nicht wirklich klar zu sein.

„Wir bleiben vorerst bei einer Auszeit, wie üblich. Ich werde auch dieses Mal ... die Hoffnung nicht aufgeben, dass du zur Vernunft kommst. Vielleicht war diese Geschichte mit der blöden Marine überhaupt nicht gut für dich, weißt du. Du musst dich erst einleben, ganz bestimmt ist das so, Kjell."

Ihre Stimme klang verzweifelt und hektisch, aber er hörte auch die Hoffnung in ihren Worten. Weil er ihr nicht noch mehr seelischen Schmerz zufügen wollte, nickte er. Er betrachtete die Sache inzwischen mit anderen Augen, dennoch schaffte er es nicht, sie klar und deutlich mit seiner Realität zu konfrontieren. Vielleicht brauchte sie einfach etwas länger, bis sie begriff, wie er wirklich empfand.

Die Wahrheit war, dass er sich in den vergangenen Jahren nicht einen einzigen Tag nach ihr gesehnt hatte. Zumindest nicht nach ihr persönlich, noch nicht einmal nach ihren Zärtlichkeiten oder danach, allein mit ihr zu sein. Alles, wonach er verlangt hatte, war sein Zuhause und das Gefühl von Sicherheit gewesen. Der Glaube an eine Liebe, die ein Leben lang Bestand haben könnte, war ihm schon vor vielen Jahren verloren gegangen. Julia bedeutete ihm etwas, keine Frage, aber er liebte sie nicht so, wie es sein sollte, sondern sah in ihr eher eine gute und verlässliche Freundin.

Er hatte genug Kameraden erlebt, die an manchen Tagen und in noch mehr Nächten vor Sehnsucht nach ihren Frauen fast durchgedreht waren. Ihm war so etwas nie passiert, und im Grunde war er froh darüber, denn denselben Männern war es nicht selten widerfahren, dass sie nach Hause kamen und vor den Trümmern ihrer Beziehung standen. Dumm war nur, dass er sich Julia noch immer verpflichtet fühlte. Gut, sie war nie ein Engel gewesen, aber schließlich hatte sie auf ihn gewartet. Jahrelang! Und er hatte den großen Fehler begangen, es hinzunehmen. Die Schuld an ihrer vertrackten Situation lag auch bei ihm.

„Ich werde uns nicht aufgeben, Kjell“, bekräftigte sie noch einmal und unterbrach damit seine Überlegungen. „Neben meinem Bruder bist du der einzige Mann, der mir wirklich etwas bedeutet. Und seit Rafael von hier weggegangen ist …“ Sie brach ab und wischte sich mit einer fast zornigen Geste die Tränen von den Wangen.

„Hast du in der letzten Zeit mal von ihm gehört?“, fragte er und war erleichtert, das Thema wechseln zu können, auch wenn es vielleicht nur für einen Moment des Durchatmens reichte.

„Wir telefonieren ab und zu, doch nicht sehr oft. Alle paar Monate fahre ich nach Hamburg, um ihn zu treffen. Seit zwei Jahren arbeitet er dort in einer Werbeagentur.“

„Grüß ihn von mir, wenn du mit ihm sprichst, und gib mir bei Gelegenheit mal seine aktuelle Nummer. Vor einiger Zeit habe ich versucht ihn anzurufen, aber unter der alten Telefonnummer war er nicht zu erreichen.“

„Ja … Rafael weiß gar nicht, dass du wieder hier bist. Er war auf einer längeren Geschäftsreise in Übersee, wir haben seitdem noch nicht miteinander gesprochen. Frag deine Mutter, wenn du seine Nummer haben willst. Er hat zu ihr mehr Kontakt als zu mir.“ Sie schniefte. „Ich denke, ich gehe jetzt wohl besser, Kjell. Du weißt ja, wo du mich findest.“

Er brachte nur ein Nicken zustande.

Isabell freute sich auf Kjells regelmäßige Besuche. In den letzten vier Tagen hatte er mehrmals nach ihr gesehen. Ihr ging es deutlich besser, aber er hatte sie gebeten, trotzdem noch im Bett zu bleiben, damit sich ihr Körper richtig erholen konnte. Inzwischen erkannte sie seine Schritte auf der Treppe. So war es auch jetzt. Erst vernahm sie das vertraute Geräusch und kurz darauf das Klopfen an der Tür.

„Komm nur herein“, rief sie. Sie ließ das Buch sinken, in dem sie gelesen hatte, und legte es beiseite, als er ihrer Aufforderung folgte.

„Na, wie geht es meiner Patientin heute?“

Eine Weile plauderten sie über dies und das. So erzählte er ihr auch von den Fortschritten bei der Einrichtung seiner Praxis und von zwei Bewerbungsgesprächen, die er unterdessen geführt hatte. Isabell fand das alles interessant und hörte ihm gerne zu, wenn er über diese alltäglichen Dinge mit ihr sprach.

Üblicherweise ging Kjell zwischendurch mit dem Hund raus, brachte ihn dann aber wieder zu ihr zurück, so machte er es auch an diesem Tag. Seit dem Morgen nach ihrer Fiebernacht war Siggi bei ihr geblieben. Sie genoss die Anwesenheit des süßen Vierbeiners beinahe so sehr wie die Besuche seines Besitzers. Die Befangenheit, die sie anfangs in Kjells Nähe gespürt hatte, war zwar nicht vollständig gewichen, hatte sich jedoch zu einem Gefühl gewandelt, das sie noch nicht genau einordnen konnte. Seine Attraktivität, besonders sein Lächeln, raubte ihr manchmal den Atem, und seine männliche Präsenz wirkte zuweilen sogar einschüchternd auf sie, dennoch stellte sich allmählich auch Vertrauen zu ihm ein, was sie vorwiegend auf die ärztliche Zuwendung schob, die er ihr entgegenbrachte.

Natürlich hatte sie bereits bei ihrer ersten Begegnung festgestellt, dass Kjell ein sehr gut aussehender Mann war. Seine Augen waren von einem tiefdunklen Blau, so dunkel, dass man sie auf den ersten Blick für braun halten konnte. Das dunkelblonde Haar mit den sonnengebleichten Strähnen war auffallend dicht und stand ihm immer ein wenig struppig vom Kopf ab, was seine Attraktivität nur noch verstärkte. Hinzu kam, dass der

Mann vor Kraft nur so strotzte. Sie kannte ihn natürlich nur bekleidet, aber sein Körper wirkte durchtrainiert bis in die kleinste Faser.

Was sie allerdings durcheinanderbrachte, war ihre Reaktion, wenn er sie berührte. Selbst als es ihr richtig schlecht ging, war ihr jede einzelne seiner Berührungen unter die Haut gegangen und hatte ein tiefes Sehnen nach mehr davon bei ihr ausgelöst. Das machte ihr ein bisschen Kopfzerbrechen, zumindest, wenn sie den Gedanken daran zuließ. Kjell gehörte einer anderen Frau, das durfte sie nicht vergessen. Außerdem war sie weit davon entfernt, für eine neue Beziehung bereit zu sein. Sie fand ihn sexy, na und? Das würde vorbeigehen, sobald sie sich an seinen Anblick gewöhnt hatte. Mit diesen Gedanken versuchte sie, sich zu beruhigen.

Als Kjell nun von seinem kurzen Spaziergang mit dem Hund zurückkam, trug er ein voll beladenes Tablett vor sich her. „Meine Mutter hat uns Kaffee gemacht. Sie meinte, ihr Schokokuchen sei zwar bei Weitem nicht so gut wie deiner, aber sie hat uns ein Stück davon genehmigt und hofft auf deine Nachsicht."

Er schenkte ihr ein umwerfendes Lächeln, stellte das Tablett auf dem Nachtisch ab, zog den Sessel näher zu ihr ans Bett und setzte sich.

„Oh, Kaffee! Wie wundervoll! Ich kann wirklich keinen Salbeitee mehr sehen."

„Ich bin froh, dass wir deinen Infekt auch ohne stärkere Medikamente in den Griff bekommen haben. Die strenge Bettruhe war offenbar genau das Richtige für dich. Allerdings würde ich vorschlagen, dass du ab morgen mal ein paar Stunden aufstehst. Aber gearbeitet wird noch nicht, verstanden?", sagte er, während er den Kaffee einschenkte und ihr einen der beiden Becher reichte. „Ein bisschen frische Luft würde dir guttun. Was hältst du davon, Siggi und mich auf unserem Nachmittagsspaziergang zu begleiten?"

„Sehr gerne, Kjell. Seit es mir besser geht, habe ich schon zwei Taschenbücher durchgelesen. Ein wenig Abwechslung und frische Luft wären tatsächlich herrlich."

„Dann ist es abgemacht. Morgen Nachmittag gehen wir zusammen spazieren. Ich hole dich gegen vierzehn Uhr ab."

Es ist nur ein Spaziergang, dachte sie, aber sein Lächeln machte sie atemlos.

Wie versprochen holte Kjell sie am nächsten Tag zur verabredeten Zeit ab. Da es windig war, hatte Isabell sich einen leichten Baumwollschal um den Hals geschlungen und war in eine winddichte Jacke geschlüpft.

„Endlich hast du wieder etwas Farbe im Gesicht", stellte er lächelnd fest, als sie auf einen schmalen Feldweg zusteuerten, den Siggi offenbar sehr gut kannte, denn er war ihnen weit voraus.

„Ja, mir geht es auch gut", antwortete sie. „Ich fühle mich noch ein bisschen wackelig in den Knien, aber das wird schon", fügte sie hinzu.

„Das Schwächegefühl ist nach so einem schweren Infekt völlig normal. Das kann ein paar Tage anhalten. Wenn es zum Ende der Woche nicht deutlich besser ist, sag mir ruhig Bescheid. Ich kann dir ein homöopathisches Mittel aufschreiben, das deine Kräfte mobilisiert und die Genesung unterstützt."

„Das ist lieb von dir, Kjell. Danke."

„Immer gerne."

Er bot ihr seinen Arm an und sie hakte sich bei ihm ein. Amüsiert sahen sie dem Hund hinterher, der lebhaft durch die Gegend tobte und sich nur dann und wann zu ihnen umdrehte, um sich zu vergewissern, dass sie sich in Sichtweite befanden. So gingen sie eine ganze Weile schweigend nebeneinander her und genossen die Ruhe und Schönheit der Heidelandschaft, durch die sie mit gemächlichem Schritt spazierten. Für die Heideblüte war es noch zu früh, aber der würzige Duft des Wacholders belebte die Sinne, und das wildromantische Terrain war auch in den verschiedenen Grün- und Brauntönen ein Erlebnis.

„Es ist so schön und friedlich." Sie seufzte. „Hier sieht es fast aus wie an einigen Orten bei mir zu Hause."

Kjell blieb stehen und sah sie an. „Du sagtest, du kommst aus Cornwall?"

„Ja, dort bin ich aufgewachsen. Geboren bin ich allerdings in Irland. Mein Vater ist Ire, weißt du."

„Warum bist du fortgegangen, ich meine von Cornwall?"

Sie spürte, wie bei seiner Frage ihr Herz heftig zu pochen begann. Für einen Moment überlegte sie, dass es wahrscheinlich sehr befreiend wäre, ihm alles zu erzählen, was ihr im vergangenen Jahr widerfahren war, verwarf den Gedanken jedoch. Auch wenn sie sich ihm so seltsam nahe fühlte, war er fast ein Fremder für sie. „Es war besser so. Ich hatte Schwierigkeiten mit … mit meiner Familie."

„Oh, das tut mir leid", erwiderte er mitfühlend. „Hast du dich mit deinen Eltern überworfen? Das ist schlimm, aber es lässt sich doch bestimmt wieder einrenken."

„Nein, nein, das ist nicht so einfach … ich …" Zu ihrem Schrecken spürte sie, wie ihr der Hals eng wurde und sich Tränen in ihren Augen sammelten.

„Mütter sind normalerweise …" Kjell brach ab, als er Isabells Tränen bemerkte, und fing eine davon mit der Rückseite seines Zeigefingers auf. „Hey, was ist denn los?" Er zog sie an sich. Sie ließ es sich nicht nur gefallen, sondern kuschelte sich in seine starken Arme und hielt auch ihre Tränen nicht zurück. Eine ganze Weile weinte sie hemmungslos. Kjell ließ sie gewähren und strich ihr dann und wann über den Rücken. Er tat das so lange, bis sie sich wieder beruhigt hatte.

Ihr Gefühlsausbruch überraschte ihn, vielleicht fühlte er sich sogar ein bisschen überfordert, aber er konnte nichts dagegen tun, dass er es genoss, sie in den Armen zu halten. Sie wirkte schutzbedürftig und aufgelöst, wie sie sich so an ihn klammerte und ihr Gesicht an seine Brust drückte. Als ihre Tränen langsam versiegten, legte er ihr einen Finger unter das Kinn und hob es an, damit er sie ansehen konnte. „Willst du mir nicht erzählen, was dich so unglücklich macht, Isabell?"

Sie holte tief Luft und schüttelte den Kopf. „Ich kann nicht. Noch nicht."

„Okay, aber der Onkel Doktor ist da, falls du reden möchtest." Er hatte vorgehabt, sie mit dieser albernen Bemerkung ein wenig aufzumuntern, doch ihre Miene blieb ernst und traurig, während sie zu ihm aufschaute. Als er ihr in die Augen sah, fühlte er deutlich einen Sog, eine Sehnsucht, die ihn tief in seinem Inneren berührte.

Ihre Augen waren von einer kristallenen Klarheit, die ihn immer aufs Neue in Staunen versetzte. Sanft ließ er den Daumen über ihr Kinn gleiten, streifte dabei ihre Unterlippe und hörte Isabell leise seufzen. Alles in ihm verlangte danach, diesen rosigen Mund zu küssen, und er beugte sich zu ihr hinunter, bis sein Gesicht nur noch wenige Zentimeter von ihrem entfernt war. „Du bist … so unfassbar schön", hörte er sich flüstern und war verblüfft über sich selbst, denn so ein Satz passte normalerweise nicht zu ihm.

Ihr unglaublicher Aquamarinblick senkte sich auf seinen Mund. „Kjell, nein, bitte nicht."

Es war bereits zu spät, im nächsten Augenblick berührten seine Lippen ihre, zart zuerst, doch es verlangte ihn nach mehr und so nahm er sich mehr, sie waren weich, süß und öffneten sich ihm bereitwillig. Isabell stöhnte leise und ließ sich in seine Arme sinken, als er mit seiner Zunge ihre Lippen teilte. Diese Reaktion war ihm Antwort genug.

Begehren schien wie ein Pfeil durch ihn hindurchzuschießen und setzte seinen Körper so heftig in Brand, wie er es noch niemals zuvor erfahren hatte. Verlangend zog er sie an sich, küsste sie mit einer Zärtlichkeit, die ihm selbst fremd war, und Isabell antwortete ihm in gleicher Weise. Er umfasste ihr Gesicht, leckte über ihre Lippen und genoss ihren herrlichen Geschmack, ihre Zungen trafen sich zu einem süßen Tanz. Langsam ließ er eine Hand über ihren Hals, die Schulter, bis hinunter zu ihrem Po gleiten, presste ihren Körper an sich. Er vertiefte den Kuss, ließ ihn leidenschaftlicher, wilder, feuchter werden. Sie schob ihre Finger in sein Haar, packte zu. Wieder ein Stöhnen, lauter dieses Mal, und gleich darauf durchlief sie ein Zittern, das ihn fast den Verstand kostete, weil es sein eigenes Verlangen ungeahnt anheizte. Nach einer berauschenden Ewigkeit löste sie sich zögernd von ihm, strich zittrig über seine Wange und legte einen Zeigefinger über seinen Mund.

„Bitte … Kjell, hör … auf“, brachte sie mühsam und schwer atmend hervor.

Er versuchte sich an einem Nicken, keuchte dabei, wie er erstaunt feststellte. Es dauerte eine ganze Weile, bis sie beide wieder zu einem annähernd normalen Atemrhythmus zurückfanden. „Entschuldige mich kurz“, stieß er aus und trat einen Schritt von ihr zurück, um sich für einen Augenblick abzuwenden. Er legte den Kopf in den Nacken und wartete darauf, dass das heftige Verlangen ein wenig abebbte, damit er in der Lage war, sie anzusehen. Schließlich drehte er sich zu ihr um. „Na, das war ja mal ein Kuss, was?“

Ihr Lächeln machte einiges an Frustration wett.

„Oh ja, das war ein Kuss.“

Sie lachten, auch vor Verlegenheit.

„Hör zu, ich … ich finde dich unglaublich anziehend, Isabell.“

„Ich denke, das habe ich gerade gemerkt.“ Wieder lachten sie beide. „Aber, Kjell, das ist falsch. Wir hätten das nicht tun dürfen. Du bist …“

„Ich habe mich von Julia getrennt“, warf er schnell ein, bevor sie den Satz zu Ende brachte. „Ich habe mich getrennt“, wiederholte er nachdrücklich.

Ihr Gesichtsausdruck wurde ernst, sehr ernst.

„Es geht nicht allein um Julia. Auch ich bin … ich meine, ich bin nicht bereit für … so was.“

„Für so was? Wie meinst du denn das? Wir sind erwachsen, wir …“

„Nein, ich kann das nicht. Und ich will das auch nicht“, unterbrach sie ihn.

Eine kleine Ewigkeit sahen sie sich an. „Ist es wegen Jamie?“, fragte er schließlich.

Sie zuckte zusammen und trat einen großen Schritt zurück. „Jamie?“, flüsterte sie atemlos. „Wie kommst du auf Jamie?“

„Als dein Fieber so hoch war, hast du seinen Namen gesagt. Du dachtest wohl, ich wäre er. Jedenfalls machte das den Eindruck auf mich.“

„Oh."

„Wartet dieser Jamie in Cornwall auf dich, Isabell?"

Stumm schüttelte sie den Kopf, kam aber wieder zu ihm und legte ihm die Hände auf die Brust. „Jamie war mein Ehemann. Er lebt nicht mehr. Ich habe ... ich habe ihn im vergangenen Jahr verloren."

Er schloss kurz die Augen, umfasste dann ihre Schultern. „Oh Gott, das tut mir sehr leid. War er krank?"

Wieder schüttelte sie den Kopf. „Nein, James ist ertrunken. Ein schrecklicher Unfall während einer Segeltour. Offenbar ist er mitten in der Nacht über Bord gegangen, aber ich ... entschuldige, ich möchte wirklich nicht darüber reden."

Kjell strich ihr eine goldglänzende Haarlocke aus der Stirn. Sie hatte ihren Mann verloren, das rückte in seinem Kopf so einiges zurecht. „Okay, du sollst nur wissen, dass ich für dich da bin, falls du ... ich meine, falls du vielleicht doch irgendwann darüber sprechen möchtest – mit einem Freund."

Ein lauter Knall ließ sie beide zusammenfahren. Gleich darauf hörten sie ein helles Jaulen, das an Kreischen erinnerte und sekundenlang anhielt, bevor es erstarb. Er hatte praktisch sofort reagiert, Isabell zu Boden gedrückt und sie mit seinem Körper abgeschirmt. Fluchend sah er sich um. „Das war ein Schuss. Bist du okay?"

„Ja, ich bin nur zu Tode erschrocken."

Isabell atmete schnell. Nachdem eine Weile alles ruhig geblieben war, drängte er sie Stück für Stück zwischen zwei niedrige Wacholderbüsche, die in ihrer Nähe wuchsen.

„Verdammt noch mal, wer ballert denn hier um diese Zeit durch die Gegend?"

„Wer auch immer da geschossen hat, muss ein Tier getroffen haben", flüsterte sie. „Hast du den furchtbaren Schrei gehört? Der kam eindeutig von einem Tier, das verwundet wurde."

„Ja, das ... oh nein!" Abrupt sprang Kjell auf. „Beweg dich nicht, bleib unten", rief er ihr zu, dann rannte er los.

„Kjell!" Isabells Herz klopfte bis zum Hals hinauf. Ein Schuss, dachte sie, oh Gott, das war ein Schuss, und er rennt einfach los und bringt sich womöglich in Gefahr!

Um sie herum war alles unnatürlich still. Sie lauschte, versuchte durch die dichten Nadeln der Wacholderbüsche zu spähen, um zu sehen, wohin Kjell verschwunden war, aber sie konnte nichts erkennen. Nur Sekunden später hörte sie ihn zurückkommen. Er atmete mindestens so angestrengt wie sie.

„Isabell, wir müssen zurück. Schnell!"

Als sie sich erhob, sah sie, dass er Siggi vorsichtig im Arm trug, und ihr Herz zog sich schmerzlich zusammen. „Oh nein, bitte nicht!", rief sie. „Siggi, mein süßer Liebling!"

Kjells Gesicht wirkte wie aus Stein gemeißelt, als er auf den Hund in seinen Armen blickte. „Ich glaube, er ist schwer verletzt. Wir müssen sofort ..."

„Lass mich sehen", bat sie, aber er schlug schon mit großen Schritten den Weg zurück ins Dorf ein. „Warte, Kjell. Lass mich ..."

„Er braucht so schnell es geht Hilfe. Wir dürfen keine Zeit verlieren. Dieses Schwein hat ihn getroffen. Verdammt, wenn ich den Mistkerl in die Finger kriege, dem breche ich alle Knochen!"

Ihr blieb nichts anderes übrig, als hinter Kjell herzulaufen, bis sie an seinem Haus angekommen waren. Auf seine Anweisung hin, griff sie in seine Jackentasche, holte den Schlüssel heraus und öffnete die Haustür. Den Hund in den Armen rannte Kjell in einen der Behandlungsräume und legte ihn auf der Untersuchungsliege ab. Mit fahrigen Bewegungen begann er, das bewusstlose Tier zu untersuchen. „Er lebt noch, ich ..."

„Geh endlich beiseite, Kjell!" Sie hatte damit gerechnet, dass er sie voller Erstaunen anblicken würde, schob ihn weg, beugte sich über den Hund und untersuchte zunächst vorsichtig die Stelle im Fell, die blutverschmiert war. Danach nahm sie Kjell das Stethoskop aus der Hand und überprüfte Siggis lebensnotwendige Funktionen. Fassungslos blickte Kjell ihr über die Schulter. „Sein Herzschlag ist nur eine Spur verlangsamt, doch regelmäßig, das ist schon mal gut", erklärte sie. „Gibt es eine Tierarztpraxis in der Nähe?"

„Zurzeit nicht, sonst wäre ich wohl direkt dorthin gelaufen."

Er sah sie an, als hätte er das achte Weltwunder vor sich.

„Okay. Das heißt, es ist natürlich nicht okay, aber dann muss es so gehen.“ Ihr Blick heftete sich auf sein Gesicht. Ihm war die Sorge um seinen Hund deutlich anzusehen, auch wenn er sich bemühte, einen professionellen Eindruck zu machen. „Wir müssen ihn sofort operieren. Die Kugel muss raus. Sie sitzt … nun, bei uns Menschen würde man sagen, sie sitzt kurz unter dem Schlüsselbein. Wenn keine größeren Blutgefäße verletzt sind, kriege ich das mit deiner Hilfe wieder hin. Hast du so was wie Midazolam oder Propofol da?“

Noch immer entgeistert nickte er. „Sicher.“

„Gut. Ich brauche als Erstes einen Rasierer, dann das Narkotikum und das Übliche: Kittel, Masken, OP-Besteck, Desinfektionsmittel und steriles Verbandszeug.“ Sie sah ihm in die Augen und strich ihm über die Wange. „Zusammen schaffen wir das, Kjell, vertrau mir. Wir lassen ihn nicht sterben.“

Kaum dreißig Minuten später war alles vorbei. Siggi lag gut versorgt und dick verbunden auf einer weichen Decke und schlief tief und fest. Sie hatten dafür gesorgt, dass er genau das auch noch die nächsten Stunden tun würde.

„Er wird es tatsächlich schaffen, oder?“, fragte Kjell.

„Ja, du hast es selbst gesehen, die Kugel hat zum Glück keinen schlimmen Schaden angerichtet. Es ist schon ein Wunder, dass das Ding bei einem so kleinen Tier nur Muskelgewebe trifft und kurz vor dem Knochen stecken bleibt.“

„Ich nehme an, dass es ein Querschläger war, also dass die Kugel von irgendwas abgeprallt ist, und ihn erst dann getroffen hat“, überlegte Kjell laut. „Vielleicht von einem Stein oder einem Baum. Das würde erklären, warum sie ihm nicht sämtliche Knochen zersplittert hat.“

„Hm, ja, so könnte es gewesen sein.“

Kjell sah sie an und lächelte. „Gute Arbeit, Frau Doktor. Wie wäre es mit einem Glas Wein, um den Adrenalinspiegel wieder zu senken? Dabei könntest du mir dann auch gleich eine angemessene Erklärung abliefern, wieso du hier die schöne Bäckerin zum Besten gibst.“

Isabell hob beide Hände. „Hoho, vorsichtig. Bitte keine voreiligen Rückschlüsse ziehen, *Herr* Doktor, aber das Glas Wein nehme ich jetzt sehr gerne."

„Du willst mir doch nicht weismachen, du bist keine Tierärztin?"

„Um ein Haar wäre ich es tatsächlich geworden. Ich habe Veterinärmedizin studiert, letztlich jedoch ein Semester vor dem Examen geschmissen. Und ja, ich gebe es zu, die Chirurgie war eine meiner Stärken."

„Warum zum Teufel hast du das Studium an den Nagel gehängt? Du bist verdammt gut. Davon konnte ich mich soeben überzeugen. Ich habe durchaus ein Auge dafür, ob jemand mit einem Skalpell umgehen kann oder nicht."

Sie zog die Stirn kraus und legte den Kopf in den Nacken. „Zuerst brauche ich mal ein bisschen Ruhe und das versprochene Glas Wein, Doc. Wie du weißt, bin ich nämlich auch noch nicht wieder ganz auf der Höhe."

„Na, dann lass uns mal unseren Patienten umbetten, sodass wir ihn im Auge behalten können", schlug er vor. „Aber vorher rufe ich drüben bei meiner Mutter an, damit sie sich keine Sorgen um uns macht."

Da es langsam Zeit fürs Abendessen wurde, machten sie sich in der Küche ein paar Brote zurecht und setzen sich dann ins Wohnzimmer. Anfangs aßen sie still und betrachteten den schlafenden Hund, der nun neben Isabell auf dem Sofa lag.

„Vielleicht sollten wir noch einen Trichter aus Pappe bauen, damit er den Verband in Ruhe lässt, wenn er aufwacht", gab Isabell zu bedenken.

Kjell winkte ab. „Ich glaube nicht, dass er an dem Verband herumzerren wird. Sigmund Freud ist ein eigenartiger Vertreter seiner Art. Wenn ich ihm einmal sage, dass er zurzeit mit diesem Verband leben muss, wird er es tun. Wie gesagt, er ist verdammt schlau."

„Nun, wir werden sehen, wie er sich verhält. Ich hoffe wirklich, dass er sich möglichst schnell von diesem Abenteuer erholen wird.“ Isabell strich dem schlafenden Tier sanft über das silbergraue Fell. „Er ist so ein toller Hund.“

„Ja, das ist er.“ Kjell griff nach seinem Glas und prostete ihr zu. „Jedenfalls danke ich dir sehr für deinen Einsatz. Du hast ihm wahrscheinlich das Leben gerettet und damit hast du auf jeden Fall etwas gut bei mir. Erzählst du mir jetzt, warum aus dir keine Tierärztin geworden ist?“

Ihr Lachen klang ein wenig nervös. „Ach, die Antwort ist denkbar einfach. Ich habe geheiratet.“

„Wie bitte? Isabell, das ist doch … entschuldige, aber man gibt doch nicht …“

„Bevor du dir völlig falsche Vorstellungen machst, ich habe diese Entscheidung getroffen, nicht etwa mein Mann.“ Seufzend atmete sie ein. „Zu der Zeit hat er mich gebraucht. Ich habe in Cambridge studiert, das war viel zu weit weg von Valentine Rock. Wegen des hohen Lernpensums hätte ich noch nicht einmal jedes Wochenende nach Hause kommen können. Das Studium der Tiermedizin erfordert eine ganze Menge Einsatz, besonders kurz vor dem Examen, und wie gesagt, ich wollte meinem Mann zur Seite stehen.“

„Valentine Rock? Dein Nachname ist Valentine“, warf Kjell ein.

„Ja. Valentine Rock ist ein ziemlich großer Landsitz in der Nähe von St. Ives. Er gehört schon seit ewigen Zeiten der Familie meines verstorbenen Mannes.“

„Du besitzt jede Menge Land in Cornwall und backst hier in einem kleinen Dorf in der Lüneburger Heide Kuchen?“ Er zog die Augenbrauen in die Höhe.

„Ganz so ist es nicht.“ Sie lächelte. „Das Land gehört nicht mir. Jamie und ich hatten noch keine Kinder. Vielleicht wird mir meine Schwiegermutter irgendwann mal etwas vererben, doch sicherlich nicht das Land. Sie hat noch einen zweiten Sohn, weißt du. Mal ganz abgesehen davon, ich backe einfach für mein Leben gern.“

„Hm, okay.“ Sein Blick fing den ihren ein. „Du sagtest vorhin, du hättest Probleme mit deiner Familie gehabt. Entschuldige, wenn ich so direkt nachfrage, aber haben diese Probleme mit dem Tod deines Mannes zu tun?"

Ein Schatten schien über ihr Gesicht zu fallen. „Verzeih, Kjell, ich möchte nicht darüber sprechen, ich glaube, das habe ich dir vorhin bereits gesagt."

„Nun, ich dachte, weil du gerade so schön im Fluss bist." Sein breites Lächeln sollte aufmunternd wirken, doch Isabells Miene blieb ernst. „Du sprichst sehr gut deutsch, nahezu perfekt, man hört wirklich nur einen klitzekleinen Akzent."

Sie nickte. „Meine Mutter ist Deutsche. Sie wurde in Braunschweig geboren, ist aber in Irland aufgewachsen. Sie selbst wurde zweisprachig erzogen und wollte das mit mir unbedingt genauso handhaben. Wie du siehst, hat es ganz gut geklappt."

„Wahrscheinlich bist du auch deshalb hierhergekommen, oder? Ich meine, wenn man schon sein eigenes Land verlässt, dann ..."

„Fang nicht wieder damit an, Kjell. Ich möchte nicht darüber sprechen."

Beschwichtigend hob er die Hände. „Ist ja gut."

„Dieser Schuss – was denkst du, woher er kam?", wechselte sie das Thema.

Kjell zuckte mit den Schultern. „Keine Ahnung. Um diese Tageszeit sind Jäger üblicherweise nicht unterwegs. Außerdem ist im Augenblick für das meiste Wild Schonzeit. Aber du kannst mir glauben, dass ich der Sache nachgehen werde." Er griff nach seinem Wein. „Verdammt, wer immer da geschossen hat, hätte auch einen von uns treffen können."

„Ja. Mir wird schlecht, wenn ich nur daran denke."

„Apropos, du solltest langsam zusehen, dass du ins Bett kommst." Am liebsten in meins, fügte er in Gedanken hinzu, versuchte diese allzu verlockende Vorstellung aber sofort zu verdrängen. „Eigentlich sollte es nur ein kleiner Spaziergang werden. Ich glaube, dein Arzt hat dir ein paar Tage Ruhe verordnet", erinnerte er sie lächelnd.

„Ach, es geht mir schon wieder ganz gut."

„Du wirst morgen trotzdem noch nicht arbeiten, klar? Das Abenteuer heute war ohnehin nicht unbedingt förderlich für deine Genesung."

„Alles klar, Doc."

Sie lächelte jetzt und das machte ihn froh.

„Wirst du Siggi auch gut im Auge behalten?", fragte sie.

„Darauf kannst du wetten."

„Du weißt ja, wie seine Werte aussehen sollten. Ich würde trotzdem gerne gleich morgen früh wieder nach ihm sehen, wenn es dir recht ist."

„Das ist mir sogar sehr recht. Sag mal, Isabell, hast du es eigentlich nie bereut, dass du dein Studium nicht beendet hast?"

„Doch, anfangs schon. Aber jetzt ist es in Ordnung für mich. Wie ich bereits sagte, ich backe wirklich gern."

Zusammen räumten sie den Tisch ab, dann begleitete Kjell sie über die Straße zum Haus seiner Mutter. Erst auf der Veranda verabschiedeten sie sich voneinander und zu seiner Freude stellte Isabell sich auf die Zehenspitzen und drückte ihm einen Kuss auf die Wange. Es fiel ihm schwer, sie nicht an sich zu ziehen.

„Schlaf gut", sagte er leise.

„Du auch. Er wird noch ... ich meine Siggi, er wird sicherlich noch vier bis fünf Stunden im Land der Träume sein. Nutz die Zeit und leg dich hin, Kjell."

Er fand ihre Besorgnis rührend. „Mach ich. Gute Nacht."

Isabell konnte nicht einschlafen. Viel zu viele Gedanken gingen ihr durch den Kopf und wollten keine Ruhe geben.

Da war zunächst einmal der kleine Patient, den sie so sehr ins Herz geschlossen hatte, dass es fast schon wehtat. Niemals würde sie den Schreck vergessen, als sie das dunkle Blut im silbergrauen Fell des bewusstlosen Hundes gesehen hatte. Und nie würde sie den angstvollen und erschütterten Ausdruck in Kjells Augen vergessen, als er mit Siggi im Arm vor ihr gestanden hatte.

Und dann war da noch der Kuss. Ein Kuss, der ihre Welt ins Wanken gebracht hatte. Hatte sie jemals zuvor so geküsst? Oder besser: War sie überhaupt schon einmal auf diese Weise geküsst worden? Auch wenn es ihr schwerfiel, musste sie vor sich selbst zugeben, dass noch kein Kuss sie so überwältigt hatte wie der von Kjell Loewenthal. Fast wäre sie …

Nein, darüber wollte sie auf keinen Fall nachdenken, doch der Gewissheit, dass Kjell sie im wahrsten Sinne des Wortes allein mit einem Kuss um ein Haar verführt hätte, konnte sie kaum entrinnen. Sofort fühlte sie sich schlecht. Sie hatte James Valentine geliebt. Natürlich hatte sie ihn geliebt! Es hatte niemals einen anderen Mann für sie gegeben. Und er hatte diese Liebe erwidert, von ganzem Herzen und mit all seiner Kraft. Mein sanfter, gütiger und kluger Jamie, dachte sie wehmütig.

Doch schon schlichen sich die Gedanken an Kjell wieder zurück, und ein wildes Sehnen ließ ihren Körper erschauern.

KAPITEL 4

Schon wieder ein Brief aus England.

Den gelben Umschlag in der Hand, saß Isabell auf der Bank hinter der Kirche und starrte vor sich hin. Seit sie in Lunau angekommen war, erreichten sie diese Briefe in unregelmäßigen Abständen – und sie machten ihr Angst. Zu Hause war es kein Geheimnis, wo sie sich aufhielt, aber inzwischen bedauerte sie, dass sie es nicht für sich behalten hatte. Natürlich wäre es möglich, die Koffer zu packen und woanders noch einmal neu anzufangen, doch sie fühlte sich so unglaublich wohl hier. In den letzten Monaten war Lunau zu ihrer zweiten Heimat geworden. Die Arbeit im Café machte ihr Spaß, und sie hatte Freunde gefunden. Sie wollte nicht weg, also würde sie diese Briefe und alles, was damit zusammenhing, einfach weiterhin ignorieren so gut es eben ging. Entschlossen faltete sie den Umschlag zusammen und schob ihn in die Hosentasche.

„Hey, wartest du schon lange?“ Luisas Frage unterbrach ihre Gedanken.

„Nein, ich bin auch gerade erst gekommen. Wie war dein Tag?“

Luisa zuckte mit ihren schmalen Schultern und ließ sich neben ihr nieder. „Ach, so lala. Julia ist seit Wochen griesgrämig, das wirkt sich auf alle Kollegen aus. Seit ein paar Tagen faselt sie ständig von Urlaub. Ich hoffe, sie zieht das durch und verschwindet für eine Weile sonst wohin, meinetwegen auf den Mond. Im Augenblick ist sie jedenfalls eine einzige Plage.“

„Tut mir leid.“

„Warum solltedir das leidtun, Isabell? Du kannst doch nichts dafür, dass meine Chefin frustriert ist und Liebeskummer hat.“ Luisa tippte auf ihre Hosentasche, aus der eine Ecke des Umschlags herausschaute. „Du hast schon wieder Post aus England, oder?“

„Ja.“ Isabell musste schlucken. „Sie lassen mich einfach nicht in Ruhe. Ich hoffe so sehr, dass sie mir endlich glauben.“

„Und du hast wirklich keine Ahnung?“

Sie verdrehte die Augen. „Luisa! Nein, ich weiß überhaupt nicht, was die von mir wollen. Klar ist nur, dass ich Angst vor denen habe. Die wirken so … seltsam kaltblütig, wenn du weißt, was ich meine."

Luisa schüttelte sich. „Brrr, ja, ich weiß genau, was du meinst."

„Sag mal, kann ich mit dir über … Kjell sprechen, ohne, dass du dich Julia gegenüber schlecht fühlst?", wechselte Isabell das Thema. „Ich meine, ihr seid ja schließlich auch miteinander befreundet, oder?"

Die Augen der jungen Floristin wurden groß. „Über Kjell? Moment mal, hab ich da was nicht mitbekommen?"

„Beantworte lieber ehrlich und offen meine Frage. Ich möchte unsere Freundschaft nicht unnötig auf die Probe stellen."

„Ach, mein Herz, das könntest du gar nicht. Ich bin so froh, dass es dich jetzt hier in Lunau gibt. Ja, natürlich ist Julia nicht nur meine Chefin, sondern auch eine Freundin, aber diese Freundschaft spielt sich auf einer anderen Ebene ab als unsere. Julia war eigentlich immer eher mit meiner Schwester befreundet als mit mir. Wir verstehen uns ganz gut, doch das ist auch schon alles. Nein, solange es nicht um den Job geht, fühle ich mich Julia gegenüber nicht verpflichtet."

„Verstehe."

„Du kaust gerade ziemlich massiv auf der Innenseite deiner Wange herum, Isabell. Mal abgesehen davon, dass du dir damit selbst Schaden zufügst, muss ich mir Sorgen um dich machen?"

Isabell atmete tief durch und sah ihrer Freundin ins Gesicht. „Kjell ist … Kjell hat …" Noch einmal holte sie tief Luft. „Also, er hat mir gesagt, dass er mich anziehend findet … und …"

„Und?" Luisa griff nach ihrer Hand. „Sag schon! Um Gottes willen! Rede weiter, bevor ich vor lauter Spannung von der Bank rutsche."

Isabell musste lachen, das machte es leichter. „Er hat mich geküsst."

Aufseufzend ließ Luisa sich an die harte Lehne der alten, gusseisernen Sitzgelegenheit zurückfallen. „Der Große hat dich geküsst? Einfach so?"

„Einfach so? Nein, das trifft es irgendwie nicht. Ich habe … geweint, er hat mich in den Arm genommen und mich getröstet und dann … hat er mich halt geküsst."

„Getröstet, soso, der Klassiker."

Wieder musste Isabell über ihre Freundin lachen. Luisa war manchmal zu komisch. „Wenn du es so sehen willst, ja", entgegnete sie schmunzelnd. „Meine Güte, Luisa, du liest wirklich zu viele Liebesromane."

„Ach, Unsinn!" Luisa winkte ab. „Davon kann man gar nicht genug lesen. Außerdem habe ich selbst kein Liebesleben, noch nicht einmal den leisesten Hauch, da muss ich mich halt mit Romanhelden zufriedengeben." Sie seufzte tief auf. „Erzähl weiter! Hast du jetzt ein Problem, weil du ihn nicht so anziehend findest wie er dich, oder was?"

Isabell schüttelte den Kopf. „Nein, das ist es nicht. Ich finde Kjell durchaus attraktiv, ähm, sehr sogar, aber ich … Sagen wir mal so, ich kann mir zurzeit wirklich keine Affäre vorstellen. Ich habe genug Probleme, wie du weißt, und ich bin längst noch nicht so weit. Luisa, ich bin gerade mal ein Jahr Witwe und meinen Mann habe ich sehr geliebt. Ich trauere nach wie vor um ihn, verstehst du?"

Nickend streichelte Luisa ihren Handrücken. „Natürlich verstehe ich das."

„Und dann ist da auch noch Julia. Sie ist … sie war schon immer mit Kjell zusammen, das hast du mir selbst erzählt. Und du hast mir auch gesagt, dass sie sich nach ihren Trennungen bisher jedes Mal wieder versöhnt haben. Ich würde mich nie auf einen Mann einlassen, in dessen Leben eine andere Frau ebenfalls eine Rolle spielt. Das kann ich einfach nicht."

„Aber er reizt dich, oder?"

„Das gehört zu meinem Problem, ja. Seit ich krank war, haben wir öfter Zeit miteinander verbracht und sehr viel geredet, sind uns dadurch auch freundschaftlich irgendwie nahegekommen. Aber mal abgesehen davon – dieser Kuss war unglaublich."

„Oho, hört, hört!"

„Könntest du mal ernst bleiben!", bat Isabell lachend.

„Ich bin todernst.“ Luisa verdrehte dramatisch die Augen. „Ja, ja, der Große ist wirklich ein Sahnestückchen. All diese Muskeln … und erst seine Mitternachtsaugen … hach!“

„Hör sofort auf damit. Ich bin jetzt jedenfalls dazu übergegangen, ihm möglichst aus dem Weg zu gehen. Ich denke, das wird für uns alle das Beste sein.“ Isabell erhob sich. „So, und nun komm, lass uns ein paar Schritte laufen und dabei überlegen, wie wir das Wochenende verbringen werden.“

„Wo wir gerade bei Klassikern waren … wie wäre es mit Mädchenfilmen und jede Menge Schokoladeneis?“ Luisa wackelte mit den Brauen und grinste, dann stand sie ebenfalls auf und hakte sich bei ihr ein.

„Warum eigentlich nicht? Das haben wir uns schon seit Wochen nicht mehr gegönnt.“

„Oder du wartest einfach mal ab, ob dir doch noch was Besseres über den Weg läuft.“ Mit dem Kopf deutete Luisa nach vorn. „Da kommt nämlich gerade das sexy Objekt deiner Begierde auf uns zu.“

„Ach, das auch noch.“ Isabell pustete sich eine Locke aus der Stirn.

„Hallo, ihr beiden Hübschen“, rief Kjell schon von Weitem und winkte ihnen fröhlich zu.

Eingehakt gingen sie ihm ein Stück entgegen und begrüßten ihn. Er trug Siggi auf dem Arm, aber kaum, dass der Hund sie sah, wurde er unruhig. Lächelnd nahm sie Kjell das zappelnde Fellknäuel ab. „Na, wie geht es dir denn, mein Süßer?“, fragte sie den Hund, während sie ihn vorsichtig liebkoste.

„Er ist auf einem guten Weg. Das Laufen fällt ihm noch ein bisschen schwer, aber es wird von Tag zu Tag besser“, antwortete Kjell.

Er schenkte ihr ein Lächeln, das wieder einmal heftiges Kribbeln unter ihrer Bauchdecke auslöste. Sie nickte. „Das klingt gut.“

„Ähm …“, mischte sich Luisa in die Unterhaltung ein. „Isabell, ich werde mich dann mal nach Lüneburg aufmachen. Ich muss ein paar Besorgungen erledigen, bevor die Läden schließen.“

Isabell konnte es kaum fassen, dass Luisa sie mit Kjell allein lassen wollte. Sie versuchte ihre Freundin strafend anzusehen, aber das prallte offenbar bei der ab. „Okay, dann … bring gleich die Filme fürs Wochenende mit, wenn du schon da bist."

„Ja, mach ich. Tschüss, ihr zwei! Ich melde mich morgen bei dir, Isabell."

Kjell schmunzelte erfreut in sich hinein. Er kannte Luisa gut und lange genug, um zu wissen, dass sie nur gegangen war, damit er mit Isabell alleine sein konnte. Die logische Folgerung, dass Isabell mit ihrer besten Freundin über ihn gesprochen haben musste, lag deshalb nahe. Das wiederum bedeutete, dass Isabell sich mit ihm beschäftigte. Diese Erkenntnis gefiel ihm außerordentlich gut. Natürlich kam es für ihn nicht infrage, eine Frau zu bedrängen, wenn sie kein Interesse an ihm zeigte, aber er war durchaus nicht immer so nachgiebig, wie er sich ihr gegenüber bisher gezeigt hatte. Seit dem Kuss wusste er, dass Isabell Valentine sich sehr wohl für ihn interessierte, trotzdem tat es gut, eine weitere Bestätigung zu bekommen.

„Die Fäden könnten eigentlich heute raus", unterbrach sie seine Gedanken.

„Ja, daran habe ich auch schon gedacht. Und da er überwiegend dein Patient ist, würde ich vorschlagen, dass du die Sache zu Ende bringst."

Ihr Blick löste sich von dem Tier und sie sah ihm ins Gesicht. „Aber das kannst du doch selbst erledigen, Kjell."

„Wie gesagt, Siggi ist eigentlich dein Patient." Er lächelte sie herausfordernd an. „Wir sollten seine Genesung ein wenig feiern, meine ich. Heute Abend bei mir? Ich könnte mich breitschlagen lassen, uns etwas zu kochen", schlug er vor. „Und schließlich willst du Siggi doch nicht enttäuschen, oder?"

Sekundenlang schien sie mit sich zu kämpfen, dann seufzte sie und lächelte.

„Also gut. Wann soll ich bei dir sein?"

„Komm, wann du willst. Ich werde da sein und auf dich warten", antwortete er bewusst hintergründig. Er konnte von ihrem Gesicht ablesen, wie es in ihrem Kopf arbeitete.

„Okay … dann bringe ich den Nachtisch mit, einverstanden?"

„Aber so was von." In diesem Moment war ihm durchaus bewusst, dass sein Grinsen triumphierend wirken musste, doch das war ihm egal.

Genau zur richtigen Zeit klingelte es an der Haustür. Noch vor wenigen Minuten war er sich gar nicht so sicher gewesen, dass sie kommen würde, deshalb ließ das Geräusch der Klingel sein Herz schneller schlagen. Kjell begrüßte Isabell mit einem Wangenkuss und nahm ihr den Teller ab, den sie in den Händen hielt. „Schön, dass du da bist", sagte er. „Was bringst du denn da Leckeres mit?" Ihr Lächeln wirkte unsicher und schüchtern, aber das kannte er ja schon von ihr. Wenn sie sich einige Tage seltener oder gar nicht gesehen hatten, war es, als müsste sie sich erst wieder an ihn gewöhnen.

„Ich habe doch versprochen, dass ich mich um den Nachtisch kümmern würde", antwortete sie. „Es ist eine schwedische Mandeltorte, allerdings mit Baiser und viel Schokolade. Ich hoffe, sie wird dir schmecken."

„So, wie sie aussieht, allemal." Seine schöne Besucherin sah in ihrem hellblauen Sommerkleid ebenfalls zum Anbeißen aus, und er musste sich räuspern.

Isabell sah sich um. „Wo ist denn Siggi?"

„Den habe ich ins Wohnzimmer verbannt, weil er sich mit den Treppen noch ein bisschen schwertut. Ich hole ihn gleich, dann kannst du ihm die Fäden ziehen, bevor wir seine Genesung feiern." Er lächelte ihr zu. „Es gibt übrigens Pasta und zwei Soßen zur Auswahl, dazu einen Tomatensalat mit frischen Kräutern. Ich hoffe, du magst Nudeln."

„Das klingt wundervoll. Ich liebe Pasta in allen Variationen."

Isabell ging professionell zu Werke, wie Kjell bemerkte. Gründlich wusch und desinfizierte sie sich die Hände, bevor sie die OP-Handschuhe überzog und Siggi vorsichtig von dem Verband und schließlich von den Fäden befreite. Wie es zu erwarten war, ließ der kleine Hund die Prozedur fast regungslos über sich ergehen. Das Tier schien immer genau zu wissen, worauf es ankam. Als alles vorbei war, leckte es Isabell dankbar die Hände, allerdings erst, nachdem sie die Handschuhe abgestreift hatte. Sie lachten und er setzte Siggi zurück auf den Boden.

„Er läuft schon fast wieder normal", stellte Isabell fest. „Ich bin so froh."

„Ja, und wie ich dir vorausgesagt habe, hat er nicht ein einziges Mal an seinem Verband gezerrt. Er war ein vorbildlicher Patient."

„Dieser Hund ist wirklich erstaunlich."

„Sag ich doch."

Bereits bei ihrem ersten Besuch in Kjells Haus war ihr aufgefallen, wie gemütlich es bei ihm war. Zwar kannte sie von den Privaträumen bisher nur seine Küche und das Wohnzimmer, aber allein diese beiden Räume sagten schon sehr viel über den Besitzer aus. Die Möblierung der Küche war eine Kombination aus schlichten weißen Arbeitsschränken, modernen Geräten und alten, schön aufgearbeiteten Holzmöbeln. Eine bequeme Sitzecke und offene Regale, auf denen hohe Vorratsgläser und einige Küchengeräte ihren Platz gefunden hatten, rundeten das Bild ab. Offensichtlich liebte er kräftige Farben. Besonders im Wohnzimmer wurde das deutlich. Die Vorhänge lieferten mit ihrem Farbverlauf von Hellgelb über Orange bis hin zu einem satten Rot den perfekten Kontrast zur schwarzen Ledercouch. Die Farben Orange und Rot fanden sich überall im Raum wieder. Er hatte Geschmack, so viel war klar.

Sie aßen in der Küche, räumten zusammen auf und machten es sich danach mit Mandelkuchen im Wohnzimmer gemütlich. Kjell schenkte von dem Rotwein nach, den sie schon zum Essen genossen hatten. „Oder hättest du gerne einen Kaffee?", fragte er.

„Lieber nicht, sonst kann ich nachher nicht schlafen." Sie schnitt den Kuchen an. „Ich fürchte, ich schaffe nach deiner tollen Pasta nur noch ein winziges Stück", sagte sie lachend.

„Freut mich, dass es dir geschmeckt hat."

„Es war grandios."

Wie üblich fanden sie sofort Gesprächsthemen. Entspannt saßen sie zusammen, genossen den Kuchen, tranken Wein und unterhielten sich über alles Mögliche.

„Wann willst du eigentlich offiziell deine Praxis eröffnen?", wollte Isabell schließlich wissen. „Da unten sieht es doch perfekt aus."

Kjell nickte. „Ja, die Praxis und ich wären so weit, aber ich muss noch ein paar Tage auf meine Arzthelferin warten. Das heißt, tatsächlich ist sie Krankenschwester. Bis zum Ende des Monats ist sie in einem Krankenhaus in Hamburg beschäftigt. Sobald sie hier eintrifft, kann es losgehen."

„Ich verstehe. Ohne Assistentin ist es schwierig, nicht wahr?"

„Es geht praktisch gar nicht. Notfälle sind natürlich kein Problem, aber normale und geregelte Sprechzeiten abzuhalten ist fast unmöglich, wenn man allein ist."

„Zumindest hast du schnell jemanden gefunden."

„Und darüber bin ich auch sehr froh. Ruth Rogalski, die Frau, die ich eingestellt habe, bringt nämlich so ziemlich alles mit, was für eine Landarztpraxis notwendig ist. Sie hat langjährige Erfahrung als Krankenschwester und als Kinderkrankenschwester und hat zusätzlich eine Ausbildung zur Hebamme gemacht, das ist fantastisch."

„Sie ist also schon älter?"

„Na, sagen wir mal, sie verfügt über die nötige Reife." Kjell lachte. „Frau Rogalski will unbedingt aus dem hektischen Krankenhausbetrieb aussteigen, da kam ihr meine Anzeige ebenso recht wie mir ihre Bewerbung. Stell dir vor, sie will sogar hierher umziehen. Natürlich erst, sobald klar ist, dass wir gut zusammenarbeiten können. Sie ist alleinstehend und absolut flexibel. Wir haben vier Wochen als Probezeit vereinbart, das sollte reichen. Für diese Zeit hat sie sich eines der kleineren Häuser im Feriendorf gemietet. Eine Wohnung für danach haben wir auch schon gefunden. Von meiner Mutter hatte ich erfahren, dass Barbara Milchert die Einliegerwohnung in ihrem Haus eigentlich als Ferienwohnung neu einrichten wollte, und da habe ich sofort mit Barbara gesprochen. Eine feste Mieterin ist ihr allemal lieber als ständig wechselnde Feriengäste. Als Zugabe bleiben ihr die Kosten für die Möblierung erspart, da Frau Rogalski natürlich ihre eigenen Möbel mitbringt. Sobald sie die Probezeit bestanden hat, kann sie bei Barbara einziehen."

„Na, ich drück die Daumen, dass alles so wird, wie du es dir vorstellst."

„Danke, das kann ich gebrauchen." Er sah zu, wie sie nach ihrem Glas griff, und tat es ihr nach. „Du siehst übrigens sehr schön aus, heute Abend", teilte er ihr mit und trank einen Schluck.

„Oh … danke."

„Kleider stehen dir, du solltest sie öfter tragen."

„Na ja, bei der Arbeit im Café finde ich Jeans deutlich bequemer. Und da wir kein vornehmes Stadtcafé sind, bleiben mir schwarze Röcke und weiße Servierschürzen ja zum Glück erspart."

„Hm, wobei eine derartige Aufmachung durchaus ihren Reiz hätte. Ich meine, auch ohne den schwarzen Rock." Er zwinkerte ihr lächelnd zu, aber sie blieb ernst.

„Kjell, mach das bitte nicht."

„Was meinst du? Was soll ich nicht machen?"

„Hör bitte auf, auf diese Weise mit mir zu flirten, das macht mich nervös."

„Na, es soll dich ja auch nervös machen, kleine Engländerin, das ist doch der Sinn der Sache."

Seufzend schüttelte Isabell ihren blonden Lockenkopf. Es war ihr anzusehen, dass sie die Richtung, die ihre Unterhaltung einschlug, nicht angenehm fand.

„Erzähl mir lieber ein bisschen von deiner Zeit bei der Marine, Kjell."

„Du lenkst ab, wie süß."

Obwohl sie sich darüber ärgerte, fühlte sie sich durch seine spöttische Bemerkung herausgefordert. Sie wusste, dass er es nicht böse oder gar herablassend meinte, sondern sie nur ein bisschen aufziehen wollte. „Legst du es darauf an, mich zu provozieren?"

„Vielleicht. Aber mal abgesehen davon macht es doch Spaß,

ein wenig zu flirten, oder? Wenn ich mich recht erinnere, weißt du spätestens seit unserem … Spaziergang, dass ich dich äußerst begehrenswert finde. Warum sollte ich nach dieser Erfahrung also nicht mit dir flirten, Isabell?“

Sein Lächeln war beeindruckend offen und unglaublich anziehend, und weil er sie damit noch nervöser machte, als sie es ohnehin schon war, stand sie ruckartig auf und räumte die Kuchenteller zusammen.

„Ich denke, es wird Zeit fürs Bett“, teilte sie ihm mit und bemerkte zu spät, wie zweideutig sich das anhörte. Am liebsten wäre sie in diesem Moment geradewegs im Boden versunken, so sehr ärgerte sie sich über ihre unbedachte Anspielung. Damit hatte sie ihm praktisch den nächsten Ball zugeworfen, und natürlich nahm er ihn sofort auf.

„Das sehe ich ganz genauso.“

Sein Tonfall und der intensive Blick aus seinen dunkelblauen Augen ließen keinen Zweifel zu, wie er das meinte.

„Oh Kjell!“ Das leicht heisere Lachen, das sich aus ihrer Kehle löste, konnte sie nicht verhindern. Ihr Verstand haderte aufs Heftigste mit ihren Begehrlichkeiten. Ihr Kopf mahnte sie im Sekundentakt, wie falsch es wäre, auf seine Flirtversuche einzugehen, aber ihr Körper erzitterte innerlich bei jedem Wort, das dieser Mann von sich gab. Es war fast schon erschreckend, dass allein der Klang seiner Stimme ausreichte, um tiefes Verlangen bei ihr auszulösen. Er hatte sie indirekt an den Kuss erinnert, doch gerade den versuchte sie aus ihren Gedanken zu verbannen – meist erfolglos, weil er sie spätestens in ihren heißen Träumen einholte. Mit den Tellern in der Hand stand sie da, stellte sie dann aber wieder auf dem Couchtisch ab. „Wenn du nicht sofort damit aufhörst, unser Gespräch nur in eine einzige Richtung zu lenken, werde ich auf der Stelle gehen.“

„Wenn du gehen willst, solltest du gehen“, gab er ihr zur Antwort.

Fast gemächlich lehnte er sich im Sessel zurück. Die Hände locker auf den Armlehnen, die langen Beine von sich gestreckt, einen Fuß über den anderen gelegt. Das freche Lächeln war indes verschwunden. Kjells Haltung wirkte lässig, aber seine Miene drückte aus, wie ernst er seine Worte meinte.

„Ich bin weiß Gott nicht der Typ Mann, der ein solches Spiel genießen kann, wenn eine Frau ... auf dieser speziellen Ebene kein Interesse zeigt."

Schnaufend legte sie den Kopf in den Nacken und verschränkte die Arme vor der Brust. „Ich will einfach noch keine neue Beziehung, Kjell."

„Nun, dann sind wir uns in der Hinsicht ja schon mal einig. Ich will nämlich auch keine neue Beziehung. Man könnte sogar sagen, ich will generell keine."

„Oh!"

Sein Lächeln war zurück.

„Das sagst du übrigens oft, wenn du gerade nicht weiterweißt."

Ihr war noch immer nicht nach Lächeln zumute. „Was erwartest du denn von mir? Und sei bitte ehrlich. Eine kurzzeitige Affäre, vielleicht sogar nur einen One-Night-Stand? Ist es das, was du bezweckst?"

Sein Blick fixierte ihren Mund.

„Ich bin kein dummer Junge mehr, Isabell, ich habe gemerkt, wie du auf mich, auf unseren Kuss reagiert hast. Verzeih meine Direktheit, aber du hast sogar ziemlich heftig reagiert. Wenn ich es nicht besser wüsste, warst du sogar kurz davor ..."

Hastig hob sie die Hände, um ihm Einhalt zu gebieten. „Oh, bitte!"

„Du verlangst Ehrlichkeit, willst dich aber gleichzeitig nicht damit auseinandersetzen, dass wir beide verdammt heiß aufeinander sind? Das sieht mir doch sehr nach Verdrängung aus, Bella. Okay, dann viel Spaß beim Ignorieren. Das wird nicht lange funktionieren, das sollte dir klar sein."

Bisher hatte sie noch nie jemand Bella genannt. Die Art, wie er es soeben getan hatte, ging ihr durch und durch. Grundsätzlich machten sie seine Worte jedoch wütend. „Das klingt aber ziemlich unverschämt, oder? Diese Seite kenne ich ja gar nicht an dir."

„Du weißt so einiges nicht von mir. Abgesehen davon war

das nur die ehrliche Darlegung meiner Beobachtung und meines eigenen Empfindens. Warum sollte ich lügen oder dir in dieser Sache etwas vormachen? Auch das liegt mir nicht."

„Seit wir uns kennen, bist du immer … sanft und umsichtig mit mir umgegangen."

„Wieso auch nicht? Das ist genauso ein Bestandteil meines Charakters. Zudem warst du krank, ich bin Arzt und habe ganz selbstverständlich deine Behandlung übernommen. Das war eine vollkommen andere Situation als die, in die uns schließlich unser Kuss gebracht hat, nicht wahr?" Jetzt erhob er sich ebenfalls, hakte die Daumen in die Vordertaschen seiner Jeans und sah sie direkt an. „Ich bin nicht nur Arzt, meine Bella, ich bin auch ein Mann und du gehst mir unter die Haut."

Sein Blick war weich und offen und seine Augen so dunkelblau wie der Nachthimmel in besonders heißen Sommernächten. Isabell konnte ihn nur anstarren. Sie versuchte tief Luft zu holen, aber aus irgendeinem Grund wollte ihr das nicht recht gelingen. Kjell sah umwerfend sexy aus, wie er da vor ihr stand. Mit seiner beeindruckenden Größe, den breiten Schultern und diesem sanften Blick, gab er eine ungewöhnliche Mischung ab. Er wirkte beunruhigend und vertrauenswürdig zugleich und in diesem Moment fühlte sie sich von seiner virilen Ausstrahlung schlicht überfordert. Wortlos nahm sie die Teller wieder auf. Ohne ihn anzusehen, trug sie das Geschirr in die Küche. Siggi, der ruhig in einer Ecke auf seiner Decke gelegen und geschlafen hatte, erhob sich ein bisschen schwerfällig und folgte ihr. Als sie zurückkam, stand Kjell noch immer am selben Platz und sah ihr entgegen.

„Du willst also gehen", konstatierte er.

„Ja", erwiderte sie. „Es war ein tolles Essen und ich danke dir für den Abend."

„Gut, dann werde ich dich mal zur Tür begleiten." Sein Blick senkte sich auf den Hund, der neben ihr stand und aufmerksam zu ihr aufsah. „Siggi, leg dich wieder hin. Du bleibst hier."

Wie gewohnt folgte der kleine Rüde sofort den Anweisungen seines Herrchens. Isabell verabschiedete sich mit ein paar Streicheleinheiten von dem Hund und ging voraus in den Flur zur

Treppe. Unten angekommen griff sie nach der leichten Strickjacke, die sie auf einen der Stühle im neuen Wartezimmer abgelegt hatte. Kjell nahm sie ihr aus der Hand und legte sie ihr um die Schultern. Seine Hände verweilten einen Moment, glitten dann langsam ihre Arme hinab. Schließlich umfasste er ihre Handgelenke. Kaum traute sie sich, den Kopf zu heben, um ihm ins Gesicht zu sehen.

„Sieh mich an", flüsterte er. „Sei kein Feigling, Isabell."

Wie hypnotisiert sah sie zu ihm auf. „Kjell."

Er zog sie näher, und als sie direkt vor ihm stand, streifte sein Mund kurz ihre Lippen. Bei der sanften Berührung erschauerte sie.

„Seit Wochen schon denke ich jede Nacht nur an dich. In jeder Nacht liebe ich dich in Gedanken. Jede Nacht schmecke ich dich, atme dich ein und bin in dir", raunte er ihr zu. „Und damit du es weißt, etwas Vergleichbares habe ich noch nie zuvor über die Lippen gebracht."

Er umfasste ihre Handgelenke fester und zog sie so ein bisschen dichter an sich. Mit leichtem Druck presste er ihre Arme seitlich an ihren Körper, sodass sie sich kaum noch rühren konnte, dann beugte er sich herunter und legte seine Lippen an ihre Ohrmuschel.

„Du warst unglaublich erregt, Bella, an diesem Tag. Ich hab es genau gespürt und du weißt, dass es mir ebenso erging. Warum bleibst du heute Nacht nicht einfach bei mir?"

Sanft liebkoste er ihr Ohrläppchen, sein Atem war heiß und ging unregelmäßig.

Fast schluchzend schnappte Isabell nach Luft. Als sie versuchte, sich von ihm zu befreien, ließ er sie sofort los. Schwer atmend trat sie einen großen Schritt zurück. Es war ihr unendlich peinlich, dass er offenbar gemerkt hatte, wie heftig sie tatsächlich auf seinen Kuss reagiert hatte. Sie hatte das Gefühl, sich erklären zu müssen. „Ich weiß nicht, was an diesem Tag mit mir los war. Vielleicht … vielleicht ist es einfach schon zu lange her, dass ich …"

Beinahe nachsichtig schüttelte er den Kopf. „Du weißt genau, dass das nicht der Grund ist." Er lachte bitter auf. „Du und ich, Isabell, das ist der wahre Grund."

Vorsichtshalber machte sie noch einen weiteren Schritt von ihm weg. „Aber du willst keine Beziehung und ich auch nicht. Du glaubst doch nicht im Ernst, dass ich mit dir ins Bett gehe, einfach nur um diese … diesen …"

„Magnetismus, Reiz, Anziehung?", half er aus.

„Nenne es meinetwegen, wie du willst. Also, nur um diese Anziehung zwischen uns wieder loszuwerden, soll ich mit dir schlafen? Kjell, wir leben in einem recht überschaubaren Ort! Ich arbeite im Laden deiner Mutter, der zu allem Überfluss auch noch direkt gegenüber deiner Praxis liegt. Meine Güte! Denk doch nach. Wir würden unser Leben hier enorm komplizieren."

„Das wäre möglich. Das heißt, wenn wir es zulassen. Andererseits könnte es auch sein, dass wir unser Leben enorm vereinfachen würden." Er zog die Mundwinkel hoch. „Da passen sogar die gleichen Argumente. Wir wollen beide keine feste Beziehung und unsere Lebenssituation würde unsere Treffen unkomplizierter gestalten. Außerdem sind wir miteinander befreundet, hab ich recht?"

Stumm sah sie eine Weile zu ihm auf, dann holte sie tief Luft. „Ich mag diesen Teil von uns, Kjell. Ich meine unsere Freundschaft. Ich mag sie sogar sehr."

Er lächelte. „Zu einer guten Freundschaft gehört aber auch Vertrauen, meine Schöne, also vertraue mir doch."

„Vielleicht wirst du mich furchtbar enttäuschen", entgegnete sie und lächelte ebenfalls.

„Meinen Freunden gegenüber verhalte ich mich grundsätzlich loyal, und … auf dem anderen Gebiet … da müsstest du es wohl einfach drauf ankommen lassen."

„Ich muss nachdenken." Sie seufzte.

„Okay, dann verwerfe ich jetzt besser meinen Plan, dich zu küssen, bis du deinen Verstand einbüßt." Er lachte und half ihr in die Jacke. „Na komm, ich bring dich über die Straße."

„Nein, lass nur. Die paar Schritte schaffe ich nun wirklich allein." Bevor sie ging, drehte sie sich noch einmal zu ihm um. „Schlaf gut, Doc."

„Schlaf gut, Isabell. Ich wünsche dir süße Träume."

Natürlich kam er mit nach draußen, folgte ihr bis auf die Auffahrt und sah zu, wie sie das Haus seiner Mutter betrat. Er wartete, bis sie die Tür aufgeschlossen hatte. Sie wusste, dass er das nur tat, um sich zu vergewissern, dass sie sicher ankam. Sein ausgeprägtes Verantwortungsgefühl war auch etwas, das sie sehr an Dr. Kjell Loewenthal mochte.

Am nächsten Tag stand Kjell schon in der Morgendämmerung auf. Er hatte kaum geschlafen, weil er viel über den vergangenen Abend und über Isabell im Allgemeinen nachgedacht hatte. Zumindest hatten sie nun endlich mehr oder weniger offen über die gegenseitige Anziehung gesprochen, das hielt er für einen Fortschritt. Natürlich verstand er ihre Bedenken, ja, er teilte sie in gewissem Maße sogar. Das Leben in einem Ort wie Lunau war absolut nicht mit dem in einer Großstadt zu vergleichen, wo man sich nach dem Ende einer Affäre einfach aus dem Weg gehen konnte. Hier war das anders. Man begegnete sich fast täglich, besonders, wenn man praktisch Tür an Tür lebte, so wie sie es taten.

Er warf einen Blick auf den Radiowecker. Es war noch nicht einmal sechs Uhr, und wenn keine unvorhergesehenen Notfälle eintraten, hatte er nicht viel zu tun. Ein langer Tag lag vor ihm. Die Praxis war fertig eingerichtet, er wartete jetzt tatsächlich nur noch auf das Erscheinen von Ruth Rogalski. Es blieb ihm also die Wahl, sich einfach zurück auf das Bett fallen zu lassen, um davon zu träumen, wie er eine ganz bestimmte goldgelockte Schönheit verführte, oder aber er tat etwas, um all den aufgestauten Gefühlen ein Ventil zu bieten, die sich seit Wochen immer stärker bemerkbar machten. Es war das erste Mal, dass ihm das harte Training wirklich fehlte.

Grinsend zog er Sportzeug und seine Laufschuhe an. Da Siggi noch nicht wieder so weit war, beim Laufen mithalten zu können, ging er kurz mit ihm vor die Tür und brachte ihn anschließend zurück nach oben. Dann machte er sich auf den Weg. Schon bald verließ er den vertrauten Feldweg und joggte querfeldein. Er wurde schneller, schob einige Sprints ein, bis der Schweiß aus seinen Poren kam. Er wollte schwitzen, und er sehnte sich danach, sich zu verausgaben, nur damit dieses brennende Verlangen endlich nachließ. Er lief eine volle Stunde und hielt das hohe Tempo, aber er bekam die Gedanken an Isabell trotzdem nicht aus seinem Kopf.

„Hey, du rennst ja, als wäre Satan persönlich hinter dir her."

Die helle Stimme seiner Mutter riss ihn aus einer Art Trance. Er stutzte, blieb stehen und drehte sich um. Auch Christa trug Laufkleidung. Solange er denken konnte, lief seine Mutter nahezu jeden Morgen vor dem Frühstück eine halbe Stunde durch die Heide. Im Moment stand sie vor einer Bank und machte Dehnübungen. Er hatte sie noch nicht einmal bemerkt.

Kjell zog das Handtuch, das er sich um den Hals geschlungen hatte, unter seiner Laufjacke hervor und trocknete sich das Gesicht ab. „Selber hey!" Er lachte. „Hast du deinen Lauf schon hinter dir?"

„Ja, für heute reicht es mir. Ich bin ja nicht mehr die Jüngste." Da das nicht mehr als eine Floskel war, lachte sie selbst über ihre Bemerkung. „Und du? Vermisst du deine Trainingseinheiten, mein Junge? Ich hab mich schon gefragt, wann du wieder anfängst, deinen eindrucksvollen Körper ein bisschen zu fordern, damit er nicht frühzeitig verfällt."

Er lachte ebenfalls. „Ach Mama. Darum mach dir mal keine Sorgen, ich besitze ein paar Hanteln, weißt du." Er griff an seinen Gürtel, zog die Trinkflasche heraus und hielt sie seiner Mutter hin.

„Lass nur", sagte sie. „Ich habe meine eigene Wasserflasche dabei. Ich laufe schon länger, als du schnaufen kannst, mein Sohn." Seufzend ließ sie sich auf die Bank fallen und tippte neben sich auf die Sitzfläche. „Komm her, setz dich einen Moment zu mir."

Kjell kam ihrer Aufforderung nach. Erst dann nahm er einen großen Schluck aus seiner Wasserflasche.

„Ein herrlicher Morgen", stellte Christa fest. „Einfach großartig, so den Tag zu beginnen, oder?"

„Jep."

„Und ich freue mich auch schon auf heute Abend", plauderte sie munter drauflos. „Gleich nach Feierabend werde ich nach Lüneburg fahren, um mich dort mit einer alten Schulfreundin zu treffen. Wir wollen ins Theater".

„Das klingt gut."

„Sag mal, ist alles okay mit dir?", erkundigte sie sich.

„Natürlich ist alles okay mit mir. Warum fragst du?"

„Irgendwie wirkst du ein bisschen einsilbig auf mich. Du weißt, dass ich mich nur ungern in deine persönlichen Dinge einmische, aber …"

„Machst du Witze?" Er lachte und zwinkerte seiner Mutter zu. „Du und dich nicht einmischen. Ha!"

„Ärgere mich nicht, Kjell Loewenthal!" Auch Christa schmunzelte. „Nun mal ernsthaft. Julia war gestern bei mir und …"

„Mama, bitte!" Kjell verdrehte die Augen. „Ich nehme an, dass du es am liebsten hättest, wenn Julia und ich schon nächste Woche heiraten würden."

„Du hast die Enkelkinder vergessen, auf die ich verzweifelt hoffe."

Wieder lachte sie. Kjell wusste, dass das nicht annähernd der Wahrheit entsprach. Seine Mutter hatte nichts vom üblichen Klischee, und er war froh darüber.

„Nein, mein Sohn, du irrst dich gewaltig." Entspannt lehnte sie sich zurück und hielt mit geschlossenen Augen ihr Gesicht der Morgensonne entgegen, die nun immer mehr Kraft entwickelte. „Mal abgesehen davon, dass ich überhaupt nicht verstehen kann, wieso die Leute alle so verdammt versessen aufs Heiraten sind – ja, ich gebe zu, dass ich mir Julia früher als Schwiegertochter gewünscht habe, wenn es denn schon eine geben muss. Warum auch nicht? Eine Zeit lang seid ihr wirklich ein tolles Paar gewesen."

Kjell nickte. „Stimmt, eine Zeit lang waren wir das wohl."

Seine Mutter sah ihn wieder an. „Du weißt aber hoffentlich, dass sie noch immer darauf hofft, dass sie irgendwann deine Frau wird?"

„Ich habe ihr schon mehr als einmal gesagt, wie ich fühle und denke, mehr kann ich nicht tun." Das Gespräch war ihm unangenehm. Er wusste genau, dass seine Mutter recht hatte und worauf sie hinauswollte. „Ich rede noch mal mit ihr. Inzwischen weiß ich ganz sicher, dass ich Julia nicht heiraten werde. Ich bin nämlich wild entschlossen, die Familientradition aufrechtzuerhalten und überhaupt nicht zu heiraten."

Christa legte ihre Hand auf seine. „Okay, soll mir recht sein, und vergiss nicht, dass du immer meine Unterstützung haben wirst, egal was du tun willst. Das schließt sogar das verdammte Heiraten ein." Sie verdrehte die Augen. „Oh Himmel, habe ich das wirklich gesagt!"

Lachend nahm Kjell sie in den Arm.

„Hey, du bist verschwitzt und stinkst wie ein alter Keiler", feixte sie.

„Ach, und du riechst nach deinem Lauf nach Veilchen und Narzissen, ja?"

„Natürlich, ich bin eine Frau."

Wieder lachten sie, dann lehnten sie sich beide zurück und genossen noch für einige stille Momente die Sonne und ihre Zweisamkeit.

„Sag mal, Mutter meines Herzens, wie bist du eigentlich an die kleine Engländerin gekommen?", fragte Kjell nach einer Weile, ohne die Augen zu öffnen.

„Nun, das Mädchen stand eines Tages bei mir im Laden und fragte nach Arbeit."

„Einfach so?" Er setzte sich auf.

„Ja, einfach so. Isabell hatte es nicht leicht, hat nach nicht ganz zwei Jahren Ehe ihren Mann verloren. Sie wirkte unendlich traurig und verlassen, als sie hier auftauchte. Eigentlich brauchte ich ja niemanden, aber sie tat mir leid und ich mochte sie praktisch sofort, deshalb stellte ich sie kurzerhand ein und bot ihr auch gleich dein altes Zimmer an. Mir war klar, dass sie vor allem nach einem neuen Halt im Leben suchte, und mir tat es gut, sie ein bisschen zu bemuttern. Heute bin ich verdammt froh, dass ich das Mädchen habe, das kannst du mir glauben."

„Sie hilft dir also sehr."

„Meine Güte, Kjell! Isabell ist ein Glück bringender Goldschatz. Sie macht Torten, die so ungewöhnlich sind, dass man nur staunen kann. Aus einem einfachen Schokokuchen zaubert sie eine Torte, die einer Skulptur gleichkommt. Keine Ahnung, wie sie das hinkriegt. Vor Kurzem gab es in Amelinghausen ein Richtfest. Der Bauherr bestellte eine passende Torte, und Isabell erschuf aus einem schlichten Zitronenpuffer und diversem Zuckerwerk ein Haus mit Garten. Selbst Blumenbeete und Gartenzäune waren vorhanden. Du kannst mir glauben, ich habe inzwischen Torten von ihr gesehen, die mich völlig in Erstaunen versetzt haben. Falls es gewünscht wird, baut sie dir Bücher, Autos oder was dir sonst noch einfällt. Sogar der Lüneburger Anzeiger hat schon über sie berichtet. Seitdem bestellen auch Leute von außerhalb Torten bei uns. Früher brachte mich der Buchladen gerade so über die Runden und das Café lief nebenbei, heute ist es meine Haupteinnahmequelle. Diesen Aufschwung habe ich einzig Isabell zu verdanken. Wenn sie mal gehen sollte, werde ich mir etwas einfallen lassen müssen, verdammt noch mal."

„Ich denke, sie fühlt sich ganz wohl hier", warf er ein.

„Ja, das sehe ich ebenso. Aber ich glaube, dass sie sich manchmal doch nach ihrem Zuhause in Cornwall sehnt, wahrscheinlich auch nach ihren Eltern. Es gibt Tage, da wirkt sie bedrückt."

Obwohl er sie nicht ansah, spürte Kjell, dass sich der Blick seiner Mutter veränderte.

„Ihr versteht euch ziemlich gut", sagte sie. „Seit sie krank war, habt ihr immer mal wieder Zeit zusammen verbracht."

„Stimmt, wir kommen gut miteinander aus. Ich mag sie."

„Okay."

„Sag das nicht so eigenartig, Mama."

„Ich? Ich sag gar nichts, mein Sohn. Du bist fünfunddreißig Jahre alt, was sollte ich dir wohl noch zu sagen haben?"

Ihr helles Lachen schreckte ein paar Kaninchen auf, die aufgebracht über die Heide davonhoppelten.

KAPITEL 5

Der Anruf kam mitten in der Nacht.

Kjell schreckte hoch, als der Apparat auf seinem Nachttisch klingelte, und fluchte leise vor sich hin. Gerade hatte er endlich einmal wieder geschlafen. Da es sich um diese Zeit eigentlich nur um einen Notfall handeln konnte, schüttelte er sich kurz, griff nach dem Hörer und meldete sich.

„Kjell! Es ist etwas passiert."

„Isabell?"

„Zieh dich an, wir müssen nach Lüneburg fahren. Deine Mutter, sie hatte einen Unfall. Jemand aus dem Krankenhaus hat mich gerade angerufen. Oh Kjell, sie …"

„Wir treffen uns in fünf Minuten an meinem Auto", unterbrach er sie, legte auf und stieg in seine Kleider. Kurz darauf war er draußen.

„Man hat dir am Telefon wahrscheinlich nichts Genaues gesagt, oder?", fragte er Isabell, als sie wenig später zusammen in seinem klapprigen Volvo saßen.

„Nein, ich bin ja keine Verwandte. Sie haben angerufen, um die Angehörigen zu verständigen. Ich weiß nur, dass sie einen Unfall hatte."

Kjell blies die Wangen auf und stieß die Luft geräuschvoll aus. „Sie sollte meine Telefonnummer und Adresse bei sich haben, jetzt wo ich wieder hier bin. Okay, auf der anderen Seite … Ein Anruf bei mir hätte wahrscheinlich auch nicht viel mehr Erleuchtung gebracht."

Obgleich seine Miene ungewohnt hart wirkte, sah Isabell ihm die Sorge um seine Mutter deutlich an. Sie bewunderte es, wie gut er sich im Griff hatte. Zwar hatte sie ihm angeboten, das Fahren zu übernehmen, aber er hatte ihren Vorschlag abgelehnt und sich selbst hinter das Lenkrad gesetzt. Seine Nervenstärke war enorm, sie schob das auf seine harte Ausbildung bei der Eliteeinheit, zu der er gehört hatte. Jeder Fremde würde ihn in diesem Moment eher für abgeklärt und unbeteiligt halten, doch sie wusste es besser. Es war noch gar nicht so lange her, da hatte sie das schon einmal bei ihm erlebt. Als Siggi angeschossen worden war, hatte er den gleichen ehernen Gesichtsausdruck gehabt und ebenfalls versucht, sich allein von der Kraft seines Verstandes lenken zu lassen. Dennoch konnte sie auch jetzt die tiefe Sorge in seiner harten Miene erkennen. Inzwischen wusste sie den Ausdruck in seinen Augen sehr gut zu deuten.

„Ich bin bei dir, Kjell“, sagte sie schlicht, weil ihr nichts anderes einfiel. Offenbar verstand er sie sofort, denn er schaute kurz zu ihr rüber und deutete ein Lächeln an.

„Ich bin froh, dass du mitgefahren bist“, gab er zu.

Zu Kjells großer Erleichterung war Christa nicht in Lebensgefahr. Sie hatte sich zwar einen Unterarmbruch und mehrere Prellungen zugezogen und einige kleinere Abschürfungen und Schnittwunden davongetragen, aber innere Verletzungen waren bereits ausgeschlossen worden. Er und Isabell atmeten auf.

Nach einem ausführlichen Gespräch, das er mit Christas Arzt geführt hatte, standen sie nun endlich am Bett der Patientin. Seine Mutter wirkte mitgenommen und die diversen Pflaster und Verbände taten ihr Übriges, um eine gehörige Portion Mitgefühl zu erregen.

„Hast du große Schmerzen?“, fragte Isabell und setzte sich auf den Stuhl, den Kjell ihr neben das Bett gestellt hatte. Er selbst blieb stehen.

„Es geht. Die haben mir wahrscheinlich massenweise Schmerzmittel verabreicht. Pah! Kjell, sieh zu, dass ich so schnell wie möglich hier wieder rauskomme!“

Kjell lächelte nachsichtig. „Du hast eine Menge Glück im Unglück gehabt. Der Arm ist kurz vor dem Handgelenk glatt angebrochen, aber nicht ganz durch. Das hat die Fixierung mit dem Gips erleichtert und dir eine Operation erspart. Dennoch halte auch ich es für richtig, dich noch ein wenig in klinischer Obhut zu belassen. Tut mir leid, Mama, ein paar Tage wirst du es hier aushalten müssen.“

„Ach, ich bitte dich! Ich habe einen Arzt in der Familie, und rumliegen kann ich zu Hause genauso!“, schimpfte sie.

„Das ist nicht verhandelbar. Und ja, ich weiß, dass du uns allesamt gerade zum Teufel wünschst.“ Er grinste. „Du wirst das durchziehen müssen. Erinnerst du dich an den Unfall?“

Christa seufzte geräuschvoll. „Ja, tue ich. Und ich habe inzwischen auch schon gehört, dass das nicht unbedingt die Regel ist. Deine alte Mutter ist eben hart im Nehmen.“ Sie lächelte matt. „Auf der Autobahn hab ich gemerkt, dass ich nicht mehr bremsen konnte. Ich trat wie besessen auf dieses blöde Pedal, doch es passierte rein gar nichts. Irgendwie hab ich den Wagen dann auf den Seitenstreifen und schließlich in einen Graben bekommen. All das bei einer Geschwindigkeit, über die ich lieber nicht nachdenken will. Zum Glück war um diese Uhrzeit nicht viel los, aber einigen Fahrern habe ich mit meinen filmreifen Ausweichmanövern bestimmt einen riesigen Schrecken eingejagt. Habt ihr schon mitbekommen, dass die Kripo eingeschaltet wurde?“

„Ja, dein Arzt hat es uns erzählt. Das Auto wird jetzt von Fachleuten untersucht.“

„Ganz hübsch anzusehen, nicht wahr? Ähm … ich meine natürlich diesen jungen Arzt. Übrigens das einzig Angenehme in dem Laden hier.“ Christa verdrehte die Augen. „Zurück zum Thema. Du weißt, wie ich mich mit meinem Wagen anstelle, Kjell. Der geht pünktlich einmal im Jahr zur Inspektion und ich lass dabei immer mehr überprüfen, als notwendig ist. Mein Auto war vor noch nicht mal einem Monat in der Werkstatt, und die Bremsen funktionierten einwandfrei. Ich verstehe das nicht.“

„Mir tut das alles so leid“, warf Isabell ein und Kjell bemerkte erst jetzt, wie bleich sie war.

„Isabell, geht es dir gut? Du siehst aus, als müsstest du dich gleich neben meine Mutter legen.“

„Nein, nein … mir geht es gut. Es ist nur … mich nimmt das ein bisschen mit, nichts weiter.“

Christa tätschelte mit ihrer gesunden Seite Isabells Hand. „Ach, mein Mädchen. Ich bin bald wieder auf den Beinen und gehe euch auf die Nerven, keine Sorge. Der charmante junge Stationsarzt hat mir versichert, dass auch die Schnittwunden im Gesicht gut verheilen werden. Sie sind nicht besonders tief." Ihr Blick heftete sich auf Kjell. „So, und nun fahrt schön nach Hause, passt mir auf meinen Laden auf und gönnt euch ein gutes Frühstück. Die Sonne geht nämlich gerade auf."

„Na, wenigstens hat sie ihren Humor nicht verloren", stellte Kjell grinsend fest, als sie einige Zeit später im Auto saßen. Isabell erschien ihm noch stiller als sonst, deshalb hatte er das Gefühl, ein Gespräch in Gang setzen zu müssen, um sie aufzuheitern. „Es ist zum Glück alles gut ausgegangen. Du hast gehört, was meine Mutter gesagt hat. Mach dir nicht so viele Sorgen. Sie ist bald wieder bei uns. Wahrscheinlich macht sie sich mehr Gedanken um ihr geliebtes Auto als um sich selbst."

Isabell nickte, blieb aber stumm und schaute aus dem Seitenfenster, sodass er ihr Gesicht kaum sehen konnte.

„Frühstück?", hakte er nach.

„Ja, warum nicht. Nach der bitteren schwarzen Brühe im Krankenhaus wäre ein guter Kaffee nicht schlecht." Sie sah ihn nicht an.

„Willst du heute das Geschäft lieber geschlossen lassen?"

„Mal sehen. Es ist noch nicht mal sechs Uhr. Normalerweise öffnen wir den Buchladen gegen zehn und das Café sogar erst mittags. Allerdings müsste ich spätestens in einer Stunde anfangen zu backen, wenn der Betrieb weiterlaufen soll."

„Lass uns erst mal in aller Ruhe was essen, dann überlegen wir weiter."

Sie hatten unterwegs frische Brötchen gekauft und einigten sich darauf, in Christas Küche zu frühstücken. Während Kjell kurz mit Siggi rausging, kümmerte sich Isabell um das Frühstück und kochte Kaffee, sodass sie sich an den Tisch setzen konnten, als Kjell zurückkam.

„Ich hab den Hund drüben gelassen", erklärte er.

„Och, du hättest ihn ruhig mitbringen können."

„Ich dachte, wir genießen noch ein bisschen die Ruhe. Außerdem ... bin ich eigentlich ganz froh, mal wieder mit dir alleine zu sein, nachdem du mir in den vergangenen drei Tagen erfolgreich aus dem Weg gegangen bist."

In Isabells Magen kribbelte es. „Ich sagte dir doch, dass ich über alles nachdenken muss."

Er nahm einen Schluck Kaffee und sah sie über den Rand seines Bechers an. „Und hast du?"

„Was?"

„Hast du über uns nachgedacht, Bella?"

„Noch nicht wirklich." Das war glatt gelogen, doch das konnte er ja nicht wissen. Allerdings ließ seine Miene keinen Zweifel daran, dass er es vermutete. Er zog einen Mundwinkel in die Höhe und legte den Kopf ein wenig schief.

„Was war eigentlich vorhin mit dir los?", wechselte er übergangslos das Thema.

Ihr kam kurz der Gedanke, so zu tun, als wüsste sie nicht, worüber er sprach, verwarf ihn aber gleich wieder. Kjell war zu klug und kannte sie inzwischen recht gut. Er würde sie durchschauen. „Mir ist der Unfall deiner Mutter sehr nahegegangen, das sagte ich doch schon. Ich habe einen riesigen Schrecken bekommen, als ich sie da im Krankenhaus gesehen habe. Der Verband, die Verletzungen in ihrem Gesicht ..." Weil sie nicht mehr weiterwusste, brach sie einfach ab.

Kjell schob seinen Teller zurück und schüttelte den Kopf. „Warum habe ich die ganze Zeit das Gefühl, als würdest du mir gerne etwas erzählen, tust es aber nicht?" Sein Blick fixierte sie.

Isabell kämpfte mit sich. Er hatte recht. Bisher hatte sie nur andeutungsweise mit Luisa über ihr Problem gesprochen, doch inzwischen war ihr klar geworden, dass das nicht ausreichte. Sie hatte zunehmend Angst, und diese Angst verlangte danach, dass sie sich jemandem anvertraute, der klug stark und mutig war – und Kjell war sehr klug, sehr stark und sicherlich auch sehr mutig. Auf der anderen Seite wusste sie nicht, ob ihre Angst überhaupt begründet war oder ob sie sich die drohende Gefahr nur einbildete.

„Isabell?"

Kjell beobachtete, wie sie mit sich rang und schließlich aufstand, um das Geschirr zusammenzustellen und abzuräumen. Diese Abwehrreaktion kannte er bereits von ihr und fast hätte er gelächelt. Isabell hatte augenscheinlich ein ganz spezielles Talent dafür, etwas in ihm anzurühren. „Setz dich, Bella. Ich bin hier und werde nicht gehen, bevor du mit mir gesprochen hast."

Sie erwiderte seinen Blick und atmete aus. „Du hast recht, Kjell. Es belastet mich tatsächlich etwas, über das ich gerne mit dir reden würde, aber es fällt mir sehr schwer."

„Warum?" Beiläufig griff er nach der Kaffeekanne und schenkte nach.

Zögerlich setzte sich Isabell zurück auf ihren Stuhl. „Weil es zum einen mit meinem verstorbenen Mann zu tun hat und weil ich zum anderen nicht sicher bin, ob ich mir bestimmte Dinge vielleicht nur einbilde und mich lächerlich machen könnte."

„Dann verspreche ich dir, dass ich das, was immer du mir auch erzählen wirst, ernst nehmen werde. Übrigens fällt mir das nicht schwer, schließlich kenne ich dich unterdessen ganz gut. Du neigst weder zu Hysterie noch zu übereifrigen Entschlüssen, wie ich aus eigener Erfahrung weiß." Aufmunternd lächelte er sie an.

Wieder erhob sie sich. „Ich denke, ich sollte vorher ein Schild an die Ladentür hängen, dass das Geschäft heute geschlossen bleibt. Deine Mutter hat sicher keine Einwände, wenn wir das so machen, und zum Backen ist es jetzt sowieso zu spät."

„Das ist eine gute Entscheidung", sagte er. „Ich sorge hier inzwischen ein bisschen für Ordnung."

Während Isabell nach unten ging, um eine Tafel an die Ladentür zu hängen, räumte er den Tisch ab, setzte jedoch noch einmal frischen Kaffee auf, denn er ging davon aus, dass sie ihn beide brauchen würden. Als Isabell zurück in die Küche kam, lächelte sie. Die kurze Unterbrechung hatte ihr offenbar gutgetan und ihr geholfen, ihre Gedanken zu ordnen.

„Wie ich dir schon erzählte, ist mein Mann James vor gut einem Jahr vor der Küste von St. Ives ertrunken."

Für einen Moment geriet sie ins Stocken und sah ihn fragend an, so als bräuchte sie noch einmal seine Versicherung, dass sie ihm vertrauen konnte. Kjell nickte, lehnte sich zurück und streckte seine Beine aus, um ihr zu zeigen, dass er ihr geduldig zuhören würde. Er hoffte, dass das Lächeln, mit dem er sie bedachte, aufmunternd genug war. Es war ihm wichtig, ihr die Sicherheit zu geben, dass er in diesen Minuten nicht mehr als ein guter Freund war.

„Jamie war … zusammen mit den Tremaynes auf einem Segelausflug“, setzte Isabell an.

„Wer sind die Tremaynes?“

„Oh, ich habe dir ja noch nicht von ihnen erzählt, entschuldige. William und Bradley Tremayne. William ist der zweite Mann meiner Schwiegermutter Amanda, also Jamies Stiefvater, und Brad ist der gemeinsame Sohn von Amanda und William und somit Jamies jüngerer Halbbruder.“ Sie schluckte, bevor sie weitersprach. „William Tremayne besitzt eine luxuriöse Segeljacht, mit der sind die Männer ab und zu rausgefahren und oft auch über Nacht auf dem Wasser geblieben. James konnte dem eigentlich nie viel abgewinnen, aber er wollte seinen Stiefvater, der die Segelausflüge mit den Jungs immer sehr genoss, nicht enttäuschen. In der Nacht, in der Jamie ums Leben kam, haben die drei Karten gespielt und dabei reichlich Whisky getankt, das weiß ich von Brad. Besonders Jamie soll heftig betrunken gewesen sein.“ Wieder machte sie eine kleine Pause, nahm einen Schluck von ihrem Kaffee und räusperte sich. „Am nächsten Morgen war er dann verschwunden. Ein paar Tage später wurde sein Leichnam in der Nähe von St. Ives angespült. Ich habe … ich konnte … entschuldige mich einen Moment.“ Isabell stand auf, ging hinüber zum Fenster und wandte ihm den Rücken zu.

Kjell ließ sie gewähren und rührte sich nicht vom Fleck. „Du hast ihn identifizieren müssen?“, folgerte er schließlich und sah, dass sie nickte. Nach einigen Sekunden drehte sie sich zu ihm um.

„Es war nicht leicht, aber es war … ohne Zweifel James.“

„Du hast ihn also erkannt? Ich meine wirklich erkannt und ihn nicht nur anhand von Kleidung oder seinem Ehering oder dergleichen identifiziert?“, hakte er nach.

„Genau. Es war Jamie." Isabell kam zurück zum Tisch und setzte sich wieder auf ihren Platz. „Einige Wochen lang war die Familie wie betäubt. Wir trauerten unendlich, jeder für sich. Amanda … sie ist ohnehin nicht gesund. Es war alles sehr schlimm."

„Das kann ich mir vorstellen. Wie alt war dein Mann, als er starb?"

„Er war gerade einunddreißig Jahre alt geworden. James war nur knapp zwei Jahre älter als ich. Wir sind … praktisch zusammen aufgewachsen, weißt du. Meine Eltern sind nach Valentine Rock gekommen, als ich noch ganz klein war. Sie arbeiteten jahrelang auf dem Gut. Jamie und ich waren schon als Kinder unzertrennlich."

Kjell nickte und versuchte das bittere Brennen in seiner Kehle zu ignorieren. Eifersucht auf einen Toten war beileibe nicht angebracht.

„Irgendwann fing es dann an", hörte er Isabell sagen. „Zuerst kam William zu mir und fragte mich, ob ich Jamies Nachlass gesichtet hätte. Kurze Zeit später war es Brad, der mir mitteilte, dass er den Schreibtisch und das Arbeitszimmer meines verstorbenen Mannes durchsuchen müsste, weil sie irgendwelche wichtigen Firmenpapiere vermissten, die Jamie vor seinem Tod an sich genommen hatte. Ich dachte mir nichts dabei und ließ ihn sämtliche Unterlagen durchsehen. Warum auch nicht, es war schon früher vorgekommen, dass Akten aus der Firma bei uns zu Hause herumlagen."

„Dein Mann hat also für seinen Stiefvater gearbeitet?"

„Ja, aber er kümmerte sich nebenbei auch um das Gut. Auf Valentine Rock werden von jeher Pferde gezüchtet, doch mit den Jahren ist das Gestüt immer mehr ins Hintertreffen geraten. Diese Entwicklung gefiel James nicht. Mein Vater kümmerte sich um die Tiere und Jamie tat sich mit ihm zusammen. Die beiden wollten die Pferdezucht wieder zu ihrem alten Glanz führen, dafür hatte wiederum Jamies Stiefvater nur wenig Verständnis. William Tremayne ist eine Art Selfmademan. Schon als er ganz jung war, lange vor seiner Ehe mit Jamies Mutter, besaß er bereits mehrere Spielkasinos auf der ganzen Welt. Später kamen dann Luxushotels dazu. Mein Mann war studierter Betriebswirt und William brauchte ihn für das Unternehmen. James leitete einige Kasinos für ihn." Sie hielt inne und nahm einen Schluck von ihrem Kaffee.

„Haben die Tremaynes denn nun die Unterlagen gefunden, die sie gesucht haben?"

„Nein, und damit begann es unangenehm zu werden." Sie seufzte laut auf.

„Inwiefern unangenehm?"

„Bradley ließ mich nicht in Ruhe. Immer wieder fragte er mich, ob Jamie mir irgendwelche Papiere, vielleicht sogar eine CD, eine Kassette oder einen Aktenordner zur Aufbewahrung gegeben hätte. Ich verneinte jedes Mal, aber er glaubte mir nicht. Offenbar suchten sie nicht nur Unterlagen, sondern auch andere Dinge, die James ihrer Meinung nach an sich genommen hatte. Mein Stiefvater setzte mir ebenso zu wie Brad, doch ich konnte ihnen nichts sagen."

„Was haben sie denn genau gesucht?"

„Ich weiß es nicht, Kjell. Ich habe natürlich danach gefragt, bekam aber keine schlüssige Antwort. Sie sprachen immer nur von wichtigen Geschäftsunterlagen und Dingen, die verschwunden seien. Sie durchsuchten unsere Wohnung nach einem Safe, dann wollten sie wissen, ob wir ein Bankschließfach hätten, auch da konnte ich ihnen nicht weiterhelfen."

„Lass mich raten, sie glaubten dir nicht", warf Kjell ein und zog die Stirn kraus.

„Genau. Aus irgendeinem Grund waren sie davon überzeugt, ich würde ihnen etwas verheimlichen." Isabell holte tief Luft. „Brad begann, mich regelrecht zu bedrohen. Er setzte mich massiv unter Druck, fing sogar an, sich ... sich an mich ranzumachen."

Kjell nahm Haltung an. „Sich an dich ranzumachen? Willst du damit sagen, er hat dich ... körperlich bedrängt?"

Isabell senkte den Kopf und nickte. „Ja, das hat er, zum Glück kam mein Vater rechtzeitig dazu. Von da an habe ich streng darauf geachtet, nicht mehr mit meinem Schwager allein zu sein. In mir wuchs die Angst und mir wurde klar, dass die Tremaynes keine Ruhe geben würden. Ich weiß bis heute nicht, was sie suchen, aber es muss immens wichtig für sie sein."

„Deshalb bist du also von zu Hause weggegangen."

„Ja, sie ließen mich nicht in Ruhe, und als dann auch noch meine Eltern zurück nach Irland gingen ... Weißt du, ich hatte die Wahl, entweder mit ihnen auf das Gestüt meines Onkels zu gehen oder mich auf ganz neue Wege zu begeben. Seit Jamies Tod hielt mich auf Valentine Rock ohnehin nichts mehr. Ich wollte nur weit weg und entschied mich für die zweite Variante. Eine Weile konnte ich mich nicht so recht entscheiden, wo ich eigentlich hin sollte. Genau genommen war es nur ein glücklicher Zufall, dass ich schließlich hier in Lunau und bei Christa gelandet bin."

„Aber es ist nicht zu Ende, stimmt's?"

„Stimmt. Meine Schwiegermutter weiß, wo ich bin. Vielleicht war es ein Fehler, sie einzuweihen, aber ich mag sie so sehr."

Kjell erhob sich und ging um den Tisch herum zu ihr. Er zog sich einen Hocker heran, sodass er direkt vor ihr saß, und griff nach ihren Händen. „Was ist passiert? Raus mit der Sprache!"

In Isabells Augen sammelten sich Tränen. „Briefe. Sie schrieben mir, dass ich endlich zur Vernunft kommen solle und ihnen die Dinge aushändigen müsse, die Jamie mir gegeben hat. Aber ... da ist nichts, was ich ihnen geben könnte. Selbst wenn ich wollte, da ist nichts", wiederholte sie verzweifelt. „Ich kann ihnen einfach nichts anderes sagen. Und dann brach die Veranda zusammen."

„Die Veranda brach zusammen? Ich verstehe kein Wort, Bella."

„Es passierte ungefähr zwei oder drei Monate, bevor du zurück nach Lunau gekommen bist. Wie üblich verließ Christa vor dem Frühstück das Haus für ihren Morgenlauf. Als sie auf die Veranda trat, brach ein Brett durch und sie rutschte mit einem Bein in das Loch."

„Verdammt noch mal, davon weiß ich ja gar nichts."

„Christa wollte dich nicht beunruhigen. Außer einer Schramme hatte sie ja auch zum Glück keine weiteren Verletzungen. Wir haben die Veranda ausbessern lassen. Der Schreiner meinte, es wäre nur das eine Brett beschädigt gewesen. Er wunderte sich darüber, dass es eine Sägekante an der Bruchstelle gab, die man deutlich erkennen konnte. Wir alle gingen davon aus, dass es beim Bau der neuen Veranda kurz zuvor übersehen wurde."

Kjell gab ihre Hände frei und erhob sich. „Du glaubst tatsächlich, dass die Tremaynes mit dieser Sache etwas zu tun haben könnten? Entschuldige, aber das wäre ziemlich weit hergeholt."

„Zuerst habe ich bei der Sache mit der Veranda überhaupt nicht an sie gedacht, doch dann erschien ein Fremder im Blumengeschäft bei Luisa. Sie hielt ihn für einen Touristen. Er kaufte ein paar Blumen und sprach nur Englisch. Ihre Beschreibung passte auf Brad, wie sich später herausstellte. Den Strauß ließ er mit einer Karte an mich schicken, auf der stand, dass ich und die Menschen in meiner Umgebung es sehr schnell bereuen würden, wenn ich weiterhin die Ahnungslose spielte."

Isabell sah zu ihm auf. Sie schluchzte nicht, aber ihr Gesicht war tränennass.

„Die Kugel, die Siggi verletzt hat, und heute der Autounfall deiner Mutter … es passt alles zusammen. Das sind Drohungen, die an mich gerichtet sind! Ich habe so furchtbare Angst, dass noch mehr passiert … dass euch … dass dir etwas passiert …"

Er umfasste ihre Schultern, zog sie zu sich hoch und sah ihr in die Augen. „Hast du die Karte noch? Ich meine die, die mit den Blumen kam?"

„Nein, die habe ich sofort in den Müll geworfen – zusammen mit den Blumen."

„Ich frage dich jetzt nicht, warum du verflucht noch mal nicht schon längst mit mir über diese Sache gesprochen hast, denn das lässt sich nicht mehr ändern. Und ich frage dich auch nicht, ob du wirklich keine Ahnung hast, was sie von dir wollen, denn ich glaube dir. Aber dir sollte klar sein, dass es jetzt auch zu meiner Angelegenheit geworden ist. Immer vorausgesetzt, dass du mit deiner Vermutung richtigliegst, haben diese Typen dir nicht nur furchtbare Angst eingejagt, sondern meine Mutter und meinen Hund verletzt. Damit haben sie sich zu meinen persönlichen Feinden erklärt."

Jetzt schluchzte sie doch und er zog sie an sich. „Wir müssen nachdenken, Bella, wir müssen sehr gründlich nachdenken. Außerdem habe ich noch eine Menge Fragen zu deinem Mann und seiner Familie, aber zuerst brauchen wir beide eine kleine Pause. Wir hatten nur wenig Schlaf in der letzten Nacht, du solltest dich vielleicht ein bisschen hinlegen, um Kraft zu schöpfen. Ich werde unterdessen ins Krankenhaus zu meiner Mutter fahren, um ihr die Sachen vorbeizubringen, die sie dort braucht. Und wenn ich schon mal da bin, erledige ich gleich noch ein paar Behördengänge. Heute Abend machen wir uns etwas zu essen und reden weiter, einverstanden?"

„Bringst du mir Siggi, bevor du nach Lüneburg fährst?"

Er lächelte. „Natürlich bringe ich in dir. Ihr könnt euch gegenseitig ein bisschen aufmuntern, solange ich weg bin. So, und nun darfst du mir helfen, die Tasche für meine Mutter zu packen."

Die Stunden ohne Kjell erschienen Isabell wie ein endloses Rinnsal, das langsam und träge dahinplätscherte. Sie las ein paar Seiten in einem Roman, doch als sie bemerkte, dass sie vom Inhalt kaum etwas aufnahm, legte sie das Buch beiseite. Sie spielte mit Siggi und ging mit ihm spazieren, bis es endlich Zeit war, sich ums Abendessen zu kümmern. Als sie Kjells Schritte auf der Veranda und dann auf der Treppe hörte, atmete sie erleichtert auf.

„Hier duftet es köstlich", stellte er lächelnd fest, warf seine Jacke über einen der Küchenstühle und begrüßte Siggi, der in einer Ecke auf einer seiner geliebten Decken lag, die Kjell im Haus seiner Mutter deponiert hatte. „Mein Magen knurrt schon seit über einer Stunde wie verrückt."

„Es gibt einen Auflauf. Ich habe alles zusammengeworfen, was im Kühlschrank war: Hackfleisch, ein bisschen Gemüse und Kartoffeln. Sahne haben wir ja sowieso immer im Haus", erklärte sie und lächelte ebenfalls. „Es dauert nur ein paar Minuten."

Sie verschränkte die Arme, lehnte sich an die Küchentheke und sah ihn an. „Wie geht es Christa?"

„Ich war noch mal bei ihr, bevor ich nach Hause gefahren bin, doch seit heute Morgen hat sich nicht viel getan. Sie lässt dich lieb grüßen. Ich soll dir ausrichten, wie froh sie ist, dass du ihre Sachen zusammengepackt hast. Du hast an alles gedacht, was sie brauchen könnte. Übrigens ist sie absolut damit einverstanden, dass du den Laden nicht geöffnet hast. Sie meinte, du solltest das ruhig ein paar Tage durchziehen oder nur stundenweise aufmachen, wenn dir danach ist. Die Saison hat ja noch nicht begonnen und das Feriendorf ist nahezu leer." Er sah sich in der behaglichen Wohnküche um. „Wollen wir hier essen?"

„Ja, warum nicht. Christa und ich machen das meistens so, es ist ja gemütlich."

„Stimmt. Ich mag die Küche meiner Mutter. Ich mochte sie schon immer."

Sein Lächeln wärmte ihre Seele wie ein heißer Kakao in einer kalten Winternacht.

„Ist noch Wein da? Sonst müsste ich von drüben ..."

„Im Keller liegen ein paar Flaschen im Regal", unterbrach sie ihn. „Du kannst ja mal nachschauen, ob etwas dabei ist, das dir schmeckt."

„Ich trinke am liebsten Roten. Ist das für dich okay?"

„Kein Problem." Isabell sah ihm nach, dann fiel ihr Blick auf seine Jacke, die so selbstverständlich über der Stuhllehne hing. Das Gefühl, sich bei Kjell in Sicherheit zu befinden, verstärkte sich noch, sie kam sich rundum geborgen vor.

Natürlich sprachen sie schon während des Essens über Valentine Rock, die Tremaynes und James Valentine. Isabell beschrieb ihm das Gut und die Menschen, die dort ihr Zuhause hatten. Sie erzählte von ihren Eltern, Inge und Jeff Riley, die viele Jahre dort gearbeitet und gelebt hatten, und von Amanda Valentine-Tremayne, James' Mutter.

„Sie ist eine sehr unglückliche und kranke Frau. Ich mag sie. Im Grunde ist sie ein herzensguter Mensch, aber bedauerlicherweise verfällt sie mehr und mehr dem Alkohol und lässt sich gehen. Seit Jamie tot ist, geht es ihr immer schlechter. Obwohl Amanda die Eigentümerin von Valentine Rock ist, spielt sich William von jeher wie der Gutsherr auf. Ihm ist der Besitz nur wegen seines enormen materiellen Werts wichtig, die Pferdezucht ist ihm vollkommen egal. Ich denke sogar, dass er Valentine Rock verkaufen wird, falls Amanda vor ihm sterben sollte, und danach sieht es leider aus. Das Land, das Anwesen und die Stallungen sind unfassbar viel wert."

„Du sagtest vorhin, dass dein Vater und James die Pferdezucht wieder ernsthafter betreiben wollten", warf Kjell ein. Er schob seinen leeren Teller zur Seite und griff nach der Weinflasche.

„Ja, das stimmt. Mein Mann hing sehr an dem Besitz. Wahrscheinlich auch, weil er darin eine letzte Verbindung zu seinem leiblichen Vater sah. George Valentine starb, als Jamie gerade zwei Jahre alt war. Natürlich konnte er sich nicht an seinen Vater erinnern, aber das änderte nichts. Es war allgemein bekannt, dass George ein Pferdenarr gewesen war und dass seine große Leidenschaft der Zucht einer ganz bestimmten edlen Rasse galt. Vielleicht war auch das der Grund, wieso Jamie sich in der Nähe meines Vaters so wohlfühlte, ich weiß es nicht. Jedenfalls verstanden die beiden sich gut. James war schon als kleiner Junge mehr bei uns als im herrschaftlichen Haus seiner Mutter."

Isabell legte ihr Besteck auf dem leeren Teller zusammen und hielt ihm ihr Glas hin, damit er nachschenken konnte.

„Meine Eltern haben Irland verlassen und sind auf das Gut der Valentines gekommen, als ich noch ein Baby war. Mein Vater ist Reitlehrer und studierter Pferdewirt. Er hat sich um die edlen Tiere gekümmert, die auf dem Gut gezüchtet wurden, und meine Mutter hat jahrelang als Köchin für die Tremaynes gearbeitet. William Tremayne und mein Vater sind in all den Jahren immer wieder heftig aneinandergeraten. Nicht nur wegen der Pferde, sondern auch, weil dieser Typ ganz offen hinter meiner Mutter her war. Diese Geschichte gipfelte letztlich darin, dass meine Mutter sich eine Stellung in einem Hotel in St. Ives suchte und nicht mehr ins Herrenhaus ging."

Kopfschüttelnd nahm Kjell einen Schluck von seinem Wein. „Diese Tremaynes scheinen keine Bereicherung für die Menschheit zu sein. Glaubst du, dass Williams Geschäfte mit rechten Dingen zugegangen sind?"

Ihr entwich ein kurzes Lachen. „Du meinst, weil man mit Kasinos nicht unbedingt als Erstes Integrität und Gesetzestreue assoziiert?"

„Mir ist schon bewusst, dass es auch in dieser Branche honorige Geschäftsleute gibt. Nein, einfach weil deine bisherigen Erzählungen diesen Eindruck vermitteln."

„Ich kann dir dazu nur sagen, dass Jamie sich niemals auf illegale Geschäfte eingelassen hätte. Er war ein von Grund auf ehrlicher Mensch."

„Okay. Dann sag mir, was dein Mann konkret für Tremayne gemacht hat."

Seufzend setzte Isabell sich bequemer hin und erwiderte Kjells forschenden Blick. Er wollte ihr helfen und sie verstand, weshalb er alles so genau wissen wollte, also fuhr sie fort: „Gleich nach seinem Abschluss ging James für ein halbes Jahr nach Las Vegas, um dort in einem Kasino von Tremayne zu volontieren. Als er zurück nach England kam, beherrschte er das Geschäft aus dem Effeff – und er hatte Spaß daran gefunden. William überließ ihm daraufhin die Geschäftsführung eines kleinen Kasinos in Edinburgh. Es dauert nur wenige Monate, da übernahm James zusätzlich die Leitung eines Kasinohotels in London. In dieser Zeit heirateten wir, und kurz nach unserer Hochzeit war James bereits der zweite Mann im Unternehmen von Tremayne. In seinen Aufgabenbereich fielen vor allem die Kasinohotels. Er stellte fähige Leute ein und kümmerte sich überwiegend um die Personalführung und um die Ausstattung. Wir sind viel durch die Welt gereist. Das war übrigens der Hauptgrund dafür, dass ich mein Studium an den Nagel hängte."

„Und Bradley Tremayne? Womit beschäftigte sich der leibliche Sprössling des Moguls?"

„Brad war zwei Jahre nach James mit seinem Studium fertig und schlug einen ähnlichen Weg ein. Der Unterschied bestand allerdings darin, dass er schon recht früh eine Vorliebe für Zahlen entwickelte, also kümmerte er sich um die Finanzen des Unternehmens."

Kjell nickte. „Wie war das Verhältnis der Brüder zueinander?"

Isabell musste einen Augenblick nachdenken. „Da Brad innerhalb des Unternehmens weniger Freiheiten genoss als James, kam es manchmal zu kleineren Rivalitäten, aber im Grunde verstanden sie sich gut. Reibereien zwischen Brüdern sind ja auch normal."

„Was hältst du von deinem Schwager? Magst du ihn?"

„Das ist gar nicht so einfach zu beantworten. Lass mich kurz überlegen, wie ich am besten ausdrücken kann, was ich von Brad halte." Sie erhob sich, räumte die Teller zusammen und stellte sie auf dem Ablaufrost der Spüle ab. „Kaffee?", fragte sie.

„Gerne." Lächelnd beobachtete er sie eine Weile, dann stand auch er auf, um das Einräumen der Spülmaschine zu übernehmen, während sie den Kaffee zubereitete. „Die Antwort fällt dir offenbar schwer", stellte er schließlich fest und lachte.

„Ja, stimmt." Sie versuchte sich an einem Lächeln. „James hat oft betont, wie wichtig ihm seine Familie ist. Kritik von mir an William oder gar an seinem Bruder hat er mir meist übel genommen. Er wollte sie schlicht nicht hören. Weißt du, Brad war oft der Grund dafür, wenn Jamie und ich uns stritten."

„Ach? Ihr habt euch tatsächlich auch mal gezankt", scherzte er und zwinkerte ihr zu.

„Ja, wir haben uns auch mal gezankt", antwortete sie lachend. „Meine Ehe war glücklich, aber durchaus nicht langweilig."

Kjell nahm ihr die Tassen mit dem Kaffee ab, um sie auf den Tisch zu stellen, und setzte sich wieder.

Nachdenklich blieb Isabell noch einen Moment mit verschränkten Armen stehen, dann ließ auch sie sich auf ihren Stuhl fallen. „Es ist so, dass Bradley Tremayne ein … eigenartiger und undurchsichtiger Typ ist, und ich habe Probleme, objektiv zu bleiben, wenn ich dir etwas über ihn erzählen soll. Auf mich wirkt er nämlich immer … gefühllos. Ja, das ist wohl der richtige Ausdruck. Er ist gewitzt und auffallend gut aussehend, dabei aber berechnend und eigennützig. Er trägt ausschließlich Designerkleidung und Maßanzüge und seine Freundinnen wechselt er so häufig wie seine Hemden. Schon als Kind empfand ich ihn als hinterhältig und abgebrüht, doch damit stand ich allein da. Brad sah damals wie ein kleiner Engel aus, daher fanden alle ihn hinreißend und unglaublich niedlich. Ich hingegen hatte immer ein bisschen Angst vor ihm. Jamie liebte ihn geradezu abgöttisch. Er hat seinem Halbbruder alles verziehen, andauernd."

„Hm, das Bild wird klarer", warf Kjell ein und nippte an seinem Kaffee. „Zusammenfassend kann ich jetzt wohl sagen, dass mir die Familie Tremayne ganz und gar nicht zusagt." Er stellte seine Tasse ab und sah Isabell über den Tisch hinweg in die Augen. „Ich glaube, dass du mit deiner Einschätzung richtig liegst, Bella. Vielleicht hatte dein Mann tatsächlich irgendetwas in seinem Besitz, das so enorm wichtig für die Tremaynes ist, dass sie noch nicht einmal vor kriminellen Handlungen zurückschrecken. Ich würde sogar so weit gehen anzunehmen, dass sie das generell nie getan haben. Deine Charakterisierung ist ziemlich eindeutig."

„Du glaubst also auch, dass ich … dass wir in Gefahr sein könnten?" Ihre Stimme zitterte.

„Nun, ohne dich finden sie vielleicht niemals, worauf sie so versessen sind, ich halte es für sehr wahrscheinlich, dass sie weiterhin auf Gelegenheiten aus sind, dich unter Druck zu setzen. Es besteht also durchaus das Risiko, dass sie dich erneut bedrohen, und das gefällt mir überhaupt nicht."

„Oh Kjell, wenn ich doch nur wüsste, wonach sie suchen."

„Ich schätze, genau das ist es, was wir möglichst schnell herausfinden sollten." Er trank seinen Kaffee aus und stand auf, um die leere Tasse ins Spülbecken zu stellen. „Bis wir klarer sehen, halte ich es für angebracht, ein paar Vorkehrungen zu treffen. Ich schlage vor, wir fangen damit an, dass du hier im Haus nicht alleine bleibst. Ich schätze mal, dass meine Mutter noch ungefähr eine Woche in der Klinik ist. Was hältst du davon, so lange zu mir zu ziehen?"

Ihre Mundwinkel hoben sich. „Das ist jetzt nicht dein Ernst, Doc."

„Das ist sogar mein voller Ernst. Und nein, Bella, auch wenn ich dich natürlich gerne in meinem Bett willkommen heißen würde, kann ich dich beruhigen. Ich besitze zwei Gästezimmer. Das im unteren Stockwerk ist nur provisorisch eingerichtet und kommt nicht infrage, aber das oben ist sehr gut und gemütlich ausgestattet und steht dir zur Verfügung, solange du es brauchst."

Sie erhob sich ebenfalls und blickte ihn zweifelnd an. Dabei legte sie den Kopf ein wenig schief und sah zum Anbeißen süß aus, wie er wieder einmal feststellen musste.

„Mein lieber Herr Doktor, ich lasse mich nur darauf ein, weil ich mich bei dir im Haus tatsächlich deutlich sicherer fühlen würde." Ihr Blick fiel auf den schlafenden Hund. „Das liegt natürlich allein an Siggi."

„Natürlich. Sieh ihn dir nur an, er wirkt ungemein gefährlich und abschreckend." Kjell lachte. „Na, dann pack mal zusammen, was du für die Nacht so brauchst."

Sie beschlossen, noch einen kleinen Abendspaziergang mit dem Hund zu machen, deshalb stellten sie Isabells Tasche im Wartezimmer ab und machten sich anschließend auf den Weg. Wie selbstverständlich griff Kjell nach ihrer Hand und zu seiner Freude ließ sie es geschehen. Es war eine wunderschöne Frühsommernacht. Der Himmel war sternenklar und es wehte ein leichter Wind, der die Wipfel der Bäume wispern ließ.

„Sieh nur, eine Sternschnuppe", rief Isabell begeistert aus.

„Wünsch dir was", antwortete er. In der Dunkelheit konnte er die Einzelheiten ihres Gesichts nur erahnen, aber ihr helles Haar schien sogar in der Nacht zu leuchten.

„Schon geschehen."

Sie lachte, er mochte den Klang sehr.

„Ich habe mir auch etwas gewünscht", sagte er leise, beugte sich zu ihr und hauchte ihr einen Kuss auf die Wange. „Für uns beide", fügte er flüsternd hinzu.

„Ach Kjell, du bist unverbesserlich. Diese Nacht ist so wunderschön, verdirb mir jetzt nicht die Stimmung."

Ihm kam der Gedanke, dass diese Nacht noch viel schöner werden könnte und dass der Weg, der dorthin führte, die Stimmung sogar beträchtlich heben würde, aber das behielt er lieber für sich. Stattdessen ließ er ihre Hand los und legte ihr einen Arm um die Schultern. „Atme mal tief ein. Riechst du das?", fragte er, während sie langsam weitergingen.

„Ja, hier duftet es herrlich würzig."

„Das ist der Wacholder, Bella. Nachts scheint sein Duft viel stärker zu sein. Ich habe nie herausgefunden, ob das wirklich so ist, oder ob man es sich nur einbildet, weil man nicht so gut sieht wie tagsüber. Was glaubst du?"

Wieder lachte sie. „Ich glaube fest daran, dass er nachts tatsächlich stärker duftet."

„Dann glaube ich von jetzt an auch daran." Er griff wieder nach ihrer Hand und zog Isabell mit sich. „Komm, wird Zeit, dass wir nach Hause gehen."

Wenig später zeigte Kjell ihr das Gästezimmer und zusammen bezogen sie das Bett. Die Vorstellung, dass sie unter seinem Dach schlafen würde, rief ein angenehmes Kribbeln in seiner Magengegend hervor.

„Dieses Zimmer ist tatsächlich sehr gemütlich. Du hast nicht übertrieben", sagte Isabell lächelnd. Sie bückte sich und strich noch einmal die Bettdecke glatt.

„Wenn du ein eigenes Badezimmer bevorzugst, muss ich dich allerdings enttäuschen", erklärte er, während er angestrengt darauf bedacht war, nicht auf ihr reizvolles Hinterteil zu starren. Der Anblick ihres kleinen runden Pos machte ihn fix und fertig. „Unten gibt es zwar eine Gästetoilette, aber leider ohne Dusche."

„So ein großes Haus und nur ein Bad?", fragte sie erstaunt.

Er nickte und war erleichtert, weil sie sich wieder zu ihm umgedreht hatte. So konnte er sich viel besser auf ihr Gespräch konzentrieren. „Der Vorbesitzer war ebenfalls Arzt und hat es für seine Zwecke umbauen lassen. Ursprünglich waren es drei separate Wohnungen, im Erdgeschoss zwei und im ersten Stock eine. Im Parterre sind die Küchen und eins der beiden Bäder weggefallen. Dadurch sind zusätzliche Räume entstanden. Die Anschlüsse sind zwar noch vorhanden, aber ein weiteres Bad einbauen zu lassen, würde eine Menge Arbeit und hohe Kosten bedeuten, die ich mir ersparen wollte. Ich lebe hier allein, und eine moderne Ausstattung der Praxis ist mir wichtiger als ein zweites Badezimmer, das für mich im Grunde überflüssig ist."

„Nun, dein Haus ist riesig. Ich würde sagen, hier gibt es mehrere Räume, die für einen alleinstehenden Mann überflüssig sind", warf sie lachend ein. „Wer geht zuerst ins Bad?"

Erst jetzt bemerkte er, dass er sie etliche Sekunden lang einfach nur angeschaut hatte. Er musste sich räuspern. „Ich würde vorschlagen, dass du dich in Ruhe bettfertig machst. Dort hinter der Tür hängt ein frisch gewaschener Bademantel, falls du einen brauchst. Er wird dir zu groß sein, aber was soll's. Das Badezimmer ist direkt gegenüber. Richte dich ruhig häuslich ein. Du wirst ja einige Tage hier sein. In den Schränken ist noch reichlich Platz. Im Regal, gleich neben der Tür, findest du jede Menge Handtücher."

„Oh gut." Nervös strich sie sich eine Locke aus dem Gesicht. „Ich werde an deine Tür klopfen, sobald ich fertig bin."

„Ach, das ist nicht nötig. Ich lass sie einfach einen Spalt offen, dann höre ich, wenn du aus dem Bad kommst."

„Okay."

„Gut, so machen wir es." Bevor er sich umdrehte und das Zimmer verließ, sah er ihr noch einmal in die hellen Augen. „Schlaf gut, Bella."

„Gute Nacht", erwiderte sie.

Ihre Stimme klang heiser, das freute ihn.

Nach einer unruhigen Nacht stand Kjell schon im Morgengrauen auf, bereitete die Kaffeemaschine vor, warf ein paar tiefgekühlte Brötchen in den Backofen und deckte den Frühstückstisch. Während der Kaffee durchlief und die Brötchen knusprig wurden, duschte er und schlüpfte in Jeans und T-Shirt. Kaum saß er an seinem Platz, kam auch Isabell in die Küche. Ihre Locken waren zerzaust und die Augen ein wenig verquollen. Sie trug den Bademantel, der so weit war, dass er ihre gesamte Gestalt verhüllte. Kjell hätte nicht sagen können, ob sie einen Pyjama oder ein Nachthemd darunter anhatte. Alles in allem sah sie verschlafen und schlichtweg bezaubernd aus. Bisher war ihm nicht klar gewesen, dass eine Frau in einem viel zu großen und dazu noch blau gestreiften Männerbademantel so sexy wirken konnte.

„Oh, Kaffee!“, stieß sie aus, ohne ihn auch nur anzusehen.

Er musste grinsen. „Guten Morgen, gut geschlafen?“

„Morgen, Doc. Geht so.“ Sie schnaufte. „Krieg ich jetzt Kaffee?“

„Ach schau mal an, ein kleiner Morgenmuffel.“ Lachend stand er auf, um ihr welchen einzuschenken. Sie setzte sich ihm gegenüber, zog unter dem gewaltigen Bademantel ein Bein an und versuchte ein Gähnen zu unterdrücken. Als er ihr den gefüllten Becher reichte, umfasste sie ihn mit beiden Händen und trank sofort. Amüsiert beobachtete er sie. „Okay so?“

„Fantastisch!“

„Sag mir Bescheid, sobald du denken kannst. Wir müssen reden.“ Er schob ihr den Brötchenkorb über den Tisch, nahm seinen Becher, um ihn erneut zu füllen, und wartete geduldig auf die nächste Reaktion von ihr. Nach einigen Schlucken wurden ihre Augen tatsächlich klarer. Sie lächelte sogar und griff nach einem Brötchen.

„Leg los“, forderte sie ihn schließlich auf. „Ich glaube, ich bin jetzt einigermaßen wach. Tut mir leid, aber vor dem ersten Kaffee geht bei mir gar nichts.“

„Das ist mir nicht verborgen geblieben.“ Er holte tief Luft. „Okay, Bella, ich habe nachgedacht.“

„Mhm.“ Sie bestrich die untere Brötchenhälfte mit Butter und Marmelade und biss herzhaft hinein.

„Zum Beispiel gefällt es mir nicht, dass du tagsüber allein im Laden bist. Wir beide wissen, dass momentan nicht viel los ist. Also entweder lässt du das Geschäft geschlossen, bis meine

Mutter wieder da ist, oder wir brauchen jemanden, der bei dir ist, wenn ich es nicht sein kann. Und da ich übermorgen die Praxis eröffne, haben wir nur noch zwei Tage, um diese Sache irgendwie zu regeln."

Sie runzelte die Stirn. „Du bist direkt gegenüber, Kjell. Außerdem ist es selten so, dass kein Kunde im Geschäft ist."

„Aber es kommt vor", warf er ein. „Und ich werde nicht immer hier in der Praxis sein."

„Stimmt. Du musst auch mal zu deinen Patienten nach Hause, oder?"

„Genau. Zu ein paar Hausbesuchen und Notfällen bin ich schon in den vergangenen Tagen gerufen worden. Sobald ein Arzt vor Ort ist, wird er gebraucht, das war noch nie anders", sagte er lächelnd. „Und das ist in Ordnung so."

„Im Ort gibt es einige ältere Leute."

„Ja, und die sind dankbar dafür, dass ich jetzt hier bin. Wer will es ihnen verübeln. Ich habe gewusst, dass ich in Lunau gebraucht werde, so wollte ich es haben." Er stand auf und holte die Kaffeekanne, um die Becher nachzufüllen. „Du siehst also, wir müssen uns was überlegen."

„Du hast selbst gesagt, dass du nicht glaubst, dass ich tatsächlich in Gefahr bin."

„So stimmt das nicht, das weißt du genau. Ich habe nur gesagt, dass die Tremaynes höchstwahrscheinlich davon ausgehen, dass sie dich brauchen, um … was weiß ich zu finden."

„Danke, jetzt bin ich wirklich beruhigt."

Es sollte wohl humorvoll klingen, aber in ihrem Blick sah er Furcht.

„Ich bin schon immer dafür gewesen, die Fakten auf den Tisch zu legen. Augenwischerei wird uns nicht weiterbringen, Bella."

„Hast du eine Idee?"

„Ich schlage vor, dass du den Laden erst mal geschlossen lässt. Nachher fahren wir zusammen ins Krankenhaus und besprechen die wichtigsten Punkte mit meiner Mutter."

„Na gut. Die Tortenbestellungen kann ich so erledigen. Dafür brauche ich das Café nicht zu öffnen."

„Na siehst du, schon sind wir ein Stück vorangekommen. Du hörst regelmäßig den Anrufbeantworter im Café ab oder lässt die Anrufe auf dein Handy umleiten, falls weitere Bestellungen eingehen, hast du auch das im Griff." Er nahm einen Schluck Kaffee und blähte anschließend die Wangen auf. „Jetzt müssen wir nur noch herausfinden, was zum Teufel diese verfluchten Tremaynes bei dir vermuten."

„Wie willst du das denn anstellen, Doc?"

„Hm, keine Ahnung. Beginnen sollten wir vielleicht damit, dass du alle Möglichkeiten durchgehst. Eventuell kann ich dir helfen, indem ich dir die richtigen Fragen stelle, was meinst du?"

Isabell zuckte mit den Schultern. „Ach, Kjell, ich bin alles schon tausendmal durchgegangen. Jamies Sachen habe ich auch mehrmals gründlich durchsucht. Da war nichts."

Er strich sich mit beiden Händen durchs Haar. „Irgendwas könntest du übersehen haben, und wenn das so ist, finden wir es heraus."

Sie stand auf und begann den Tisch abzuräumen. „Ich gehe duschen und sobald ich fertig bin, können wir los und Christa besuchen. Ich müsste einiges von drüben holen, aber das kann ich genauso gut später erledigen." Sie zögerte. „Wenn das Café geschlossen bleibt, muss ich heute auch nicht backen. Die nächste Tortenbestellung liegt erst zum Wochenende an."

„Also ich hätte am Nachmittag sicher nichts gegen ein Stück von deinem himmlischen Käsekuchen einzuwenden, Bella."

„Frag mich noch mal, wenn wir aus Lüneburg zurück sind", erwiderte sie lachend.

KAPITEL 6

„Kommst du gleich mit rüber, wenn ich meine Sachen hole?“, fragte Isabell nach dem Essen.

Nachdem sie Christa im Krankenhaus besucht hatten, war der Tag geruhsam verlaufen. Fast zwei Stunden lang waren sie mit dem Hund spazieren gegangen. Danach, als es angefangen hatte zu regnen, hatten sie es sich in Kjells Wohnzimmer gemütlich gemacht, Kaffee getrunken und schließlich zusammen das Abendessen gekocht.

„Klar“, antwortete er. „Wirst du dem Vorschlag meiner Mutter folgen und das Geschäft für eine Woche schließen?“

„Ich denke ja. Wenn wir uns das erlauben können, dann jetzt.“

„Hier in der Gegend war im Frühsommer immer schon weniger los.“

„Ja, das hat deine Mutter erwähnt. Sie sagte, die meisten Touristen kommen erst her, wenn die Heide in voller Blüte steht.“

„Stimmt, dann ist das Feriendorf ausgebucht und die Tagesausflügler fallen ein, besonders natürlich an den Wochenenden. Für ungefähr zwei Monate im Jahr ist hier der Teufel los und alle drehen irgendwie durch. Das muss man mal mitgemacht haben. So beschaulich das Dorf jetzt auch wirken mag, im August und September geht es hier zu wie auf einem Jahrmarkt.“

„Den Spätsommer habe ich hier noch nicht erlebt. Als ich in Lunau ankam, war es Januar.“

„Ich mag die Winter besonders gern. Wenn es schneit, ist ein Spaziergang durch die Heidelandschaft ein eindrucksvolles Erlebnis.“

Isabell freute sich darüber, dass sie sich so unverkrampft mit ihm unterhalten konnte. Ihr war bewusst, dass das keine Selbstverständlichkeit war. Eher grenzte es an ein Wunder, wenn man die erotische Spannung bedachte, die die Luft zwischen ihnen flirren ließ, zumindest empfand sie es so. Kjells Blicke waren eindeutig und sein Lächeln verführerisch, dennoch brachte er es fertig, über normale Themen mit ihr zu plaudern, das mochte sie an ihm.

Während des Spaziergangs hatte er ihr von seiner aufregenden Zeit bei der Eliteeinheit der Marine erzählt, sie fand das Thema so spannend, dass sie unbedingt noch mehr darüber erfahren wollte. Auch kleine Kindheitserlebnisse hatten sie bereits miteinander geteilt. Sie hörte ihm gerne zu, ihm schien es ebenso mit ihr zu gehen. Wenn sie erzählte, war er aufmerksam und stellte die richtigen Fragen. Seine Reaktionen zeugten von einer ausgeprägten Fähigkeit zur Empathie. Was sie nach wie vor aus dem Takt brachte, waren seine Berührungen, manchmal unverfänglich, manchmal zufällig, und doch brachten sie jeden einzelnen Nerv in ihr zum Klingen. Dieses Gefühl war ihr neu und sie konnte sich nicht entscheiden, ob es gut für sie war, dass diese Empfindungen heftige Sehnsucht nach mehr davon bei ihr hervorriefen.

An Kjells Gegenwart hatte sie sich gewöhnt. Seine Größe, die auffallend dunkle Stimme und seine Attraktivität machten sie nicht mehr unsicher und zittrig. Solange er sie nicht berührte, fühlte sie sich ausgesprochen wohl in seiner Gesellschaft, allerdings tat er gerade das in der letzten Zeit immer häufiger.

Nachdem sie die Küche in Ordnung gebracht hatten, gingen sie hinüber zu Christas Haus, damit sie sich für einige Tage mit frischer Wäsche eindecken konnte.

Kjell folgte ihr in die obere Etage, um nach dem Rechten zu sehen, wie er sagte. Während sie Kleidungsstücke in eine Reisetasche warf, hörte sie, wie er jeden Raum kurz inspizierte und dann die jeweilige Tür wieder schloss. Schließlich klopfte er an ihre halb offene Zimmertür und trat ein.

„Fertig?"

„Nicht ganz. Ich brauche noch ein paar Dinge aus dem Bad. Einen Moment."

Er stand vor dem Regal mit ihren Schneekugeln, als sie aus dem Badezimmer zurückkam. Eine davon hielt er in der Hand und schüttelte sie. Isabell musste lachen. „Es ist immer wieder ein Vergnügen zu sehen, wie die Leute sich zunächst über meine Sammlung lustig machen, aber dann doch nicht widerstehen können."

„Stimmt wahrscheinlich. Diese fürchterlich kitschigen Dinger üben eine seltsame Anziehung aus“, gab er schmunzelnd zu. „Diese hier ist ziemlich groß. Ich habe gesehen, dass nur einige der Kugeln einen so hohen Sockel haben.“

Isabell ging zu ihm. Er hatte eines ihrer Lieblingsstücke in der Hand. Unter der Glaskuppel sah man eine gelungene Miniatur des Stephansdoms, die man in ein wunderschön glitzerndes Schneegestöber einhüllen konnte, wenn man es denn wollte.

„Ja, einige haben einen größeren Sockel, in diesem hier gibt es sogar eine Spieluhr. Siehst du den kleinen Drehschlüssel?“ Sie deutete auf die Unterseite des Kugelsockels.

„Tatsächlich.“

„Du brauchst es gar nicht erst zu versuchen“, sagte sie seufzend, als er den Schlüssel drehen wollte. „Sie ist seit ein paar Monaten kaputt. Ich bin traurig darüber, denn ich habe sie von meinem Mann bekommen, als wir zusammen in Wien waren. Dort gibt es ein Schneekugelmuseum, und James wusste, dass es immer mein Traum war, mir das einmal anzusehen. Nach dem Besuch des Museums hat er mir diese Kugel geschenkt.“

„War es eure Hochzeitsreise?“

Erstaunt nickte sie. „Ja.“

„Und das Ding hier hat wahrscheinlich euren Brautwalzer gespielt, hab ich recht?“

Damit lag er richtig. „Stimmt. Jamie hat die Kugel speziell für mich anfertigen lassen.“

„Okay“, sagte er, „dann werde ich es mir mal ansehen.“ Er betrachtete die Unterseite. „Siehst du, da sind ein paar Schrauben. Mit ein bisschen Glück kann ich sie wieder zum Klingen bringen. Du weißt ja“, er lachte und zwinkerte ihr zu, „ich bin auch Unfallchirurg.“

„Das würdest du für mich tun?“ Es verwunderte und berührte sie gleichzeitig, dass er von sich aus vorschlug, ein persönliches Geschenk von James zu reparieren.

„Natürlich! Die Kugel ist dir lieb und teuer. Du hängst daran, was ich verstehe. Für dich ist sie ein Erinnerungsstück an deinen

Mann. Warum sollte ich dir also nicht die Freude machen, Bella? Ich werde es zumindest versuchen."

„Das ist … sehr lieb von dir, Kjell. Danke schön."

„Ich kann dir nicht versprechen, dass ich es hinbekomme, doch ich werde mein Bestes geben."

„Das weiß ich."

Isabell strahlte. Er fand sie immer schön, aber in diesem Augenblick sah sie so umwerfend aus, dass er für kurze Zeit die Luft anhielt. Als ihre Augen wie frisch geschliffene Aquamarine zu funkeln begannen, hätte er um ein Haar laut aufgeseufzt. Ohne weiter darüber nachzudenken, folgte er dem Drang sie zu küssen. Schnell beugte er sich hinab, zog sie mit dem freien Arm zu sich heran und drückte seinen Mund auf ihre leicht geöffneten Lippen. Er handelte rasch, damit sie sich ihm nicht entziehen oder widersprechen konnte. Es war berauschend zu fühlen, wie wohltuende Wärme zu glühender Hitze wurde, die seinen Körper in Aufruhr versetzte. Das Begehren, das wie ein Sturm sein inneres Gleichgewicht seit Wochen durcheinanderwirbelte und die Nächte in endlose Stunden heißer Begierde verwandelte, brandete auf und berauschte ihn, sobald seine Zunge auf ihre traf.

Wie beim ersten Mal sank sie an seine Brust und gab sich zitternd seinem Kuss hin. Doch auch diesmal schob sie ihn viel zu schnell und fast ein wenig erschrocken von sich.

„Bitte …"

Sein Atem ging so hektisch wie ihrer. Er sah, wie sie nach Luft schnappte.

„Du kannst das nicht länger ignorieren", stieß er aus. „Das kannst du einfach nicht tun." Da er noch immer die Spieluhr in der Hand hielt, stellte er diese beiseite, ließ Isabell jedoch nicht aus den Augen. „Hör zu, wir werden … das beide nicht mehr ignorieren können, Isabell."

„Ich … du … ach Kjell!"

Mit einem einzigen Schritt war er bei ihr und zog sie zurück in seine Arme. Sie keuchte auf, als er sie an sich presste und sie spüren ließ, wie groß sein Verlangen nach ihr war.

„Meine wunderschöne Bella." Sogar für ihn klang seine Stimme heiser, sie war kaum mehr als ein dunkles Raunen. Jeder Muskel in seinem Körper schien sich anzuspannen. Er küsste sie auf den Hals, die Wangen, den Haaransatz entlang bis zu einem ihrer prallen Ohrläppchen, nahm es zwischen die Lippen und saugte sanft daran, empfand unfassbares Vergnügen dabei. Isabell zitterte, ihr Atem strich heiß über seine Wange.

Sie sagte kein Wort, aber ihr Körper wurde nachgiebig in seinen Armen und er spürte, wie sich ihr Becken leicht, doch unverkennbar rhythmisch an seinen Körper drückte. Wegen ihres Größenunterschieds traf seine Erektion auf ihren Bauch, deshalb hob er Isabell an und sie schlang ihre Beine einladend um seine Hüften. Ihr Seufzen war ihm Antwort genug.

Aufs Neue eroberte Kjell ihre weichen Lippen und legte eine Hand auf ihren Po, um mehr Druck auszuüben, während er sie mit dem anderen Arm in der Position hielt. Sie kam ihm entgegen, umspielte seine Zunge mit ihrer, heiße Herrlichkeit, die ihn umhaute, und rieb sich stärker an ihm. Er fühlte, wie sie zitterte, wie sie immer heftiger atmete und schließlich stöhnte. Irgendwann gab er zögernd ihren Mund frei und sah ihr in das erhitzte Gesicht. Ihre Augen waren geweitet, ihr Atem ging keuchend und ihr Blick wirkte hungrig, fast gierig.

„Du stehst ganz schön unter Strom, Liebes", sagte er leise.

Statt ihm zu antworten, schmiegte sie sich an ihn, suchte erneut seinen Mund. Langsam bewegte er sich mit ihr in Richtung Bett und ließ sie dort auf die Matratze gleiten. Nur zögernd gab sie nach und löste die Umklammerung ihrer Beine. Wie hingegossen lag sie da, sah mit verschwommenem Blick und schwer atmend zu ihm auf. Er setzte sich neben sie und öffnete mit sicheren schnellen Bewegungen die Knöpfe ihrer Bluse, dann ihre Jeans. Sie sagte kein Wort, ließ ihn einfach gewähren. Als er ihr die Hose abstreifen wollte, hob sie das Becken an, um ihm zu helfen, und stützte sich mit einer Hand auf seinem Oberschenkel ab. Es kostete ihn alle Kraft, sein Verlangen im Zaum zu halten.

Sie trug ein rosafarbenes, schlichtes Baumwollhöschen und einen passenden Büstenhalter, der – dem Himmel sei Dank –

vorne zu öffnen war. Kjell musste schlucken, als er das Häkchen löste. Ihre Brüste waren klein und fest, sahnig, von purpurroten Spitzen gekrönt. „Du bist umwerfend“, flüsterte er und beugte sich hinunter, um die süßen Knospen nacheinander zwischen die Lippen zu nehmen. Er leckte, saugte, küsste sie, genoss sie, bis Isabells lautes Stöhnen ihn schmerzhaft daran erinnerte, dass er auf keinen Fall die Beherrschung verlieren wollte.

Zum ersten Mal, seit sie sich geküsst hatten, stieß sie rau seinen Namen aus und befeuerte damit sein Verlangen. Er öffnete seine Jeans, um sich Platz zu verschaffen und die Qual etwas zu lindern, dann konzentrierte er sich auf Isabell und begann sie zu streicheln, ihre Brüste, ihren Bauch, hinab bis zu dem sanften Hügel, der sich unter der rosafarbenen Baumwolle abzeichnete.

„Kjell, oh Gott! Kjell!“

Sie schluchzte fast, als er die Hand in ihr Höschen schob.

„Ich will … dich sehen … anfassen“, brachte sie heraus, doch er schüttelte den Kopf.

„Du brauchst erst was ganz anderes, mein Liebling.“

Er fühlte ihre Feuchtigkeit, es war herrlich. Um seine Selbstkontrolle zu mobilisieren, schloss er die Augen und biss die Zähne zusammen. Zunächst legte er die Hand auf ihren Schoß, verweilte einen Moment, um ihr etwas Zeit zu geben, dann ließ er zwei Finger zwischen ihre Schamlippen gleiten, streichelte sie dort und berührte schließlich die kleine Perle.

„Kjell!“

Es war wie ein Schrei. Ihr Körper bäumte sich auf. Isabell wimmerte und zitterte. Er beobachtete, wie ihre langen Wimpern zu flattern begannen und sie eine Faust auf ihren Mund presste, als er ihre Klitoris reizte. Wie er erwartet hatte, kam ihr Orgasmus schnell, hatte die Macht eines Tornados und schien endlos anzuhalten.

Sie schrie laut auf, warf den Kopf auf dem Kissen hin und her und wand sich, bis die Wellen der Lust langsam abebbten.

Rasch zerrte Kjell sich die Jeans herunter, zog Schuhe und Strümpfe aus und legte sich zur ihr. „Jetzt hab ich’s eilig“, brachte er schwer atmend hervor. Angelte nach seiner Jeans, fischte ein

Kondom aus einer der Taschen, riss die Verpackung auf und zog es sich über. „Sorry, sogar verdammt eilig", wiederholte er.

Schon während er sich zwischen ihre Beine schob, merkte er, dass er sich nicht zu entschuldigen brauchte. Sie hob einladend die Hüften an, um ihn aufzunehmen.

„Ja, Kjell, ja. Komm zu mir."

Im nächsten Augenblick glaubte er, vor Wonne zu zerspringen. Sie war heiß und unglaublich eng. Er vernahm sein eigenes Stöhnen, traute sich kaum, sich zu bewegen und ganz in sie einzudringen. Nach einer Weile fühlte er den Druck ihrer Hände auf seinem Hintern und stieß zu.

Oh mein Gott!

Wenn es ein Paradies gab, so war er in dieser Sekunde dort angekommen, dessen war er sich sicher. Für eine kleine Ewigkeit hörte der Rest der Welt auf zu existieren, und er erlebte den heftigsten Orgasmus, den er bisher gehabt hatte. Als er wieder klarer denken konnte, stellte er fest, dass auch Isabell noch einmal gekommen war. Ihre keuchend ausgestoßenen Atemzüge vermischten sich mit seinen.

„Noch mal!", forderte sie ihn auf und drängte ihr Becken wiegend seinem entgegen. „Noch mal."

Seine Hüften bewegten sich automatisch, aber er schob eine Hand zwischen ihre Körper, fand sie erneut.

„Sag mir, wie …" Er musste abbrechen und Luft holen, doch sie hatte schon verstanden.

„Schneller! Ja, Kjell, ja! Oh ja!" Ihre Lustschreie rissen ihn mit.

Isabell erwachte mitten in der Nacht. Vorsichtig bewegte sie sich, denn sie wollte Kjell nicht wecken. Er hielt sie in den Armen, ihr Kopf ruhte auf seinem Bizeps. Sein Oberhemd hatte ein paar Knöpfe eingebüßt, doch er trug es noch, von der Hüfte abwärts war er allerdings nackt. Unter der Bettdecke spürte sie seine muskulösen Oberschenkel und hätte sich am liebsten schon wieder wohlig an ihm gerieben. Sein durchtrainierter, fester Körper, diese Gegensätzlichkeit zu ihrem, und seine augenfällige Kraft machten sie schwach, riefen so tiefe Empfindungen und ein Begehren in ihr hervor, das sie fast ängstigte. Von Anfang an hatte seine erotische Ausstrahlung ihr den Atem geraubt, und jetzt konnte sie sich eingestehen, dass das der Grund für die Unsicherheit gewesen war, die sie empfand, sobald er in ihrem Blickfeld auftauchte. Sie hatte ihn von der ersten Sekunde an gewollt – auch dieses Gefühl war neu für sie.

James hatte sie damals langsam erobert. Es hatte lange gedauert, bis sie zusammen im Bett gelandet waren, und es war zu einer Zeit passiert, als für sie beide klar war, dass sie heiraten würden. Mit ihrem Mann war sie glücklich gewesen, doch diese hemmungslose Lust, diese fast schon beängstigende Begierde, die sie bei Kjell empfand, hatte sie mit ihm nicht erlebt. Diese Erkenntnis erschütterte sie bis ins Mark. Kjell hatte ihr in der wahrsten Bedeutung dieses Wortes die Sinne geraubt.

„Bist du wach, Bella?“, hörte sie ihn schlaftrunken fragen.

In der Dunkelheit wandte er sich ihr zu und zog sie noch enger an sich, sodass ihr Gesicht an seiner Brust lag und sie seinen markanten Duft einatmen konnte.

„Ja“, antwortete sie flüsternd. „Wie spät ist es?“

„Egal, ich müsste dich loslassen, um nachzusehen.“

Sein verhaltenes Lachen klang sexy.

„Bist du okay? Geht es dir gut, Isabell?“

„Sehr gut.“ Nun musste auch sie lachen. „Ich glaube, mir ging es noch nie besser“, traute sie sich zuzugeben.

Seufzend sog er den Atem ein. „Wow! Die Antwort gefällt mir.“

„Kann es sein, dass ich Hunger habe?“

„Keine Ahnung, hast du?“

„Mhm.“ Sie schob sein Hemd aus dem Weg und presste ihre Lippen auf seine Brust. „Jedenfalls knurrt mir der Magen.“

„Wilder Sex macht hungrig und …“

Er stieß zischend die Luft aus, als sie über eine seiner flachen Brustwarzen leckte und eine Spur kleiner Küssen abwärts bis zu seinem muskulösen Bauch zog. An ihren Schenkeln konnte sie fühlen, wie hart er schon wieder war.

„Bella, du bist ... unersättlich."

„Es ist das erste Mal, dass ich ein echtes Sixpack küssen kann, das muss ich doch ausnutzen." Sie genoss es, wie er lustvoll eine Hand in ihr Haar schob, zupackte und leise ächzte.

„Das ist nicht ... oh Gott, Bella! Himmel noch mal!"

Als sie das nächste Mal die Augen öffnete, war die Sonne bereits aufgegangen und Kjell lag nicht mehr neben ihr. Für einen winzigen Moment dachte sie tatsächlich, er hätte sie einfach allein gelassen, dann hörte sie das Rauschen von Wasser aus dem Badezimmer. Er duschte. Tiefe Zufriedenheit schien ihren Körper von den Zehen bis in die Haarspitzen zu wärmen, und ihr blieb gar nichts anderes übrig, als glückselig in sich hineinzuseufzen. Ihre übliche Antriebsschwäche am Morgen blieb aus. Als die Tür zum Bad sich öffnete, setzte sie sich auf und lächelte Kjell entgegen.

„Hey, Doc."

„Guten Morgen, mein süßer Morgenmuffel. Sag bloß, du sprichst? Und ... oh Wunder, du lächelst sogar!" Auch er strahlte über das ganze Gesicht. Er trug nur ein Handtuch um die Hüften, trat ans Bett, beugte sich zu ihr und gab ihr einen Kuss auf die Nasenspitze. „Gut geschlafen?"

„Hm." Sie musste grinsen, als sie an die lustvollen Unterbrechungen der vergangenen Nacht dachte. „Und du?"

„Großartig", gab er zu und sein Mund verzog sich ebenfalls zu einem breiten Grinsen. „Die Schlafpausen haben mir besonders gut gefallen", schob er nach, als hätte er ihre Gedanken gelesen.

Einige Sekunden lang genoss sie es zu beobachten, wie er das Handtuch beiseitewarf und sich anzog. Sein Körper war beeindruckend und das Spiel seiner Muskulatur faszinierend. „Wo gibt es Frühstück, Doc? Hier oder drüben bei dir? Obwohl ich es geschafft habe, dich anzulächeln, brauche ich einen Kaffee."

„Heute Morgen wirst du ausnahmsweise ein paar Minuten länger auf dein Koffein warten müssen; es sei denn, du machst dir selbst schnell eine Tasse zurecht, bevor du unter die Dusche springst. Mein armer Hund muss dringend raus, es ist schon fast neun. Ich schlage also vor, dass ich Siggi erlöse, während du ins Bad gehst. Ich bleibe in Sichtweite, Bella. Wenn du fertig bist, kommst du rüber und wir frühstücken bei mir, okay?"

„Okay, abgemacht. Soll ich was mitbringen?"

Kjell schüttelte den Kopf. „Nein, ich habe alles im Haus." Dann fiel sein Blick auf die Schneekugel mit der Spieluhr, die er am Abend zurück aufs Regal gestellt hatte. „Die nehme ich schon mal mit. Nach dem Frühstück werde ich mir das Teil ansehen."

Sie frühstückten ausgiebig und in aller Ruhe. Auch wenn sie sehr viel vertrauter miteinander umgingen, sprachen sie nicht über die vergangene Nacht. In stillem Einvernehmen unterhielten sie sich stattdessen über die Veränderungen, die für ihn ins Haus standen. Es schien fast so, als müssten sie beide, jeder für sich, erst einmal verarbeiten, was zwischen ihnen geschehen war.

Für ihn war es der letzte freie Tag, bevor es offiziell mit der Praxis losging. Ruth Rogalski, seine neue Sprechstundenhilfe, würde im Laufe des Tages in Lunau eintreffen.

„Ich habe inzwischen mehrmals mit ihr telefoniert und hoffe natürlich, dass sich der gute Eindruck, den ich von ihr gewonnen habe, bestätigen wird", sagte er, während er ihnen Kaffee nachschenkte.

„Mach dir nicht zu viele Sorgen, Kjell. Das wird schon alles klappen. Allerdings hätte ich mir an deiner Stelle wahrscheinlich ein paar Tage mehr Zeit gelassen, damit ihr euch ein bisschen beschnuppern könnt, bevor es mit dem Praxisalltag so richtig losgeht."

„Vielleicht wäre es besser, aber ich kann jetzt nicht zurück. Die Leute im Dorf fragen jeden Tag nach, wann es endlich feste Sprechzeiten gibt. Und … na ja, Frau Rogalski und ich haben uns darauf geeinigt, in den ersten zwei Wochen nur vormittags Sprechstunden abzuhalten, um nebenbei den Ablauf vernünftig zu organisieren. Das wird den gemeinsamen Einstieg etwas leichter machen." Er nahm einen Schluck Kaffee. „Seit gestern sind meine potenziellen Patienten aus der Umgebung auch unterrichtet. Ich habe Anzeigen in den örtlichen Zeitungen geschaltet und in den Ortschaften ein paar kleinere Plakate aufgehängt. Wenn nicht allzu viel aus dem Umland kommt, werde ich mit wenigen festen Sprechzeiten hinkommen. Direkt hier im Ort dürften eher Hausbesuche an der Tagesordnung sein. So war es schon immer in den Dorfgemeinden. Lunau macht da sicher keine Ausnahme."

„Was ist mit einer Vertretung? Ich meine, du musst ja auch ab und zu Urlaub haben oder könntest selbst krank werden. Was dann? Werden die Lunauer es dir nicht übel nehmen, falls du mal ausfällst?"

Er freute sich, dass sie sich so für seine Belange interessierte, und musste lächeln. „Weißt du, die Leute hier in den Heidedörfern wissen es in der Regel zu schätzen, wenn sie überhaupt einen Arzt in ihrer Nähe haben. Jahrelang mussten sie für medizinische Hilfe längere Fahrten in Kauf nehmen. In Lunau ändert sich das jetzt und die Menschen sind dankbar, dass ich hergekommen bin. Sie wissen, dass ein Arzt in der Stadt deutlich mehr verdienen kann. Solange klar ist, dass ich zurückkomme, wird mir also niemand verübeln, wenn ich tatsächlich mal ein paar Tage ausfalle. Aber natürlich habe ich einen Kollegen in Amelinghausen kontaktiert. Wir werden uns gegenseitig vertreten, wenn es sein muss. Auch die wenigen Ärzte in den umliegenden Orten sind dankbar für eine Entlastung, wie ich feststellen konnte. Konkurrenzdenken ist hier offenbar fehl am Platz. Das ist eine echte Erleichterung."

Isabell nickte. „Vor einiger Zeit habe ich einen Fernsehbericht gesehen, der genau das zum Thema hatte. Die Ärzte, die überhaupt noch auf dem Land und in den Dörfern arbeiten, haben richtig gut zu tun, verdienen aber trotzdem deutlich weniger als ihre Kollegen in den Städten."

„Ja, das liegt nicht zuletzt auch daran, dass es in der Stadt viel mehr Menschen mit privaten Krankenversicherungen gibt." Er lachte und winkte ab. „Mich stört das nicht. Ich wollte schon immer hier leben und arbeiten. Während meiner Marinezeit konnte ich ein bisschen Geld beiseitelegen, und die Praxis wird allemal genug abwerfen, um vernünftig leben zu können, davon bin ich überzeugt. Die Leute brauchen mich, ich fühle mich wohl und bin hier zu Hause, was will ich mehr?"

„Du hast also vor, für den Rest deines Lebens in Lunau zu bleiben?"

„Natürlich. Wie gesagt, war das schon immer mein Plan, man könnte sogar sagen, es war mein Traum. Ich habe genug von der Welt gesehen, Bella, und ich liebe diesen Ort einfach."

Noch einmal nickte sie, ein wenig nachdenklich dieses Mal.

„Ja, ich weiß, was du meinst. Ich mag Lunau auch."

Sein Blick fiel auf die Schneekugel, die er auf dem Küchentresen abgestellt hatte. „Na, dann werde ich mal in den Keller gehen, um mir das passende Werkzeug zu holen. Bin gleich wieder da."

Kurz darauf saßen sie zusammen am Küchentisch und Isabell sah zu, wie er die untere Abdeckung der Spieluhr öffnete. Der flache Deckel löste sich, sobald die vier Schrauben vor ihnen lagen. Als er die runde Kunststoffplatte abhob, sahen sie sich erstaunt an.

„Was zum Teufel ..."

Isabell schnappte nach Luft. „Kjell, was ist das?"

Vorsichtig zog er ein Beutelchen aus dunkelblauem Samt aus dem Sockel der Spieluhr. „Nun, kleine Engländerin, ich würde sagen, wir haben soeben wenigstens eins von den Dingen gefunden, die gewisse Leute in deiner Heimat so dringend suchen", erwiderte er und sprach damit den ersten Gedanken aus, der ihm in den Sinn gekommen war.

„Mach auf!", forderte Isabell ihn atemlos auf.

Kjell wickelte die schmale Kordel ab, die um einen Teil des Beutels gewunden und festgeknotet worden war, und zog das obere Ende auseinander, sodass sie hineinsehen konnten.

„Oh mein Gott!", stieß Isabell aus, als er ein wenig von dem Inhalt in seine linke Hand schüttete.

„Das kannst du laut sagen."

Beide starrten sie gebannt auf die weißen Kristalle in Kjells Hand, die ein funkelndes Feuerwerk aus Licht zu versprühen schienen.

„Sind die echt?"

„Ich bin kein Experte für so was, doch wenn du mich fragst … natürlich sind die echt. Oder glaubst du ernsthaft, dein James hätte sich sonst so viel Mühe damit gegeben, die Dinger zu verstecken."

„Die Steine müssen ein Vermögen wert sein."

„Wie gesagt, bin ich kein Experte für Diamanten, aber vermutlich hast du recht. Sie sind ganz schön groß."

Eine Weile sahen sie sich ratlos an. Sorgfältig ließ Kjell die Steine zurück in das Samtsäckchen gleiten, zog die Kordel zu und legte es neben die Schneekugel. „Jetzt hast du zumindest eine Idee davon, was die Tremaynes gesucht haben könnten, Bella." Er konnte an ihrem Gesicht ablesen, wie es in ihrem Kopf arbeitete.

„Ja, aber es ist schon eigenartig, dass sie nach Papieren fragten, oder?"

Nachdenklich zog Kjell die Stirn kraus. „Dein Mann wusste, dass dir diese Schneekugel ganz besonders wichtig war, richtig?"

„Ja, natürlich wusste er das. Schließlich hat er sie mir auf unserer Hochzeitsreise geschenkt. Worauf willst du hinaus?"

„Nun, mir ist soeben der Gedanke gekommen, dass er es womöglich darauf angelegt haben könnte, dass du die Diamanten findest; gerade weil diese Kugel eine deiner liebsten ist."

Bestürzt sah sie ihn an, dann fiel ihr Blick auf die Schneekugel. „Das ist … das ergibt keinen Sinn. Jamie konnte doch nicht wissen, dass ihm was zustößt."

„Vielleicht ist er nur auf Nummer sicher gegangen, weil er … sagen wir mal … gewisse Befürchtungen hatte."

Eine Weile schwiegen sie. Isabell starrte gedankenvoll vor sich hin.

„Nein, Kjell, das kann ich mir nicht vorstellen. Jamie hätte auf jeden Fall mit mir geredet, wenn …"

„Ich würde vorschlagen, wir untersuchen auch die anderen Schneekugeln", unterbrach er sie.

„Was?"

Er ging zu ihr, zog sich einen Stuhl heran und setzte sich ihr gegenüber. „Bella, nehmen wir doch einmal an, dein Mann hat das Säckchen hier nicht einfach nur so versteckt, sondern die Schneekugel mit Bedacht gewählt."

„Ich sehe keinen Grund, warum er das hätte tun sollen."

„Und ich sagte, wir nehmen es an. Lass den Gedanken einfach mal zu, dass es so gewesen sein könnte. Über seine Beweggründe können wir später noch nachdenken." Nach einem tiefen Atemzug fuhr er fort: „Setzen wir mal voraus, dass James irgendeinen Anlass dafür sah, so zu handeln. Also ... Ich habe mir gerade überlegt, was ich getan hätte, wenn ich an seiner Stelle gewesen wäre."

„Ich verstehe kein Wort, Doc."

„Du brauchst doch nur die Tatsachen aneinanderzureihen, Isabell. Dein Mann wusste, wie sehr du an deinen Schneekugeln hängst. Er wollte etwas verstecken, und zwar so, dass du es auf keinen Fall verlieren, aus der Hand geben oder ... zurücklassen würdest. Er kannte dich seit eurer gemeinsamen Kindheit. Du hast mir selbst erzählt, dass du deine Schneekugelsammlung niemals hergeben könntest. Ich meine, du hast sie dir sogar nachschicken lassen. Das sagt doch alles."

„Ja schon, aber ..."

„Vielleicht ist er davon ausgegangen, dass du den Sockel der Kugel öffnest, sobald du bemerkst, dass die Spieluhr keinen Ton von sich gibt."

„Ohne dich hätte ich es wahrscheinlich nie getan. Ich war traurig, weil sie plötzlich nicht mehr funktionierte, doch ich habe es einfach akzeptiert."

„Nun, eventuell war das eine Art Restrisiko, das dein Göttergatte eingehen musste. Zumindest konnte er davon ausgehen, dass du dich niemals von dieser Kugel trennen würdest, egal, ob die Spieluhr läuft oder nicht."

„Du glaubst wirklich, Jamie hat das geplant?"

„Ich sage nur, dass es so gewesen sein könnte. Ob ich richtigliege, finden wir vielleicht heraus, sobald wir die anderen Schneekugeln untersucht haben."

Isabell blähte ihre Wangen auf. „Das Schlimme ist, dass das, was du sagst, tatsächlich irgendwie einen Sinn ergibt."

Er grinste. „Gewöhn dich lieber daran."

„Blödmann!"

Sein Grinsen wurde breiter. „Eben nicht, meine Holde, eben nicht." Dann war er wieder ernst. „Also los, ich schnapp mir eine Auswahl an Schraubenziehern und wir gehen rüber."

„Was machen wir solange damit?", fragte sie und deutete auf den Beutel mit den Diamanten.

„Ich könne ihn erst mal in meinem Giftschrank einschließen. Der ist fast so sicher wie ein Safe."

„Gute Idee."

„Ach Moment, mir fällt noch was ein." Kjell schraubte den Sockelboden wieder auf die Schneekugel und drehte am winzigen Schlüssel der Spieluhr.

Als der Walzer erklang, begannen Isabells Augen erneut zu strahlen. Er konnte sich kaum daran sattsehen.

„Wie viel Zeit haben wir denn, bis deine Frau Rogalski auftaucht?", fragte Isabell, als sie zusammen mit Siggi hinüber zu Christas Haus gingen.

Der kleine Hund, dem es inzwischen deutlich besser ging, lief ihnen voraus. Sein altes Temperament zeigte sich wieder. Nach einem kurzen Ausflug unter ein Gebüsch blieb er am Ende der Auffahrt stehen und drehte sich zu ihnen um, dann preschte er über die Straße zum anderen Heim seiner Familie und ließ sich dort geduldig wartend auf der Veranda nieder.

Kjell sah auf seine Armbanduhr. „Noch gut drei Stunden. Das sollte reichen." Er griff nach ihrem Oberarm, sodass sie sich zu ihm umdrehen musste. Als sie es tat, zog er sie an sich und legte die Arme um sie. „Was wir auch immer herausfinden, Bella, ich bin bei dir. Du wirst mit dieser Sache nicht allein dastehen, das verspreche ich dir."

„Oh!", mehr brachte sie nicht heraus.

Er lachte verführerisch, und weil er so wunderbar dabei aussah und sein Lachen unter ihrer Bauchdecke ein heftiges Kribbeln auslöste, stellte sie sich auf die Zehenspitzen und hauchte ihm einen Kuss auf die Lippen. „Danke, Doc! Danke, dass du das gesagt hast." Sie blickte in seine mitternachtsblauen Augen, und alles um sie schien sich in einen eigenartigen, aber sehr angenehmen Nebel zu hüllen.

„Ach sieh mal an", drang plötzlich eine Frauenstimme zu ihr vor.

Die Welt kam zurück und mit ihr die Tatsache, dass Julia Brix die Auffahrt zu Kjells Haus heraufkam und sie offenbar beobachtete. Isabell spürte, wie sich Kjells Brustkorb hob, dann umfasste er ihre Schultern und schob sie ein Stück von sich weg.

Die Hände in die Hüften gestemmt, stellte Julia sich breitbeinig hin und fixierte sie mit einem feindseligen Blick.

Kjell räusperte sich. „Hallo, Julia. Wolltest du zu mir?"

„Ha! Was für eine Frage!", antwortete die junge Gärtnereibesitzerin, ohne den Blick von ihr zu lösen. Julia holte laut Luft und sah dann schließlich doch Kjell an. „Ich hatte Sehnsucht nach dir, *Schatz*, und wollte mal nachsehen, ob du nun lange genug geschmollt hast und mich ebenfalls vermisst. Aber wie ich sehe, bist du gerade ... anderweitig beschäftigt."

Isabell straffte die Schultern. „Ich werde schon mal vorgehen, Kjell. Vielleicht solltest du ..."

„Du wirst nichts dergleichen tun", unterbrach er sie so barsch, dass sie zusammenzuckte.

Im nächsten Augenblick fühlte sie, wie er ihre Hand ergriff und sie unnachgiebig festhielt.

„Julia, du entschuldigst uns?"

Julias Augen schienen grün zu brennen, ob vor Wut oder vor Verzweiflung, hätte Isabell nicht sagen können.

„Sehen wir uns später?", hörte sie die Gärtnerin fragen.

„Ich habe eine Menge zu tun", erwiderte Kjell abweisend.

Ihr war die Begegnung unangenehm und sie spürte, dass es Kjell nicht viel anders erging. Er wirkte aufgewühlt und sogar ein wenig verunsichert, wenn sie sich nicht täuschte. Als er sie mit sich zog, nickte sie Julia zu, doch die zeigte keinerlei Reaktion, starrte ihnen nur hinterher. Erst als die Haustür hinter ihnen zufiel, gab er ihre Hand wieder frei.

„Ich werde mal den Anrufbeantworter abhören", sagte Isabell und schloss von innen ab.

„Ja, tu das", entgegnete Kjell nahezu tonlos.

Er stand neben ihr und wartete geduldig, bis sie die Nachrichten abgehört und sich ein paar Notizen gemacht hatte. Als sie sich aufrichtete, sah er ihr in die Augen.

„Es tut mir leid, was da eben passiert ist, Bella. Und ... ich wollte dich auf keinen Fall so anfahren, entschuldige bitte. Mein Unmut richtete sich allein gegen Julia, nicht gegen dich."

Sie nickte und musste schlucken. „Es ist okay, Kjell. Du musst dich vor mir nicht rechtfertigen. Wirklich nicht. Die Sache zwischen Julia und dir ... geht mich nichts an."

„Verdammt, es gibt keine Sache mehr zwischen Julia und mir. Ich weiß nicht, warum sie das nicht endlich kapieren will", rief er aufgebracht aus.

Beschwichtigend legte Isabell ihm eine Hand auf den Unterarm. „Vielleicht solltest du doch noch einmal in aller Ruhe mit ihr reden."

„Ich habe oft genug mit ihr gesprochen, immer wieder! Und ich habe mich ihr gegenüber klar ausgedrückt. Wenn sie meine Entscheidung nicht ernst nehmen will oder sie auslegt, wie es ihr passt, ist das allein ihr Problem."

„Du bist wütend."

„Ja, das bin ich, verflucht wütend sogar. Julia ist nicht dumm, Isabell, sie sollte endlich akzeptieren, dass es vorbei ist." Er legte den Kopf in den Nacken, stemmte die Hände in die Seiten und atmete einige Male ein und wieder aus. „So, und nun komm. Wir gehen nach oben und schauen uns deine Sammlung mal genauer an. Deshalb sind wir ja schließlich hier."

Isabell ging voran, doch als sie in ihrem Zimmer vor dem Bett stand, kamen mit aller Macht die Erinnerungen an die vergangene Nacht zurück. Schnell drehte sie sich zu ihm um. Kjells Augen blitzten auf. Er starrte auf das Bett, dann sah er ihr ins Gesicht, machte einen Schritt auf sie zu, aber sie wich vor ihm zurück. Er seufzte leise und richtete den Blick auf das Regal mit den Schneekugeln.

„Wie viele sind das eigentlich?“, fragte er. Seine Stimme klang belegt.

„Genau fünfundvierzig Stück.“

„Wir brauchen einen großen Tisch, den hast du hier nicht. Was hältst du davon, wenn wir alle Kugeln in die Küche bringen? Dort können wir sie nach der Größe sortieren, um die Übersicht zu behalten.“

„Warte“, warf sie ein, als er begann, die Schneekugeln auf dem Regal hin und her zu schieben. „Ich hole das Holztablett. Ein Wäschekorb wäre auch nicht schlecht, dann können wir sie besser transportieren.“

„Gute Idee, Bella.“

Kurz darauf trug Kjell den Korb und sie das volle Tablett hinüber in die Küche. Sie stellten alle Schneekugeln der Größe nach auf den Tisch.

„Ist dir irgendwas aufgefallen? Kommt dir vielleicht eine davon schwerer vor?“

Sie schüttelte den Kopf. „Nein, aber so oft habe ich die gar nicht in der Hand. Jedenfalls nicht bewusst. Ich staube sie ab, schüttle die eine oder andere auch mal, das ist es im Grunde schon. So schnell würde mir gar nicht auffallen, wenn eine von denen plötzlich schwerer wäre als vorher.“

„Gut, dann schlage ich vor, wir beginnen mit denen, die einen höheren Sockel haben, einverstanden?“

„Ja.“

„Das heißt, wahrscheinlich wäre es logischer, erst einmal nachzuschauen, ob überhaupt alle zu öffnen sind. Die Kugeln, die keinen verschraubten, sondern einen verschweißten Boden haben, können wir gleich vergessen.“

„Stimmt, das hätte uns auch drüben einfallen können.“ Sie lachte.

Sein Grinsen geriet etwas schief. „Weißt du, wenn ich ehrlich bin, hatte ich in deinem Zimmer genug damit zu tun, das Bett zu ignorieren.“

Isabell fühlte ihre Wangen heiß werden. „Kjell …“

„Schon gut, lass uns anfangen.“

Nur fünf von den Kugeln hatten verschweißte Böden, den Rest konnte man öffnen. Entweder gab es Schrauben wie bei der Spieluhr, oder die äußere Abdeckung hatte ein Gewinde, ein Verschluss wie bei einem Marmeladenglas. Kjell machte sich an die Arbeit und schraubte einen Sockel nach dem anderen auf und gleich wieder zu, sobald er sah, dass nichts darin war.

„Kann ich dir irgendwie helfen?", fragte Isabell nach einer Weile. „Ich habe Angst um deine wertvollen Chirurgenhände. Nicht, dass du morgen deine Finger nicht bewegen kannst."

„Keine Sorge, das ist nicht sehr anstrengend." Er zwinkerte ihr zu. „Du darfst aber gerne die, mit denen ich durch bin, zurück in dein Zimmer bringen, dann sind wir die schon mal los."

„Es sind nur noch drei mit einem hohen Sockel übrig", stellte sie fest. „Danach kommen die mit einem normalen Boden. „Willst du die wirklich alle aufschrauben?"

„Wenn ich etwas mache, dann richtig", erwiderte er, griff nach der nächsten Kugel und schüttelte leicht den Kopf, als er sie betrachtete. „Meine Güte, Bella, da ist eine Meerjungfrau drin."

„Ja, und?"

„Eine Meerjungfrau im Schneegestöber. Kitschiger geht es wohl kaum." Er lachte laut auf. „Lass mich raten, die ist aus Kopenhagen?"

„Offenbar amüsierst du dich blendend, Herr Doktor."

Er schraubte den Boden ab und sofort wurden sie wieder ernst. Im Sockel lag ein weiteres Samtsäckchen. „Na, was haben wir denn da?" Kjell zog es heraus und hielt es Isabell vor die Nase.

„Oh mein Gott, sind da etwa noch mehr Diamanten drin?"

„Schau du nach, langsam wird die Sache richtig spannend." Er gab ihr den kleinen Beutel, verschraubte den Sockel der Schneekugel wieder und griff nach der nächsten. Als er den Blick auf Isabell richtete, glitzerten die Edelsteine bereits auf ihrer Handfläche.

„Das ist unfassbar."

„Du sagst es. So, das waren jetzt die mit dem höheren Sockel."

Kjell behielt mit seiner Vermutung recht. Drei Schneekugeln später, in der vorletzten, kam ein flacher Schlüssel zum Vorschein, sowie ein zusammengefaltetes Stück Papier. Beides legte er auf den Tisch. Die letzte Schneekugel war leer.

Er konnte sehen, wie Isabell mit sich kämpfte, bevor sie den Zettel auseinanderfaltete. „Was steht drauf?", fragte er, als er ihren ratlosen Gesichtsausdruck sah.

„Nur eine fünfstellige Zahl. 12249. Schau selbst." Isabell reichte ihm den Zettel. „Das ist eindeutig Jamies Handschrift, das kann ich leicht erkennen, obwohl es sich nur um Ziffern handelt."

„Okay, dann lass uns mal sehen, was wir haben. Einen Schlüssel, der aussieht, als könnte er zu einem Schließfach gehören, einen Zettel mit einer Nummer und die Diamanten."

„Jetzt müssen wir nur noch das Schließfach finden, richtig?"

„Sehr gut, mein kleiner Blitzmerker."

„Ich habe Hunger", sagte sie unvermittelt und stand auf, um an den Kühlschrank zu gehen.

„Himmel! Sag doch so was nicht, Bella! Als du das letzte Mal von Hunger gesprochen hast … wow!"

„Ach halt den Mund, Doc."

Sie lachte beschämt und legte dabei den Kopf schief, das fand er süß.

„Wir haben noch eine Stunde, bis ich in der Praxis sein muss, um Frau Rogalski zu begrüßen. Lass uns …"

„Was?"

„Essen, Bella! Essen!" Auch er musste lachen. „Komm, wir packen die Hinterlassenschaft deines Mannes zusammen und bringen sie rüber zu mir. Mein Kühlschrank ist bedeutend voller als der hier. Außerdem möchte ich im Krankenhaus anrufen."

„Wollen wir nachher noch zu Christa fahren?"

„Ja, das hatte ich vor. Ich will meiner Mutter nur vorher sagen, dass wir erst am späten Nachmittag oder frühen Abend zu ihr kommen werden, damit sie sich auf uns freuen kann."

KAPITEL 7

Ruth Rogalski enttäuschte Kjells Erwartungen nicht. Sein Eindruck, den er von der Frau am Telefon und aus ihren Bewerbungsunterlagen gewonnen hatte, bestätigte sich auf der ganzen Linie. Äußerlich entsprach sie zwar nicht dem Klischee einer Sprechstundenhilfe in einer Dorfpraxis, aber damit konnte er sehr gut leben.

Auf den ersten Blick wirkte seine neue Angestellte, als wäre sie einer Hippie-Kommune der Siebzigerjahre entsprungen, ein Überbleibsel aus einer wilden Zeit. Aus den Unterlagen wusste er, dass sie Anfang fünfzig und ledig war. Ihr Gesicht war von zeitloser Schönheit, und die großen braunen Augen blitzten immer wieder humorvoll auf, wenn sie etwas erzählte oder seine Fragen beantwortete. Ihr eisgraues hüftlanges Haar fiel ihr als dicker Zopf über den Rücken, sie hatte bunte Bänder eingeflochten.

Kjell schätzte, dass die Frau kaum eins fünfundsechzig groß war. Sie war schlank, wirkte drahtig, trug ausgewaschene Jeans und eine dunkelrote Leinentunika, dazu unzählige Ketten aus farbenfrohen Holzperlen in den unterschiedlichsten Längen. Und als sie ihn bat, sie mit ihrem Vornamen anzureden, kam ihm das sehr entgegen.

Nach einem Rundgang durch die Praxis zeigte Ruth sich begeistert und konnte es kaum erwarten, mit der Arbeit zu beginnen. Kjell stattete sie mit eigenen Schlüsseln zu den Praxisräumen aus und schließlich schüttelten sie sich lächelnd und zufrieden die Hände.

Wenig später berichtete er Isabell bei einem Kaffee von dem Treffen.

„Du hast ihr schon jetzt die Schlüssel zu deinem Haus überlassen? Einfach so?“, fragte sie verwundert.

„Sie muss jederzeit die Möglichkeit haben, in die Praxis zu gelangen, falls ich mal nicht greifbar bin, deshalb braucht sie Schlüssel. Und da das Haus ursprünglich in einzelne Wohnungen unterteilt war, gibt es unten an der Treppe die Tür, die ins obere Stockwerk führt. Bisher habe ich sie offen gelassen, aber von nun an werde ich sie wie eine Wohnungstür behandeln und sie nicht nur während der Sprechzeiten abschließen, sondern auch, sobald ich das Haus verlasse." Er lächelte. „Allerdings habe ich bei Ruth Rogalski ein sehr gutes Gefühl. Meine Menschenkenntnis sagt mir, sie würde noch nicht einmal daran denken, ohne Einladung meine privaten Räume zu betreten. Auch wenn sie wie ein leicht verrückter Hippie daherkommt, hat sie hohe moralische Ansprüche, das ist mir bei unseren Gesprächen sofort aufgefallen."

Nach ihrer Kaffeepause fuhren sie nach Lüneburg ins Krankenhaus und verbrachten eine lustige Stunde mit Christa. Seine Mutter war froh, dass sie nur noch zwei Tage in der Klinik ausharren musste, wie sie ihnen berichtete. Sie freute sich auf ihr Zuhause, er und Isabell konnten das gut nachvollziehen.

Auf der Rückfahrt brachte er die Sache mit den Schneekugeln zur Sprache: „Hast du inzwischen über unseren Fund nachgedacht, Bella? Weißt du schon, wie du weiter vorgehen willst?"

Sie schüttelte den Kopf. „Nein. Ehrlich gesagt habe ich nicht den Hauch einer Idee, was ich jetzt tun soll. Mir kam zwar der Gedanke, ich müsste Jamies Familie einweihen, doch irgendwie habe ich ein bisschen Angst davor."

„Willst du meine Meinung hören?"

„Also bitte, Kjell, wieso fragst du das überhaupt?"

Kurz sah er zu ihr rüber, dann konzentrierte er sich wieder auf die Straße. „Ich habe dir versprochen, dass ich dich unterstützen werde, aber ich möchte mich auch nicht aufdrängen. Wenn es dir also lieber ist, dass ich mich raushalte, werde ich es selbstverständlich tun."

„Auf keinen Fall, Doc! Wir haben die Diamanten und den anderen Kram gemeinsam gefunden. Du weißt doch genau, dass ich die Sachen ohne dich wahrscheinlich überhaupt niemals entdeckt hätte. Ich habe mich gefreut, als du mir deine Hilfe zugesichert hast, und verlasse mich darauf."

Sie lächelte ihn an und ihm wurde warm ums Herz. „Wir sind gleich zu Hause. Sobald Siggi draußen war, schnappen wir uns

eine Flasche Wein und machen uns ein paar Brote. Damit machen wir es uns gemütlich und halten Kriegsrat, einverstanden?"
„Sehr gerne. Danke, Kjell!"

Wie gewohnt legte sich Siggi auf seine Decke und rollte sich entspannt zusammen, sobald sie es sich im Wohnzimmer bequem gemacht hatten. Nach dem Essen räumten sie den Tisch ab und Kjell schenkte ihnen wie versprochen ein Glas Rotwein ein.

„Du wirst zurück nach Cornwall müssen, Bella."

„Nein, das will ich auf gar keinen Fall!" Der Schrecken, der ihr bei diesem Gedanken in die Glieder fuhr, musste sich deutlich auf ihrem Gesicht abzeichnen, denn Kjell ergriff sofort beruhigend ihre Hand.

„Isabell, dein Mann wollte offenbar, dass du herausfindest, wo sich das Schließfach befindet, zu dem der Schlüssel gehört. Für mich gibt es daran nicht den geringsten Zweifel. Sicher hat er dort etwas deponiert, das von äußerster Wichtigkeit ist. Eventuell sogar die Papiere, hinter denen die Tremaynes her sind."

Die Vorstellung, zurück nach Valentine Rock zu fahren, machte ihr Angst. Sie wollte weder William noch Bradley Tremayne begegnen, aber sie wusste, dass Kjell recht hatte. Sie war es James schuldig, seinen Hinweisen zu folgen.

„Ich werde dich begleiten", unterbrach Kjell ihre Gedanken.

„Das kann ich nicht von dir verlangen", brachte sie voller Erstaunen hervor.

„Das tust du ja auch nicht." Er grinste. „Ich biete es dir an. Das heißt, ich bestehe sogar darauf, dich zu begleiten, Bella."

„Aber Kjell, was ist mit deiner Praxis? Du willst morgen eröffnen, schon vergessen?"

„Nein, natürlich habe ich das nicht vergessen." Er stieß einen tiefen Seufzer aus. „Zugegeben, mir ist auch nicht ganz wohl dabei. Deshalb schlage ich vor, dass wir nicht sofort fahren. Wenn du einverstanden bist, schieben wir es drei oder vier Wochen hinaus, dann ist die Praxis angelaufen. Ich werde von Anfang an kein Geheimnis daraus machen, dass ich leider noch einmal für ein paar Tage fortmuss, und einen entsprechenden Hinweis ins Wartezimmer hängen. Die Lunauer werden es mir verzeihen, solange ich offen damit umgehe und deutlich mache, wie leid mir das tut." Aufmunternd strich er über ihren Handrücken. „Bella, sosehr ich davon überzeugt bin, dass du dieser Geschichte auf den Grund gehen solltest, so sicher bin ich mir auch, dass es auf ein paar Tage mehr oder weniger nicht ankommen dürfte. Es war schließlich Zufall, dass wir die Schneekugeln untersucht haben. James konnte nicht damit rechnen, dass du die Sachen sofort findest, es hätten gut und gerne noch Wochen oder Monate ins Land gehen können. Oder siehst du das anders?"

„Nein, du hast recht, das denke ich auch", stimmte sie nickend zu.

„Gut. Außerdem glaube ich nicht, dass wir länger als ein paar Tage brauchen werden. Sollte sich diese Annahme als falsch erweisen, müssen wir neu überlegen. Lass uns in ungefähr einem Monat fahren. In der Zwischenzeit planen wir alles durch und machen uns Gedanken darüber, was dein Mann für ein Geheimnis gehabt haben könnte."

„Irgendwie habe ich überhaupt kein gutes Gefühl bei der Sache." Während sie das sagte, lief ihr ein Schauer über den Rücken. „Ich werde den Gedanken nicht los, dass Jamie eventuell eine Ahnung davon hatte, dass er sterben würde. Die Schlüsse, die ich daraus ziehen muss, gefallen mir gar nicht. Sein Stiefvater und sein eigener Bruder waren in dieser Nacht bei ihm. Es kann doch nicht sein, dass sie ... Nein, das kann nicht sein."

Kjell erhob sich von seinem Sessel, setzte sich neben sie auf die Couch und legte ihr einen Arm um die Schultern. „Wie ich schon sagte, egal was wir herausfinden, du bist nicht alleine." Er hauchte ihr einen Kuss auf die Lippen. „Und um dich ein bisschen abzulenken, sollten wir uns ein paar Gedanken über unsere Beziehung machen, meine Bella."

Vor Schreck zog sich ihr der Magen zusammen. „Du ... du sagtest, du willst keine feste Beziehung."

„Dazu stehe ich auch. Ich glaube nicht an eine Liebe, die ewig hält, warum also eine so einfache Sache wie gegenseitige Anziehung durch unbedachte Schwüre unnötig komplizieren?

Solange es geht, geht es. Und wenn es vorbei ist, ist es halt vorbei. So sehe ich das. Auf diese Weise erspart man sich eine Menge falscher Hoffnungen und die damit verbundenen Enttäuschungen. Eine feste Beziehung bringt über kurz oder lang nichts als Probleme mit sich, das habe ich immer wieder feststellen und beobachten müssen. Ob nun bei mir selbst oder bei anderen." Er räusperte sich. „Ich meine, wir zwei sollten uns einig darüber sein, was die letzte Nacht zu bedeuten hat, findest du nicht? Ich möchte nämlich nicht, dass einer von uns beiden emotional auf der Strecke bleibt, das siehst du doch ähnlich, oder?"

„Ja … ja schon." Aus irgendeinem Grund verursachten seine Ausführungen einen kurzen, aber scharfen Schmerz in ihrer Brust.

„Es war toll mit dir, Isabell", raunte er ihr ins Ohr, sein heißer Atem strich wie eine sanfte Liebkosung über ihre Haut.

„Ja, es war … sehr schön." Ihre Stimme klang heiser, wie sie selbst bemerkte. Tatsächlich hatte die letzte Nacht mit Kjell sie erschüttert. Sie war sogar ein bisschen erschrocken über sich gewesen. In seinen Armen schienen sämtliche Hemmungen von ihr abzufallen. Und sie hatte noch immer mit der Tatsache zu kämpfen, dass ihre sexuelle Anspannung so stark gewesen war. Sie hatte viel zu heftig auf Kjell reagiert, das war ihr ein wenig peinlich. Ihr ging erst jetzt auf, wie froh sie in dieser Hinsicht über die Sache mit den Schneekugeln war, denn dadurch war sie kaum dazu gekommen, darüber nachzudenken.

Natürlich bemerkte er, wie nachdenklich sie geworden war. Er legte ihr einen Zeigefinger unters Kinn und sorgte so dafür, dass sie ihn ansah.

„Ich würde die vergangene Nacht nur zu gerne wiederholen, aber ich möchte auf keinen Fall, dass du dich von mir irgendwie bedrängt fühlst. Du entscheidest, Bella."

Jedes Mal, wenn er ihr so nahe war, konnte sie nicht mehr richtig denken, deshalb entzog sie sich ihm. Sie stand auf, ging hinüber zum Fenster und sah hinaus in die Dunkelheit. Er hatte ihr soeben sehr deutlich mitgeteilt, was er von ihr erwartete, und wenn sie ehrlich war, entsprach das auch ihren Wünschen. Sie wollte keine feste Beziehung, denn sie konnte sich nicht vorstellen, jemals wieder so zu einem anderen Mann zu gehören, wie sie zu James gehört hatte. Dennoch tat es ein bisschen weh, wie rational, ja fast nüchtern, Kjell mit der Situation umging. Zudem machte ihr ein weiterer Aspekt ihrer Liaison Sorgen.

Um sich von der Verwundung, die er ihr soeben zugefügt hatte, abzulenken, griff sie ihren letzten Gedanken auf: „Wir haben doch bereits über die Folgen gesprochen, die eine derartige Beziehung hier im Dorf haben könnte, Kjell“, erwiderte sie. „Von unserer unschönen Begegnung mit Julia heute Vormittag mal ganz abgesehen, registrieren die Leute sicher schon jetzt, dass wir viel Zeit miteinander verbringen. Wahrscheinlich wissen die meisten sogar, dass ich zurzeit hier bei dir wohne, und machen sich ihre Gedanken darüber. Zum Beispiel war Barbara Milchert gerade in ihrem Vorgarten, als wir vorhin zusammen nach Lüneburg zu Christa gefahren sind. Mir sind ihr Blick und das neugierige Hochziehen ihrer Augenbrauen sehr wohl aufgefallen. In einem Ort wie Lunau bleibt nichts verborgen, das weißt du genau, du bist schließlich hier aufgewachsen.“

„Es interessiert mich nicht die Bohne, was Babsi Milchert über uns denkt. Lass die Leute doch reden, wenn sie es denn überhaupt tun, mir ist das völlig egal. Und sollte hier irgendwer etwas Schlechtes über dich in die Welt setzen, bekommt er es mit mir zu tun.“

„Du machst dir was vor, Kjell. Es ist nicht egal, was die Leute reden. Nicht in einem so kleinen Universum wie Lunau.“ Sie drehte sich zu ihm um und verschränkte die Arme, froh darüber, dass der Schmerz in ihrer Brust nachgelassen hatte. „Lassen wir meine Person jetzt mal außen vor, mich sehen die Leute sowieso mit anderen Augen. Für sie bin ich nur die zugereiste Engländerin, von der sie annehmen, dass sie ohnehin irgendwann wieder verschwinden wird. Aber du, Kjell, du bist hier der Arzt im Ort, du hast einen Ruf zu verlieren, und wenn es ganz dumm läuft, kann dich das sogar deine Existenz kosten. Verdammt noch mal, du solltest in deiner Arroganz nicht immer nur davon ausgehen, dass die lieben Lunauer dich ach so sehr brauchen. Nein, mein Lieber, die sind jahrelang auch ohne dich klargekommen!" Erschrocken bemerkte sie, dass sie sich in Rage geredet hatte, und holte tief Luft. „Entschuldige, ich wollte mich nicht so aufregen."

Er kam zu ihr, legte seine Hände auf ihre Schultern und sah ihr mit ernstem Blick in die Augen.

„Du musst dich nicht entschuldigen. Außerdem hast du wohl irgendwie recht. Vor einigen Jahren habe ich miterlebt, was es bedeuten kann, wenn sich plötzlich nahezu das ganze Dorf gegen einen wendet. Damals hat es zwar nicht mich getroffen, sondern einen guten Freund, aber es war schlimm. Es war, als ob eine Welle ins Rollen gekommen wäre, die niemand aufhalten konnte. Obwohl er hier geboren und aufgewachsen ist, zog er schließlich aus Lunau fort, weil er es nicht mehr aushielt. Wir, die noch zu ihm gehalten haben, konnten ihn nicht überreden hierzubleiben und die Sache bis zum Ende auszukämpfen."

Er hielt inne und sein Blick schien sich zu verschleiern, dann sah er sie wieder an und sprach weiter: „In unserem Fall liegen die Dinge jedoch anders, Bella. Wir sollten uns eher die Frage stellen, ob man diesen Leuten tatsächlich die Macht gibt, Einfluss auf unser Leben auszuüben. Es widerstrebt mir, mich gängeln zu lassen, das habe ich jahrelang gehabt. Beim Militär habe ich gelernt, dass es mir überhaupt nicht gefällt, wenn ich, in welcher Form auch immer, unfrei bin und bevormundet werde." Er seufzte. „Ich mag dich, ich begehre dich sehr und wünsche mir, dass wir uns oft sehen. Wenn ich mich nicht irre, geht es dir mit mir genauso. Daran kann ich nichts Übles erkennen. Weißt du, auch hier in Lunau ist die Zeit nicht vollkommen stehen geblieben. Die Leute sind nicht mehr so hinterwäldlerisch, wie du sie beschreibst." Mit den Fingerknöcheln einer Hand strich er ihr über die Wange. „Wichtig ist doch nur, dass wir zwei uns einig sind."

Sie sah zu ihm auf und wieder einmal raubte ihr seine Präsenz den Atem. „Ich möchte mehr über dich erfahren, Kjell."

„Du kannst mich fragen, was immer du willst, Liebste."

Liebste! Unter ihrer Bauchdecke flogen Tausende Schmetterlinge auf, das ärgerte sie.

Sein Griff um ihre Schultern wurde fester. Er zog sie näher zu sich heran und legte sein Kinn leicht auf ihren Scheitel. „Schlaf heute Nacht in meinem Bett, ja?“, bat er mit seiner dunklen, verführerischen Stimme. „Morgen früh sehen wir weiter.“

„Küss mich!“, war ihre Antwort – und er tat es.

Es wäre eine Lüge, wenn er behaupten würde, dass er in seinem Leben noch keinen richtig guten Sex gehabt hatte, das war Kjell klar, doch das, was er mit Isabell erlebte, war anders und neu für ihn. Nicht, dass sie akrobatische Höchstleistungen vollbrachten oder besonders raffinierte Spielchen brauchten, nein, sie hatten einfach ursprünglichen und leidenschaftlichen Sex miteinander. Allerdings war es der beste und intensivste Sex, den Kjell jemals erfahren hatte.

Vielleicht lag es an der Art und Weise, wie Isabell auf ihn reagierte. Sie schien ihrer Lust regelrecht ausgeliefert zu sein und vermittelte ihm das Gefühl, vollkommen mit ihm zu verschmelzen, sobald er sie streichelte, sie küsste und schließlich in ihr war. Die Leidenschaft, die sie empfand, übertrug sich auf ihn und steigerte sein eigenes Verlangen bis an die Grenze des Erträglichen. Er begehrte sie so sehr, wie er noch keine Frau zuvor begehrt hatte, und er hatte den Verdacht, dass sich daran so schnell nichts ändern würde.

Gedankenvoll strich er ihr durchs Haar, während sie auf seiner Brust lag und schwer atmete. Wieder war sie mehrere Male gekommen, und er war verrückt danach, sie dabei zu beobachten. Im Bett kannte Isabell Valentine keine Hemmungen. Die fast kindliche Befangenheit, die er anfangs bei ihr beobachtet hatte, war verflogen.

Schon seit einiger Zeit war er davon überzeugt, dass Isabell im Grunde völlig anders war, als man auf den ersten Blick vermutete. Er hielt sie für überaus intelligent, selbstbewusst und stark, und er machte den Tod ihres Mannes und die damit verbundenen Schwierigkeiten mit den Tremaynes dafür verantwortlich, dass sie manchmal mit einer gewissen Unsicherheit und Angst zu kämpfen hatte, wenn es um die Menschen ging, mit denen sie zu tun hatte. Nicht nur der gemeinsame Sex brachte ihn zu dieser Überlegung, sondern auch die vielen Gespräche, die sie miteinander führten. Es machte ihn wütend, dass die Familie ihres Mannes sie unter Druck setzte, deshalb fühlte er den starken Drang, ihr dabei zu helfen, wieder ganz zu sich selbst zu finden.

„Du hast ein tolles Bett“, unterbrach Isabell seine Gedanken. „Ich habe vorher noch nie in einem Wasserbett gelegen, geschweige denn, darin Liebe gemacht.“ Sie kicherte in sich hinein.

„Ein Wasserbett ist gut für den Rücken.“

„Ja, klar.“ Wieder kicherte sie, rollte von ihm runter und lag nun dicht an seine linke Seite geschmiegt. „Du siehst ja auch aus, als müsstest du auf deinen Rücken achten, du armer gebrechlicher Kerl.“

Er drehte sich ein wenig und legte einen Arm um sie. „Ich mag das Gefühl, wenn unter mir Wasser ist. Außerdem sollte jeder auf seinen Rücken achten, egal, wie gut er in Form ist.“

„Du magst also Wasser, so, so. Na … du bist ja auch, wie heißt das noch mal? Kampfschwimmer?“

„Ja, Kampfschwimmer.“

„Wie muss ich mir das vorstellen? Habt ihr Jungs den ganzen Tag die Ozeane dieser Welt mit euren unglaublich gestählten Körpern durchpflügt?“

Offenbar gefiel ihr die Vorstellung. Auch er musste nun lachen. Es machte Spaß, wenn sie so unbeschwert mit ihm herumalberte. „Irgendwie schon. Aber ehrlich gesagt war das Schwimmen nicht unsere Hauptbeschäftigung. Da gab es noch etliche andere Übungseinheiten, die wir täglich durchzuziehen hatten.“

Isabells Miene wurde ernster. „Erzähl doch mal. War die Ausbildung sehr hart?“

„Eine der härtesten der Welt, Bella. Es ist eine Eliteeinheit im wahrsten Sinne des Wortes. Die wenigsten halten bis zum Schluss durch. Es wird ständig ausgesiebt. Am Ende der Ausbildung ist oft noch nicht einmal mehr ein Drittel der ursprünglichen Bewerber übrig.“

„Was … was machen denn Kampfschwimmer so?“

„Sorry, ich bin Geheimnisträger.“

„Hey, du wirst mir ja wohl allgemein etwas dazu sagen können. Du musst ja keine geheimen Einzelheiten verraten.“

Er hievte sich in die Sitzposition und zog sie mit, sodass sie weiterhin in seinem Arm lag. „Nun, wir sind speziell für den Kampf unter und am Wasser ausgebildet worden. Kampfschwimmer werden an den unterschiedlichsten Krisenpunkten dieser Welt eingesetzt. Natürlich kommen wir nur dann, wenn es besonders brenzlig wird, und unsere Einsätze unterliegen stets der absoluten Geheimhaltung. Übrigens arbeiten wir eng mit den Elitetruppen verbündeter Staaten zusammen. In den letzten Jahren bestand unser Auftrag überwiegend in der Bekämpfung des Terrorismus, aber wir haben auch bei der Piratenjagd am Horn von Afrika geholfen. Alles, was wir machen, ist extrem. Wir können *extrem* lange tauchen, *extrem* lange schwimmen, sogar *extrem* lange schweigen, wenn es sein muss. Jeder Einzelne von uns ist eine lebende Waffe und *extrem* gefährlich. Du kannst die Kette der Extreme noch eine ganze Weile fortführen.“

„Oh.“

„Tja, jetzt hast du's.“ Er lachte leise. Es war eigenartig, ihr in leichtem Plauderton davon zu erzählen. Jahrelang hatte er diesen Job gemacht, ohne mit irgendjemandem darüber zu sprechen, noch nicht einmal mit Julia oder seiner Mutter.

„Du bist also … *extrem* gefährlich. Uuuhh.“

„Mach dich nur lustig. Ich habe sogar eine Einzelkämpferausbildung und bei den Navy SEALs in Amerika das härteste Überlebenstraining der Welt absolviert. Also, wenn dir mal danach ist, dich irgendwo zu verirren, in der Arktis, im Dschungel oder auf See vielleicht, solltest du mich lieber dabeihaben, das kann nicht schaden.“

„Und so ganz nebenbei bist du noch Arzt.“

„Nein, das bin ich in erster Linie.“

„Deine Mutter muss unglaublich große Angst um dich gehabt haben. Jetzt verstehe ich, warum Christa deinem Ausscheiden bei der Marine so entgegengefiebert hat.“

„Ich habe ihr nicht viel erzählt. Sie wusste zum Beispiel nie, in welchem Land ich gerade einen Einsatz hatte. Einerseits durfte ich tatsächlich nicht darüber sprechen, andererseits war es mir auch lieber so. Ich wollte ihre Angst nicht noch schüren."

„Sie erwähnte mal, dass sie ziemlich wütend auf dich war, als du zur Marine gegangen bist."

„Ja, weiß Gott, das war sie. Sie hat meine Entscheidung nicht verstanden. Ich wollte unbedingt Medizin studieren, dabei aber nicht am Hungertuch nagen. Meine Mutter hat uns mit dem Buchladen-Café gerade eben so über die Runden gebracht. Das Studium bei der Bundeswehr hat eine Menge Vorteile. Zum Beispiel, dass man von Anfang an seinen Sold bekommt."

„Und warum bist du später zu dieser Eliteeinheit gegangen?"

„Gute Frage. Heute kann ich dir das nur mit einem Wort beantworten: Langeweile. Mein Studium habe ich in Rekordzeit durchgezogen. Übrigens ist das genau die Methode, die die Bundeswehr am liebsten hat. Gleich nach meiner Promotion wurde ich als Schiffsarzt auf eine Fregatte geschickt, doch schon nach einem halben Jahr bin ich dort vor Langeweile fast eingegangen. Zu dem Zeitpunkt hatten wir ein paar Kampfschwimmer an Bord, und das, was die Jungs erzählten, hörte sich in meinen Ohren verdammt interessant und spannend an. Weißt du, eigentlich dürfen die Bewerber für die Kampfschwimmer-Ausbildung nicht älter als fünfundzwanzig sein, ich war sechsundzwanzig. Also erkämpfte ich mir eine Sondergenehmigung. Es half, dass mein damaliger Kommandant mich tatkräftig unterstützte. Wahrscheinlich hat niemand ernsthaft damit gerechnet, dass ich die harte Ausbildung durchstehe, aber ich habe es geschafft."

Eine ganze Weile blieben sie beide still und hingen ihren Gedanken nach. Er hielt sie ihm Arm und ließ seine Fingerkuppen träge über ihren Oberarm gleiten.

„Bist du sehr müde?", fragte er schließlich.

„Nein, eigentlich nicht. Ist noch Rotwein da? Ich könnte ein Gläschen vertragen." Er löste sich von ihr, erhob sich und schlüpfte in seine Shorts. „Ich hole uns ein Glas. Oder willst du lieber rüber ins Wohnzimmer gehen?"

„Nein, es ist so gemütlich hier. Lass uns im Bett bleiben."

Ihr sonniges Lächeln schien einen Kamin in seinem Magen zu befeuern. Einen endlosen Augenblick betrachtete er sie. Nackt und befriedigt lag sie halb unter der Decke, die goldblonden Locken rahmten ihr apartes Gesicht ein und fielen ihr weich über die bloßen Schultern. „Du bist umwerfend schön, meine Bella", flüsterte er, dann wandte er sich schnell ab, um den Wein zu holen.

Was werde ich denn plötzlich so gefühlsduselig? dachte er und schüttelte den Kopf. Als er kurz darauf mit den gefüllten Gläsern zurück ins Schlafzimmer kam, fiel ihm etwas ein, worüber er gedanklich gestolpert war. Er reichte ihr ein Glas und prostete ihr zu, bevor er sich zu ihr aufs Bett setzte. „Du sagtest vorhin, dass die Lunauer in dir nur die Engländerin sähen, die sowieso irgendwann verschwindet." Er suchte ihren Blick. „Hast du das vor? Ich meine, wirst du wieder von hier verschwinden?"

„Das ist schwer zu sagen." Leise seufzend nippte sie an ihrem Wein. „Ich denke aber schon. Vielleicht werde ich zu meinen Eltern nach Irland gehen. Im Augenblick fühle ich mich hier wohl, doch Deutschland ist nicht meine Heimat."

„Hm." Ihre Antwort gefiel ihm nicht. Irgendwo in seiner Brust baute sich leichter Druck auf. „Du hast also Heimweh."

Isabell zuckte mit den Schultern. „Manchmal … ja. Ein wenig."

„Das … tut mir leid."

„Muss es nicht. Ich kann ja zurückgehen, wann immer ich will."

„Ja, das kannst du wohl." Er wusste nicht, warum er plötzlich so etwas wie hilflosen Groll empfand, aber das Gefühl war da und schien sich durch seine Magenwände zu brennen. Tief einatmend nahm er ihr das Glas aus der Hand und stellte es zusammen mit seinem auf dem Nachttisch ab.

„Was ist denn?"

Als er sich zu ihr umdrehte und ihr tief in die Augen sah, verstand sie.

„Oh."

Er schmiegte sich an sie, umfasste ihre Handgelenke und hielt sie mit einer Hand über ihrem Kopf fest, während er sie mit der anderen streichelte und sie schließlich zwischen ihre Beine schob. Einen Moment noch sah er sie an, dann küsste er sie mit einer Heftigkeit, die ihn selbst in Erstaunen versetzte.

Isabells lustvolles Stöhnen war genau das, was er jetzt hören wollte, hören *musste*.

Sie mochte es sehr, mit Kjell am Frühstückstisch zu sitzen, das wurde Isabell bewusst, als sie zusammen in seiner Küche saßen und sie stumm und verschlafen an ihrem ersten Kaffee nippte.

Kjell trank ebenfalls Kaffee, verdrückte mit großem Appetit sein Frühstück, lächelte sie zwischendurch an und ließ sie ansonsten in Ruhe, bis sie von sich aus eine Unterhaltung begann. Es gab nur wenige Menschen, die es nicht persönlich nahmen, wenn man schweigend mit ihnen am Tisch saß. Kjell nahm es nicht nur hin, sondern schien sie auch ohne Worte zu verstehen. Soeben schenkte er ihr Kaffee nach.

„Wir haben nicht gerade viel geschlafen, was?", stellte sie fest und erwiderte zum ersten Mal an diesem Tag sein strahlendes Lächeln.

„Nein, das haben wir nicht. Aber ich muss feststellen, dass ich es sehr mag, Nächte mit dir zu verbringen, die besonders kurz sind." Er zwinkerte ihr zu.

„Wann musst du runter in die Praxis?"

„Zehn Minuten habe ich noch."

Sie musterte ihn von oben bis unten. Er trug dunkle Jeans und ein hellblaues Polohemd, dessen Ärmel sich eindrucksvoll um seine muskulösen Oberarme schmiegten. „Musst du dich nicht umziehen? Weißer Kittel oder so ähnlich?"

Er lachte. „Nein, ich mag diese Ärzteoutfits nicht. Ich denke, das wird hier auch nicht notwendig sein."

Als sie hörten, dass unten die Tür aufgeschlossen wurde, trank er mit einem Zug den Rest seines Kaffees und erhob sich.

„Ah, Ruth ist da. Könntest du mir einen Gefallen tun und eine kleine Runde mit Siggi drehen, sobald du fertig bist? Normalerweise gehe ich noch vor dem Frühstück mit ihm vor die Tür, aber heute habe ich das irgendwie nicht hinbekommen."

„Kein Problem. Ich mach das gerne. Hier werde ich auch für Ordnung sorgen. Geh du ruhig." Sie lächelte ihm zu, um ihm zu zeigen, dass es ihr wirklich nichts ausmachte, ihm zu helfen.

Seine dunkelblauen Augen strahlten. Er kam um den Tisch herum und küsste sie auf die Lippen.

„Danke. Gegen Mittag bin ich fertig. Bleib am besten in Rufnähe, hörst du."

„Klar."

Eine halbe Stunde später verließ Isabell mit Siggi das Haus, wobei sie versuchte, möglichst unauffällig und schnell am Anmeldebereich der Praxis vorbeizuhuschen.

Ruth Rogalski saß an dem kleinen Empfangstresen vor ihrem Computer und sah kurz auf, als sie die Tür zum oberen Stockwerk leise öffnete. Kjells Assistentin bedachte sie mit einem freundlichen Lächeln und nickte grüßend. Da die Stühle des Wartebereichs hinter einer Wand und einem hübschen Raumteiler standen, konnte Isabell von den Patienten unbemerkt aus der Haustür schlüpfen. Am Geräuschpegel der Stimmen erkannte sie, dass die erste Sprechstunde des neuen Doktors gut angenommen wurde.

Sie war kaum auf der Straße, da kam ihr Julia entgegen, die eine Schubkarre vor sich herschob, in der allerlei Werkzeug lag, das man für die Gartenarbeit benötigte. Isabell wollte nicht unhöflich erscheinen und nickte ihr freundlich zu. „Guten Morgen, Julia."

Die grünen Augen von Julia Brix wurden schmal. Sie sah kurz auf Siggi, dann blickte sie ihr ins Gesicht. Schließlich blieb sie stehen und setzte die Schubkarre ab. „Wie ich sehe, gehst du mit Kjells Hund spazieren."

Isabell musste schlucken. Die Situation war ihr unangenehm. „Ja, ich … Kjell hat heute seine erste Sprechstunde, ich helfe ihm ein bisschen."

„Ah ja."

In Julias Gesicht zuckte ein Wangenmuskel.

„Du hilfst ihm also."

„Ja. Das Wartezimmer ist ziemlich voll, und ich … habe ja momentan nicht allzu viel zu tun."

Julia nickte. „Ich war gestern Abend bei Christa im Krankenhaus. Sie kommt morgen nach Hause, oder?"

„Das ist richtig. Wir … ich meine, Kjell kann sie morgen Nachmittag abholen."

Einen Moment blieb es still, weder Julia noch sie rührten sich von der Stelle, sahen sich nur an.

„Hat er dich also ins Bett gekriegt", sagte Julia schließlich kaum hörbar.

„Wir sind … miteinander befreundet."

„Befreundet." Julia nickte. „Das schließt aber offenbar mit ein, dass du die Nächte in seinem Haus verbringst, ja?"

„Julia, das ist … ähm … nicht … ich meine, wenn Christa hier ist, werde ich wieder in ihrem Haus übernachten."

Abermals wurden die jadegrünen Augen zu schmalen Schlitzen. „Er gehört zu mir, Isabell. Kjell ist *mein* Mann! Er wird zu mir zurückkommen. Das hat er immer getan, sobald er von seinen Betthäschen genug hatte. Es ist nicht das erste Mal. Ich kenne das schon. Er hat halt ziemlich … ausgeprägte Bedürfnisse. Du wirst ihn nicht halten können, glaub mir. Er weiß genau, wo er letztlich hingehört."

In Isabell kroch Wut hoch, aber da war auch ein seltsamer Schmerz. „Wenn du es genau wissen willst, es liegt mir fern, irgendeinen Mann halten zu wollen, Julia. Wenn es so weit wäre, dass ich mir Gedanken darüber machen müsste, wie ich meinen Partner an mich binden könnte, würde ich lieber gleich ohne ihn leben." Aufgebracht wandte sie sich ab, rief nach Siggi und ließ Julia stehen.

Kjell war zufrieden, nachdem der letzte Patient seine Praxis verlassen hatte. Nahezu eine Stunde hatte er an die offizielle Sprechzeit anhängen müssen, das war für den ersten Tag ein gutes Zeichen. Natürlich war ihm klar, dass einige Lunauer nur gekommen waren, um ihre Neugierde zu befriedigen, aber darauf kam es nicht an. Die Menschen würden wiederkommen, wenn er ihnen das Gefühl vermitteln konnte, dass er ihre Probleme ernst nahm. Nur das war für den Fortbestand seiner Praxis wichtig.

Als es klopfte und Ruth in den größeren der beiden Behandlungsräume kam, den er auch als Arbeitszimmer nutzte, sah er von seinem Schreibtisch auf und lächelte ihr zu.

„Na, das war doch ein wunderbarer Beginn, oder nicht?“, fragte sie.

„Ja, das war es. Ich hoffe, Sie sind mit allem gut zurechtgekommen, Ruth.“

„Natürlich. Die Leute waren durchgehend nett, und das Computerprogramm ist mir ja bereits vertraut. Allerdings würde ich vorschlagen, dass wir trotzdem nebenher das altbewährte Kartensystem verwenden. Ich habe schon erlebt, dass die Technik versagt, das kann ziemlich unangenehm werden, Herr Doktor.“

Kjell nickte. „Ich habe darüber nachgedacht, eine Sicherung zu erstellen, aber ich muss zugeben, dass ich dabei nicht unbedingt an Karteikarten gedacht habe.“

„Warum nicht? Sie könnten weiterhin alles in ihre Tastatur hauen und ich führe die Karten und Patientenakten. Sie hätten keine Mehrarbeit.“

„Aber Sie, Ruth. Das wäre ein zusätzlicher Zeitaufwand, den ich Ihnen nicht zumuten möchte.“

Sie winkte ab und lachte. „Ach, darüber machen Sie sich mal keine Sorgen. Sobald mir irgendetwas zu viel werden sollte, würde ich ohnehin laut schreien. Ich bin kein stilles Mäuschen, das sich alles gefallen lässt, Doktor Loewenthal.“

Kjell erwiderte ihr Lachen. „Davon gehe ich auch nicht aus. Im Übrigen würde es mir auch nicht gefallen.“ Er dachte einen Moment nach. „Gut, meine Liebe, wenn Sie sich um die Patientenkartei kümmern, hätte ich nichts dagegen einzuwenden. Dann brauchen wir jetzt nur noch die passenden Karten, aber das dürfte ja kein größeres Problem sein.“

„Ist es auch nicht. Ich hatte ohnehin vor, am Nachmittag nach Hamburg zu fahren, um ein paar Sachen aus meiner Wohnung zu holen. Bei der Gelegenheit könnte ich die Karteikarten besorgen, was meinen Sie?"

„Sehr gut! Denken Sie an die Belege, Ruth."

„Natürlich." Sie lachte erneut. „Lag heute irgendetwas Besonderes an, oder waren es die üblichen Geschichten?"

Er schüttelte den Kopf. „Keine ausgefallenen Erkrankungen bis jetzt. Sie haben ja gesehen, dass ich zwei Überweisungen zu Fachärzten ausgestellt habe, ansonsten hatte ich es mit Erkältungen, Kopfschmerzen, ein paar altersbedingten Befindlichkeiten und kleinen Wehwehchen des Alltags zu tun. Sie finden alles im Computer. Allerdings sollten wir Margarete Meissner im Auge behalten. Ihr Blutdruck gefällt mir nicht. Es ist keine große Sache, doch in ihrem hohen Alter kann selbst eine kleinere Abweichung von der Norm manchmal über Nacht zum Problem werden. Ich habe ihr ein ausgleichendes Medikament verschrieben, aber ich bin mir nicht sicher, ob sie es regelmäßig nehmen wird. Sie ist ein bisschen … eigensinnig."

„Hat sie Angehörige im Ort?"

„Nicht mehr. Ihr Mann ist voriges Jahr gestorben und ihre einzige Tochter lebt in den USA. Sie kommt nur alle paar Monate nach Lunau."

„Darf ich auch dazu einen Vorschlag machen?"

„Nur zu!"

„Was halten Sie davon, wenn wir eine Art häusliche Pflege ins Praxisprogramm mit aufnehmen? Ich hätte meinen Spaß daran, glauben Sie mir."

„Ruth, Sie können doch nicht alles abdecken."

„Es wäre aber genau das, was mir Freude machen würde."

„Ich kann Ihnen zurzeit nicht mehr bezahlen."

Sie lächelte milde. „Das Gehalt, das wir vereinbart haben, ist vollkommen in Ordnung für mich. Ich bin seit vielen Jahren allein, Doktor, und ich kümmere mich sehr gerne um Menschen, die Hilfe brauchen. Außerdem ergeben sich dadurch auch manche Freundschaften. Es wäre sogar möglich, auf lange Sicht eine Art Nachbarschaftshilfe ins Leben zu rufen. Überlegen Sie doch mal, ich bin Krankenschwester mit Examen und allem Drum und Dran und dazu noch ausgebildete Hebamme. Zudem habe ich langjährige Erfahrung mit Notfall- und Intensivpatienten vorzuweisen. Mir macht so leicht keiner was vor. Ich kann, selbstverständlich im Rahmen der gesetzlichen Bestimmungen, einige Dinge sehr gut alleine bewältigen, die über die Patientenkartei und die Terminplanung hinausgehen."

Der Vorschlag seiner Praxishelferin entsprach haargenau den Wunschvorstellungen, die ihm auch schon selber durch den Kopf gespukt waren. „Ruth, ich glaube, Sie sind die Antwort auf all meine Gebete."

Am späteren Nachmittag saß er mit Isabell bei einer Tasse Kaffee und berichtete ihr von seinem Tag und dem Gespräch mit Ruth Rogalski.

„Du kannst dir nicht vorstellen, wie fantastisch ich diese Frau finde. Sie ist ein wahrer Glücksgriff. In einem kühnen Traum hatte ich mal die Vorstellung von einem gut eingespielten Praxisteam, das sich gemeinsam um die gesundheitlichen Belange der Lunauer kümmert. Und diese Frau kommt mit einem Vorschlag daher, der genau in mein Wunschkonzept passt. Das ist einfach grandios."

„Ja, das ist wunderbar", erwiderte Isabell einsilbig.

„Alles in Ordnung mit dir?", fragte er nach.

„Alles bestens." Sie erhob sich und strich dabei nervös ihre Locken zurück. „Entschuldige, ich muss noch eine Torte vorbereiten, die morgen Mittag abgeholt wird. Ich … möchte das gerne drüben tun, da habe ich alles, was ich brauche."

„Okay, dann komme ich mit."

„Das ist nicht nötig, Kjell. Du würdest dich nur langweilen."

Mit ihr stimmte etwas ganz und gar nicht, das war nicht zu übersehen. Er stand ebenfalls auf, machte zwei lange Schritte und griff nach ihrer Hand, um Isabell aufzuhalten. „Bella, was ist los? Hab ich was verbockt und es nicht mitbekommen?"

Zögernd entzog sie ihm ihre Hand. „Ich sagte doch, es ist alles okay."

„Und warum habe ich dann das Gefühl, in einer verdammten Kühlkammer zu sitzen, während ich mit dir spreche?" Wieder umfasste er ihr Handgelenk und zog sie an sich. „Wenn ich was falsch gemacht habe …"

„Nein, das hast du nicht!", unterbrach sie ihn heftig. „Ich … muss einfach über etwas nachdenken, das ist alles."

Ihre Augen schimmerten verdächtig, wie er bemerkte.

„Und dieses … Etwas hat mit mir … mit uns zu tun, ja?"

Sie nickte. „Lass mich bitte los, Doc."

Er atmete tief durch und gab ihr Handgelenk frei. „Okay, aber ich komme trotzdem mit, ob es dir nun passt oder nicht. Wir waren uns einig, dass du im Augenblick möglichst nicht allein bleiben solltest."

Medizinische Fachbücher vor der Nase saß er kurz darauf am Küchentisch seiner Mutter und machte sich Notizen. Zunächst sah er nur ab und zu auf, um den einen oder anderen Blick auf Isabell zu werfen, die ein paar Schritte von ihm entfernt am Küchentresen stand und allerlei Zutaten in einer Rührschüssel miteinander verquirlte.

Es dauerte aber nicht lange und er hatte seine Lektüre vergessen. Den Kopf auf einer Hand abgestützt saß er da und beobachtete fasziniert jeden Handgriff von ihr, verfolgte jede ihrer Bewegungen. Er fand es ungemein sexy, wie sie bedächtig und konzentriert einen Arbeitsschritt nach dem anderen tat. Sie trug eine erdbeerrote Schürze, die ihren entzückenden Po in der engen Jeans nur noch mehr betonte. Ihre Lockenpracht hatte sie mithilfe eines mit schwarzem samtbezogenen Haargummis am Hinterkopf zusammengefasst. Sie wirkte, als hätte sie seine Anwesenheit vollkommen vergessen.

Die Szenerie war in eine verführerische Duftkombination aus Rum und Mandeln gehüllt, die in der Luft hing und ihn dazu veranlasste, genüsslich ein- und auszuatmen. Isabell schien weder zu bemerken, dass er sie betrachtete, noch nahm sie sonst irgendwie von ihm Notiz. Erst als er seinen Stuhl zurückschob und sich erhob, gönnte sie ihm einen kurzen kühlen Blick.

Er trat zu ihr und sah ihr über die Schulter. Gerade legte sie den Boden einer Form mit Löffelbiskuit aus. „Was wird das für eine Torte?“, fragte er.

„Eine Malakoff.“

„Eine Malakoff? Noch nie gehört. Was ist das?“

„Die Malakofftorte ist eine österreichische Spezialität. Ich habe das Rezept aus Wien mitgebracht.“ Sie griff nach der Rührschüssel und bedeckte die Biskuitschicht mit der Creme daraus, dann folgten wieder Kekse.

„Mhm, riecht verführerisch.“

„Sie ist unwiderstehlich, eine himmlische Gaumenfreude.“

„Aus Wien also?“

„Ja.“

„Deine Hochzeitsreise?“

„Ja.“ Sie sah ihn an, verdrehte jedoch die Augen.

„Okay, ich merke schon, ich störe dich. Ich werde mich dann wieder dort an den Tisch setzen.“

„Das wäre furchtbar nett von dir, Doc.“

„Äh … ja.“

Einige Zeit später schob sie die Form in den Kühlschrank, stellte die Gerätschaften, die sie benutzt hatte, in die Spülmaschine und säuberte die Arbeitsfläche.

„Ich bin fertig“, ließ sie ihn wissen.

Er stand sofort auf und räumte seine Unterlagen und die Bücher zusammen. „Gut, dann können wir also wieder rübergehen?“

„Ja, wie gesagt, meine Arbeit hier ist erledigt.“

„Wird die … ähm, Molotow …“

„Malakoff“, verbesserte sie ihn. „Die Torte ist nicht explosiv.“

„Natürlich. Tut mir leid.“ Er räusperte sich. So langsam ärgerte er sich über ihr Verhalten, vor allem aber über seine Reaktion darauf. Isabell brachte es fertig, ihn zu verunsichern, das Gefühl war neu für ihn. „Wird der Kuchen nicht gebacken?“

„Nein, nur gekühlt.“

„Aha." Er versuchte ihren Blick einzufangen, doch sie wich ihm aus. Isabell benahm sich tatsächlich, als hätte er sonst was verbrochen. Seine Unsicherheit schlug langsam in Verärgerung um, denn sosehr er auch nachdachte, fand er keinen Grund für ihr abweisendes Verhalten.

Da er aus Erfahrung wusste, dass es besser war, sich erst wieder zu beruhigen, wartete er ab, bis sie bei ihm im Haus und oben in der Wohnung angekommen waren. Er sah kurz Siggi hinterher, der wie immer sofort seine Decke im Wohnzimmer aufsuchte und sich zusammenrollte, dann folgte er Isabell, die in die Küche gegangen war. Sie stand vor dem Fenster und sah hinaus, als er hereinkam.

„Bitte spuck endlich aus, was mit dir los ist", forderte er sie übergangslos auf.

Sie drehte sich zu ihm um und sah ihn ernst an. „Ich möchte das nicht, Kjell. Ich halte das Gefühl nicht aus, jemand zu sein, der zwischen zwei Menschen steht, die zusammengehören. Und ehrlich gesagt finde ich es schäbig von dir, dass du in der Vergangenheit Julia immer wieder betrogen hast. Ich fühle mich gerade verdammt schlecht und … schmutzig."

Er konnte kaum glauben, was sie da von sich gab. „Wie bitte? Ich verstehe kein Wort von dem, was du da sagst."

„Du verstehst mich sehr genau, Doc. Ich möchte … also ich möchte, dass du mich von jetzt an auf diesem … speziellen Gebiet in Ruhe lässt. Wir sollten unsere … Affäre sofort beenden, bevor die ganze Geschichte für alle Beteiligten noch komplizierter wird."

Aufgelöst und wütend ging er auf sie zu, doch als sie abwehrend die Hände hob, blieb er sofort stehen. Nur ein weiterer Schritt wäre nötig gewesen, damit er sie berühren könnte, aber den ersparte er ihr und auch sich selbst. Ein Verdacht keimte in ihm auf und er atmete tief durch. „Hast du mit Julia gesprochen?"

Die Arme vor der Brust verschränkt stand sie da und sah ihm in die Augen. „Das habe ich allerdings. Ich habe sie heute Vormittag getroffen, als ich mit Siggi unterwegs war."

„Und offensichtlich glaubst du ihr mehr als mir. Verdammt noch mal, Bella!“

Einen Moment wirkte sie irritiert. „Sie ist sehr unglücklich, Kjell. Es ist ein Wunder, dass sie trotz allem zu dir hält. Ich kann nicht verstehen, warum du ihr das antust.“

„Vielleicht, weil ich nicht mehr mit ihr zusammen bin“, stieß er zornig hervor. „Das habe ich dir bereits gesagt.“

„Ja … ich …“ Sie warf die Hände in die Luft und ließ sie wieder sinken.

Auf ihn wirkte die Geste wie eine Mischung aus Ratlosigkeit und Verzweiflung, was sie wahrscheinlich auch war. Es war eine Tatsache, dass er sich schwertat, wenn es um Gespräche ging, die seine Gefühlswelt betrafen. Schon als Kind hatte er dazu geneigt, sich zurückzuziehen, anstatt mit seiner Mutter offen über seine Probleme zu sprechen. Christa hatte stets eine Menge Überredungskunst und Geduld aufbringen müssen, damit er sich ihr öffnete.

Es fühlte sich an, als hätte sich eine riesige Mauer vor ihm aufgetürmt, die es zu überwinden galt. Er kämpfte mit sich, während er Isabell in die Augen sah.

Bloß weg hier! Ich kann das nicht!

Plötzlich wehrte sich alles in ihm gegen die Vorstellung, Isabell könnte ihn für einen elenden Schuft halten, und das würde sie, falls er sich zurückzöge, um einsam seine Wunden zu lecken. Schließlich atmete er so tief ein, dass er glaubte, er müsste mit diesem Atemzug seine Lunge zum Platzen bringen.

„Solange Julia und ich … zusammen waren, habe ich nie was nebenbei gehabt. Ich war *niemals* untreu, kapiert! Wenn Julia was anderes behauptet, ist das eine glatte Lüge. Es erstaunt mich zwar, dass sie sich zu so etwas hinreißen lässt, denn ich hätte noch nicht mal ansatzweise vermutet, dass sie das jemals tun würde. Zu behaupten, ich hätte sie betrogen, ist schlicht gelogen.“

Er wartete. Isabell sah ihm in die Augen, holte tief Luft und wandte sich von ihm ab. Sie ging hinüber zum Kühlschrank und öffnete die Tür, nur um sie sofort wieder zu schließen, dann sah sie ihn an. „Du sagst doch die Wahrheit, oder?“

Wortlos nickte er, machte einen Schritt auf sie zu. „Jedes Wort, das ich dir sagte, ist wahr, allerdings verletzt es mich, dass du an meiner Aufrichtigkeit zweifelst."

Ihre Augen wurden eine Spur heller.

„Als du mich das erste Mal gefragt hast, ob ich mit dir ausgehen würde, warst du noch mit Julia zusammen, Kjell. Ich habe dich in die Schranken verwiesen, erinnerst du dich?"

Ein entnervtes Stöhnen entwich ihm. „Isabell, da hatte ich doch bereits vor, mich von Julia zu trennen, Herrgott noch mal! Schon bevor ich nach Lunau zurückkam, ist mir klar geworden, dass ich mich weder von Julia noch von einer anderen Frau jemals wieder in eine Beziehung drängen lassen werde. Ich dachte, ich hätte meine Einstellung zu dem Thema deutlich zum Ausdruck gebracht."

„Du hast mir lediglich gesagt, dass du keine feste Beziehung willst, aber nicht die geringste Begründung dafür geliefert. Verrate mir doch einfach mal, warum du eigentlich so denkst", erwiderte sie und brachte ihn damit kurzzeitig aus dem Konzept.

„Ja ... weißt du ... das ..."

„Kjell, bitte! Versuche mir zu erklären, warum du so vehement gegen eine feste Beziehung bist, wo du sie doch selbst über viele Jahre geführt hast. Mir will das irgendwie nicht einleuchten. Ich meine, deine persönliche Situation ist ja völlig anders als meine."

Ihr Blick war fest und er wusste, dass er die Karten auf den Tisch legen musste, wenn er sie nicht verlieren wollte. Nach diesem Gespräch war der Zeitpunkt denkbar ungünstig, aber ihm blieb nichts anderes übrig.

„Nun, es ... also zunächst mal, hat meine Mutter nie einen Hehl daraus gemacht, was sie von der Liebe im Allgemeinen und von festen Beziehungen im Besonderen hält. Nämlich gar nichts. Mit dieser Einstellung bin ich aufgewachsen. Mein Erzeuger hat ihr ewige Liebe vorgegaukelt und sie dann sitzen gelassen, als sie mit mir schwanger war. Seither hat sie sich niemals wieder auf eine Beziehung eingelassen."

„Das weiß ich. Christa hat mir von ihrer ersten Liebe erzählt. Aber es geht hier nicht um deine Mutter, sondern um dich. Ich habe dich gefragt, was dich dazu gebracht hat, so negativ über die Liebe zu denken."

Er atmete tief durch, ging hinüber zum Tisch und ließ sich auf einen der Stühle fallen. Was jetzt kam, musste sich für sie nach einer billigen Retourkutsche anhören, doch das konnte er nicht verhindern. Alles, was ihm blieb, war die Hoffnung, dass sie ihm vertraute. „Julia hat mich betrogen, nicht nur einmal, sondern immer wieder", brachte er schließlich hervor.

Fassungslos starrte sie ihn an, das war zu erwarten gewesen.

„Das kann nicht dein Ernst sein, Doc. Hältst du mich wirklich für so naiv?" Auch sie kam zum Tisch und setzte sich.

„Genauso war es aber, Bella. Julia und ich waren kaum ein halbes Jahr zusammen, als es zum ersten Mal passierte. Nach einem Schulfest erwischte ich sie mit einem anderen Jungen hinter der Aula. Sie ... die Situation war unverkennbar und eindeutig." Er musste sich räuspern. „Der Typ war gerade noch nüchtern genug, um die Sache über die Bühne zu bringen, du weißt schon, was ich meine. Er war betrunken – und zu allem Überfluss einer meiner besten Freunde."

„Wie bitte? Er war dein Freund?"

„Ja, und ich hätte ihn fast windelweich geprügelt, doch wie sich herausstellte, war er zu dem Zeitpunkt davon überzeugt, dass Julia und ich uns getrennt hätten, denn genau das hatte sie ihm weisgemacht. Außerdem war er wirklich ziemlich blau. Vor allem der erste Punkt sorgte letztlich dafür, dass meine Freundschaft zu Philip wieder in Ordnung kam."

Er stand auf, ging hinüber zum Kühlschrank und holte sich eine Flasche Bier heraus. „Ich muss was trinken, willst du auch etwas?"

Isabell schüttelte den Kopf. „Und Julia? Du hast das einfach hingenommen?"

„Natürlich nicht. Wir trennten uns. Aus lauter Frust fing ich was mit Babsi Milchert an, aber das hielt nur knapp drei Wochen. Kurz danach landete ich erneut bei Julia. Ich könnte dir noch nicht einmal eine nachvollziehbare Erklärung dafür abgeben, warum ich mich wieder auf sie einließ. Hätte ich schon damals die Notbremse gezogen, sähe heute vielleicht alles anders aus. Was soll ich sagen, ich war noch verflucht jung." Er öffnete das Bier, setzte die Flasche an die Lippen und nahm einen kräftigen Schluck. „Ich weiß, wie sich das jetzt für dich anhören muss, aber es ist die Wahrheit."

„Und weiter?"

„Einige Zeit ging alles gut, dann steckte mir mein bester Freund Rafael, Julias Bruder, dass sie etwas mit einem Touristen angefangen hatte, der mit seiner Familie in einem der größeren Ferienhäuser des Gutshofs eingemietet war."

„Ihr eigener Bruder hat sie verpfiffen, alle Achtung!", warf Isabell ein.

„Rafael, Philip und ich waren ein loyaler Haufen."

„Ah, dann wart also ihr die drei Musketiere von Lunau, ich hörte davon."

„So nannte man uns damals, ja." Bei der Erinnerung musste er ein wenig lächeln. „Jedenfalls sprach ich Julia darauf an und sie versuchte noch nicht einmal, mir etwas vorzumachen, und gab es zu. Es kam natürlich zu einer fürchterlichen Szene. Sie bat mich tränenreich um Verzeihung, sagte mir, dass sie nur mich lieben würde und dass sie nun endlich wüsste, wo sie hingehöre, und so weiter und so weiter … sie zog das volle Programm durch und bat mich immer wieder, ihr diesen *einen* Fehltritt zu verzeihen."

„Du hast ihr verziehen?"

Isabell wirkte jetzt ruhig. Er sah ihr an, dass sie ihm zu glauben begann, diese Erkenntnis verursachte angenehme Wärme bei ihm – und Erleichterung.

Er nickte und nahm einen Schluck von dem Bier. „Bis ich zur Marine ging, hat sie das noch ein weiteres Mal mit mir durchgezogen. Allerdings sagte ich ihr schon damals in aller Deutlichkeit, dass ich mir nicht vorstellen könnte, mit einer Frau, die mich ständig betrügt, eine gemeinsame Zukunft zu planen. Von da an wurde es richtig kompliziert. Sie ignorierte meine Einwände, tat plötzlich so, als wären wir das Vorzeigepaar schlechthin, und zwar so lange und intensiv, bis sie offenbar tatsächlich daran glaubte. Jedes Mal, wenn ich nach Lunau kam, war sie da und spielte mir und allen anderen die Frau vor, die treu und brav auf mich wartet. Sie sprach von Heirat und von den Kindern, die wir haben würden. Sie kümmerte sich liebevoll um meine Mutter, um mein Haus und um meinen Garten. Und … na ja, auch um meine Libido. Tja, und ich machte den großen Fehler es hinzunehmen, obwohl ich es im Hinblick auf Julia fast schon als Erlösung empfand, dass ich immer bald wieder von hier fort musste. Ich habe keine Ahnung, warum ich in dieser Situation so lange ausgeharrt habe. Vielleicht war es schlicht Phlegma und die fehlende Bereitschaft, sich mit ihr auseinanderzusetzen. Ich weiß es nicht.“ Er sah Isabell direkt in die Augen und sagte: „Vielleicht war ich auch einfach nur feige. Wenn ich mir etwas vorzuwerfen habe, dann das. Ich hätte viel eher Klartext reden müssen. Während Julia ständig von Liebe sprach, ging mir der Glaube daran mehr und mehr verloren.“ Ein trockenes, bitteres Lachen löste sich aus seiner Kehle.

„In der Zeit bei der Marine habe ich regelmäßig derartige und andere Beziehungskrisen mitbekommen. Eine Liebe, wie ich sie mir früher einmal gewünscht habe, scheint es so gut wie gar nicht zu geben. Jedenfalls kam ich irgendwann zu dem Schluss, dass meine Mutter mit ihrer Einstellung absolut recht hat, und ich nahm mir vor, die Sache mit Julia ein für alle Mal zu beenden. Als ich nach dem Ende der Dienstzeit wieder ganz hier in Lunau war, fand ich zunächst nicht den richtigen Zeitpunkt und vielleicht auch nicht den Mut, um die Sache rigoros durchzuziehen, aber als ich mich dann schon nach wenigen Tagen … für dich zu interessieren begann, war es leicht, den endgültigen Schlussstrich zu ziehen.“

Erleichtert atmete er auf, nachdem das raus war.

Eine ganze Weile blieben sie beide stumm. Schließlich stand Isabell auf, ging zum Kühlschrank und nahm ein paar Tomaten und Käse heraus. „Wir haben noch nicht mal zu Abend gegessen“, sagte sie leise. „Ich habe keine Lust mehr, etwas zu kochen. Was hältst du von Brot?“

Schwerfällig erhob auch er sich, trat hinter sie und legte ihr die Hände auf die Schultern. „Es tut mir leid, dass du in diese Sache zwischen Julia und mir verwickelt wurdest, Bella. Glaub mir, das sollte so nicht sein." Unter seinen Handflächen spürte er, wie ein leichtes Beben durch ihren Körper lief.

„Weißt du, Doc, ich habe dich in noch viel unangenehmere Dinge hineingezogen, denkst du nicht?" Das kurze Lachen, das sie ausstieß, klang bitter. „Im Giftschrank in der Praxis liegen zwei Säckchen mit Diamanten, ein Schließfachschlüssel und eine seltsame Notiz meines verstorbenen Mannes. Eine übertrieben fantasievolle und uneinsichtige Exfreundin ist da wirklich das kleinere Übel."

Er drehte sie zu sich um und suchte ihren Blick. „Küssen?"

„Unbedingt", erwiderte sie und glitt in seine Arme.

KAPITEL 8

Für Christa Loewenthal gab es nur wenige Menschen, die ihr wirklich wichtig waren.

Natürlich mochte sie ihre Nachbarn, war einigen von ihnen sogar zugetan, aber sie hatte in ihrem Leben früh lernen müssen, dass es am sichersten war, sich vor allem auf sich selbst zu verlassen. Eine echte Freundin hatte sie seit der Schulzeit nicht mehr gehabt, und ihre Familie war mit den Jahren überschaubar geworden. Ihre Eltern starben früh, und ihre Schwester zog in die Schweiz, wo sie einen Baseler Kaufmann heiratete und ihm einen Stall voller Kinder gebar. Seither sahen sie sich nur noch selten.

Der einzige Mensch, der ihr mehr bedeutete als alles andere auf der Welt, war ihr Sohn – ihn vergötterte sie geradezu. Er war ihr Halt und, seit er erwachsen war, auch der beste Freund und Ratgeber, den sie sich vorstellen konnte.

Ihre Beziehung zu Kjell war immer innig gewesen. Nicht einmal seine Pubertätszeit hatte sie als Belastung empfunden. Im Gegensatz zu den meisten der Lunauer Eltern damals hatte sie ihren guten Draht zur Generation ihres Sohnes gepflegt. Besonders die Jungs, aber auch einige Mädchen, waren in ihrem Haus ein und aus gegangen, hatten an ihrem Tisch gesessen und sie ganz selbstverständlich als Vertrauensperson betrachtet. Es war immer sie, die sich die kleinen und großen Probleme anhörte. Ob es nun um den ersten Liebeskummer, um diverse Schulprobleme oder um die unterschiedlichsten Konflikte mit den Eltern ging. Egal, was die jungen Leute ihr anvertrauten, sie konnten sich darauf verlassen, dass sie es für sich behielt und half, wenn es in ihrer Macht stand.

Heute waren die Teenager von damals erwachsen und kamen, wie sie hoffte, alleine zurecht. Viele von ihnen lebten nicht mehr in Lunau, doch es gab einige, die sich von Zeit zu Zeit bei ihr meldeten, und zwar nicht nur dann, wenn etwas Einschneidendes in ihrem Leben geschehen war.

Vor ihrem inneren Auge stieg das Bild ihrer ganz besonderen Lieblinge auf. Die beiden Jungen waren fast täglich bei ihnen gewesen. Leider hörte sie kaum noch etwas von ihnen, von regelmäßigen Grüßen zum Geburtstag und zu Weihnachten einmal abgesehen. Nein, du darfst nicht ungerecht werden, dachte sie sofort. Zumindest einer der beiden meldete sich in unregelmäßigen Abständen bei ihr. Zusammen mit Kjell hatten diese Jungen ein wunderbares, zeitweise sehr wildes Gespann abgegeben. Die drei Musketiere von Lunau hatte man sie im Dorf genannt, weil selten einer von ihnen einen Schritt ohne die beiden anderen machte.

Rafael, den alle nur Angel nannten, da er schon als Kind das Aussehen eines dunklen Engels hatte, und Philip, der geborene Herzensdieb, zuckersüß und unerhört charmant. Christa hatte die beiden fast so sehr geliebt wie ihren eigenen Sohn.

Die besondere Beziehung zu Kjells Freunden war aber nur eine Seite der Medaille. Natürlich war es ihr vor allem darum gegangen, für ihn da zu sein. Seine Verschlossenheit und die Schwierigkeit, offen über Probleme zu reden, hatten es ihr nicht leicht gemacht. Absurderweise war es ausgerechnet ihr eigener Sohn gewesen, der sich nicht bereitwillig an sie gewandt hatte, um seine Seele zu erleichtern. Dennoch wusste sie, dass seine Liebe zu ihr unerschütterlich war, daraus hatte er nie einen Hehl gemacht.

Im Augenblick war sie einfach nur froh, dass Kjell seine gefährliche Zeit als Elitesoldat hinter sich hatte. In ihrem Inneren herrschte nun wieder die himmlische Ausgeglichenheit, die ihr in den vergangenen siebzehn Jahren nahezu abhandengekommen war. Nun war er zu Hause, und ihre kleine Welt war wieder in Ordnung. Das Arztschild am Zaun neben seiner Auffahrt wirkte beruhigend und machte sie glücklich.

Inzwischen war es drei Wochen her, seit sie aus der Klinik entlassen worden war. Natürlich hatte sie noch mit dem Gips zu kämpfen, aber auch das würde bald überstanden sein. Da nur ein Teil ihres Unterarms betroffen war, bekam sie den Verkauf im Buchladen ganz gut hin, und Isabell kümmerte sich mittlerweile in Eigenregie um den Cafébereich des Geschäfts.

Es ist ein wahrer Glücksfall, dass mir dieses Mädchen praktisch über Nacht ins Haus geweht ist. Manchmal mischt das

Schicksal die Karten eben doch neu, dachte sie amüsiert und lehnte sich entspannt und von tiefer Zufriedenheit erfüllt zurück.

Kjell hatte ihr einen der beiden Relax-Gartenstühle von der hinteren Veranda nach vorne getragen, nun saß sie gemütlich und mit hoch gelagerten Beinen bei einer Tasse Kaffee darauf und sah ihrem Sohn und Isabell nach, die sich zu einem Spaziergang mit Siggi aufmachten.

„Die zwei geben ein richtig schönes Paar ab, nicht wahr?"

Christa war so in Gedanken versunken gewesen, dass sie Kjells Praxishelferin erst jetzt bemerkte. Ruth stand nur einige Schritte von ihr entfernt und schickte ihnen ebenfalls wohlwollende Blicke hinterher. Mit ihrem Zopf, der weiten Leinenhose und der kunterbunten, viel zu langen Bluse sah sie wie ein in die Jahre gekommenes Hippiemädchen aus.

Sie beide kannten sich zwar erst seit drei Wochen, waren sich aber auf Anhieb sympathisch gewesen und schnell zum Du übergegangen. Inzwischen hatten sie die eine oder andere Unterhaltung miteinander geführt, denn Ruth schaute fast täglich auf einen kleinen Plausch bei ihr vorbei. Für sie war es eine willkommene Abwechslung, sich tatsächlich mal mit einer Altersgenossin gut zu verstehen.

„Sie sind aber kein Paar, meine Liebe", erwiderte sie, als Ruth näher trat und zu ihr auf die Veranda kam.

„Ja, leider. Ich würde es schön finden, wenn sie es wären."

„Ach papperlapapp! Immer dieses romantische Gequatsche. Lass den beiden ihre Freundschaft, und gut ist es."

„Sag mal, Christa, bist du denn blind? Zwischen Kjell und Isabell sprühen die Funken doch nur so, das kann jeder sehen." Ruth lachte und schüttelte den Kopf. „Warte nur ab und erinnere dich an meine Worte."

„Geh rein und hole dir einen Kaffee, du alte Kupplerin. Du kannst mir ein bisschen Gesellschaft leisten, wenn du gerade nichts anderes zu tun hast, dann kommen dir wenigstens nicht noch mehr dumme Gedanken." Sie musste ebenfalls lachen.

„Ich setze mich auch ohne Kaffee gerne eine Weile zu dir. Koffein hatte ich für heute schon mehr als genug. Der Tag fing verdammt früh an und ich bin froh, dass er sich jetzt dem Ende und damit dem Feierabend zuneigt." Ruth stellte ihre Tasche ab, zog sich einen der Bistrostühle heran und ließ sich darauf nieder. „Was macht der Arm?", fragte sie.

„Okay so weit. Ich freue mich allerdings, wenn endlich der Gips verschwindet, der nervt nämlich gewaltig."

„Das kann ich mir vorstellen, mich würde das auch rasend machen, aber ich schätze, du wirst noch mindestens ein, zwei Wochen damit leben müssen. Wahrscheinlich siehst du nach der nächsten Röntgenaufnahme klarer."

„Sie sind wirklich viel zusammen, nicht?", wechselte Christa übergangslos das Thema.

Ruth verstand sie sofort. „Sie gehen dauernd spazieren. Man könnte also durchaus behaupten, dass sie sehr viel von ihrer freien Zeit miteinander verbringen."

„Vielleicht läuft doch was zwischen ihnen", überlegte Christa laut.

„Nicht nur vielleicht, wenn du mich fragst." Ruth zwinkerte ihr zu. „Ich habe einen Blick für so was."

„Mir soll es recht sein. Guter Sex ist wichtig im Leben. Na und, dann gehen sie eben miteinander ins Bett. Sie sind ja schließlich beide erwachsen. Ich frage mich allerdings, wie sie das bewerkstelligen. Das Mädel ist jeden Abend hier, und wenn Kjell auftaucht, bin ich eigentlich immer dabei."

„Als ich hier ankam und du in der Klinik warst, hat sie bei ihm übernachtet."

„Ich weiß, aber das hatte andere Gründe. Kjell hilft ihr in einer persönlichen Angelegenheit. Mein Sohn ist wild entschlossen, sich nicht noch einmal an eine Frau zu binden. Die Sache zwischen Julia und ihm ging vollkommen in die Hose und hat seine Einstellung zu dem Thema grundlegend verändert. Wir haben erst kurz vor meinem Unfall darüber gesprochen. Nebenbei bemerkt, Isabell erzählte mir, sie hat in seinem Gästezimmer geschlafen."

„Ah ja." Ruth fand das sehr amüsant. „Wer's glaubt."

„Du kannst es drehen, wie du willst, die zwei Süßen verbringen ihre Nächte wieder brav getrennt jeder in seinem Betten, seit ich aus dem Krankenhaus entlassen wurde. Hoffentlich habe ich ihnen nicht den ganzen Spaß verdorben." Christa schmunzelte.

„Du weißt doch, wo ein Wille ist ... Wer weiß, warum sie dauernd spazieren gehen."

Sie kicherten beide vor sich hin.

„Sag mal, Ruth, du lebst doch auch allein", warf Christa ein.

„Ja, und?"

„Warst du mal verheiratet oder so?"

„Verheiratet war ich nie, aber ab und zu heftig verliebt."

„Na, das waren wir ja alle mal ... irgendwann ... in grauer Vorzeit." Wieder feixten sie wie zwei Teenager, die sich erste Geheimnisse anvertraut hatten.

„Du hast dich hier sehr schnell eingelebt", wechselte Christa erneut das Thema.

„Absolut. Ich bin völlig vernarrt in diesen Ort. Im Grunde ist es genau das, was ich schon lange gesucht habe. Endlich kann ich so arbeiten, wie ich es immer wollte. Kein stressiger Klinikalltag mehr, keine überforderten Ärzte, sondern ein Chef, der seinen Beruf noch ernst nimmt und nicht nur an die Abrechnungen denkt. Jetzt habe ich mit Patienten zu tun, um die ich mich wirklich kümmern kann und für die ich genug Zeit habe, das ist wunderbar."

„Gestern beim Abendessen erwähnte Kjell, dass du inzwischen deutlich mehr Aufgaben übernimmst, als es ursprünglich geplant war. Er überlegt, eine zweite Kraft einzustellen, um dich ein wenig zu entlasten."

Ruth winkte ab. „Ach, im Augenblick schaffen wir das ganz gut, das habe ich meinem Boss schon gesagt. Das Geld kann er sich sparen. Er ist ein großartiger Arzt, Christa. Dein Sohn kann sich wunderbar auf Menschen einstellen, dazu ist er auch noch ein hervorragender Diagnostiker. Ich habe in den letzten fünfunddreißig Jahren so einige Weißkittel erlebt und kann das beurteilen. Inzwischen kommen sogar immer mehr Patienten aus den umliegenden Orten zu uns, das sagt eine Menge aus. In der kurzen Zeit hat er sich bereits einen sehr guten Ruf erarbeitet."

„Wie ich von Kjell hörte, habt ihr deine Probezeit vorzeitig beendet."

„Ja, das haben wir, und auch darüber bin ich sehr froh. Unsere Zusammenarbeit läuft fabelhaft. Ich gehe hier nicht wieder weg, darauf kannst du jede Wette abschließen." Selig lächelnd legte sie den Kopf in den Nacken und ließ ein zufriedenes Seufzen hören. „Nächste Woche kommt der Wagen mit den restlichen Möbeln aus meiner Hamburger Wohnung, dann ist der Umzug perfekt. Das kleine Apartment bei Barbara im Haus ist zauberhaft geworden. Ich werde es mir dort richtig schön machen." Sie schlug sich mit beiden Händen entschlossen auf die Oberschenkel. „Apropos Arbeit, die ruft ein letztes Mal für heute. Bevor ich endgültig Feierabend machen kann, muss ich nämlich noch schnell zu den Schillers. Die Dame des Hauses braucht einen neuen Verband. Bis später, meine Liebe!"

„Na dann los! Beneiden tue ich dich darum nicht, Gisela Schiller kann eine echte Nervensäge sein, wenn sie nicht gut drauf ist. Seit sie pensioniert und nicht mehr im Schuldienst ist, kann sie ihre schlechte Laune ja nicht mehr bei den armen Kindern ablassen."

„Och, bei mir ist sie lammfromm. Sie genießt es viel zu sehr, mir von deinem genialen Sohn vorzuschwärmen, der ihr ja so wunderbar geholfen hat, und dass es höchstwahrscheinlich allein ihren pädagogischen Fähigkeiten zu verdanken ist, dass er schließlich Arzt wurde."

Beide mussten sie lachen, und Ruth griff nach ihrer Tasche, verließ die Veranda, winkte ihr noch einmal zu und machte sich auf den Weg.

Wie ein transparenter Schleier legte sich ein sanfter Purpurton über das Blau des Himmels und kündigte den Abend an. Der Tag war sonnig und warm gewesen und auch der Abend versprach wunderschön zu werden.

An den Stamm einer alten Buche gelehnt stand Isabell im Schatten der Baumkrone und schaute Kjell zu, der mit dem Hund herumtollte. Sie sah ihn gerne an, genoss es, seine Bewegungen zu verfolgen, die trotz seiner Größe und der beeindruckenden Muskeln geschmeidig und elastisch wirkten. Sobald sie ihn bewusst betrachtete, keimte auch der Wunsch in ihr auf, ihn zu berühren und – oh ja – von ihm berührt zu werden. Es fiel ihr schwer, sich an die Tatsache zu gewöhnen, dass ihre Lust auf Sex im Gegensatz zu früheren Zeiten andere Dimensionen angenommen hatte.

Seit Christa zurück in Lunau war, fanden sie allerdings kaum noch Zeit füreinander. Seine Praxis und ihre Arbeit im Café füllten den größten Teil des Tages aus, und bei Kjell zu übernachten, kam für sie nicht mehr infrage, denn das wäre ihr Christa gegenüber sehr unangenehm. Zudem hasste sie die Vorstellung, Kjells Reputation könnte darunter leiden. Sie wusste, dass er ihre Einstellung nicht teilte, aber er akzeptierte sie zumindest. Natürlich hatte er mehrmals versucht, sie vom Gegenteil zu überzeugen, doch bisher war sie hart geblieben, auch wenn es nicht immer leicht gewesen war, ihm zu widerstehen.

So war es in den vergangenen drei Wochen nur noch zu kurzen wilden Küssen und impulsiven Umarmungen zwischen ihnen gekommen, die mit der Zeit ungezähmter und feuriger wurden. Allmählich hatten sie beide die Grenze des Erträglichen erreicht, und ihre Selbstbeherrschung geriet mehr und mehr ins Wanken. Manchmal glaubte Isabell, beim nächsten Kuss, bei der nächsten Berührung müsste sie in Flammen aufgehen. Auch deshalb war sie dazu übergegangen, möglichst jeden Körperkontakt mit Kjell zu vermeiden.

Sie war so in Gedanken, dass sie nicht gleich bemerkte, dass er aufgehört hatte, mit Siggi zu spielen, und sie unverwandt ansah. Sein linker Mundwinkel zog sich ein wenig in die Höhe und er kniff die Augen zusammen, als wollte er sagen: Ich weiß genau, woran du gerade denkst. Ein Schauer lief ihr über den Rücken, als er sich bedächtig auf sie zubewegte. Schnell stieß sie sich vom Baumstamm ab und zog die leichte Baumwolljacke über der Brust zu.

„Wollen wir zurückgehen?" Es ärgerte sie, dass ihre Stimme zitterte.

Sein Lächeln vertiefte sich. „Wir könnten uns auch in die Büsche schlagen, Bella. Siggi hält sicher dicht."

„Ach, Kjell, hör auf damit!"

Gerade wollte sie für etwas Sicherheitsabstand sorgen, da griff er nach ihrem Handgelenk und zog sie an sich.

„Ich drehe langsam durch. Es dauert nicht mehr lange, dann kannst du mich einweisen lassen."

Sein heißer Atem streifte ihr Ohrläppchen und eine seiner Hände lag auf ihrem Po. Er drückte sie kurz an sich, doch wie immer ließ er sie sofort los, als sie ernsthaft versuchte, sich ihm zu entwinden.

„Ich sehe dir an, dass es dir nicht viel besser geht, Isabell." Seine Stimme klang belegt und nicht so fest wie sonst. „Wir müssen uns endlich was einfallen lassen, oder siehst du das anders? Ich meine, bevor ich in aller Öffentlichkeit über dich herfalle. So langsam kann ich nämlich für nichts mehr garantieren."

Seufzend holte sie Luft, auch, um etwas von der Anspannung loszuwerden, die sich in ihr aufgebaut hatte. „Hast du eine Idee?"

„Nun, man sollte doch meinen, dass wir zumindest mal ein bisschen Dampf ablassen dürfen, meinst du nicht?"

„Dampf ablassen?"

„Liebes, wie ich dich kenne, würde es keine drei Minuten dauern, bis du den ersten Druck los wärst, oder?"

Sie merkte, wie ihre Wangen heiß wurden. „Kjell, du bist unmöglich."

„Ich bin nur ehrlich und nehme kein Blatt vor den Mund." Er lachte leise. „Und ich schwöre dir, dass ich dir in nichts nachstehen würde."

Vorsichtshalber machte sie noch einen Schritt von ihm weg. Schon bei der Vorstellung, er könnte sie in seine Arme ziehen, wurde ihr fast schwindlig vor Verlangen. Es fühlte sich an, als würde sich ihr Unterleib sehnsuchtsvoll zusammenziehen.

„Lass uns nach Cornwall fahren", schlug er vor. „Wir wollten es doch sowieso tun, und … damit könnten wir für eine Weile auch unser ganz persönliches Problem loswerden. Wir wären allein, Bella, endlich wieder miteinander allein!"

„Ja … ich …"

„Oder willst du der Sache gar nicht mehr auf den Grund gehen?"

„Natürlich will ich das. Ich habe gründlich über alles nachgedacht. Diese Diamanten … oh Gott, Kjell, ich muss unbedingt mit meiner Schwiegermutter darüber sprechen. Sie muss das einfach wissen."

„Ja, der Meinung bin ich auch", erwiderte er. Kurz sah er sich nach dem Hund um, dann wandte er sich ihr wieder zu.

Erleichtert bemerkte sie, dass der Richtungswechsel ihres Gesprächs ein wenig Entspannung mit sich brachte, nicht viel, aber immerhin konnte sie durchatmen. „Obwohl wir nicht mehr querfeldein laufen, habe ich immer ein mulmiges Gefühl, sobald wir hier entlangspazieren", sagte sie leise und sah sich um. Seit dem Vorfall mit dem Schuss auf Siggi, blieben sie auf dem Feldweg, der dem Dorf am nächsten lag.

„Es ist nach dem Autounfall meiner Mutter nichts mehr passiert. Du hast auch keine Briefe bekommen, oder doch?"

Sie schüttelte den Kopf. „Nein, zum Glück nicht. Vielleicht geben die Tremaynes ja endlich Ruhe."

Kjell verzog zweifelnd das Gesicht. „Darauf würde ich nicht wetten. Bei ihrer gesellschaftlichen und vor allem geschäftlichen Position haben sie wahrscheinlich viele Verpflichtungen." Er seufzte. „Auf der anderen Seite habe ich auch keine Lust dazu, mein ganzes Leben danach auszurichten, dass es vielleicht jemand auf uns abgesehen haben könnte. Es ist deutlich entspannter, einfach weiterzumachen wie bisher."

„Trotzdem sollte ich wegen der Fundstücke aus den Schneekugeln etwas unternehmen."

„Wie gesagt, das sehe ich genauso. Dann lass uns Pläne für die Reise machen, Bella." Ein Grinsen huschte über sein Gesicht. „Wann wollen wir los? Ich kann es kaum erwarten."

Kjell hatte nicht übertrieben, seine sexuelle Frustration nahm inzwischen bedrohliche Ausmaße an. Seine wilden Träume halfen ihm auch nicht, sondern machten alles noch schlimmer, doch es widerstrebte ihm, sich selbst Erleichterung zu verschaffen, denn das war es nicht, worauf es ihm ankam. Vor allem wollte er Isabell, er wollte nur sie, er wollte bei ihr, endlich wieder in ihr sein, wenn er kam.

Als er sie dabei ertappt hatte, wie sie ihn voller Verlangen ansah, hätte er sie sich am liebsten wie ein Freibeuter über die Schulter geworfen und auf der Stelle in sein Schlafzimmer verschleppt, um sie dort zu lieben. Ich lebe offenbar im falschen Zeitalter, dachte er amüsiert über seine frivolen Gedanken.

Sie waren inzwischen auf dem Rückweg, seinen heißblütigen Wünschen zum Trotz, ging er zivilisiert neben ihr her. Isabell achtete nach wie vor auf Abstand, damit sie sich ja nicht versehentlich berührten. Auch wenn er nichts mehr wollte, als sie endlich wieder anzufassen, fand er es schon fast rührend, wie sie sich verhielt.

Seine Mutter saß noch immer in ihrem Relax-Stuhl auf der Veranda, als sie dort eintrafen. Sie war offenbar eingenickt, denn als sie näher kamen, schreckte sie hoch und wirkte verschlafen.

„Hallo, ihr zwei“, sagte sie und unterdrückte ein Gähnen. „Habt ihr Hunger? Wir könnten heute Abend zusammen essen, was meint ihr?“

„Warum nicht.“ Kjell lächelte seiner Mutter zu. „Und weil ich Lust dazu habe, werde ich sogar das Kochen übernehmen.“

Der gemeinsame Abend gestaltete sich gemütlich und unterhaltsam. Christa hatte die Idee gehabt, Ruth einzuladen, und nun saßen die beiden älteren Frauen am Tisch, während Isabell und er die Küche in Ordnung brachten. Er hatte eine schmackhafte Gemüsepfanne zubereitet, die sie mit knusprigen Baguettes genossen hatten.

„Schade, dass ich nicht eher gewusst habe, dass wir alle zusammen essen. Ich hätte sonst gerne ein leckeres Dessert für uns gemacht“, sagte Isabell lächelnd, als sie sich wieder an den Esstisch setzten.

„Na, dann trinken wir stattdessen ein schönes Glas Wein miteinander, was meint ihr?“, schlug er vor und blickte fragend in die Runde. „Oder möchte jemand erst noch einen Kaffee?“

Sie einigten sich auf Wein, und er ging in den Keller, um eine Flasche auszusuchen. Als er zurück in die Küche kam, hatte Isabell bereits die passenden Gläser auf den Tisch gestellt.

Nachdem er eingeschenkt hatte, wandte er sich an Ruth. „Im Grunde ist es ganz gut, dass Sie heute Abend bei uns sind. Es gibt nämlich etwas zu besprechen.“

„Sie wollen mich doch nicht etwa entlassen, Herr Doktor?“, fragte Ruth, aber man sah ihr an, dass sie nicht ernsthaft damit rechnete.

„Keineswegs, meine Liebe. Es ist eher das Gegenteil.“ Er schenkte ihr ein aufmunterndes Lächeln. „Ich muss für einige Tage nach Großbritannien, genauer gesagt, nach Cornwall, um Isabell bei einer Familienangelegenheit zu helfen.“

„Sie hatten ja schon angekündigt, dass sie demnächst aus persönlichen Gründen für ein paar Tage verreisen müssen. Und jetzt wollen sie mich bitten, die notwendigen Dinge zu regeln und die Praxis irgendwie am Laufen zu halten, richtig?“

Er grinste. „Richtig. Wir müssten ein paar unwichtigere Termine nach hinten verschieben und Notfälle, die Sie nicht erledigen können, an einen Kollegen verweisen. Ich denke, insgesamt dürfte die Sache für Sie kein Problem darstellen.“ Da Ruth ein nachdenkliches Gesicht machte, wartete er ab, wurde aber nicht enttäuscht.

„Machen Sie sich keine Sorgen, Doktor Loewenthal, es wird alles wie am Schnürchen laufen.“

„Ich wusste, dass ich mich auf Sie verlassen kann, Ruth.“ Sein Grinsen wurde eine Spur breiter.

„Euer Gesieze macht mich noch wahnsinnig“, warf Christa ein und gluckste leise vor sich hin.

Fast ein wenig erschrocken sah Ruth ihre neue Freundin an. „Christa, das ist …“

„Nein, meine Mutter hat völlig recht“, unterbrach Kjell sie

schnell. „Komm, Ruth, lass uns darauf anstoßen. Ich heiße Kjell, und es wäre mir eine Ehre."

Einen Moment zögerte Ruth Rogalski, doch dann erhob sie ihr Glas und sie stießen an. „Die Ehre ist ganz auf meiner Seite, Herr ... äh, Kjell." Sie tranken und ihr Blick fiel auf Isabell. „Dann müssen wir beide aber auch zum Du wechseln, einverstanden?"

„Sehr gerne", entgegnete Isabell lächelnd.

„Okay, kommen wir noch mal auf die Reise zurück", sagte Kjell. „Mama, wirst du einige Tage auf Isabell verzichten können?"

Christa nickte zustimmend. „Das dürfte kein Problem sein, wenn vorher alles organisiert ist. Den Buchladen schaffe ich inzwischen ganz gut. Das Café muss dann halt geschlossen bleiben. Ich weiß ja, wie wichtig die Reise für Isabell ist. Das wird schon gehen."

„Na, ich bin ja auch noch da", sagte Ruth.

„Du bist zwar ein Allroundtalent, kannst aber nicht überall gleichzeitig sein", gab Christa zu bedenken.

„Solange Kjell verreist ist, wird für mich in der Praxis viel weniger zu tun sein, da kann ich dir hier stundenweise aushelfen, Christa. Mach kein Drama daraus, okay?" Ruth nahm einen Schluck Wein. „Wisst ihr, ich bin zwar erst einige Wochen hier in Lunau, doch ich habe schon jetzt das Gefühl, endgültig angekommen zu sein." Schließlich sah sie Kjell an. „Morgen, gleich nach der Sprechstunde, können wir alle anfallenden Termine durchgehen."

Er nickte. „Wunderbar, Ruth, dann besprechen wir auch alles Weitere."

„Wann wollt ihr denn los, Kinder?", wollte Christa wissen.

Er vergewisserte sich mit einem Blick bei Isabell, bevor er antwortete: „So schnell wie möglich."

Einige Stunden später lag Isabell in ihrem Bett und wartete vergeblich darauf, dass sie endlich einschlafen würde. Es war schon fast zwei Uhr, aber der Schlaf wollte nicht kommen.

Missmutig warf sie die Bettdecke ab und stand auf, um sich aus dem Badezimmer einen Schluck Wasser zu holen. Auf halbem Weg blieb sie am Fenster stehen, schob in der Dunkelheit den Vorhang ein Stück beiseite und sah hinüber zu Kjells Haus. Trotz der nächtlichen Stunde brannte im Wohnzimmer Licht, er war also ebenfalls noch wach. Sie stellte sich vor, dass er vielleicht arbeitete, irgendwelche Patientenakten durchging oder in einem der vielen Fachbücher las, doch im Grunde wusste sie genau, dass er aus denselben Gründen nicht schlafen konnte, die auch sie wach hielten. Tief einatmend starrte sie hinüber und wünschte sich nichts mehr, als in seinen starken Armen zu liegen.

„Was ist das nur mit uns, Kjell?" Sie schickte die Frage flüsternd in die Nacht hinaus, obwohl niemand da war, der sie ihr beantworten würde – auch Kjell nicht.

Neuerdings dachte sie sehr viel über ihre Gefühle für ihn nach, doch alles, was dabei herauskam, war Verwirrung und mehr von dieser eindringlichen Sehnsucht, die ihr immer wieder den Atem abschnürte. Das heftige, körperlich fast schmerzhafte Sehnen war es, das sie letztlich daran zweifeln ließ, dass sie verliebt war oder gar Liebe für Kjell empfand, denn die Liebe hatte sie in ihrem Leben bereits erfahren. Dieses Gefühl war ihr vertraut, sie wusste noch genau, wie es sich anfühlte. Ihre Liebe zu Jamie hatte sich ihr jedenfalls vollkommen anders offenbart. Sogar der Sex mit James war ausschließlich mit Zärtlichkeit und liebevoller Behutsamkeit einhergegangen. Nicht so wie mit Kjell, dachte sie und erschauerte, halb vor Lust, halb vor Erschrecken. Nicht geprägt von ungezähmtem Verlangen, das in seiner Intensität schmerzlicher Gier erschütternd nahe kam.

Plötzlich wurde auch im Haus auf der anderen Straßenseite der Vorhang beiseitegeschoben, als hätte Kjell gespürt, dass sie wach war. Da in seinem Zimmer noch immer das Licht brannte, konnte sie ihn gut erkennen.

Er hatte einen Arm oberhalb des Kopfes an den Fensterrahmen gestützt und sah zu ihr herüber. Wie ferngesteuert, beugte sich Isabell hinab und knipste die Lampe auf ihrem Nachttisch an. Sie sah, wie ein Ruck durch seinen Körper ging, als sie nun im Hellen stand. Langsam hob er eine Hand und winkte ihr zu.

Sie musste schlucken, erst dann brachte sie es fertig, ihm ebenfalls zu winken. Seinen Gesichtsausdruck konnte sie auf die Entfernung natürlich nicht erkennen, dennoch meinte sie zu wissen, was er gerade dachte und was er sich wünschte. Einen Augenaufschlag lang spielte sie tatsächlich mit dem Gedanken, das Nachthemd auszuziehen und sich vor seinen Augen selbst zu berühren, damit er ihr dabei zusehen konnte, doch sie verwarf diese verrückte Idee sofort wieder. Ihr Körper brannte vor Sehnsucht, ihre Seele gleichermaßen, allerdings vor Scham.

„Meine Güte, was machst du nur mit mir, Kjell?“ Erschrocken über sich zog sie den Vorhang zu, löschte das Licht und ließ sich aufs Bett fallen. Als sie nach einer Weile zurück zum Fenster ging und nachsah, war sein Haus in Dunkelheit getaucht.

Am Mittag des nächsten Tages kam Luisa auf einen Besuch im Café vorbei. Isabell freute sich, als sie ihre Freundin hereinkommen sah, lächelte ihr zu und begrüßte sie. Christa, die hinten im Laden einhändig Bücher einsortierte, rief der jungen Floristin ebenfalls einen Gruß zu.

„Hallo, Lu!“

„Hallo, Christa!“ Luisa trat breit grinsend an den Tresen und sah sich die Kuchen und die Torten an. „Mir ist nach was Süßem, deshalb hab ich mir gedacht, ich gönne mir statt eines Mittagessens ein Stück von deinen Leckereien.“

„Gute Entscheidung“, gab Isabell zur Antwort. „Und? Wonach ist dir genau? Schokolade, Zitrone, Erdbeeren?“

„Schokolade, unbedingt Schokolade! Was kannst du mir empfehlen?“

„Nimm einen von den Muffins. Sie sehen vielleicht langweilig aus, aber ich kann dir versprechen, du wirst es nicht bereuen.“

„Na dann mal her mit der Köstlichkeit und einen großen Milchkaffee dazu, bitte.“

Isabell nickte. „Kommt sofort. Such dir einen Platz, ich bin gleich bei dir."

„Ich nehme den Tisch hinten bei Christa, so kann ich ihr ein bisschen zur Hand gehen. Das kann man ja nicht mit ansehen."

Luisa lachte, als Christa ihr spielerisch mit dem Zeigefinger ihrer gesunden Hand drohte.

„Ich kann dich hören, Lu!"

Isabell servierte Kaffee und den Kuchen und kümmerte sich anschließend um ein Touristenpaar, das draußen auf der Veranda Platz genommen hatte. Bevor das Nachmittagsgeschäft richtig losging, gönnte sie sich ebenfalls eine Tasse Kaffee und setzte sich damit zu ihrer Freundin.

„Wir haben uns ewig nicht gesehen, alles okay bei dir?", wollte Luisa wissen.

„Ja, alles so weit gut." Isabell nippte an ihrem Kaffee, behielt dabei aber den Laden im Auge.

„Christa hat mir erzählt, dass du für ein paar Tage zurück nach England gehen wirst."

„Stimmt. Ich habe dort … etwas zu erledigen. Du weißt ja, die Briefe und so weiter."

„Hm. Pass bloß gut auf dich auf, Süße."

„Ich bin ja nicht allein. Kjell begleitet mich."

Luisas Augen weiteten sich. „Ach, schau an. Das hat Christa natürlich nicht erwähnt." Betont auffällig drehte sie sich zu Kjells Mutter um und wackelte mit den Augenbrauen. „Der Große wird also eine Art Bodyguard für dich abgeben, oder sehe ich das falsch?"

„Nun, so ähnlich. Ich bin jedenfalls froh, dass ich nicht alleine fahren muss." Mit Blicken und versteckten Gesten gab Isabell ihrer Freundin zu verstehen, dass sie sich in Gegenwart von Christa wegen Kjell zurückhalten sollte.

„Ich finde es gut, dass Kjell dich begleitet. Wenn ich nur an diesen eiskalten Typen denke, der bei mir im Geschäft war, gruselt es mich. Und ich fand den anfangs sogar ziemlich attraktiv." Luisa verdrehte die Augen und schüttelte sich.

„Bradley ist durchaus attraktiv, Luisa."

„Ja, aber er wirkt auch gefährlich, wenn du meine Meinung hören willst. Der Mann hat Augen wie ein Hai, tot und kalt. Brr, richtig Furcht einflößend."

Isabell erhob sich, wobei sie leicht den Kopf schüttelte. „Ich muss mal nach den Gästen sehen. Iss deinen Schokomuffin, Luisa."

Kurze Zeit später waren einige Tische im Café besetzt, und Isabell hatte gut zu tun. Bevor Luisa das Geschäft verließ, kam sie noch einmal zu ihr, um zu bezahlen und sich zu verabschieden.

„Was war in diesem traumhaften Muffin, du Göttin der süßen Gaumenfreuden?"

Isabell lachte. „Ich backe Trüffelpralinen mit ein, aber das verrate ich nur dir."

„Okay, ich schwöre, dieses Geheimnis nicht mal unter der Folter preiszugeben." Auch Luisa lachte. „Sehe ich dich noch, bevor du fährst?"

„Ich denke schon. Kjell und ich besprechen heute Abend die Einzelheiten, dann weiß ich mehr. Ich melde mich morgen im Laufe des Tages bei dir, okay?"

„Alles klar." Luisa lehnte sich zu ihr, senkte ihre Stimme und sagte grinsend: „Und damit ich es nicht vergesse … viel Spaß unterwegs."

„Hau ab!"

„Ich will irgendwann alles wissen. Und wenn ich sage alles, dann meine ich damit auch jedes noch so kleinste schmutzige Detail." Gemeinsam lachten sie, und Luisa verließ fröhlich winkend das Café.

Die Sprechstunde verlief ohne größere Probleme, so schafften es Kjell und Ruth bereits am frühen Nachmittag, sich in seinem Arbeitszimmer auf einen Kaffee zusammenzusetzen, um alles durchzusprechen. Es dauerte nur knapp eine Stunde, da war die kommende Woche perfekt durchgeplant. Um die meisten Patienten konnte sich Ruth selbst kümmern, die schwierigeren Fälle würde er vorsichtshalber an einen Kollegen in Amelinghausen verweisen.

Kurz nachdem Ruth gegangen war, setzte er sich an seinen Computer und suchte im Internet nach passenden Flügen, danach rief er Isabell auf ihrem Handy an.

„Wenn du einverstanden bist, könnte ich für übermorgen ab Hamburg buchen. Allerdings haben wir in London vier Stunden Aufenthalt und müssten von Heathrow nach Gatwick wechseln, um die Anschlussmaschine nach Newquay zu bekommen. Dort könnten wir uns für den Rest der Strecke einen Mietwagen nehmen. Insgesamt wären wir über sieben Stunden unterwegs, es ist trotzdem die einfachste und bequemste Variante."

„Ja, Kjell, ich kenne die Verbindungen." Es blieb kurz still in der Leitung, dann sagte sie: „Übermorgen also, okay."

„Kommst du nachher zu mir? Wir können zusammen essen und dabei alles Weitere durchsprechen."

„Ähm … nein, ich … komm du doch zu uns rüber. Das wäre mir lieber."

Ein unwilliges Schnaufen entfuhr ihm. Er hatte es nicht unterdrücken können. „Bella, wir können uns ganz offiziell allein hier bei mir treffen, um die Reise zu planen. Meine Mutter weiß schließlich, dass wir zusammen nach England fliegen werden, und wird sich überhaupt nichts dabei denken. Je natürlicher wir uns verhalten, desto weniger Staub wirbeln wir auf."

„Kjell …"

„Komm schon. Gib dir einen Ruck. Du wirst nur den Abend bei mir verbringen, ganz unschuldig."

„Ja, ist klar, ganz unschuldig."

Ihr nervöses Lachen klang wunderbar in seinen Ohren, der kurze heisere Ton schien seine Magenwände zu kitzeln.

„Hör zu, mach keine große Sache daraus. Komm her, komm zu mir … und du wirst es nicht bereuen, Liebes." Er lauschte auf ihre Atemzüge, ein wenig lauter, ein wenig schneller als normal, das trieb auch seinen Puls in die Höhe. „Komm endlich zu mir, Bella", wiederholte er und bemerkte, dass er kurzatmig klang.

Es herrschte weiterhin Stille in der Leitung.

„Um sieben bin ich bei dir. Ein paar Brote sind ausreichend. Ich habe heute Mittag etwas Warmes gegessen."

Vor Erleichterung und Vorfreude schloss er kurz die Augen und schickte einen lautlosen Dank nach oben. „Okay, dann bis später.“ Bevor sie es sich anders überlegen konnte, beendete er das Gespräch. Erst als er das Telefon beiseitelegte, fiel ihm auf, dass er es regelrecht umklammert hatte. Sein Herz verfiel in einen wilden Rhythmus, sodass er tief einatmete.

Und dann kam er ins Grübeln …

Isabell hatte mit allem gerechnet, aber sicher nicht mit dem Kjell, der ihr jetzt gegenübersaß und sich völlig anders verhielt, als sie es von ihm gewohnt war.

Warum sollte sie sich etwas vormachen, natürlich war sie davon ausgegangen, dass er sie sofort in die Arme nehmen würde, sobald sie in seinem Haus ankam und die Tür hinter ihr ins Schloss fiel, doch das tat er nicht. Im Gegenteil; er benahm sich sogar ausnehmend zurückhaltend, fast schon eine Spur zu distanziert. Sie war verwirrt und … ja, auch enttäuscht, denn ihre brennende Sehnsucht nach seiner körperlichen Nähe hatte all ihre Bedenken verschwinden lassen, aufgesaugt wie ein trockener Schwamm, den man in einen Eimer mit Wasser warf. Nun sah Kjell ihr kaum direkt ins Gesicht und war offenbar sehr darauf bedacht, sie nicht zu berühren.

Wie merkwürdig, dachte sie, er benimmt sich jetzt genauso, wie ich es heute Nachmittag getan habe.

Mit kurzen knappen Worten unterrichtete er sie über ihre Reisedaten, danach erhob er sich, schenkte ihnen ein Glas Rotwein ein und setzte sich zurück in seinen Sessel, der einen guten Meter von ihrem entfernt stand.

Er trug das, worin sie ihn am liebsten sah, enge Jeans und dazu ein weißes Oberhemd, bei dem er die Ärmel bis zu den Ellenbogen aufgekrempelt hatte. Es betonte die Muskulatur seiner Arme. In den vergangenen Tagen war ihr Verlangen nach ihm immer stärker geworden, doch nun, wo sie allein waren, blieb er kühl und sachlich. Sein Verhalten war ihr ein Rätsel, nachdem er sie so gedrängt hatte, endlich wieder zu ihm zu kommen. So, wie sie jetzt miteinander sprachen, hätten sie es auch gut und gerne im Haus seiner Mutter tun können, während diese danebensaß.

Statt sich wie verrückt zu küssen und zu lieben, redeten sie über die Diamanten, die Kjell in der vergangenen Woche für sie in einem Bankschließfach in Lüneburg deponiert hatte, und darüber, wie sie in Cornwall vorgehen würden.

Isabell versuchte, sich zu konzentrieren und sich gedanklich auf ihr gemeinsames Vorhaben einzulassen. Schon vor Wochen hatte sie beschlossen, dass sie zunächst mit ihrer Schwiegermutter reden würde, diese Einstellung hatte sich mit der Zeit noch verfestigt. Sie war der festen Überzeugung, dass Amanda Valentine-Tremayne unbedingt von ihrem Fund erfahren sollte, darüber sprachen sie ebenfalls.

„Wir können also in deinem Haus wohnen?", wollte Kjell schließlich wissen.

„Natürlich. Amanda versicherte mir, dass das Haus, in dem ich zusammen mit Jamie gelebt habe, mir jederzeit zur Verfügung steht. Sie meinte, es sei mein Zuhause und würde es auch bleiben."

„Wie weit ist es von dort bis zum Herrenhaus?"

„Nur ein paar Hundert Meter, in Sichtweite. Früher war es ein Gesindehaus. Als Jamie und ich heirateten, ließ er es für uns umbauen und vergrößern. Wir wollten beide nicht im Haupthaus wohnen, da waren wir uns zum Glück einig."

Er nickte und nahm einen Schluck von seinem Wein. Nebenbei registrierte sie, dass er das Glas nicht abstellte, sondern es in den Händen hielt, seit er ihnen eingeschenkt hatte. Sie wusste inzwischen, dass er ein Meister darin war, seine wahren Gefühle zu verbergen, dennoch spürte sie, dass ihn irgendetwas beschäftigte. Er verhielt sich tatsächlich seltsam, fand sie.

„Ich möchte dich etwas fragen, Bella", sagte er nach einer Weile.

„Was denn?" Sie hoffte, dass sie nun erfahren würde, was los war.

„Du hast deinen Mann sehr geliebt, stimmt's?"

„Ja, das habe ich."

„Und das ist der einzige Grund, weshalb du keine feste Beziehung mehr möchtest."

„So ist es … Warum fragst du mich das?"

„Du bist dir also sicher, dass sich daran über kurz oder lang nichts ändern wird?"

Ihr Magen schien einen kleinen Purzelbaum zu schlagen, und ein ungutes Gefühl stieg in ihr auf, das allerdings sehr schnell beißender Wut Platz machte. Er wollte ebenfalls keine feste Partnerschaft, das hatte er ihr gegenüber mehrmals deutlich gemacht. Es musste jedoch einen Grund geben, wieso er ihr diese Frage stellte, und das, was ihr sofort dazu einfiel, behagte ihr ganz und gar nicht. Automatisch stand sie auf. „Falls dir der Gedanke gekommen sein sollte, dass ich insgeheim doch planen könnte, dich festzunageln, liegst du damit falsch, Kjell", stieß sie etwas zu heftig aus. „Das habe ich bestimmt nicht vor. Im Übrigen sage ich grundsätzlich immer das, was ich meine."

Einen Moment lang wirkte sein Gesichtsausdruck verständnislos, dann stellte er sein Glas ab und erhob sich ebenfalls. Seine tiefblauen Augen fingen ihren Blick ein.

„So meinte ich das nicht. Du hast mich … Ich möchte dich nur … besser verstehen. Ich …"

„Wenn du nicht mitfahren willst …"

„Unsinn! Hör sofort auf damit, Bella!"

Er machte einen Schritt auf sie zu und strich sich mit beiden Händen durchs Haar. Einen Moment schien er zu zögern, doch dann umfasste er ihre Schultern.

„Ich denke, ich habe dir bereits mehr als einmal klar gemacht, dass ich dich nicht allein dorthin fahren lasse."

„Was ist denn bloß los, Kjell?", fragte sie leise und sah zu ihm auf. Sein Blick war voller Wärme, zumindest das war für sie offensichtlich.

„Wie ich schon sagte, ich möchte dich einfach besser verstehen, dich besser kennenlernen."

„Aber du kennst meine Einstellung und weißt, dass ich Jamie geliebt habe und dass ich noch immer um ihn trauere. Warum hast du das Thema angesprochen? Das muss doch einen Grund haben."

„Ich weiß noch lange nicht alles über dich, Bella. Zum Beispiel würde ich auch gerne wissen, ob du tatsächlich ganz nach England zurückgehen wirst. Mich interessiert, ob du hier glücklich bist. Glaub mir, ich weiß sehr genau, was es bedeutet, Heimweh zu haben."

„Du musst dich nicht absichern, Kjell. Ich habe dir gesagt, dass ich höchstwahrscheinlich irgendwann wieder zurückgehen werde. Ich liebe Lunau, aber ich denke, ich bin vor allem hierhergekommen, um meine Trauer zu verarbeiten. Zu Hause wäre mir das ungleich schwerer gefallen. Und nein, ich habe wirklich nicht vor, dich festzunageln."

Wenn sie sich nicht täuschte, war er soeben zusammengezuckt. Wahrscheinlich, weil sie seine wahren Beweggründe durchschaut hatte. Sein Griff um ihre Schultern lockerte sich, aber in seinen Augen brannte ein Feuer, das ihr durch und durch ging. Es war nicht zu übersehen, dass er sie begehrte, also entschied sie, dass es an der Zeit war, in die weibliche Trickkiste zu greifen. Eine kleine Herausforderung würde die Stimmung zwischen ihnen hoffentlich wieder ins Lot bringen.

„Wenn wir alles besprochen haben ... dann ... gehe ich mal wieder", sagte sie absichtlich zögernd.

„Gut."

„Gut?" Sie konnte kaum fassen, dass er sie tatsächlich gehen lassen wollte, nachdem er sie am Telefon geradezu bekniet hatte, endlich zu ihm zu kommen, damit sie miteinander allein sein konnten.

„Ja, gute Nacht, Isabell. Schlaf gut."

Jetzt nur nicht die Haltung verlieren, ermahnte sie sich. „Okay ... schlaf du auch gut, Kjell." Wie immer ging sie hinüber zu Siggi, streichelte ihm den flauschigen Kopf und wünschte ihm eine gute Nacht, dann verließ sie den Raum.

Kjell ließ sie tatsächlich gehen. Er brachte sie nicht mal runter zur Tür, sondern blieb einfach an Ort und Stelle stehen und wirkte dabei, als würde er vor Anspannung jede Sekunde in tausend Stücke zerspringen. Es gab keinen weiteren Gutenachtgruß, schon gar keinen Kuss, noch nicht einmal ein liebes Wort. Isabell war fassungslos.

Später, als sie bereits eine ganze Weile in ihrem Bett lag, verstand sie noch immer nicht, was eigentlich zwischen ihnen los war. Sosehr sie auch darüber nachdachte, sie fand keinen Grund, weshalb Kjell sich ihr gegenüber so anders, so reserviert verhalten hatte. Bis vor wenigen Stunden war sie der festen Überzeugung gewesen, dass er sie ebenso heiß begehrte wie sie ihn. Etwas musste passiert sein, das seine Gefühle für sie verändert hatte. Sie wusste nur nicht, was das sein konnte.

Kjell stand am Fenster seines Wohnzimmers und sah wieder einmal hinüber zu einem ganz bestimmten Fenster auf der anderen Straßenseite. Doch dieses Mal blieb dort der Vorhang geschlossen und das Licht gelöscht. Offenbar war Isabell sofort ins Bett gegangen.

Er verbot sich, länger als eine Sekunde darüber nachzudenken, wie sie jetzt dalag, unter ihre Decke gekuschelt, allein und sicher voller Sehnsucht. Dieses schrecklich peinigende Gefühl, das auch ihn beherrschte, wollte nicht mehr weichen. In der Stille seines Hauses klangen seine Atemzüge laut wie ein Sturm, zumindest in seinen Ohren.

Am Nachmittag hatte er aus heiterem Himmel Symptome bei sich festgestellt und, wie es seine Art war, sie sofort analysiert. Man sagte ihm nach, ein guter Diagnostiker zu sein.

„Hah!“

Bei seinem kurzen, bitteren Auflachen hob Siggi den Kopf. „Leg dich hin, mein Junge. Es ist alles in Ordnung“, sagte er leise zu seinem Hund. Seufzend ließ er den Vorhang zurück vor das Fenster fallen. Trotzdem blieb er noch eine ganze Weile regungslos dort stehen, bevor er schließlich ins Bad ging, um sich für die Nacht fertig zu machen.

Kaum lag er im Bett, schlugen seine Gedanken wieder Purzelbäume. Warum war ihm das nicht eher aufgefallen? Die Symptomatik war doch eindeutig gewesen! Man konnte gar keine anderen Schlüsse ziehen, als er es jetzt (nach Wochen!) getan hatte.

Rasender Puls, Herzrhythmusstörungen, Hitze, dieses Feuer unter der Haut, das Gefühl, das Blut würde brodeln und, und, und.

Alles in allem eine absolut klare Sache – und er litt schon seit einiger Zeit unter diesen verräterischen Anzeichen.

Ignorant! Da hast du es! Aber über andere Idioten mit denselben Symptomen den Kopf schütteln.

Innerlich wand er sich, denn sofort drängte sich ihm die Frage auf, wie er da jemals wieder rauskommen konnte. Kaum war er zu dieser Diagnose gelangt, hatten sich die heimtückischen Symptome wie durch Zauberhand um ein vielfaches verschlimmert.

Eine Falle!

Ohne es darauf anzulegen, hatte sie ihm eine Falle gestellt, und er war geradewegs hineingeraten.

Er war verliebt. Gewaltig verliebt sogar. Und er hatte keine Ahnung, wie er damit umgehen sollte. In dieser Intensität war es ein vollkommen neues Gefühl für ihn. Er kannte sich nicht aus, wusste nicht, wie er sich jetzt verhalten sollte, denn offenbar waren diese Empfindungen einseitig. Etwas hatte ihn dazu getrieben, herauszufinden, ob es eine Chance für ihn und Bella gäbe, und nun stand er da mit all dieser Verwirrung in seinem Kopf *und* in seinem Herzen.

Sie hatte ihm eindeutig zu verstehen gegeben, dass diese Chance nicht existierte. Sie würde zurückgehen, eines Tages würde sie ihn verlassen. Allein schon bei der bloßen Vorstellung drehte sich ihm der Magen um. Ihm blieb jetzt nur noch, eine vernünftige Lösung für sein persönliches Dilemma und seinen Seelenfrieden zu suchen.

Meine Güte, sie musste ihn für einen Vollidioten halten, so wie er sich benommen hatte! Obwohl er sie unverändert auf quälende Weise begehrte, war er nicht in der Lage gewesen, sich auf eine körperliche Begegnung mit ihr einzulassen. Erst einmal musste er nach der erschütternden Selbsterkenntnis seine Nerven wieder halbwegs unter Kontrolle bringen, denn um die war es überhaupt nicht gut bestellt. Es wäre ein viel zu großes Risiko gewesen, seinem Verlangen nachzugeben, in seinem Liebeswahn hätte er ihr wahrscheinlich noch einen Antrag gemacht. *Gott bewahre, nur das nicht!*

Am nächsten Morgen erschien Julia in seiner Sprechstunde. Sie war die letzte Patientin, und er sah verwundert auf, als Ruth sie ankündigte. Seit ihrer unschönen Begegnung vor einigen Wochen hatte er sie kaum zu Gesicht bekommen.

Kjell lächelte möglichst professionell, begrüßte sie und bat sie, Platz zu nehmen. „Was kann ich für dich tun?", fragte er, nachdem sie sich auf dem Besucherstuhl vor seinem Schreibtisch niedergelassen hatte.

„Du weißt ja, dass ich schon seit Jahren unter dieser schrecklichen Migräne leide. Neuerdings kommen die Anfälle immer häufiger. Ich habe ein bisschen Bammel davor, ständig die starken Schmerzmittel zu schlucken, die mir Doktor Schliemann verschrieben hat. Wenn ich das Mittel nehme, bin ich oft neben der Spur."

„Du nimmst ein Triptan, richtig?"

„Ja."

„Alle Medikamente haben Nebenwirkungen, Julia. Die Triptane machen da keine Ausnahme. Benommenheit und Schläfrigkeit sind zum Beispiel kaum zu verhindern, wenn du die Tabletten einnimmst. Soweit ich mich erinnere, bist du doch eigentlich ganz gut damit zurechtgekommen."

„Ja, aber da hatte ich die Anfälle höchstens einmal im Monat, eher seltener. Jetzt kommen sie gehäuft, also zwei- bis dreimal im Monat. Das Schmerzmittel lindert zwar den Schmerz, aber arbeiten kann ich trotzdem nicht, weil ich völlig neben mir stehe, nachdem ich es eingenommen habe."

Er dachte einen Moment nach. „So grotesk es für dich klingen mag, es könnte auch das Medikament sein, das die Häufigkeit der Anfälle auslöst. Was hältst du davon, wenn wir deine Medikation umstellen?"

Ihre grünen Augen funkelten, als sie ihn zuversichtlich anblickte.

„Ich vertraue dir, Kjell. Was schlägst du vor?"

„Nun, ich würde zunächst auf einfaches Aspirin und einige kleine homöopathische Tricks zurückgreifen. Vielleicht haben wir Glück und du fühlst dich schon bald viel besser."

Zweifelnd verzog sie das Gesicht. „Aspirin? Kjell, das ist doch nicht dein Ernst. Darüber lacht sich meine Migräne tot."

„Ich denke, du vertraust mir?"

„Ja, schon, aber …"

„Außerdem schlage ich dir erneut vor, endlich eine Computertomografie machen zu lassen. Wir haben mehrfach darüber gesprochen."

Julia winkte ab. „Oh, nicht das schon wieder. Ich habe Panik vor diesen Röhren, das weißt du doch."

„Ich kenne eine großartige Praxis in der Hamburger Innenstadt. Es ist kein Problem, dich ein bisschen schlafen zu lassen, bevor du in die Röhre geschoben wirst. Eine kleine Spritze und du bist im Land der Träume."

Sie atmete tief ein. „Okay, wenn die mich narkotisieren, könnte es klappen."

„Gut. Dann machen wir das so. Die neue Medikation besprechen wir, sobald wir die Bilder haben. Ich schreibe dir schon mal etwas auf, das du zunächst nach Vorschrift nimmst. Und besorge dir bitte Pfefferminzöl aus der Apotheke. Du kannst es in die Schläfen einmassieren, aber pass auf, dass nichts davon in die Augen kommt."

„Machst du für mich einen Termin in dieser Röntgenpraxis?"

„Darum wird sich Ruth kümmern. Ich bin für einige Tage unterwegs."

„Du fährst weg?", fragte sie alarmiert.

„So ist es", antwortete er, während er ein Rezept für sie ausschrieb.

„Machst du Urlaub?"

Er hob den Kopf und sah sie an. „Ich denke, das ist meine Privatangelegenheit, Julia."

„Natürlich.“ Ihre Stimme zitterte.

„Da du nun aber gerade hier bist, möchte ich dir noch etwas sagen“, setzte er an.

„So, was denn?“

Ihr Blick wirkte hoffnungsvoll, wie er sofort registrierte. Inzwischen tat es ihm jedoch nicht mal mehr leid, dass er mit seinem nächsten Satz ihre Hoffnung im Keim ersticken würde. Seine Wut über das, was sie zu Isabell gesagt hatte, war längst nicht verraucht.

„Wenn du jemals wieder, in welcher Form oder zu wem auch immer, Lügen über mich in die Welt setzt, könnte es durchaus sein, dass ich meine gute Erziehung vergesse, Julia.“

Ihr Blick wurde starr. „Ich habe nicht …“

„Du hast Isabell vermittelt, dass ich dich betrogen habe, während wir zusammen waren“, unterbrach er sie absichtlich barsch. „Du weißt wohl am allerbesten, dass das nicht der Wahrheit entspricht.“

Sie erhob sich, stemmte die Hände in die Hüften und reckte das Kinn in die Höhe. „Was weiß denn ich, was du alles getan hast, wenn du durch die Weltgeschichte gefahren bist.“

Er seufzte resigniert und schüttelte den Kopf. „Weißt du was, Julia, es ist mir inzwischen verflucht gleichgültig, was du über mich denkst, aber behalte deine Lügengeschichten ab jetzt für dich. Und lass vor allem Isabell und meine Mutter in Ruhe, verstanden!“

Ihre Augen wurden schmal. „Du vögelst also doch das Kuchen backende Blondchen, ja?“

Er ging nicht weiter auf ihre unwürdige Bemerkung ein, sondern hielt ihr das Rezept hin.

KAPITEL 9

Weiße Wolkengebirge türmten sich über Newquay auf, als die Maschine aus Gatwick aufsetzte.

Beide Flüge waren planmäßig gestartet und ruhig verlaufen. Isabell war trotzdem erleichtert und atmete auf, als sie ihren Sicherheitsgurt löste. Sie litt zwar nicht unter echter Flugangst, aber sie flog auch nicht gerne und war froh, wenn sie wieder heil und gesund auf dem Boden ankam.

Kjell hatte sich bereits erhoben, nahm ihr Bordcase aus dem Fach über ihren Sitzen und behielt es gleich bei sich. Er hatte kein Handgepäck mit in die Maschine genommen. Zwar reiste er nie ohne eine kleinere Version seiner Arzttasche, wie er ihr erzählt hatte, doch die lag wegen der Sicherheitsbestimmungen in seinem Koffer und damit im Gepäckraum. Ihr Bordcase in der linken Hand, reichte er ihr seine rechte, die sie sofort ergriff. Sein Lächeln wirkte aufmunternd und warm.

Seit sie unterwegs waren, verhielt er sich ihr gegenüber zuvorkommend, umsichtig und höflich. Wie gewohnt war es ihnen auch nicht schwergefallen, interessante Gesprächsthemen zu finden, und so war die Reise kurzweilig gewesen. Nach der Landung in London hatten sie das Glück gehabt, sofort einen der Transferbusse zu erreichen, die zwischen Heathrow und Gatwick pendelten. Obwohl der Bus sich durch mehrere Londoner Staus kämpfte und die Fahrt über zwei Stunden dauerte, statt der angekündigten knapp anderthalb, war vor ihrem Anschlussflug nach Cornwall genügend Zeit gewesen, um in einem der Flughafenrestaurants eine Kleinigkeit zu essen.

Kjell kam ihr noch immer verändert vor. Sie hatte sich jedoch vorgenommen, abzuwarten, wie die nächsten Tage mit ihm verlaufen würden, bevor sie das ansprach. Sie freute sich wie ein Kind darauf, ihm Valentine Rock zu zeigen. Aus irgendeinem Grund war es ihr wichtig, dass es ihm dort gefiel. Natürlich hatte sie auch ein bisschen Bauchgrimmen, wenn sie daran dachte, wieder zurück in das Haus zu gehen, in dem sie mit Jamie gelebt hatte, aber damit würde sie zurechtkommen. Schließlich hatte sie nach seinem Tod noch ein paar Monate allein dort verbracht und einiges umgestaltet.

Nachdem die Maschine in Newquay aufgesetzt hatte, wartete Isabell an den Laufbändern auf ihre Gepäckstücke, während Kjell sich um den Mietwagen kümmerte, den er über das Internet für sie vorbestellt hatte. Alles klappte wie am Schnürchen, und eine Dreiviertelstunde nach ihrer Ankunft in Newquay befanden sie sich auf der A30 in Richtung Hayle.

Natürlich hatte sie ihm angeboten, das Fahren zu übernehmen, aber Kjell versicherte ihr, er habe keinerlei Probleme mit dem Linksverkehr. Er war schon häufiger in Großbritannien gewesen, wie er ihr erklärte, und bei diesen Gelegenheiten war er jedes Mal selbst Auto gefahren. Also lehnte sie sich entspannt zurück und genoss die Fahrt, denn sie merkte schnell, dass er perfekt mit der neuen Verkehrssituation zurechtkam.

„William und Bradley sind noch zwei Tage in den Staaten, wir sind also zunächst einmal mit meiner Schwiegermutter allein. Amanda hat dafür Sorge getragen, dass mein Haus durchgelüftet und geputzt wurde. Sie ist wirklich ein Schatz“, informierte sie Kjell, nachdem sie ein kurzes Telefonat mit ihrer Schwiegermutter geführt und ihr Handy wieder in ihrer Handtasche verstaut hatte. „Sie freut sich darauf, dich kennenzulernen.“

Kjell nickte, konzentrierte sich aber auf die Straße. Es kam ihr vor, als wäre er etwas wortkarg geworden, seit sie ihm Auto saßen. Erst jetzt ging ihr auf, dass er auch schon auf dem Flug von London nach Newquay so still gewesen war.

„Ist alles in Ordnung?“, fragte sie.

„Alles bestens.“ Er sah sie kurz an und lächelte. „Sobald wir in Hayle sind, musst du mich weiterlotsen, Bella. Oder soll ich doch noch das Navigationsgerät einstellen?“

„Nein lass nur. Ich bin hier aufgewachsen und kenne mich hier ebenso gut aus wie du in der Umgebung von Lunau.“

„Natürlich.“

Als sie kurz hinter Hayle die A30 verließen, übernahm Isabell die Navigation. Der Küstenstraße nach St. Ives folgten sie nicht, wie er ursprünglich angenommen hatte, sondern fuhren landeinwärts. Mit Begeisterung in der Stimme wies sie ihn hier und da auf die Sehenswürdigkeiten der Gegend hin und strahlte dabei über das ganze Gesicht. Schließlich hielten sie vor einem wuchtigen, reich verzierten Tor aus Schmiedeeisen, das so prunkvoll wirkte, als würde es direkt zu einem Märchenschloss führen.

„Ich muss kurz den Schlüsselcode eingeben", ließ sie ihn wissen.

„Okay." Er behielt sie im Auge, als sie ausstieg und zu einer der beiden Steinsäulen ging, die das pompöse Tor einrahmten. Dort öffnete sie eine Klappe, die ihm bisher nicht aufgefallen war, und tippte eine Zahlenkombination in die Tastatur ein, die dahinter verborgen lag. Das Tor setzte sich in Bewegung.

Er sah, wie Isabell sich umschaute und selig in sich hineinlächelte, und stieß einen unterdrückten Fluch aus, bemühte sich aber sofort um einen neutralen Gesichtsausdruck, als sie die Beifahrertür aufzog. Es war eine Sache zu ahnen, dass sie ihre Heimat vermisste, doch eine ganz andere, Zeuge ihrer Begeisterung und Wiedersehensfreude zu sein. Er konnte sie verstehen, das hieß jedoch nicht, dass es ihm auch gefallen musste mitzuerleben, wie froh sie war, zu Hause zu sein.

Seit sie in London gelandet waren, hatte sich auf eigentümliche Weise ihr Akzent verstärkt. Zweimal war sie sogar ins Englische verfallen, während sie mit ihm sprach, hatte sich aber sofort dafür entschuldigt. Erst als er ihr kommentarlos auf Englisch antwortete, entspannte sie sich.

Das Tor hatte sich wie durch Geisterhand wieder geschlossen, nachdem sie hindurchgefahren waren. Jetzt befanden sie sich auf einer Art Allee, die offenbar kein Ende nehmen wollte. Hinter den Bäumen, die in regelmäßigen Abständen die Straße säumten, erstreckte sich grünes, leicht hügeliges Land. Nach einer Weile folgte eine parkähnliche Anlage mit kunstvoll angelegten Blumenbeeten und einer Menge blühender Sträucher.

„Das Anwesen ist ziemlich groß", stellte er lapidar fest.

„Valentine Rock ist das größte Gut in bürgerlichem Privatbesitz", antwortete sie. „Andere Landsitze mit diesen Ausmaßen gehören ausschließlich dem Adel oder gleich dem Königshaus."

„So, so. Und der gesamte Besitz ist von diesen gigantischen Endloshecken eingerahmt?"

„Hecken, Zäune, natürliche Begrenzungen. Wir haben alles", entgegnete sie lachend. „Seit ich hier lebe, habe ich nie ganz durchschaut, wie groß das Areal eigentlich ist."

Nach einer Weile kamen Pferdeweiden und schließlich auch das Gutshaus und ein paar Nebengebäude in Sicht. Kjell warf im Vorbeifahren einen kurzen Blick auf das mächtige Haupthaus. Der graue Naturstein, aus dem es erbaut war, und die hohen, meist schmalen Fenster ließen es düster erscheinen. Dennoch entsprach das Gebäude dem typischen Stil englischer Landgüter.

„Ich habe mit Amanda verabredet, dass wir erst zum Abendessen zu ihr kommen, damit wir genug Zeit haben, uns frisch zu machen. Du kannst einfach dem Verlauf der Straße folgen. Kurz hinter der kleinen Anhöhe steht mein Haus."

Das hübsche Cottage, vor dem sie schließlich hielten, lag ein wenig versteckt. Die anderen Gebäude waren zwar nicht weit entfernt, aber ein Wäldchen aus Nadelbäumen vermittelte ein Gefühl von Abgeschiedenheit. Sie stiegen aus, und Isabell begann sofort damit, ihm alles zu erklären.

„Die längeren Bauten dort hinten sind die Stallungen. Siehst du sie? Ich zeige sie dir später oder besser morgen. Das wunderschöne Cottage mit dem hellen Reetdach, an dem wir vorhin vorbeigefahren sind, bewohnt Bradley."

„Ich könnte jetzt ganz gut einen Kaffee gebrauchen, Bella", sagte er und versuchte sich an einem Lächeln.

„Oh! Ja, natürlich." Sie lachte. „Verzeih, es ist nur so … Am liebsten würde ich dir sofort alles zeigen."

„Später, Liebes. Wir haben noch genügend Zeit."

Das Haus war modern und sehr komfortabel eingerichtet, wie er auf den ersten Blick bemerkte. Wenn man durch die Haustür ins Innere kam, befand man sich direkt im großzügig bemessenen Wohnraum. Die dunklen Möbel waren schlicht, doch auf den hellen Ledersofas lagen bunte Kissen mit teilweisen romantischen Blumenmustern. Deren Farben fanden sich auch in den schweren Chintz-Vorhängen an den Fenstern wieder, das blumige Muster allerdings nicht.

Da er Isabells erwartungsvollen Blick auf sich ruhen fühlte, lächelte er. „Schön hast du es hier."

Sie erwiderte sein Lächeln, zog dabei ihre Jacke aus und warf sie auf einen Stuhl, der direkt neben der Eingangstür stand. „Hier im Wohnraum habe ich kaum etwas verändert, nur das … Schlafzimmer ist völlig neu möbliert. Ich konnte nicht mehr …"

Sie brach ab, und er strich ihr mit den Knöcheln seiner rechten Hand kurz über die Wange. „Ich verstehe schon, was du sagen willst, Bella."

Sie neigte den Kopf nach unten, aber er erkannte, dass ihre hellen Augen schimmerten, als würde sie jeden Moment anfangen zu weinen. Nach einem tiefen Atemzug hatte sie sich wieder gefangen.

„Komm, ich zeige dir auch noch den Rest, damit du dich zurechtfindest. Ich möchte, dass du dich hier wie zu Hause fühlst."

Jetzt war es an ihm, tief einzuatmen. Isabell wünschte sich also, dass er sich heimisch fühlte. Innerlich seufzte er auf. Es war ihm ein Rätsel, wie ihm das gelingen sollte. In diesem Cottage hatte sie mit James Valentine gelebt. Hier war sie glücklich mit ihrem Ehemann gewesen; unter diesem Dach hatte sie mit ihm gelacht, geweint und ihn geliebt. Da nützte es auch nichts, wenn sie ihm ganz nebenbei klarmachte, dass es das Bett, in dem sie zusammen mit ihrem Mann gelegen hatte, nicht mehr gab. Plötzlich war ihm nach frischer Luft. „Unser Gepäck ist noch im Kofferraum. Ich werde es mal eben reinholen." Bevor sie ihn aufhalten konnte, wandte er sich um und ging zurück nach draußen.

„Warte, ich helfe dir", hörte er Isabell sagen.

„Das brauchst du nicht, Bella."

Er hatte kaum Zeit für einen tiefen Atemzug gehabt, da war die Sache mit den Koffern auch schon erledigt. Nun folgte er ihr durch das Haus und versuchte seine Gefühle unter Kontrolle zu bringen. Normalerweise fiel ihm das nicht schwer, doch diesmal empfand er es als echte Herausforderung.

Das Wohnzimmer ging in eine modern ausgestattete Küche über. Die dunklen Oberflächen der Schränke passten hervorragend zum Rest der Einrichtung. „Ich hätte lieber helle Möbel gehabt, aber irgendwie muss man ja Kompromisse schließen, wenn man gemeinsam ein Haus einrichtet", erklärte sie.

Sie öffnete mehrere Türen, zeigte ihm einen Wirtschaftsraum, den man von der Küche aus erreichte, ein liebevoll eingerichtetes Gästezimmer mit eigenem Duschbad, das Arbeitszimmer, das überwiegend James Valentine genutzt hatte, wie er annahm, und schließlich das Schlafzimmer. Das direkt angrenzende, sehr geräumige Badezimmer bot allerlei Komfort.

„Ich hätte noch immer gerne einen Kaffee", bemerkte er grinsend, als der Rundgang endlich beendet war.

„Kommt sofort."

Ihr Lächeln wirkte, als hätte sie geradewegs die Sonne eingeatmet. Kjell schnappte nach Luft. Er liebte dieses Lächeln, es machte ihn schwach. Er liebte diese Frau. Höchstwahrscheinlich befand er sich gerade in der schlimmsten Verfassung seines Lebens – und bei dem Leben, das er noch bis vor Kurzem geführt hatte, sollte das etwas heißen.

„Zum Glück hat Amanda dafür gesorgt, dass hier alles in Ordnung ist und dass ein paar Vorräte aufgefüllt wurden", sagte sie. „Es war gut, dass ich sie rechtzeitig informiert habe."

Kjell stand mit verschränkten Armen am Küchentresen und sah ihr schweigend zu. Während sie einen kompliziert aussehenden Kaffeevollautomaten in Gang setzte, versuchte er sein immer stärker aufkeimendes Verlangen ebenso unter Kontrolle zu bringen wie die unvernünftige Abneigung gegen ihr Heim. Er begehrte Isabell wie verrückt, und dieses verfluchte Cottage machte es ihm nicht leicht, entspannt mit der Situation umzugehen. In diesem Augenblick fragte er sich allen Ernstes, ob es vielleicht sogar besser für sie beide wäre, wenn er im Gästezimmer übernachtete.

Was für ein Chaos! Seit er sich eingestanden hatte, dass er tiefere Gefühle als bloße Begierde für sie hatte, war er nicht mehr er selbst.

„Setz dich doch, Doc“, forderte sie ihn auf und deutete auf einen kleinen Tisch mit zwei Stühlen, der direkt vor dem Küchenfenster stand.

Mit einem Ruck stieß er sich vom Tresen ab und folgte ihrer Aufforderung. Er ließ sich auf einem der beiden lederbezogenen Stühle nieder, fühlte sich bei diesem einfachen Bewegungsablauf aber unbeholfen.

Isabell hielt kurz in ihrer Bewegung inne und fixierte ihn. Ihr Blick wirkte besorgt, wie er bemerkte. Auch deshalb setzte er sofort eine freundliche Miene auf.

„Sag mal, ist wirklich alles in Ordnung mit dir, Kjell?“

„Ja, mir geht es gut. Ich bin nur etwas müde und brauche eine Dosis Koffein. Die Reise war ja nicht ganz ohne und wir mussten heute Morgen verdammt früh aufstehen.“ Er sie an und konnte plötzlich nur noch daran denken, wie wunderschön sie aussah mit den bauschigen Goldlocken und diesen hellen Glitzeraugen, deren Anblick ihm den Atem raubte.

Allmählich fand er seine Reaktion selbst lächerlich. Isabell brauchte ihn nur auf diese besondere Art anzulächeln, und in seinem Magen begann es zu kribbeln, das Blut schien regelrecht durch seinen Körper zu rauschen, und in seinen Lenden baute sich praktisch alle paar Sekunden eine neue Hitzewelle auf. Langsam aber sicher mutierte er zu einem sabbernden Hampelmann. Das alles überforderte ihn sowohl körperlich als auch mental – und Überforderung war eine Empfindung, mit der er normalerweise so überhaupt nichts zu tun hatte.

Er räusperte sich und nahm dankbar den Kaffeebecher entgegen, den sie ihm reichte. Wenigstens gab sie ihm damit die Möglichkeit, seine Hände zu beschäftigen.

Der Kaffee half. Auch das bisschen Zeit, das verging, trug dazu bei, dass er fast wieder normal denken konnte. „Wann müssen wir denn bei deiner Schwiegermutter sein?“, fragte er nach einer Weile des gemeinsamen Schweigens.

„Sie hat mich gebeten, gegen sieben Uhr rüberzukommen. Gegessen wird in der Regel um halb acht, sodass wir genug Zeit haben, uns in Ruhe zu begrüßen. Sie weiß, dass ich dich … dass ich einen Freund mitbringe, und freut sich schon darauf, dich kennenzulernen."

„Fein." Er erhob sich. „Jetzt ist es halb sechs. Soll ich im Gästebad duschen, damit du dich ohne Hektik fertig machen kannst?"

Sie wirkte irritiert, das entging ihm nicht.

„Ganz wie du willst."

„Gut. Danke für den Kaffee, Bella."

„Gern geschehen."

Ihre Stimmlage passte zu dem verunsicherten Blick, mit dem sie ihn betrachtete, und er fühlte sich mies.

Nachdenklich sah Isabell zu, wie Kjell seinen Koffer nahm und ihn tatsächlich ins Gästezimmer trug. Wegen des plötzlich auftretenden Schmerzes, der irgendwo tief in ihrem Inneren wütete, legte sie eine Hand auf ihre Herzgegend. Einige Male atmete sie ein und wieder aus, erst dann löste sich der Druck langsam. Es dauerte einen Moment, bis sie herausfand, dass Furcht für dieses Stechen verantwortlich war. Sie schüttelte sich, um den Gedanken und das Gefühl loszuwerden, aber vergebens. Es war offensichtlich, was ihr das Herz schwer werden ließ, sie brauchte gar nicht erst zu versuchen, sich etwas vorzumachen. Es war die Angst, Kjell zu verlieren, doch darüber musste sie später in Ruhe nachdenken.

Sein Verhalten ihr gegenüber hatte sich total gewandelt. Irgendetwas war vor ungefähr zwei Tagen passiert, das unvermutet alles verändert hatte, und sie hatte keine Ahnung, was das gewesen sein könnte. Nach wie vor erkannte sie in seinem Blick das Begehren, aber sie spürte die Mauer, die er um sich errichtet hatte. Manchmal wirkte er fast entrückt, in diesen Momenten vermied er es eindeutig, sie zu berühren. Auch das fand sie verwirrend, denn erst vor wenigen Tagen, hatte er klar zum Ausdruck gebracht, wie stark sein Verlangen nach ihr war. Hinzu kam, er wusste genau, dass es ihr nicht anders erging. Von Anfang an hatte er stets gespürt, wie heftig ihr Körper auf ihn reagierte. Warum nur benahm er sich jetzt, als würde er am liebsten vor ihr wegrennen? Sie hatte ihm doch deutlich erklärt, dass sie keinesfalls vorhatte, ihn in eine feste Beziehung zu drängen.

Nachdem sie geduscht hatte, stand Isabell vor ihrem riesigen Kleiderschrank und betrachtete die unzähligen Kleider, luxuriösen Abendroben und all die ausgefallenen Accessoires, die sie früher so oft getragen hatte. Langsam ließ sie die Finger über kostbare chinesische Seide, hauchzarten Chiffon und schweren Brokat gleiten. Die Sachen erschienen ihr fremd wie aus einer anderen Welt oder gar einem anderen Leben. Sie hatte diese Dinge absichtlich zurückgelassen, als sie Valentine Rock verließ. Und nichts davon hatte sie jemals vermisst.

Zusammen mit ihrem Mann war sie zu unzähligen Veranstaltungen und Bällen gegangen. Ihr ging durch den Kopf, dass die vielen Einladungen eigentlich immer mit James' Arbeit zu tun gehabt hatten. Seinem Wunsch entsprechend war sie stets an seiner Seite gewesen. Dieser Teil ihrer Ehe fehlte ihr nicht. Sie war sogar froh darüber, dass nun Jeans, einfache Blusen und kunterbunte T-Shirts zu ihrem Alltag gehörten. All den Prunk hatte sie niemals gebraucht, er war nur ein notwendiges Übel gewesen.

Dennoch sollte sie beim Abendessen ein Kleid tragen. Sie seufzte laut. Amanda hatte es gern, wenn man gut angezogen erschien. Also ging sie die Reihe mit den kurzen Cocktailkleidern durch und entschied sich schließlich für ein schlichtes, aber edles Etuikleid aus hellblauer Seide, zu dem sie die passenden Pumps und ein farblich abgestimmtes Bolerojäckchen besaß. Sie wählte mit Absicht eines der Kleider, die Jamie nicht gefallen hatten. Ihr Ehemann hatte es gemocht, wenn sie dramatische Farben wie Rot und Schwarz trug, ihre Lieblingsfarbe, ein helles Azurblau, hatte er abgelehnt. Kjell war in vielen Dingen so ganz anders als James, und sie war sich fast sicher, dass sie mit diesem Kleid genau seinen Geschmack traf.

Als sie zurück ins Wohnzimmer ging, bestätigte sich ihre Hoffnung. Kjell wartete dort bereits auf sie, und seine Augen verdunkelten sich voller Bewunderung, während er sie von oben bis unten betrachtete.

„Du siehst atemberaubend aus."

„Danke schön, du aber auch“, entgegnete sie und meinte es so, denn Kjell sah tatsächlich umwerfend attraktiv aus. Zu einer schwarzen Hose und schwarzen Lederschuhen trug er ein Hemd, das zufälligerweise exakt die Farbe ihres Kleides hatte. Ein dunkelblaues Sakko rundete das Bild ab und betonte das tiefgründige Mitternachtsblau seiner Augen. Auf eine Krawatte hatte er verzichtet. Ihr gefiel das. Er wirkte lässig und sexy, doch sehr elegant.

„Gehen wir zu Fuß zum Haupthaus, oder geben das deine zarten Schühchen nicht her, Cinderella?“, fragte er schmunzelnd.

„Wir können das kleine Stück gerne laufen. Die Wege hier sind recht eben. Und was die hohen Absätze angeht, blicke ich auf jahrelange Übung zurück“, entgegnete sie lachend.

Kjell nahm Isabell das himmelblaue Bolerojäckchen aus der Hand und hielt es so, dass sie hineinschlüpfen konnte. Als sie ihm dafür den Rücken zuwandte, beugte er sich hinunter, um ihren berauschenden Duft einzuatmen, er schaffte es nicht, diesem Drang zu widerstehen.

Fast hätte ihn der Schlag getroffen, als sie zu ihm ins Wohnzimmer gekommen war. Alles an ihr war Versuchung pur. Das schmale Kleid betonte nicht nur jede ihrer verführerischen Kurven, sondern spiegelte dazu noch haargenau die Farbe ihrer Augen wider. Das Haar fiel in dicken Locken auf ihre Schultern, eine hübsche Klammer mit Glitzersteinen hielt es ihr aus dem Gesicht und sorgte dafür, dass es über ihren Rücken wallte. Er war völlig hingerissen von ihrem Anblick. Was immer der Abend bringen mochte, mit dieser umwerfenden Frau an seiner Seite würde er ihn in jedem Fall genießen.

„Es ist gut, dass die Tremaynes unterwegs sind, so können wir alles in Ruhe mit deiner Schwiegermutter besprechen“, sagte er, als sie Richtung Gutshaus spazierten.

„Ja, das finde ich auch. Ich muss zugeben, dass der Gedanke an die Begegnung mit William und Brad mich sehr nervös macht. Ich weiß gar nicht, wie ich mich ihnen gegenüber verhalten soll, nachdem all diese Dinge passiert sind.“

Kjell blieb stehen, griff nach ihrem Handgelenk und drehte sie zu sich herum. „Du solltest dich so normal wie möglich geben, Bella. Ich bin überzeugt, dass es wesentlich sicherer ist, wenn sie davon ausgehen, dass du weiterhin völlig ahnungslos bist. Und noch etwas. Es wäre gut, sie wären arglos, was mich betrifft. Ich bin der einfache Landarzt, der Sohn deiner Chefin, ein guter Nachbar und Freund aus Lunau. Und dabei geht es mir nicht darum, ob sie annehmen werden, dass wir beide … nun ja, miteinander ins Bett gehen. Weißt du, was ich meine?"

„Du glaubst, es ist besser, sie ahnen nichts von deiner … anderen Ausbildung?"

„Genau. Es ist immer gut, noch ein Ass im Ärmel zu haben."

„Stimmt." Sie lächelte. „Ich bin froh, dass du bei mir bist, Kjell."

„Das bin ich auch." Er sah sich um. „Übrigens, es ist wirklich sehr schön hier, Bella."

Ihr glückliches Lächeln war alles, was er brauchte.

Kjell konnte es kaum glauben, aber es öffnete tatsächlich ein Butler die Tür, nachdem sie geläutet hatten. Der Mann war groß und schlank, mit schlohweißem Haar. Er trug einen dunklen Anzug und wirkte distinguiert und *very british*, doch als sein Blick auf Isabell fiel, veränderte sich wie durch Zauberhand die strenge Miene. Seine Augen strahlten und wurden von einem Kranz aus Lachfältchen umrahmt.

„Mrs Valentine, welche Freude! Willkommen zu Hause!", rief er aus.

„Oh, John! Wie wunderbar es ist, Sie gesund und munter wiederzusehen!", antwortete Isabell ebenso strahlend. „Aber wir hatten uns doch darauf geeinigt, dass Sie auch mich beim Vornamen nennen, mein Lieber. Darf ich Ihnen Dr. Kjell Loewenthal vorstellen?" Ihr Blick ging zwischen ihm und dem Butler hin und her. „Kjell, das ist John, die gute Seele dieses Hauses. Er ist mehr ein Freund der Familie als ein Angestellter." Sie lächelte den älteren Mann warm an. „Man könnte sogar behaupten, hier hat vor allem er das Sagen."

Würdevoll überging der Butler Isabells letzte Bemerkung und deutete eine Verbeugung an. „Doktor, es ist mir eine Ehre."

Kjell unterdrückte ein Grinsen. „John, die Ehre ist ganz auf meiner Seite."

„Bitte treten Sie ein. Sie werden bereits sehnsüchtig erwartet."

Das Innere des Hauses entsprach der Vorstellung, die Kjell sich beim Vorbeifahren davon gemacht hatte. Sie befanden sich offensichtlich in einem typisch englischen Gutshaus, einem Gebäude, das sehr gut in ein vergangenes Jahrhundert gepasst hätte. Die Eingangshalle hatte enorme Ausmaße. Die Doppeltreppe ins Obergeschoss wirkte mächtig, war geschwungen und endete auf einer breiten, offenen Galerie, von der mehrere Türen abgingen. Dicke Teppiche und dunkle, antike Möbel passten ebenso ins Bild wie die schweren Portieren vor den Durchgängen und die übergroßen Gemälde an den Wänden.

„Wo finden wir denn meine liebe Schwiegermutter, John?"

„Amanda wartet im kleinen Salon. Sie freut sich schon sehr auf Sie und ist ganz aufgeregt. Sie hat ja nicht mehr allzu viel Abwechslung dieser Tage."

Das Gesicht des Butlers verfinsterte sich, und sein Blick war plötzlich von tiefer Traurigkeit erfüllt. „Sie wissen ja, mit ihrer Gesundheit steht es nicht zum Besten."

Isabell seufzte. „Ja, John, ich weiß." Sie machte eine Pause und seufzte erneut. „Nun, dann werden wir sehen, ob wir sie nicht ein wenig aufmuntern können."

„Es wäre ihr zu wünschen." John lächelte milde. „Wenn Sie mir dann folgen möchten, meine Herrschaften."

Kjell schmunzelte in sich hinein, während sie hinter John hergingen. Dieser Butler musste aus einer früheren Epoche übrig geblieben sein.

John öffnete eine der vielen Türen, trat vor ihnen ein und kündigte sie an.

„Nur herein, meine Lieben!", hörten sie eine helle, etwas zittrige Stimme.

Die Begrüßung der beiden Frauen war herzlich. Es war unverkennbar, wie sehr sie sich mochten und sich vermisst hatten.

Nachdem Isabell ihn und Amanda miteinander bekannt gemacht hatte, blieb kaum noch Zeit für ein ausführlicheres Gespräch. Schon nach wenigen Minuten wurde eine Doppeltür zum Nebenraum geöffnet und John erschien wieder auf der Bildfläche.

„Das Abendessen wäre dann so weit. Wenn ich die Herrschaften zu Tisch bitten dürfte."

„Aber natürlich, mein lieber John, Sie dürfen", erwiderte Amanda lächelnd. „Ihr habt bestimmt ordentlich Hunger nach der langen Reise."

Am Ende einer riesigen Tafel war für sie gedeckt worden. Amanda saß am Kopfende des Tisches, während sie Isabell und ihm die Plätze neben sich zuwies, sodass sie beide sich nun gegenübersaßen. In der folgenden halben Stunde hielt Kjell sich bewusst zurück, um Isabell und ihrer Schwiegermutter Zeit zu geben, in aller Ruhe ihr Wiedersehen zu genießen. Er verlegte sich währenddessen, von einigen Höflichkeitsfloskeln einmal abgesehen, aufs Beobachten und Zuhören.

Von Isabell hatte er erfahren, dass Amanda Valentine-Tremayne ungefähr im Alter seiner Mutter war, doch die beiden Frauen hätten unterschiedlicher nicht sein können. Amanda trug ein dunkelblaues, schlichtes Hemdblusenkleid aus Seide, das ihr offenbar etwas zu groß war. Darüber konnte nicht einmal der schmale Gürtel hinwegtäuschen, der den zarten Stoff in ihrer Taille zusammenraffte. Ihr Gesicht war stark gepudert und sah vielleicht auch deshalb unnatürlich bleich aus. Das dünne aschblonde Haar war zwar sorgfältig frisiert worden, wirkte aber ebenso kränklich wie seine Trägerin. Die Frau erschien ihm gebrechlich, unterernährt und kraftlos. Obwohl sie sich beim Gehen auf einen Stock stützte, bewegte sie sich unsicher. Im Gegensatz zur agilen und sportlichen Christa hätte er Isabells Schwiegermutter mindestens um zwanzig Jahre älter geschätzt. Er konnte nicht umhin, Amanda mit dem forschenden Blick des Mediziners zu betrachten, und was er sah, machte ihm Sorgen.

Die Frauen tauschten Neuigkeiten aus und Isabell stellte Fragen zum Gut und zu Leuten, deren Namen sie ihm gegenüber noch nie erwähnt hatte. So ging es eine Weile hin und her.

„Jeff und Inge rufen ab und zu bei mir an. Es ist immer wieder schön, mit ihnen zu sprechen. Wenn ich mich nicht irre, vermissen deine Eltern Valentine Rock sehr", sagte Amanda schließlich.

„Mit dieser Einschätzung hast du sicher recht", entgegnete Isabell und lächelte wehmütig. „Ich habe erst vor wenigen Tagen mit ihnen telefoniert und hatte denselben Eindruck. Wenn die Dinge ... anders lägen ..."

„Sie liegen aber nicht anders. William und dein Vater werden niemals miteinander klarkommen, so ist das nun einmal. Und hier auf dem Gut können sie sich nicht aus dem Weg gehen."

„Wer kümmert sich jetzt eigentlich um die Pferde?", fragte Isabell, ohne auf die letzte Bemerkung ihrer Schwiegermutter einzugehen.

„Das hat Ian Landry übernommen. Soweit ich es mitbekommen habe, macht er seine Sache sehr gut."

„Oh ja, natürlich! Wer auch sonst. Papa hat ihm alles beigebracht. Wenn man einmal von ihm absieht, ist Ian der beste Mann für den Job, und loyal und zuverlässig ist er sowieso."

Erst als das Dessert, ein leichter Obstsalat mit Vanillecreme, serviert wurde, wandte sich Amanda direkt an ihn: „Sie sind also Mediziner, Doktor Loewenthal?"

„Ja. Ich betreibe seit Kurzem eine kleine Praxis in meinem Heimatdorf. Und bitte, Mrs Valentine-Tremayne, nennen Sie mich doch Kjell."

Die ältere Dame lächelte sanft. „Nun, dann muss ich darauf bestehen, dass Sie mich ebenfalls bei meinem Vornamen ansprechen, Doktor."

Kjell bedachte sie mit einem strahlenden Lächeln. „Sehr gerne, aber nur, wenn Sie auch noch den Doktor beiseitelassen, liebe Amanda." Überrascht stellte er fest, dass ein Funke Jugendlichkeit in Amandas hellbraunen Augen aufblitzte.

„Sei vorsichtig, Darling, dein Freund hat einen betörenden Charme", wandte sie sich in einwandfreiem Deutsch an Isabell, dann tätschelte sie seine Hand und schenkte ihm ein warmes und offenes Lächeln.

„Sie sprechen deutsch?", fragte er erstaunt.

„Ein Steckenpferd von mir. Ich liebe Ihre Sprache, und besonders schätze ich Ihre Literatur. Isabell wird Ihnen bestätigen, dass ich es immer genossen habe, mich mit ihr oder ihrer lieben Mutter in Ihrer Sprache zu unterhalten."

„Kompliment, Sie sprechen ganz hervorragend. Ihr Akzent ist kaum wahrnehmbar."

„Sie sind ein Schmeichler, mein Lieber, aber ich bedanke mich trotzdem für Ihre charmanten Worte."

Nach dem Dessert bat Amanda sie in den Salon. Vor einem riesigen, aus groben Steinen gemauerten Kamin war eine Sitzgruppe angeordnet, die aus fünf einzelnen, mit großblumigem Seidenstoff bezogenen Sesseln bestand. Auf dem niedrigen Couchtisch aus schwerem Mahagoniholz in der Mitte standen zwei kunstvoll geschliffene Karaffen mit Rotwein und Wasser sowie passende Gläser bereit. John servierte Kaffee, rückte Amanda galant einen der Sessel zurecht und zog sich dann zurück.

Isabell übernahm es, für sich und Kjell den Kaffee einzuschenken. Amanda lehnte dankend ab und bat stattdessen um ein Glas Wasser.

„So, mein Kind, und nun verrate mir endlich, warum du so dringend, und vor allem allein, mit mir sprechen wolltest", forderte Amanda sie auf.

Um ein Haar hätte sie Hilfe suchend Kjell angesehen, doch dann atmete sie einmal durch und berichtete ihrer Schwiegermutter von den Schneekugeln.

„Nachdem Kjell die Kugel mit der Spieluhr geöffnet hatte, um sie zu reparieren, hatte er die Idee, auch in den anderen nachzusehen. Du kannst dir kaum vorstellen, was in mir vorging, als wir tatsächlich noch mehr Diamanten, den Schlüssel und schließlich die Notiz mit den Ziffern fanden. Mir war sofort klar, dass du das unbedingt wissen solltest."

Amanda hörte ruhig, fast gelassen zu. Sie unterbrach sie nicht, deutete lediglich ab und zu ein Nicken an. „Das passt durchaus zu meinem Jamie“, sagte sie nach einer Weile. „Er wollte wohl auf Nummer sicher gehen, dass nur du diese Dinge findest.“

„Ja, der Meinung ist Kjell auch.“ Isabell nahm am Rande wahr, dass er nickte. „Da ist aber noch etwas, das ich dir sagen muss, Amanda, und das fällt mir wirklich nicht leicht.“ Nun schickte sie doch einen flehenden Blick in Kjells Richtung. William und Bradley vor deren Frau und Mutter so offen zu beschuldigen, erschien ihr plötzlich nahezu unmöglich.

Kjell gab ihr wortlos zu verstehen, dass er ihr diesen Schritt abnehmen würde.

„Lange bevor wir den Fund in den Schneekugeln machten, wurde Ihre Schwiegertochter von Ihrem Ehemann William und Ihrem Sohn Bradley … nun, man kann wohl sagen, sie wurde bedrängt, Amanda. Offenbar vermuteten die beiden Unterlagen bei ihr, aber auch andere Dinge, auf deren Herausgabe sie bestanden. Sie taten das immer wieder und glaubten Isabells wiederholten Beteuerungen nicht, dass James ihr nichts davon hinterlassen oder anvertraut hatte.“ Kjell machte eine Pause, um diese Mitteilung sacken zu lassen, und nahm einen Schluck von seinem Kaffee.

Amandas Blick glitt zurück zu ihr. „Deshalb bist du also von hier weggegangen.“

Isabell nickte. „Ja, das war einer der Gründe. Ich kam überhaupt nicht dazu, angemessen um Jamie zu trauern, verstehst du? Immer wieder rissen William und Brad die Wunden auf, fragten mich ständig nach diesen Unterlagen und den anderen Dingen, die sie nicht näher benannten. Aber sie ließen mich auch in Deutschland nicht in Ruhe. Dauernd kamen Briefe und dann geschahen … Unfälle. Es tut mir so leid, Amanda, dass ich dir das sagen muss, mir fällt das so wahnsinnig schwer, doch ich …“

„Du glaubst, dass William und Brad diese … Unfälle, wie du sagst, zu verantworten haben, weil sie dir Angst machen wollten, richtig?“, unterbrach Amanda sie.

„Ja, leider ist das so. Wir haben natürlich keinerlei Beweise, aber es deutet eine Menge darauf hin, dass zumindest Brad in

Lunau gewesen ist, als die Vorfälle passierten. Eine Freundin von mir konnte ihn ziemlich genau beschreiben."

Amanda sah Kjell an. „Sie haben Isabell also begleitet, weil jemandem aus ihrem direkten Umfeld etwas geschehen ist, Kjell?", fragte sie mit dumpfer Stimme.

„Ich habe Isabell vor allem begleitet, um ihr Beistand zu leisten und weil sie eine gute Freundin meiner Familie ist. Sie ist mir wichtig, und ich möchte nicht, dass ihr ein Leid geschieht."

Isabell wurde warm ums Herz und sie lächelte ihn an. „Kjell ist mir bereits in Lunau ein echter Freund gewesen. Ich bin ihm unglaublich dankbar für seine Hilfe."

„Gut. Es ist beruhigend, dass du mit all dem nicht alleine bist, Darling. Ich bin dir ja leider keine große Stütze." Amandas Augen wurden feucht. „Nehmt Euch bitte ein Glas Wein. Ihr werdet es brauchen, denn ich muss dir, meine liebste Isabell, jetzt etwas erzählen, das dein Leben wahrscheinlich vollkommen verändert wird. Ehrlich gesagt wäre es mir aus den verschiedensten Gründen lieber, die ganze Sache würde erst nach meinem Tod ans Licht kommen, doch die Dinge haben sich offenbar geändert."

Isabell sucht erneut Kjells Blick, in ihrem Inneren machte sich ängstliche Aufregung breit. Er lächelte, kümmerte sich dann aber darum, den Wein einzuschenken. Sie war unsagbar froh, dass er bei ihr war.

„Sie bleiben bei Wasser?", hörte sie ihn Amanda fragen.

„Ja, mein Guter. Als Arzt haben Sie sicherlich schon bemerkt, dass mit diesem alten Körper einiges im Argen liegt. Eins meiner größten Probleme ist der verdammte Alkohol."

„Seit wann sind Sie trocken?", fragte er ohne Scheu.

„Seit Isabell uns verlassen hat. Um genauer zu sein, eine Woche nach ihrer Abreise habe ich aufgehört zu trinken. Ich wollte den Tag noch erleben, an dem sie wieder zurück nach Valentine Rock kommt, das gab mir die Kraft. Außerdem hatte ich eine Aufgabe zu erfüllen, eine Verantwortung zu tragen, für die es wichtig war, bei klarem Verstand zu bleiben, doch dazu komme ich später. Zwanzig Jahre lang habe ich unmäßig getrunken und Schlaf- und Aufputschmittel geschluckt. Ein paar von den Tabletten brauche ich leider immer noch, aber jetzt macht es mir nicht mal mehr etwas aus, wenn jemand neben mir sitzt und Alkohol trinkt. Vor einigen Monaten hätte ich niemals für möglich gehalten, überhaupt so weit zu kommen. Es ist wie ein Wunder, und ich weiß, dass es andere Alkoholiker deutlich schwerer haben. Tun Sie sich also keinen Zwang an, Kjell, und genießen Sie Ihren Wein, mich stört es nicht im Geringsten." Sie schaute Isabell an. „Ich wünschte mir so sehr, du würdest heimkommen, um mir zu sagen, dass dies hier dein Zuhause ist und dass du nie wieder weggehst. Auch das wäre ein Grund gewesen, dir vor meinem Tod mitzuteilen, was ich dir jetzt sagen werde."

Automatisch setzte Isabell sich aufrechter hin. Ihr Herz begann schneller zu schlagen und unangenehme Kälte strich plötzlich über ihre Haut. Sie ließ Amanda nicht mehr aus den Augen, beobachtete, wie ihre Schwiegermutter einen Schluck von ihrem Wasser nahm, und sie dann ansah.

„Ich muss ein bisschen ausholen, damit du alles verstehst, Isabell, gleichwohl werde ich versuchen, mich kurz zu fassen." Sie lächelte, bevor sie weitersprach: „Jerome Valentine, der Großvater meines ersten Mannes, also Jamies Urgroßvater, kaufte dieses Land und nannte es Valentine Rock. Er erfüllte sich seinen größten Traum und züchtete wertvolle Pferde. Die Valentine-Araber wurden schnell zu einer der begehrtesten Pferderassen der Welt. Ich nehme an, so weit kennst du die Geschichte. Was du vielleicht nicht weißt, ist, dass Jeromes Vater Miteigentümer einer Diamantenmine in Indien war, einer sehr ertragreichen nebenbei bemerkt. Als die Kolonialzeit ihr Ende fand, musste die Familie Indien verlassen, aber sie schafften es, den größten Teil ihres immensen Reichtums in Sicherheit zu bringen, unter anderem beträchtliche Mengen Diamanten. Damals gehörten die Mieder- und Kleidersäume der Damen noch zu den sicheren Verstecken. So konnte Jerome später dieses Anwesen und den Einstieg in die Araberzucht finanzieren."

„Die Familie besaß eine Diamantenmine?", fragte Isabell atemlos. Sie suchte Kjells Blick, doch er war auf Amanda und ihren Bericht konzentriert.

„Teile davon, ja“, antwortete Amanda. „Nach dem Tod seines Vaters veräußerte Jerome nach und nach einige Edelsteine. Natürlich auch, um den Besitz weiter auszubauen und den Erwerb von wertvollen Zuchttieren zu finanzieren. Jerome heiratete und wurde Vater eines Sohnes, Richard Valentine, der dann später mein Schwiegervater wurde.“ Amanda seufzte und nahm einen Schluck Wasser. „Kaum war Richard auf der Welt, setzte Jerome ein Testament auf, das es in sich hatte. Unter anderem bestimmte er darin, dass stets nur ein einziger Nachkomme pro Generation Valentine Rock mit allem, was dazugehört, besitzen darf. Alle Gebäude, Tiere und Ländereien. Dem Alleinerben fällt gleichzeitig das unanfechtbare Recht zu, denjenigen zu bestimmen, der das Land nach ihm erben soll. Dementsprechend ist er angehalten, sofort ein Testament aufzusetzen, das er allerdings verändern kann, wann immer es ihm beliebt. Außer dem Haupterben gehen alle anderen Familienmitglieder, zumindest was das Land angeht, leer aus. Je nach der jeweiligen Rechts- und Vermögenslage der Familie bekommen sie natürlich ihren Pflichtteil ausgezahlt. Es gibt einen eigens dafür angelegten Fonds.“ Wieder ließ Amanda ein Seufzen hören.

Isabell starrte ihre Schwiegermutter an. „Es kommt noch mehr?“

„Ja, mein Kind, es kommt noch mehr.“

Zu Isabells Überraschung griff Kjell nach Amandas Hand und fühlte ihren Puls. „Vielleicht sollten Sie sich eine kurze Pause gönnen“, hörte sie ihn sagen. Er schien besorgt zu sein.

„Nein, es ist alles in Ordnung, Kjell. Obwohl es ein bisschen aufregend ist, merke ich doch, dass es mir guttut, Isabell nun alles mitzuteilen.“ Ein angedeutetes Lächeln huschte über das blasse Gesicht. „Machen Sie sich keine Sorgen, mein Guter.“ Ihr Blick heftete sich wieder auf ihre Schwiegertochter. „So wie sein Vater hielt sich auch mein Mann George pflichtbewusst an Jeromes Vorgaben. Er setzte Jamie als Alleinerben ein, sobald der auf der Welt war. Als George starb, war Jamie noch ein Kind, deshalb wurde ich bis zu seiner Volljährigkeit zur Verwalterin seines Erbes bestimmt.“

„Valentine Rock gehörte Jamie?“ Isabell merkte selbst, wie atemlos ihre Stimme klang.

„So ist es. Als James volljährig wurde, ging der Besitz auf ihn über.“

„Aber … warum …?“

„Du willst sicherlich wissen, wieso du nichts davon wusstest beziehungsweise weshalb wir weiterhin so getan haben, als würde mir das Land gehören.“

„Ja.“ Isabell war völlig fassungslos. „Ich … mein Gott, ich hätte niemals für möglich gehalten, dass Jamie mir so etwas Wichtiges verheimlichen würde.“

„Ich weiß, Darling. Das war Jamie klar, dennoch war es sein Wunsch, dass wir so verfahren. Er hat mich inständig darum gebeten, es weiterlaufen zu lassen wie bisher, und ich habe seinem Wunsch entsprochen. Wir haben sogar bei einem Notar in St. Ives einen Vertrag hinterlegt, der besagt, dass ich das Gut bis zu meinem Tod verwalten werde. Erst danach wollte er offiziell als Eigentümer auftreten. Natürlich hätte er diesen Vertrag jederzeit auflösen können, aber das wollte er nicht. Hinter den Kulissen hatte er – zusammen mit deinem Vater übrigens – schon seit Jahren die Arbeit und die Organisation übernommen, doch auf dem Papier war weiterhin ich verantwortlich. Deshalb lag es plötzlich an mir, dich über dein Erbe zu informieren, wann immer ich dies für richtig halte, denn auch das war Bestandteil unserer Absprache. Jamie hatte sogar die unwahrscheinliche Möglichkeit mit einbezogen, dass er vor mir sterben könnte. Ich kann dir nicht sagen, wieso ihm das alles so wichtig war. Seine Begründungen waren für mich nur bedingt schlüssig, aber er war mein Sohn und ich habe ihn über alles geliebt. Für mich war es eine Selbstverständlichkeit, seinem Wunsch Folge zu leisten und über diese Vereinbarungen zu schweigen. Wie gesagt, behielt er seine Beweggründe größtenteils für sich. Er sagte nur, dass er keinen unnötigen Staub aufwirbeln wolle und dass ich ihm vertrauen solle. Später meinte er, es wäre ihm vor allem wichtig, dich zu schützen.“

„Mich zu schützen? Aber … wovor denn nur?“

Amanda lächelte sanft. „Wenige Wochen vor seinem Tod teilte Jamie mir mit, dass er ein Testament verfasst habe."

Isabell sprang auf, ihr schwirrte der Kopf und sie machte ein paar Schritte durch den Raum. „Ich weiß überhaupt nichts von einem Testament. Jamie hatte keines", rief sie aufgebracht. Sie sah Kjell an. Dieses Mal erwiderte er ihren Blick, und das tiefe Blau seiner Augen wirkte hypnotisch auf sie. Am liebsten hätte sie seine Hand genommen, um zusammen mit ihm so weit wie möglich fortzugehen, ohne sich noch einmal umzusehen. Aber sie wusste, dass das nicht ging. Jetzt nicht mehr. Wie eine wabernde Masse fraß sich die Erkenntnis in ihren Kopf. Dann sprach Kjell aus, was sie nicht an sich heranlassen wollte, und machte es dadurch endgültig zur unumstößlichen Wahrheit.

„Deine Schwiegermutter will dir damit sagen, dass du die Erbin von Valentine Rock bist, Isabell", sagte er mit gedämpfter Stimme. Sein Blick glitt zu Amanda. „Ich nehme an, Sie wissen nicht, wo sich das Testament Ihres Sohnes befindet, richtig?"

„Ich habe keine Ahnung. Sowohl das Testament von Jerome als auch sein eigenes hat er an sich genommen. Ich weiß nicht, wo er sie verwahrt. Vielleicht hat er sie zu einem Notar oder zu einem Anwalt gebracht. Aber ich denke, wenn es so wäre, hätte derjenige sich nach Jamies Tod und dem damit verbundenen Presserummel in jedem Fall gemeldet. Unseren Hausnotar habe ich kontaktiert. Er weiß von keinem Testament. Ihr erwähntet einen Schlüssel, den ihr gefunden habt. Mir erscheint es logisch, dass er zu einem Schließfach gehören muss. Und dort werdet Ihr alle Unterlagen finden, nehme ich an."

Isabell blieb vor dem Kamin stehen und straffte die Schultern, machte sich gerade, obwohl ihr überhaupt nicht danach zumute war. „Und die Diamanten? Was ist mit den Diamanten?"

„Ich habe sie James ausgehändigt, als er volljährig wurde. Sie sind Bestandteil des Erbes, Isabell. Die Diamanten sind Teil einer Rücklage, die an Valentine Rock gebunden ist. Die Edelsteine, ein großes Aktienpaket und diverse Fonds sichern den Fortbestand des Valentine-Erbes. Die Diamanten, die Jamie dir hinterlassen hat, sind die letzten aus der Mine in Indien. Die Steine sind reinweiß und haben die beste Qualität, die Diamanten überhaupt haben können. Die beiden Säckchen sind ein Vermögen wert."

Kjell beobachtete, wie Isabell zurück zu ihrem Sessel ging und sich auf die dicken Polster fallen ließ. Ihr Gesicht war fast noch bleicher als das ihrer Schwiegermutter, es war ihr anzusehen, wie aufgewühlt sie war. Auch in seinem Kopf spielte sich das reinste Durcheinander ab, aber darüber würde er später nachdenken. Erst einmal war es wichtig, dass es Isabell besser ging. „Amanda, inwieweit wissen Ihr Mann und Bradley über die Besitzverhältnisse Bescheid?"

„Um diese Frage zu beantworten, muss ich noch etwas Wichtiges erwähnen. Es gibt einen Passus im Testament vom alten Jerome, und der besagt, dass die normale Erbfolge eintritt, falls einer der Haupterben vor seinem Tod keinen Nachfolger bestimmt hat oder bestimmen konnte. Jerome wollte offenbar sicherstellen, dass das Land der Familie erhalten bleibt." Sie lächelte. „Mein Mann und Bradley haben Kenntnis von Jeromes Testament, allerdings gehen sie davon aus, dass Valentine Rock mir gehört und dass nach meinem Ableben die übliche Erbfolge in Kraft tritt. Jamie und ich haben niemals öffentlich gemacht, wer der eigentliche Besitzer des Gutes ist, auch innerhalb der Familie nicht. Außerdem ist, wie schon erwähnt, nach Jamies plötzlichem Tod kein Testament aufgetaucht. Für William und Brad sieht es demnach so aus, als hätte Isabell auf üblichem Wege das Erbe ihres Ehemannes angetreten, aber sie haben keine Ahnung, was das letztlich bedeutet."

„Dieser Passus besagt also, Isabell erbt das Gut in jedem Fall, mit und ohne James' Testament, richtig?"

„Ja, Kjell, so ist es. Dass Jamie der Haupterbe von Valentine Rock und somit Alleinbesitzer gewesen ist, ist aktenkundig und nachweisbar. Selbst wenn sein Testament niemals auftaucht, tritt die normale Erbfolge ein. Und da Isabell Jamies Witwe ist, hat sie auch das Land geerbt. Gemeinsame Kinder gibt es nicht. Sobald sie offiziell das Erbe antritt, muss sie lediglich einen Pflichtteil an Bradley und mich auszahlen, damit sind all ihre Pflichten erfüllt.

William geht leer aus, denn er ist ja nicht mit James verwandt. Mein arroganter Ehemann ist davon überzeugt, dass nach meinem Tode der Besitz allein ihm zufallen wird. Er selbst ist bei guter Gesundheit und er weiß, dass ich bisher kein Testament verfasst habe."

„Mir schwirrt der Kopf", murmelte Isabell.

„Das ist nur verständlich, Darling", sagte Amanda. Sie ergriff Isabells Hand. „Ihr müsst unbedingt dieses Schließfach finden. Ich glaube, erst dann können wir alle Zusammenhänge verstehen, mein Kind. Mir ist immer noch nicht klar, was Jamie in seinen letzten Monaten umgetrieben hat."

„Wann genau kommen Ihr Mann und Ihr Sohn aus den Staaten zurück?", fragte Kjell.

„Übermorgen. Allerdings werden sie erst am späten Abend hier eintreffen."

„Haben Sie irgendwelche Informationen, die uns weiterhelfen könnten? Hat Jamie Ihnen vielleicht sogar einen Hinweis gegeben, wo sich dieses Schließfach befinden könnte?"

Amanda schüttelte den Kopf. „Nein, mein Lieber. Wenn ich etwas wüsste, würde ich es Ihnen sagen, dessen können Sie sicher sein." Sie seufzte leise. „Wissen Sie, was meinen zweiten Mann und unsere Ehe angeht, gebe ich mich keinen Illusionen hin. Wir leben bereits seit Jahren nebeneinanderher. Er hat mich viel zu oft getäuscht und mich viele Male betrogen. Auf diese Weise hat er unserer Liebe schon frühzeitig den Todesstoß versetzt. Allein meiner Krankheit ist es geschuldet, dass ich noch immer mit diesem Mistkerl verheiratet bin. Doch nun beginne ich, Kraft zu sammeln. Ich fühle mich von Tag zu Tag ein klein wenig besser. Es geht langsam, aber es geht voran. Ich spüre wieder Leben in mir, und es wird Zeit, die Dinge zu ändern, die noch zu ändern sind, bevor ich diese Welt verlasse."

Kjell lächelte. „Haben Sie einen zuverlässigen Arzt, der Ihnen da durchhilft?"

„Ach, wissen Sie, ich wollte vermeiden, dass es sich herumspricht, dass ‚die alte Valentine' jahrelang an der Flasche hing. Valentine Rock ist wie ein eigener kleiner Kontinent. Hier lebt man abgeschieden, zumindest, wenn man so wie ich das Haus kaum verlässt. Ich habe immer darauf geachtet, den äußeren Schein zu wahren. Doch um ihre Frage zu beantworten, natürlich habe ich einen Hausarzt. Unser alter Dr. Melville tut allerdings nicht viel mehr, als mir die nötigen Rezepte für meine Schlaf- und Aufputschmittel auszustellen, die er mir in regelmäßigen Abständen zuschickt."

Kjell spürte kalte Wut in sich aufsteigen. „Das ist ziemlich verantwortungslos von dem Kollegen."

„Das können Sie besser beurteilen als ich. Melville wird jedenfalls sehr gut für seine Dienste bezahlt, das dürfen Sie mir glauben."

„Aber ich dachte, du würdest dich in regelmäßigen Abständen untersuchen lassen, Amanda?", warf Isabell ein.

„Na ja, man erhält sich seine Legenden. Das erspart einem die besorgten Fragen der Verwandtschaft."

Amandas Lächeln wirkte müde. Man sah ihr an, wie unangenehm ihr dieses Thema war. Kjell ergriff noch einmal das Wort: „Wenn Sie es mir gestatten, würde ich Sie in den nächsten Tagen gerne untersuchen, Amanda. Vielleicht kann ich Ihnen helfen, ein wenig schneller zu Kräften zu kommen. Und ich möchte mir auch die Medikamente ansehen, die sie derzeit nehmen. Was halten Sie davon?"

Die ältere Dame dachte einen Moment über diese Möglichkeit nach, dann nickte sie. „Einverstanden, Kjell. Ich weiß nicht genau, warum, aber ich hatte vom ersten Augenblick an Vertrauen zu Ihnen."

„Das freut mich sehr. Ich würde vorschlagen, dass wir uns alle erst einmal gründlich ausschlafen, bevor wir den nächsten Punkt angehen." Er erhob sich und ergriff automatisch die Hand der älteren Dame, die sie ihm vertrauensvoll entgegenstreckte, damit er ihr aufhalf. „Dieser Abend war anstrengend für Sie, Amanda. Gönnen Sie sich Ruhe. Wir reden morgen weiter." Sein Blick ging zu Isabell, sie war ebenfalls aufgestanden. Noch immer erschien sie ihm etwas zu blass. „Und Isabell kann auch ein bisschen Erholung gebrauchen nach den aufwühlenden Neuigkeiten."

Kurz darauf verabschiedeten sie sich von Amanda und gingen in der Dunkelheit zurück zu Isabells Haus, er hielt dabei ihre Hand. Kaum hatte sich die Haustür hinter ihnen geschlossen, warf Isabell sich in seine Arme.

„Halt mich fest, Kjell, so fest du kannst!"

„Wenn ich das tue, zerdrücke ich dich", sagte er und lachte leise, um sie aufzumuntern. Dieser Abend hatte ihr Leben verändert, doch er war sich noch nicht sicher, ob ihr das schon in voller Tragweite bewusst war. Zärtlich hielt er sie umfangen und legte seine Wange leicht auf ihren Scheitel. Es tat gut, sie zu halten, ihren süßen Duft einzuatmen, sein Blut schien sich sofort zu erhitzen. „Ich bin bei dir", murmelte er, weil ihm sonst nichts einfiel.

„Ja, und ich bin so froh darüber, dass du jetzt hier bist."

„Wenn ich mich nicht irre, hast du das schon das eine oder andere Mal erwähnt."

„Ach, ich glaube, das kann ich dir gar nicht häufig genug sagen." Sie sah zu ihm auf. „Amanda hat recht, wir müssen dieses geheime Schließfach finden."

„Das müssen wir, aber wie ich bereits sagte, sollten wir weitere Überlegungen auf morgen verlegen, einverstanden? Auch du brauchst nach diesem Abend erst einmal Ruhe und Schlaf."

„Schlaf?"

Ihr zauberhafter Mund verzog sich zu einem angedeuteten Lächeln.

„Ehrlich gesagt, Doc, ist mir überhaupt nicht nach Schlaf zumute."

Sie stellte sich auf die Zehenspitzen und streifte sein Kinn und seine Kehle mit ihren weichen Lippen, während sie ihren Körper an seinen drückte. Natürlich wurde er sofort hart, doch seit er erkannt hatte, wie tief seine Gefühle für sie waren, tobte neben dem heißen Begehren auch Panik in ihm, sodass er davor zurückschreckte, mit ihr zu schlafen.

Panik? Nein, dachte er. Panik war nicht das richtige Wort. Eher fühlte er sich innerlich erstarrt, sobald er nur daran dachte, mit ihr ins Bett zu gehen. Es war die Gewissheit, dass er sich beim nächsten Mal vollkommen in ihr verlieren würde.

Dabei wollte er es … oh Gott, und wie sehr es ihn nach ihr verlangte!

Isabell küsste ihn mehrmals auf den Hals, und er hörte sich selbst leise aufstöhnen. Bedächtig legte er die Hände um ihre Schultern und schob sie ein Stück von sich. „Bella …“ Er hatte keine Ahnung, was er ihr eigentlich sagen wollte, doch irgendwie schaffte er es, den letzten Rest seiner Selbstbeherrschung zu mobilisieren, und wich einen Schritt zurück.

Ihre Augen wurden groß, ihre Miene verriet ihre Ratlosigkeit.

„Was zum Teufel ist nur mit dir passiert, Kjell?“ Sie ließ ein leises Schnaufen hören und schüttelte den blonden Lockenkopf. „Du bist schon die ganze Zeit so eigenartig. Noch vor ein paar Tagen konntest du es kaum erwarten, endlich wieder mit mir alleine zu sein, und kaum sind wir es, da …“

„Ich weiß … ja, ich weiß, das muss dir komisch vorkommen.“

Sie lachte kurz und bitter auf. „Komisch finde ich das nun gerade nicht, eher seltsam.“

Ihr Blick war eindringlich und verständnislos, doch er sah auch Verlangen darin, das rührte ihn. Abermals schaffte sie es, diese sonderbare Art von Rührung in ihm zu wecken. „Ich muss mir im Augenblick über einiges klar werden.“

Ihre Miene veränderte sich, und in ihren Augen flackerte Traurigkeit auf, womöglich hatte er sie aber auch verletzt. Beides konnte er kaum ertragen.

„Du könntest mir einfach ehrlich sagen, dass du mich nicht mehr willst“, setzte sie nach. „Himmeldonnerwetter noch mal, das hätten wir klären können, bevor wir abgeflogen sind. Dann hätte ich Bescheid gewusst und …“

„Das ist es nicht, Bella. Das musst du mir glauben! Ich … will dich, sehr sogar.“ Er holte geräuschvoll Luft. „So sehr!“

Sie starrte ihn an und atmete seufzend aus. „Julia war vor ein paar Tagen bei dir, nicht wahr?“

Kjell drückte das Rückgrat durch. „Ja, und?“

„Dann hat dein merkwürdiges Verhalten also mit ihr zu tun, ja?“

„Nein, das hat es nicht, gottverdammt!“

„Nein?“

„Nein! Und ich bin es leid, das immer wieder betonen zu müssen.“

Einen Augenblick standen sie sich gegenüber und sahen sich an. Auf Isabells Gesicht zeigten sich die unterschiedlichsten Gefühle. Während er sein Sakko auszog und es über eine Sessellehne warf, registrierte er, dass sie an Ort und Stelle stehen blieb und die Hände mit einer ausladenden Bewegung in die Hüften stemmte. Zusammen mit ihrem Gesichtsausdruck wirkte diese Geste wie eine Mischung aus unterdrückter Wut und wilder Entschlossenheit.

Sie sieht einfach umwerfend sexy aus, in diesem verflucht engen Kleid, dachte er. Kurz schloss er die Augen und massierte sich die Schläfen, um einige Male tief durchzuatmen, dann wandte er sich von ihr ab.

„Kjell, warte.“

Ohne sich umzudrehen, schüttelte er leicht den Kopf und machte sich auf den Weg zum Gästezimmer. Er wusste, sollte er sie ansehen, würde er einknicken. Allerdings hatte er nicht mit Isabells Entschlossenheit gerechnet.

„Wenn du jetzt da reingehst, werde ich zu dir kommen“, sagte sie leise und verlieh ihrer Stimme einen sinnlichen Klang. „Ach ja, hab ich schon erwähnt, dass ich heute Abend nicht wirklich satt geworden bin? Mein Hunger ist noch lange nicht gestillt.“

Bei dieser Bemerkung hielt er mitten in der Bewegung inne, denn die erotischen Bilder, die sie damit sofort vor seinem inneren Auge aufleben ließ, brachten sein Blut augenblicklich zum Sieden. Das Keuchen, das er ausstieß, drückte sein leidenschaftliches Verlangen ebenso aus wie sein Erstaunen über ihre Courage. „Himmel, Bella!“

Als er sich schließlich doch zu ihr umdrehte, stand sie direkt vor ihm.

„Du willst mich also noch immer?“

Alles, was er fertigbrachte, war ein Nicken.

„Das ist gut."

Ihre rechte Hand legte sich an seinen Gürtel, dann folgte die linke. Langsam schob sie das Ende des Ledergurtes durch die Schnalle und sah ihm in die Augen. Während sie das tat, berührte sie ihn. Absichtlich wahrscheinlich, wie er annahm, doch das war ihm egal, denn es machte ihn rasend vor Verlangen. Er hörte sich erneut aufstöhnen, als sie vor ihm in die Knie ging, aber er bewegte sich noch immer nicht, fühlte sich wie gelähmt.

Ihre Bewegungen blieben gezielt und bedächtig, so als würde sie eine alltägliche Tätigkeit ausführen. Nur zögernd senkte er den Blick und was er sah, raubte ihm beinahe den Verstand. Isabell öffnete den Reißverschluss seiner Hose, befreite ihn. Mit der Zunge strich sie über seine Erektion und sah unter halb geschlossenen Lidern zu ihm auf. Als sich ihre Lippen um ihn schlossen, wäre er fast selbst in die Knie gegangen. Sein Stöhnen wurde lauter; er konnte es nicht mehr unterdrücken. Sie leckte ihn, massierte ihn mit ihren Lippen und er beobachtete sie dabei. Als er spürte, dass er jeden Moment kommen könnte, entzog er sich ihr und ging tatsächlich in die Knie. „Biest, du süßes, süßes Biest!", raunte er ihr zu, packte sie und drückte sie auf den Boden. Mit fieberhaften Bewegungen schob er ihr das Kleid hoch und zog ihr das feuchte Höschen herunter. Sie half ihm dabei, indem sie den Po anhob. Der Laut, der ihr entwich, als er sie berührte, klang wie ein Wimmern, dann seufzte sie vor Wonne auf, als er in sie eindrang.

„Ja! Oh ja!" Ihr Stöhnen glich einem Schrei.

Kjell war kaum noch in der Lage, sich zu zügeln, dennoch erfasste er, dass sie auf dem harten Boden lagen. Er legte seine Arme um sie und drehte sich zusammen mit ihr um, sodass nun sie oben war. Sofort setzte sie sich auf und begann ihn zu reiten.

Wild. Leidenschaftlich. Wollüstig. Er hatte tatsächlich sein Paradies gefunden.

Als sie wenig später schwer atmend und befriedigt auf ihm lag, ertappte er sich bei dem heißen Wunsch, dass sich dieses Paradies zu guter Letzt nicht doch noch in seine ganz persönliche Hölle verwandeln möge.

Neben Kjell aufzuwachen, erschien Isabell vertrauter, als der Blick in ihr eigenes Schlafzimmer. Dieser Raum war ihr seltsam fremd geworden, fast so belanglos, wie es ein x-beliebiges Hotelzimmer gewesen wäre.

Seine Wärme an ihrem Rücken fühlte sich dagegen wohltuend behaglich an. Noch einmal schloss sie für kurze Zeit die Augen, um diesen Moment ein wenig länger auszukosten. Ihr Liebesspiel hatte Spuren hinterlassen, doch sogar die körperliche Erschöpfung, die sie verspürte, empfand sie als himmlisch. Nach ihrer kühnen Verführung im Wohnzimmer hatte Kjell sie ins Bett getragen. Im Laufe der Nacht hatten sie sich noch zwei weitere Male geliebt, und er hatte ihr einmal mehr gezeigt, wie sehr er es genoss, ihren Körper zu verwöhnen. Sie konnte sich nicht vorstellen, dass es eine einzige Stelle an ihr gab, die er nicht berührt und geküsst hatte.

Vorsichtig drehte sie sich in Kjells Armen um, bis ihr Gesicht an seiner Brust lag. Genüsslich sog sie seinen typischen Duft ein, eine sinnliche Mischung aus Mann, Seife und dem dezenten Rasierwasser, das er bevorzugte. Sie mochte seinen Geruch, sie mochte ihn sogar sehr.

„Du schnüffelst an mir“, murmelte Kjell verschlafen. „Keine Bange, ich stehe schon fast unter der Dusche.“

„Untersteh dich“, antwortete sie kichernd. „Ich mag es, wie du morgens riechst.“

„Ah, es tut gut, das zu hören.“ Sein Arm legte sich fester um ihre Mitte. „Dito.“

„Mein Magen knurrt“, ließ sie ihn wissen. „Ich habe Hunger.“

„Herrgott noch mal, dieser harmlose Satz aus deinem Mund, wird mich immer auf Touren bringen, Bella.“ An ihrer Wange spürte sie die Vibration eines kollernden Lachens, das sich tief aus seiner Brust zu lösen schien.

Wieder musste sie kichern. „Tut mir leid, aber dieses Mal lechze ich nach echter Nahrung.“

„Warte, lass mich das kurz verarbeiten.“

Offenbar war er bester Laune.

„Was hältst du von Eiern, Toast und original schottischer Orangenmarmelade?“

„Klingt großartig. Wie ist die Arbeitsaufteilung?“

„Du kümmerst dich um die Eier, ich decke den Tisch und koche Kaffee, okay?“

„Einverstanden. Kann ich dich vorher noch zu einer gemeinsamen Dusche überreden?“

„Du weißt genau, wie das endet.“

„Deshalb frage ich ja, Bella.“

Sein breites Grinsen raubte ihr den Atem.

Er tippte ihr auf die Nase und sagte: „Interessant, du sprichst.“

„Hä?“

„Mir fällt nur einmal mehr auf, dass du nach einer wilden Nacht gar nicht morgenmuffelig daherkommst.“ Feixend schob er sie von sich und sprang aus dem Bett.

„Na warte!“, rief sie lachend, kroch ebenfalls unter der Bettdecke hervor und folgte ihm ins Badezimmer.

Nach dem Frühstück machten sie sich zu einem kleinen Rundgang auf. Wie versprochen, wollte Isabell Kjell die Stallungen zeigen und das Haus, in dem sie aufgewachsen war. Langsam schlenderten sie durch den Mittelgang eines der langen Gebäude, in denen die Pferde untergebracht waren.

„Die Stallungen auf dem Gutshof in Lunau sehen genauso aus“, bemerkte Kjell lächelnd.

„Tatsächlich? Ich bin noch nie dort gewesen. Vielleicht sollte ich mir das mal anschauen. Der alte Baron hat sicher nichts dagegen, oder? Bisher bin ich ihm kaum begegnet. Einmal hat er bei deiner Mutter ein Buch bestellt, da wirkte er äußerst charmant.“

„Ja, er ist ein netter Kerl. Ich könnte was arrangieren, wenn wir wieder zu Hause sind. Helge von Hoven ist der Großvater meines Schulfreunds Philip.“

„Ach ja, das war doch einer der drei Musketiere von Lunau.“ Isabell setzte ein Grinsen auf.

„Stimmt. Magst du Pferde?“

„Hm, ich bin mit ihnen aufgewachsen, in meiner Kindheit spielten sie eine ziemlich große Rolle. Für meinen Vater bedeuten diese Tiere die Welt, aber komischerweise konnte er mich nicht wirklich mit seiner Leidenschaft anstecken. Ich war niemals so verrückt nach Pferden wie viele junge Mädchen. Vielleicht liegt es daran, dass ich sie immer irgendwie um mich hatte. Bei Jamie und Ian war das anders, sie waren schon von klein auf ebenso pferdeverrückt wie mein Vater."

„Du hast Ian bisher nie erwähnt", sagte Kjell. „Gestern Abend bei deiner Schwiegermutter hast du zum ersten Mal von ihm gesprochen. Gehört er zur Familie?"

Isabell musste schlucken, bevor sie antwortete. Das Thema Ian Landry war ihr ein bisschen unangenehm, doch das konnte Kjell nicht wissen. „Ja, Ian gehört zu meiner Familie. Er ist mein Cousin, der Sohn einer verstorbenen Tante. Sie war eine Halbschwester meines Vaters. Als Ians Eltern starben, war er noch ein kleiner Junge und kam zu uns. Es war nicht immer einfach mit ihm, aber meine Eltern lieben ihn sehr."

„Und du? Magst du ihn auch?"

„Natürlich mag ich ihn. Als er zu uns kam, war ich gerade fünf Jahre alt geworden, und er war mir bald so vertraut wie Jamie."

„Ihr seid also wie Geschwister aufgewachsen?"

„So könnte man das sagen, ja." Sie traten aus der Stallung hinaus ins helle Sonnenlicht und sie musste blinzeln. „Siehst du dort, das ist das Haus, in dem meine Eltern, Ian und ich gewohnt haben."

Sie folgten dem Weg und gingen auf ein weiteres Cottage zu, das allerdings deutlich kleiner war, als das Gebäude, in dem Isabell inzwischen wohnte. Das Haus wirkte einladend, ja fast schon heimelig auf Kjell. Der winzige Vorgarten wurde offenbar liebevoll gepflegt und erinnerte ihn an manche Bauerngärten in der Heide. Blühende Hortensien und alte Rosenbüsche nahmen den meisten Platz ein.

Als sie näher kamen, ging die Haustür auf und ein breitschultriger, dunkelhaariger Mann kam heraus. Er stutzte kurz, dann wurde sein leicht kantiges Gesicht von einem breiten Lächeln erhellt.

„Isi!"

Der Mann stellte den Eimer ab, den er in der rechten Hand getragen hatte, und kam mit großen Schritten auf sie zu. Er nahm Isabell in die Arme, hob sie hoch und wirbelte sie ein paar Mal herum. „Isi, meine Güte, gut, dass du endlich zu Hause bist!“, rief er dabei aus und küsste sie auf beide Wangen.

„Ian, ich freue mich auch, dich zu sehen“, erwiderte sie lachend.

Erst nachdem der Mann Isabell wieder auf die Füße gestellt hatte, richtete sich sein Blick auf Kjell.

„Entschuldigen Sie, aber die Freude, unsere Kleine hier wiederzusehen, hat mich meine Kinderstube vergessen lassen.“ Höflich reichte er ihm die Hand. „Ian Landry, freut mich, Sie kennenzulernen.“

„Kjell Loewenthal.“

Es dauerte nur ein paar Sekunden, bis Kjell das heftige Gefühl von Eifersucht registrierte, das in ihm hochkochte. Da er jedoch seine Reaktion als überzogen und albern einstufte, versuchte er dagegen anzugehen. Er räusperte sich und nickte Ian Landry freundlich zu.

„Ich habe natürlich schon gehört, dass du wieder im Lande bist“, wandte Ian sich an Isabell. „Spätestens heute Nachmittag wäre ich bei dir aufgetaucht, um dich zu begrüßen. Ich wollte dich erst mal in Ruhe ankommen lassen. Hattet ihr eine gute Reise?“

Isabell nickte. „Ja, danke. Wie geht es dir, Ian? Alles in Ordnung?“

„Alles bestens. Seit Inge und Jeff in Irland sind, habe ich den Job deines Vaters, das gefällt mir ganz gut. Unsere Chefin lässt sich nicht lumpen.“ Er grinste, wurde aber gleich wieder ernst. „Ich hoffe, du hast dich jetzt genug herumgetrieben. Hier ist dein Zuhause, Isi.“

Kjell musste sich erneut räuspern, sein Blick heftete sich auf Isabells Gesicht. Am liebsten hätte er ihr in diesem Moment einen Arm um die Schultern gelegt und sie an sich gezogen, doch er wollte sie nicht in Verlegenheit bringen, deshalb unterdrückte er den Impuls.

„In ein paar Tagen fliegen Kjell und ich zurück nach Deutschland, Ian. Ich denke, ich werde vorerst dortbleiben."

„Aha. Nun ja, du musst ja wissen, was du tust."

Offensichtlich passte es Ian Landry überhaupt nicht, dass Isabell wieder abreisen wollte.

„Ich … bin noch nicht so weit", schob sie nach. Einen Augenaufschlag lang blieb es still, dann sah sich Isabell um. „Es sieht hier noch genauso aus wie bei Mama. Es ist schön, dass du dich um den Garten kümmerst."

„Stell dir vor, ich habe sogar Spaß daran. Du weißt ja, ich bin nicht der Typ, der sich jedes Wochenende in das Nachtleben unserer Küstenstädte stürzt. Ich mag die Ruhe hier."

„Ja, ich weiß, da bist du ganz wie Papa."

Isabell lächelte, aber Kjell bemerkte, dass sie nicht entspannt war, seit sie auf ihren Cousin getroffen waren.

„Na dann, du hast sicher zu tun", sagte sie. „Wir müssen auch weiter. Ich wollte Kjell nur ein bisschen herumführen. Wir sehen uns noch, bevor ich wieder abreise."

„Ja sicher." Ian sah kurz ihn an, dann richtete er seine Aufmerksamkeit auf seine Cousine. „Du bist also nicht mehr allein. Es freut mich, dass es dir offenbar besser geht."

Wieder sah er ihn an, und dieses Mal wirkte der Blick aus den dunklen Augen weniger freundlich.

„Kjell ist ein Freund. Ein … sehr guter Freund."

Es war ihr jetzt deutlich anzumerken, dass sie sich unbehaglich fühlte.

„Sie entschuldigen uns", sagte Kjell. Er konnte nicht mehr widerstehen und legte nun doch einen Arm um Isabells Schultern. Zu seiner Erleichterung ließ sie es zu, drehte sich um und schlug den Weg zurück zu ihrem Cottage ein.

„Wie wäre es mit Lunch in St. Ives?", fragte er, um sie ein wenig abzulenken. Natürlich würde er sie genauer über Ian Landry ausfragen, aber das hatte Zeit.

„Das ist eine gute Idee. Ich rufe noch schnell Amanda an, damit sie Bescheid weiß, dass wir erst nach dem Abendessen bei ihr eintreffen werden."

Zusammen verbrachten sie einen wunderbaren Tag am Meer.

Zunächst nahmen sie tatsächlich einen Imbiss in St. Ives ein. Sie aßen frische Krabben in einem kleinen Restaurant direkt am Harbour Beach und tranken einen perligen Weißwein dazu. Danach schlenderten sie durch die schmalen Gassen, durchstöberten ein paar der typischen Galerien und Kunstgeschäfte des Städtchens und beobachteten später bei einem Kaffee das bunte Treiben an der Strandpromenade. Der Tag war ideal für so einen Ausflug. Die Sonne schien und brachte das Meer zum Glitzern. Die sommerlichen Temperaturen waren angenehm warm, ohne dass es zu heiß wurde. Isabell wirkte gelöst und glücklich wie schon lange nicht mehr. Sie genoss es, ihm die Sehenswürdigkeiten des idyllischen Küstenortes zu zeigen.

Kjell war beeindruckt von der mediterranen Atmosphäre und der Freundlichkeit und Offenheit der Menschen, dennoch lag für ihn der Reiz dieses herrlichen Tages vor allem darin, dass er ihn mit Isabell verbrachte.

Kurz bevor sie wieder in ihren Mietwagen stiegen, versorgten sie sich noch mit Fisch direkt aus dem Rauch und mit frischem Baguette für ihr Abendessen, dann fuhren sie zurück nach Valentine Rock.

„Möchtest du mir vielleicht erzählen, warum du heute Vormittag so nervös und unsicher warst, als wir deinen Cousin trafen?", fragte Kjell, während sie zusammen den Tisch deckten.

Vor einer halben Stunde waren sie in ihrem Cottage angekommen. Sie hatten sich kurz frisch gemacht und wollten nun noch einen Happen essen, bevor sie wie angekündigt hinüber zu Amanda ins Gutshaus gehen würden, um mit ihrer Schwiegermutter den Abend zu verbringen.

Isabell hielt in ihrer Bewegung inne, sah ihn an und ließ sich auf einem der Stühle nieder. Einen Augenblick überlegte sie, ob sie überhaupt darüber sprechen wollte, doch dann beschloss sie, dass es im Grunde nichts mehr ausmachte, es Kjell zu erzählen. „Ian war Jamies bester Freund. Die beiden waren in einem Alter, musst du wissen. Als Ian damals zu uns kam, haben sie sich auf

Anhieb gut verstanden. Ian hat ebenfalls sehr unter dem Verlust gelitten. Nach dem Unfall versuchte er mir beizustehen, mich in allem zu unterstützen und zusammen mit mir zu trauern, aber dann …“ Verzweifelt suchte sie nach den richtigen Worten.

„Er verliebte sich in dich“, half Kjell ihr aus.

„Ja, er verliebte sich, ich allerdings nicht. Das war eine … furchtbare Situation für uns beide.“

„Hattest du … eine Affäre mit ihm?“

„Nein!“ Isabell erhob sich und ging zu ihm, es war ihr wichtig, dass Kjell ihr glaubte. Sie sah zu ihm auf und legte ihm die Hände auf die Brust. „Ich habe Ian niemals mit den Augen einer begehrenden Frau angesehen. Ich weiß, er sieht sehr gut aus, aber für mich war er nie etwas anderes als ein großer Bruder, mehr nicht. Deshalb fällt es mir auch so schwer, wieder völlig normal mit ihm umzugehen. Weißt du, seit mein Vater ihn zu uns gebracht hat, war Ian immer für mich da. Er hat mich beschützt, als ich klein war, und stand mir zur Seite, als mein Ehemann starb. Einige Monate danach gestand er mir schließlich, dass er schon länger in mich verliebt war, schon während meiner Ehe mit Jamie. Für mich war das wie eine Art … Vertrauensbruch, falls du weißt, was ich meine. Jedenfalls machte ich ihm klar, dass aus ihm und mir niemals etwas werden kann.“

„Ich verstehe.“ Kjell strich ihr eine Locke aus der Stirn. „Ist er inzwischen drüber hinweg?“

„Keine Ahnung. Ich habe nie wieder mit ihm darüber gesprochen. Allerdings benimmt er sich mir gegenüber stets korrekt. Ian ist kein Draufgänger, das war er noch nie. Er ist eher der stille und zurückhaltende Typ. Er kennt mich und weiß, dass ich ihm nichts vormachen würde.“

Über Kjells Gesicht huschte ein leichtes Lächeln.

„Lass uns endlich unseren Fisch essen, Bella. Amanda wartet sicher schon.“

KAPITEL 10

Am nächsten Morgen wurde Kjell schon früh wach. Die Dämmerung hatte gerade eingesetzt. Er lag neben Isabell, lauschte auf ihre Atemzüge, beobachtete sie im Schlaf und dachte nach.

Bisher hatten sie noch nicht über ihr gewaltiges Erbe gesprochen. Auch am Abend zuvor, als sie in Amandas kleinem Salon gesessen und geplaudert hatten, war das Thema wie in stiller Übereinkunft höchstens am Rande zur Sprache gekommen. Vielmehr hatten sie Amanda von ihren Söhnen erzählen lassen, aber viel Neues war dabei nicht herausgekommen.

Alles in allem deckten sich Amandas Berichte mit denen ihrer Schwiegertochter. Dennoch hatte er allmählich eine ziemlich gute Vorstellung von James Valentine und Bradley Tremayne. Was ihn erstaunte, war, dass noch nicht einmal Amanda sich irgendwelche Illusionen über ihren jüngeren Sohn machte. Sie hatte in ihrer Beschreibung seines Charakters kein Blatt vor den Mund genommen und bedauerte zutiefst, dass Bradley, je älter er wurde, umso mehr seinem Vater nacheiferte.

William und Bradley sollten heute zurückkommen, er würde sie aber erst am nächsten Morgen persönlich kennenlernen, da Amanda die Tremayne-Männer am späten Abend erwartete. Sie hatte ein gemeinsames Frühstück vorgeschlagen. Er war gespannt, welchen Eindruck die beiden auf ihn machen würden, doch bis dahin musste er sich noch einen ganzen Tag gedulden.

Um Isabell nicht zu wecken, löste er sich behutsam von ihr und stand leise auf. Er duschte ausgiebig, so wie er es dann und wann gerne tat, wenn er genug Zeit hatte, und bereitete anschließend das Frühstück vor. In der vergangenen Nacht hatten sie sich nicht geliebt. Als sie von Amanda zurückgekommen waren, war es sehr spät gewesen, sodass sie sich gleich bettfertig gemacht hatten. Nach all der Aufregung der letzten beiden Tage waren sie müde gewesen. Sie hatten beschlossen, im Wohnzimmer noch ein Glas Wein zu trinken. In seinen Arm gekuschelt war Isabell jedoch bereits eingeschlafen, kaum dass sie den ersten Schluck genommen hatte. Sie war nicht mal aufgewacht, als er sie ins Bett getragen hatte.

Als sie nun zu ihm in die Küche kam, schenkte er ihr einen Becher Kaffee ein, goss die richtige Portion Milch dazu und hielt ihn ihr unter die Nase. „Guten Morgen."

„Mhm", war alles, was sie herausbrachte, während sie nach dem Kaffeebecher griff und ihn mit beiden Händen umfasste, um sofort am braunen Wachmacher zu nippen.

Sie trug noch ihr Schlafshirt und darüber einen offenen Morgenmantel aus dünner Baumwolle. Er mochte es, sie so verschlafen zu sehen. „Setz dich, Bella, Frühstück ist fertig." Seinen eigenen Becher in der Hand haltend beobachtete er amüsiert, wie sie nach und nach richtig wach wurde. Zuerst öffneten sich vollständig ihre Lider, dann blickte sie ihn aus diesen kristallklaren Augen an, als ob sie ihn zum ersten Mal sähe. Er liebte diesen Moment.

„Danke", sagte sie und lächelte. „Mit dir kann man es aushalten, weißt du?"

In seinem Magen begann es zu kribbeln und er fühlte, wie sich ein Grinsen auf seinem Gesicht breitmachte.

„Was stellen wir heute an", fragte Isabell, nachdem sie gefrühstückt hatten, und auch sie geduscht und für den Tag angezogen war. „Willst du Steinkreise und andere prähistorische Sehenswürdigkeiten erkunden oder lieber einen Tag am Wasser verbringen? Du magst doch das Meer, wenn ich mich richtig erinnere. Es gibt herrliche Strände in der Nähe."

„Wir sollten endlich mit dem anfangen, wofür wir eigentlich hier sind", erwiderte er. „Cornwall ist bestimmt wundervoll und sehr interessant, aber der Grund unserer Reise liegt woanders, nicht wahr?"

Sie konnte nicht verhindern, dass sich ein tiefes Seufzen aus ihrer Kehle löste. Zu gerne hätte sie all das noch ein wenig länger verdrängt. Auf der anderen Seite wusste sie natürlich, dass es nichts brachte, diese unangenehmen Dinge weiter vor sich herzuschieben. „Du hast recht. Aber wo fangen wir nur an, Kjell? Was schlägst du vor?"

„Zunächst einmal solltest du den Gedanken an dein Erbe zulassen." Er sah sie ernst an. „Du hast ein riesiges Vermögen und dieses Landgut geerbt, Bella. Diese Tatsache wird dein Leben gründlich verändern."

Ein Schatten schien sich über sein Gesicht zu legen, und sie fragte sich, ob sie ihm fehlen würde, sobald sie Lunau verließ, und ob er deshalb plötzlich so grimmig dreinschaute.

„Du solltest überlegen, ob du überhaupt wieder mit mir zurückfliegen kannst", fuhr er fort. „Schließlich bringt dieses Erbe auch Verpflichtungen mit sich, denen du dich stellen musst."

Nach einem tiefen Atemzug sah sie ihm direkt in die Augen. „Weißt du, Doc, ich möchte einfach noch eine Weile bei euch in Lunau bleiben. Solange die Dinge zwischen mir und den Tremaynes nicht geklärt sind, werde ich Amanda bitten, mein Erbe noch nicht offiziell zu machen. Du hast dich doch heute Nachmittag mit ihr verabredet, weil du sie untersuchen willst, richtig? Ich werde mitkommen und ihr meine vorläufige Entscheidung mitteilen. Jamie hat seiner Mutter vertraut, warum sollte ich es also nicht tun?"

„Das heißt nicht mehr, als dass du kneifst, Liebes."

„Nein, das heißt nur, dass ich ein bisschen Zeit brauche, alles zu verarbeiten und mich an den Gedanken zu gewöhnen. Ich denke, Amanda wird das verstehen."

Kjell erhob sich und ging hinüber zum Kühlschrank, um eine Flasche Wasser herauszunehmen. Zusammen mit zwei Gläsern stellte er sie auf den Tisch. Isabell fand es angenehm, dass er sich schon nach dieser kurzen Zeit mit einer gewissen Selbstverständlichkeit in ihrem Haus bewegte. Am ersten Tag war es ihr vorgekommen, als würde er sich darin nicht recht wohlfühlen.

„Ich habe bisher kein Foto von James gesehen", sagte er jetzt zu ihrer Überraschung. „Mir ist aufgefallen, dass nirgends ein Bild von ihm steht oder hängt, nicht mal bei Amanda."

Sie nickte. „Amanda hatte noch nie welche herumstehen. Wahrscheinlich hat sie einige Bilder in ihren persönlichen Räumen. Früher war das jedenfalls so. Was mich angeht ... ich habe absichtlich die Fotos beiseitegeräumt. In der ersten Zeit nach dem Unfall habe ich es schlicht nicht ertragen, dauernd Jamies Gesicht zu sehen. Ich weiß, das klingt eigenartig, aber so war es halt."

„Finde ich nicht. Ich war schon immer der Ansicht, dass jeder auf seine eigene Weise trauern muss. Wenn es um Trauerarbeit geht, darf es keine Gewissensbisse oder Einmischungen von außen geben."

Sein Lächeln war warm. Wieder fühlte sie sich von ihm verstanden.

„Würdest du mir denn ein paar Fotos von Jamie zeigen, Bella?"

„Natürlich. Einen Moment." Sie stand auf und ging hinüber zu einer Kommode im Wohnbereich. Bevor sie die entsprechende Schublade öffnete, atmete sie einmal tief durch. Aber dann war es erstaunlich leicht, den Stapel gerahmter Bilder herauszunehmen und an den Küchentisch zu bringen, um sie Kjell zu zeigen. Auf dem obersten waren sie und Jamie an ihrem Hochzeitstag zu sehen. Sie fühlte nicht viel mehr als einen geringfügigen Stich in der Brust, als ihr Blick darauf fiel.

„Hier sind einige Bilder, die ich eingesammelt habe, nachdem Jamie gestorben war. Sieh sie dir ruhig alle an. Wenn du Fragen hast, dann frage einfach."

Isabell reichte ihm den Stapel Bilderrahmen. Sein Blick fiel auf das erste Foto. Sie als glückliche Braut zu sehen, erzeugte ein merkwürdiges Gefühl bei ihm. In ihrem schlichten weißen Kleid und mit hochgesteckten Haaren sah sie zauberhaft und zugleich fremd aus. Bevor er sich in der Betrachtung ihrer Erscheinung verlieren konnte, konzentrierte er sich schnell auf den Mann, der auf dem Bild an ihrer Seite stand. Eingehend betrachtete er ihn. Nach und nach legte er schließlich die Fotos nebeneinander auf den Tisch, sah jedes einzelne ebenso aufmerksam an wie zuvor das Hochzeitsbild.

„Das hier sind sicherlich deine Eltern, stimmt's?" Er zeigte auf ein glücklich wirkendes Paar mittleren Alters, das auf einem der Fotos zu sehen war. Die blonde Frau war noch immer wunderschön, die Ähnlichkeit mit Isabell war geradezu frappierend. Der kräftig gebaute Mann neben ihr hatte dunkles Haar, das mit Silberfäden durchzogen war. Einen Arm hatte er um die schmalen Schultern seiner Frau gelegt. Beide lachten sich an.

„Ja, das sind sie. Inge und Jeff Riley." Sie lächelte, als ihr Blick auf das Foto fiel.

Kjell nickte und konzentrierte sich erneut auf die Hochzeitsaufnahme. Ohne Frage war James Valentine ein gut aussehender Bursche gewesen. Er überragte seine Braut um Haupteslänge. Das Gesicht war ebenmäßig geschnitten, die dichten braunen Haare gepflegt und der Körper schlank. Allerdings erschien ihm die Haltung des Mannes steif, fast sogar ein wenig verkrampft. Der Blick aus den hellbraunen Augen wirkte auf allen Fotos sanft und gefühlvoll. Es war nicht schwer, darin die Liebe zu erkennen, die er Isabell entgegengebracht hatte. Kjell kam zu dem Schluss, dass er James Valentine wahrscheinlich gemocht hätte.

„Und? Was sagst du?", beendete sie nach einer Weile das Schweigen.

„Mein Bild von ihm hat sich durchaus vervollständigt. Ich denke … er war ein sympathischer Typ. Ihr habt ein schönes Paar abgegeben. Er war gut zu dir, oder?"

„Ja, das war er. Er hat mich verwöhnt, geliebt und stets respektiert. Dennoch frage ich mich …"

Kjell horchte auf. Bisher hatte sie in seiner Gegenwart ihren Mann oder ihre Ehe noch nie hinterfragt. „Was fragst du dich, Bella?"

Nach einem tiefen Atemzug stand sie auf und räumte die Fotos zusammen, um sie zurück in die Schublade der Kommode zu legen. Er ließ sie gewähren, wartete ab, bis sie wieder an den Tisch kam und sich setzte. „Isabell?"

„Warum hat er mir all diese wichtigen Dinge verschwiegen? Bis zu unserem Gespräch mit Amanda hätte ich es niemals für möglich gehalten, dass James Geheimnisse vor mir gehabt haben könnte. Ehrlich gesagt bin ich ziemlich … enttäuscht." Das kurze Lachen, das sie hören ließ, klang bitter. „Nein, ich bin sogar wütend auf ihn. Wäre er jetzt hier, würde er was erleben, das kannst du mir glauben."

„Liebes, ich denke, er hatte seine Gründe."

„Er hat mir vor Gott und der Welt versprochen, alles mit mir zu teilen, Doc. Das schließt für mich auch die unschönen Dinge des Lebens mit ein."

„In guten wie in schlechten Zeiten?"

„Ja, genau das meine ich. Ich finde, dieser Satz hat in einem Eheversprechen durchaus seine Berechtigung."

Sie war tatsächlich ärgerlich, das war nicht zu übersehen. Es wurde Zeit, ihre Gedanken in eine andere Richtung zu lenken. „Unser Hauptaugenmerk sollte jetzt auf diesem Schlüssel liegen. Bei welcher Bank hattet ihr eure Konten? Als Erstes wäre es angebracht, dort anzurufen, um zu fragen, ob dein Mann ein Schließfach angemietet hat."

Isabell schnaufte und trank einen Schluck von ihrem Wasser. „Ja, du hast recht. Die Unterlagen sind im Arbeitszimmer." Sie erhob sich. „Kommst du?"

Geschlagene zwei Stunden lang durchforsteten sie James Valentines Büro, jedoch ohne einen nennenswerten Erfolg zu erzielen. Sie telefonierten mit den Banken, die für Isabell und ihren Mann Konten führten, oder geführt hatten, doch nirgends gab es ein Schließfach, das James gemietet hatte.

Kjell sah sogar hinter den Bildern an der Wand nach, ob sich dort eventuell ein Safe befand, aber auch diese Suche blieb erfolglos. Sie suchten unter und hinter den Möbeln, kehrten noch einmal jede Schublade und jedes Schrankfach von innen nach außen, fanden jedoch rein gar nichts, das auch nur andeutungsweise auf die Zugehörigkeit des Schlüssels hingewiesen hätte.

„Vielleicht übersehen wir was", sagte Kjell. „Hattet ihr irgendwo eine weitere Wohnung? Habt ihr ein Ferienhaus oder etwas in der Art?"

Isabell schüttelte den Kopf. „Nein, Kjell, es gibt keine Zweitwohnung. Wenn wir unterwegs waren, haben wir in Hotels übernachtet. Und wenn Jamie geschäftlich auf Reisen gehen musste, logierte er in den firmeneigenen Häusern. In den Kasinohotels der Tremaynes gab es natürlich eigene Suiten für uns, aber die werden auch von William oder Brad benutzt, wenn sie vor Ort sind."

Kjell verschränkte die Hände hinter dem Kopf und lehnte sich zurück. „Mir kommt gerade eine Idee. Während meiner Studienzeit in Hamburg lernte ich über gemeinsame Bekannte einen Kriminalbeamten kennen. Der Kontakt ist nie ganz abgebrochen. Er ist zwar inzwischen in der Sicherheitsbranche tätig, hat aber noch gute Beziehungen zu seinen früheren Kollegen. Vielleicht sollte ich ihn mal fragen, ob es eine Möglichkeit gibt, Schließfachschlüssel zuzuordnen."

„Das ist eine hervorragende Idee, Kjell."

„Sobald wir wieder in Deutschland sind, werde ich ihn kontaktieren. Trotzdem sollten wir bis dahin weitersuchen. Diese fünfstellige Zahl ... Der Verdacht liegt nahe, dass sie irgendwie zu dem Schlüssel gehört. Eventuell ist es die Nummer eines Schließfachs oder ein Code."

„12249", wiederholte Isabell die Nummernfolge. Plötzlich sprang sie auf. „Ich fasse es nicht, warum fällt mir das denn erst jetzt auf!" Sie schlug sich mit der flachen Hand an die Stirn. „Wie kann man nur so blind sein?"

„Was ist los, zum Teufel?" Auch Kjell erhob sich.

„Es sind die Geburtstage unserer Mütter. Amanda wurde am 12. Februar geboren und meine Mutter am 4. September. Frag mich bitte nicht, wieso mir das nicht früher aufgefallen ist. Die Zahlen sehen so verflucht anders aus, ohne den Punkt dazwischen." Als sie sah, dass er grinste, holte sie tief Luft. „Oh, bitte nicht, Kjell. Wehe du machst dich jetzt über mich lustig!"

Sie brachen beide in lautes Gelächter aus.

Nachdem sie sich wieder beruhigt hatten, zog er sie an sich und drückte ihr einen Kuss aufs Haar. „Mach dir keinen Kopf, so was kann jedem passieren. Allerdings können wir jetzt davon ausgehen, dass es sich eher um einen Zahlencode handelt. Keine Ahnung, ob uns das weiterhilft, aber das wird sich noch zeigen, denke ich.“ Er warf einen Blick auf seine Armbanduhr. „Es wird Zeit, zu Amanda rüberzugehen. Ich hole meine Tasche.“

Der gesundheitliche Zustand von Amanda Valentine-Tremayne stellte sich als nicht ganz so dramatisch heraus, wie Kjell anfangs befürchtet hatte. Ihre Pulsfrequenz lag nahezu im normalen Bereich, auch das Abhorchen des Brust- und Bauchbereichs erbrachte keine Auffälligkeiten. Er tastete Amandas Bauch gründlich ab, schaute seiner Patientin in die Augen, ließ sich ihre Zunge zeigen und nahm weitere Untersuchungen vor, dann atmete er tief durch.

„Sie können sich wieder anziehen, Amanda.“ Auf einem Block machte er sich Notizen. „Ich würde noch gerne einige Blutwerte prüfen lassen. Gibt es ein Krankenhaus in der Umgebung?“

„Ja, mehrere. Das Edward Hain Community Hospital liegt ganz hier in der Nähe. Und direkt in St. Ives ist auch eine kleine Klinik.”

„Gut. Ich werde Kontakt zu beiden Einrichtungen aufnehmen und nachfragen, wie schnell sie mir die gewünschten Ergebnisse zukommen lassen können.“

Er verstaute seine Sachen und ließ sich ihre Medikamente zeigen. Schließlich bat er Amanda, sich zu setzen. „Erst einmal möchte ich Ihnen sagen, wie großartig ich es finde, dass Sie nicht mehr trinken. Durch die Monate der Abstinenz haben Sie sich wahrscheinlich das Leben gerettet, Amanda. Sicherlich haben Sie schon die eine oder andere positive Veränderung an sich festgestellt.“

„Ja, das habe ich in der Tat.“ Sie lächelte. „Aber ich fühle mich noch immer geschwächt.“

Kjell nickte. „Das ist kein Wunder. Sie wissen selbst, was Sie Ihrer Gesundheit über die Jahre angetan haben. Wichtig ist es jetzt, dass Sie nicht aufgeben, damit wir auch den Rest wieder hinbekommen, meine Liebe. Manchmal wundert man sich, wie gut sich ein Körper regenerieren kann, wenn er die richtige Unterstützung erhält. Deshalb halte ich es für unumgänglich, dass wir Ihre Medikation umstellen. Anfangs vorsichtig, dann nach und nach vollständig. Wir müssen das restliche Gift aus Ihrem Körper vertreiben. Natürlich wird das nicht ohne Probleme ablaufen, doch ich kann Ihnen versprechen, dass Sie sich schon nach kurzer Zeit wie neugeboren fühlen werden. Das heißt, solange Sie sich an meine Anweisungen halten."

Eine Weile sah sie ihm in die Augen, sie wirkte ruhig, fast gelassen.

„Mit welchen Schwierigkeiten werde ich mich Ihrer Ansicht nach auseinandersetzen müssen, Kjell?"

Bewusst setzte er ein Lächeln auf. Er war erleichtert, dass Isabells Schwiegermutter nicht sofort abwinkte. „Vielleicht werden Sie anfangs nicht gut schlafen können. Eventuell fühlen Sie sich eine Zeit lang nicht besonders, aber das wird schnell vergehen, versprochen."

Einen Moment überlegte sie, dann sagte sie: „Ich bin einverstanden, Doktor. Sie sind von nun an mein Arzt."

Kjell musste lachen. „Das wird wegen der Entfernung etwas schwierig werden, Amanda. Außerdem hatten wir zwei uns doch darauf geeinigt, dass Sie den Doktor weglassen."

„Solange Sie mich als Arzt behandeln, nenne ich Sie Doktor, basta!" Auch sie lachte.

„Eine Sache gibt es aber noch. Sie essen viel zu wenig, Madam, das muss sich ändern. Ich werde Ihnen ein appetitanregendes Präparat aus Deutschland zuschicken, das Sie einnehmen sollten. Ich möchte Ihnen zusätzlich einige homöopathische Medikamente aufschreiben, muss mich da allerdings in aller Ruhe informieren, welche für Sie infrage kommen. Es ist leider so, dass für viele dieser Mittel Alkohol zur Herstellung notwendig ist. Die müssen wir in Ihrem Fall natürlich ausschließen."

„Sie denken aber auch an alles, Doktor. Und nennen Sie mich um Gottes willen nicht noch einmal Madam!"

„Solange Sie mich Doktor nennen, werde ich Madam zu Ihnen sagen, basta!"

Sie waren beide guter Dinge, als sie zu Isabell in den kleinen Salon gingen, die dort schon mit dem Nachmittagstee auf sie wartete.

„Ich weiß nicht, was du mit Amanda angestellt hast, aber ich habe sie lange nicht mehr so fröhlich und entspannt erlebt wie heute“, sagte Isabell einige Stunden später zu Kjell, als sie zusammen bei einem Glas Wein auf dem Sofa in ihrem Wohnzimmer saßen. Er lächelte zufrieden in sich hinein, und sie musste ebenfalls lächeln. „Du magst sie, nicht wahr?“

„Ja, ich mag Amanda. Sie imponiert mir. Die Art, wie sie mit den Wünschen deines Mannes umgegangen ist, kann man nur als bemerkenswert tough bezeichnen. Ich meine, wenn man ihren gesundheitlichen Zustand bedenkt, der ja damals noch deutlich schlechter gewesen sein muss als heute. Die Frau beweist enorme mentale Stärke, nicht nur, weil sie sich, ganz auf sich allein gestellt, das Trinken abgewöhnt hat. Ich glaube, sie bekommt das auch mit den Tabletten hin. Schade ist nur, dass ich sie nicht weiterbehandeln kann.“

„Warum eigentlich nicht?“

„Ach, Bella, das wird über das Telefon kaum funktionieren. Amandas behandelnder Arzt müsste sie ein bisschen unter Beobachtung haben, das wäre optimal für ihre Genesung. Ihren Erzählungen nach denke ich allerdings nicht, dass er der Richtige für den Job ist.“

„Und wenn du sie weiterhin unter Beobachtung hättest?“

„Bitte? Du schlägst jetzt aber nicht vor, dass wir länger hierbleiben, das kommt für mich nämlich nicht infrage. Zu Hause warten mehrere Patienten auf mich, nicht nur eine einzige englische Lady. Außerdem ist es mit ein paar Tagen nicht getan. Amandas Behandlung, so wie ich sie mir vorstelle, würde Wochen, wenn nicht sogar Monate in Anspruch nehmen.“

„Was denkst du eigentlich von mir, Doc? Ich weiß doch genau, dass du es kaum noch erwarten kannst, endlich wieder in deinem geliebten Lunau zu sein.“

Er lachte. „Das liegt natürlich vor allem daran, dass ich wie verrückt meinen komischen Hund vermisse.“

„Natürlich. Ach, mir fehlt der kleine Kerl auch so sehr!“ Sie seufzte. „Nein, ich meinte viel eher, dass wir Amanda vielleicht dazu überreden könnten, uns für einige Zeit in Lunau zu besuchen. Was denkst du?"

Kjell sah sie an, als hätte sie gerade chinesisch mit ihm gesprochen.

„Du meinst das tatsächlich ernst, oder?"

„Ja, natürlich. Sie könnte bei Christa und mir wohnen. Da ist doch noch das Zimmer direkt neben meinem, das nicht benutzt wird. Es würde mir großen Spaß machen, den Raum herzurichten. Deine Mutter und Amanda verstehen sich bestimmt gut."

Sein breites Grinsen war Antwort genug.

„Dir gefällt meine Idee, du kannst es ruhig zugeben, Doc."

„Ja, ich finde sie sogar großartig. Allerdings kommt es erst einmal darauf an, ob unsere englische Lady sie genauso fantastisch findet wie wir. Lass uns morgen nach dem Frühstück mit ihr darüber reden, okay?"

Isabell drehte sich der Magen um. „Oh Gott, vor diesem Treffen habe ich solche Bauchschmerzen. Wenn ich nur an William und Brad denke, wird mir schon schlecht."

„Ich glaube, ich wiederhole mich, aber du bist nicht allein. Dir kann überhaupt nichts passieren, solange ich in deiner Nähe bin." Er beugte sich zu ihr und drückte ihr einen Kuss auf die Nasenspitze. „Und vergiss nicht, was wir besprochen haben, ich bin nur ein einfacher Landarzt, nichts weiter. Alles klar?"

„Klar, Boss." Sie musste lachen, doch dann wurde sie gleich wieder ernst. „Du wirst niemals wissen, wie dankbar ich dir bin, Kjell Loewenthal, dass du jetzt an meiner Seite bist."

Bevor sie am nächsten Morgen Isabells Cottage verließen, zog er sie noch einmal in seine Arme. „Alles ist gut, Bella. Entspann dich, bleib ruhig und sei ganz normal, okay?"

Sie nickte. „Okay."

„Bereit?"

„Bereit!"

„Na, dann los. Ich bin schon sehr gespannt auf die Herren."

Die Tremaynes erfüllten alle Erwartungen und Vorstellungen, die Kjell sich von ihnen gemacht hatte.

William Tremayne wirkte wie ein typischer Geschäftsmann jenseits der sechzig. Sein Schädel war kahl rasiert und glänzte, als hätte er ihn gerade erst eingeölt. Der Mann war mittelgroß und kräftig gebaut. Man sah auf Anhieb, dass er sich trotz seines Alters in Form hielt. Dem Anlass entsprechend trug er eine dunkelblaue Leinenhose und ein eisblaues Polohemd, leger, aber teuer.

Auch Bradley passte ins Bild. Amandas jüngerer Sohn sah tatsächlich so blendend aus, wie Isabell ihn beschrieben hatte. Augenscheinlich ging er regelmäßig ins Fitnessstudio. Kjell fiel sofort auf, dass sie sehr ähnlich gekleidet waren. Wie er selbst hatte Isabells Schwager sich für Jeans und ein schlichtes weißes Oberhemd entschieden, dessen Ärmel bis zu den Ellenbogen aufgekrempelt waren. Den einzigen Unterschied in ihrer Kleidung stellten die Schuhe dar. Er trug Freizeitschuhe aus schwarzem Wildleder, während Bradleys nackte Füße in Segelschuhen steckten.

Isabell übernahm es, sie miteinander bekannt zu machen. William Tremayne benahm sich ihm gegenüber jovial und aufgesetzt weltmännisch. Kjell kam sofort zu dem Schluss, dass Isabells Stiefvater möglichst schnell erfahren wollte, mit wem er es genau zu tun hatte. Außerdem gehörte er anscheinend zu den Menschen, die sich von einem akademischen Titel beeindrucken ließen.

„Herr Doktor, es ist mir eine große Freude, Sie in meinem Haus begrüßen zu dürfen. Isabells Freunde sind selbstverständlich auch unsere Freunde."

„Dies ist nicht dein Haus, mein Lieber", korrigierte Amanda ihn leise.

„Honey, hast du deine Tabletten schon genommen? Du scheinst heute Morgen ein wenig desolat zu sein."

Amanda kam zielsicher auf ihn zu und hakte sich bei ihm unter, sodass Kjell schmunzeln musste. Eine Hand auf seinen Unterarm, mit der anderen auf ihren Stock gestützt, sah sie strahlend zu ihm auf.

„Ganz im Gegenteil. Mir geht es wunderbar. Kommen Sie Kjell, mein Lieber, Sie haben sicher schon Hunger. Es wird Zeit für ein gutes englisches Frühstück. Ein Mann wie Sie braucht am Morgen etwas Kräftiges auf den Teller. Seien Sie doch so nett und begleiten Sie mich zu Tisch."

Kjell lächelte zu ihr hinab und legte eine Hand auf die von Amanda, um ihr Halt zu geben. „Es ist mir ein besonderes Vergnügen."

Das Frühstück verlief für Isabell zunächst weniger aufregend, als sie befürchtet hatte. Kjell vermittelte ihr mit seinem selbstbewussten Auftreten und der auffallenden Präsenz, die ihm zu eigen war, die Sicherheit, die sie so dringend brauchte, um diesen Morgen durchzustehen. Hinzu kam, dass er sich Amanda gegenüber anrührend zugetan zeigte. Sie bewunderte ihn dafür. Er schaffte es mit einem einzigen Lächeln, ihre Schwiegermutter endlich einmal wieder von Herzen strahlen zu lassen.

Die Gespräche während des Essens blieben unverfänglich. Sie drehten sich um allgemeine Themen wie das Wetter, die Neuigkeiten auf dem Gut und die Aktienkurse. Doch dann ergriff Bradley das Wort und die Stimmung änderte sich übergangslos.

„Du arbeitest also jetzt in dieser ... Bäckerei?", fragte er sie, nachdem der Tisch abgeräumt war, und sie, je nach Gusto, bei Tee und Kaffee zusammensaßen. Bradley Tremayne befand sich ihr direkt gegenüber. Die abfällige Art, wie er die Frage stellte, ließ keinen Zweifel an seiner Einstellung zu ihrem gegenwärtigen Leben aufkommen.

„Ich backe zwar, allerdings nicht in einer Bäckerei. Ich arbeite in einem zauberhaften Buchladen-Café, das übrigens Kjells Mutter gehört."

„Na ja, aber du hast es doch eigentlich nicht nötig, Isabell."

Mit ungerührter Miene blickte sie ihren Schwager über den Tisch hinweg an. „Ich bin sehr gerne dort. Die Arbeit macht mir Spaß."

„Jamie würde das überhaupt nicht gefallen", schob Brad nach und schüttelte dabei missbilligend den Kopf. „Schon dein albernes Studium war ihm ein Dorn im Auge und jetzt auch noch dieser eher unwürdige Job.“

Isabell spürte Wut in sich aufkeimen, doch dann bemerkte sie unter dem Tisch Kjells Hand auf ihrem Oberschenkel und wurde sofort ruhiger. „Ich weiß nicht, wie du zu dieser Ansicht kommst, Brad“, entgegnete sie. „Dein Bruder hat mich stets in allem unterstützt, und er würde meine Arbeit gutheißen, solange sie mich glücklich macht. Du weißt genau, dass es damals ganz allein meine Entscheidung war, das Studium aufzugeben. Jamie hatte nur bedingt etwas damit zu tun.“ Kaum hatte sie das ausgesprochen, ärgerte sie sich auch schon darüber, dass sie sich vor ihrem Schwager überhaupt rechtfertigte.

„Kinder, ich bitte euch. Brad, du lässt Isabell sofort in Frieden!“, mischte sich Amanda mit mütterlicher Strenge in der Stimme ein.

„In diesem Fall gebe ich meiner Frau ausnahmsweise einmal recht“, sagte William. „Es wäre schön, wenn wir das leidige Thema beenden könnten.“

„Ich denke, Isabell kann sehr gut allein entscheiden, was für sie richtig ist und was ihr guttut, schließlich ist sie eine erwachsene und intelligente Frau.“

Kjells dunkle Stimme hatte einen warnenden Unterton angenommen, der an Bradley adressiert war.

„Ach, Sie tun meiner Schwägerin demzufolge ebenfalls gut, Herr Doktor?“

„Brad, du bist unmöglich!“, stieß Isabell aus und erhob sich.

„Bradley, hör sofort auf damit!“, mahnte Amanda erneut. „Doktor Loewenthal ist unser Gast. Und im Übrigen hat er vollkommen recht, alles andere ist allein Isabells Angelegenheit.“

„Ja, was denn? Ich sag doch nur, was offensichtlich ist, oder? Meine liebe Schwägerin lässt es sich fein von einem muskelbepackten Landarzt besorgen, während sie nach außen die trauernde Witwe gibt. Na bravo!“

Isabell holte zischend Luft. Kjell stand nun ebenfalls auf. Mit seiner Größe wirkte er plötzlich bedrohlich.

„Amanda, bitte entschuldigen Sie Isabell und mich. Wir sollten jetzt besser gehen, bevor auch ich noch meine gute Erziehung über Bord werfe."

Isabell fühlte seine Hand auf ihrem Rücken.

„Ach, was soll das, Kinder, setzt euch wieder hin und vertragt euch", warf William ein und machte eine wegwerfende Handbewegung, so als könnte er auf diese Weise die schlechte Stimmung einfach vom Tisch wischen. „Brad, entschuldige dich bei unserem Gast, und gut ist es."

„Mr Tremayne, meiner Meinung nach wäre eher eine Entschuldigung bei Isabell angebracht."

William erhob sich nun ebenfalls. Seine Miene wirkte ein wenig betreten. Mit einer gewissen Erwartungshaltung sah er seinen Sohn an, aber der rührte sich nicht und griff in aller Ruhe nach seiner Teetasse.

„Möchtest du noch bleiben, Isabell?", fragte Kjell.

„Nein! Nein, ich bin ganz deiner Meinung, wir sollten uns besser verabschieden." Sie ging hinüber zu ihrer Schwiegermutter und hauchte ihr einen Kuss auf die gepuderte Wange. „Verzeih, Amanda, und danke für das Frühstück."

„Sehen wir uns später?", fragte ihre Schwiegermutter leise.

„Ich melde mich nachher noch mal bei dir, in Ordnung?"

„Ja, mach das, Kind."

Auch Kjell bedankte sich bei Amanda für die Einladung.

„Ich danke Ihnen, mein Guter", erwiderte sie auf Deutsch und tätschelte seine Hand.

„Uff, das war ja ein Ding", sagte Isabell, als sie wenig später in ihrem Cottage ankamen.

Kjell schüttelte den Kopf. „Das kann man wohl so sagen. Um ein Haar hätte ich dem vorlauten Knaben die … entschuldige, Fresse poliert."

Isabell kicherte. „Du warst ganz schön beeindruckend, Doc, das muss ich schon sagen."

Auch Kjell grinste. „Manchmal kommt das Alphamännchen in mir durch."

„Hm, ich gebe zu, es hat mir irgendwie gefallen."

„Ach ja?" Sein Grinsen wurde eine Spur breiter.

„Jetzt konnten wir Amanda gar nicht mehr von unserer Idee berichten, sie für eine Weile nach Deutschland zu holen", beendete Isabell das Geplänkel.

„Keine Sorge, Bella, das werden wir noch tun, bevor wir wieder abreisen." Er ging hinüber zum Tisch im Küchenbereich. „Die Gesellschaft da drüben hat mir den Kaffeegenuss vermiest. Ich brauche ein bisschen Koffein, was ist mit dir?"

„Warum nicht." Sie ging ihm nach und sah zu, wie er die Maschine bediente. „Wie gehen wir denn jetzt weiter vor, Kjell? Hast du eine Idee?"

„Wie ich schon sagte, werde ich Finn Andersen wegen des Schlüssels kontaktieren, sobald wir wieder zu Hause sind. Das ist der Expolizist, von dem ich dir erzählt habe. Apropos, ich habe heute Morgen, mit meiner Mutter und anschließend mit Ruth telefoniert. Christa war sofort begeistert von der Idee, Amanda einzuladen. Sie sagte, sie vermissen uns, Siggi vorneweg. Ich soll dich ganz lieb grüßen. Ansonsten ist alles so weit in Ordnung in Lunau. Ruth kommt gut zurecht."

„Das ist gut. Ich vermisse sie auch." Sie seufzte. „Nachher werde ich mich mal bei Luisa melden. Sie fehlt mir."

„Hast du hier keine Freundinnen? Es wundert mich ein bisschen, dass du sonst niemanden besuchen möchtest, wo du schon mal hier bist."

Isabell schüttelte den Kopf. „Nein, ich war früher ziemlich schüchtern. Während der Schulzeit war ich eine richtige Einzelgängerin. Vielleicht lag das daran, dass ich so weit außerhalb wohnte. Amanda hatte einen Fahrer angestellt, der uns Kinder jeden Morgen mit einem eigens dafür angeschafften Kleinbus zur Schule fuhr und uns nach dem Unterricht wieder abgeholte. Da blieb nicht viel Zeit für Verabredungen, ich habe das nicht vermisst, wenn ich ehrlich bin. Später, auf der Uni, hatte ich natürlich Kontakt zu einigen Kommilitoninnen, aber echte Freundschaften sind nicht daraus hervorgegangen. Weißt du, wenn man hier aufwächst, ist man ziemlich abgeschottet von der Außenwelt und kann sich auch ganz gut allein beschäftigen. Langeweile kannte ich nie. Ich war zufrieden mit den Tieren, der Natur und den drei Jungs hier auf dem Gut."

„Nun gut, anfangs kamst du mir etwas ... scheu und zurückhaltend vor, doch ich hätte dich niemals für introvertiert gehalten, Bella."

„Das liegt vor allem daran, dass ich inzwischen ziemlich hart an mir gearbeitet habe. Es kommt nicht von ungefähr, dass mir die Freundschaft zu Luisa, zu deiner Mutter und zu dir so viel bedeutet." Lächelnd winkte sie ab. „Genug von mir. Lass uns Kaffee trinken und weiter beratschlagen, was wir als Nächstes tun werden."

Je mehr Kjell über Isabell und ihr früheres Leben erfuhr, desto klarer wurde ihm, dass er sie schon bald wieder verlieren würde. Mit jedem Wort, das sie sagte, wurde deutlicher, dass sie auf Valentine Rock glücklich und zufrieden gewesen war. So zufrieden, dass sie offenbar nicht einmal Außenkontakte gebraucht oder zugelassen hatte. Er fand es fast ergreifend, wie sie ihm weiszumachen versuchte, dass sie Lunau und die Menschen dort vermisste, denn er wusste es besser. Das Leben auf dem Gut war ihr genug – und nun hatte sie diesen unglaublichen Besitz auch noch geerbt. Valentine Rock und das dazugehörige Vermögen gehörte ihr allein. In seinen Augen war Isabells Weg damit vorprogrammiert.

Er dagegen konnte sich nichts Schöneres vorstellen, als in Lunau zu leben, am liebsten mit ihr an seiner Seite, doch das war natürlich leeres Wunschdenken. Mit seiner Praxis hatte er sich einen lang gehegten Traum erfüllt, und er hatte sich noch vor gar nicht langer Zeit geschworen, niemals mehr aus seinem geliebten Heimatdorf wegzugehen. Die Konsequenz dieser Situation lag also auf der Hand, sie würde zumindest für ihn äußerst schmerzvoll werden.

Diese Gedanken wurden von Tag zu Tag quälender, und er war sich bewusst, dass es bald zu einer Entscheidung kommen würde, die ihn von Isabell trennte. Letztlich würde sich damit nur erfüllen, was sie beide erwartet hatten. Sie hatten gewusst, dass es zu Ende sein würde, sobald das Leben neue Weichen stellte. Nun war dieser Zeitpunkt fast mit den Händen zu greifen.

Nur hatte Isabell nicht die geringste Ahnung davon, dass sich seine Einstellung zu ihrer Beziehung vollkommen gewandelt hatte. Seit ihm bewusst geworden war, dass er sie liebte, hatte sich für ihn alles verändert. Inzwischen liebte er Isabell so verzweifelt, dass allein schon die Vorstellung, sie nicht mehr jeden Tag zu sehen, die schlimmsten Qualen mit sich brachte.

„Du bist so still und machst plötzlich ein ganz unglückliches Gesicht", sagte sie und unterbrach damit seine Gedanken. „Ist irgendwas nicht in Ordnung, Doc? Regst du dich etwa immer noch über Brads dumme Bemerkung auf?"

„Nein, es ist nur ..." Er stieß einen tiefen Seufzer aus, stand auf und schenkte für sie beide Kaffee ein. Als er mit den Bechern in der Hand zurück an den Tisch trat, sah sie ihn erwartungsvoll an.

„Kjell? Was ist los?"

„Nichts, Liebes. Alles ist gut."

„Seit Tagen bedrückt dich was. Glaube ja nicht, dass ich das nicht merke, aber du sprichst ja nicht mit mir. Jedenfalls nicht richtig."

Er atmete durch und setzte sich wieder zu ihr. „Wie ich gerade sagte, es ist alles in Ordnung." Nachdem er einen Schluck von seinem Kaffee genommen hatte, sah er sie an. „Wir fliegen morgen Vormittag zurück. Vorher solltest du noch einmal mit Amanda sprechen."

„Ja."

Isabell kaute auf der Innenseite einer ihrer Wangen herum. Er kannte das schon. Immer wenn sie das tat, grübelte sie intensiv, oder es bedrückte sie etwas.

„Und es ist vorerst unsere letzte Nacht allein", fügte er hinzu und versuchte sich an einem Lächeln. Vielleicht wird dies überhaupt unsere letzte gemeinsame Nacht, dachte er, und in seinem Magen schien plötzlich ein tonnenschwerer Stein zu liegen.

„Stimmt. Dann wollen wir es uns schön machen, meinst du nicht?"

Sie wirkte nun wieder gut gelaunt. Offenbar war es ihm gelungen, sie abzulenken.

„Da bin ich ganz deiner Meinung, das sollten wir. Beginnen wir also mit der Planung für den heutigen Tag. Was haben wir im Kühlschrank? Wollen wir hierbleiben, oder gehen wir aus? Was möchtest du, Bella?"

„Ich bin lieber hier mit dir allein. Wir haben genug im Haus, um etwas kochen zu können." Sie stand auf und sah nach. „Lass mal sehen ... Tomaten sind noch da, Fleisch ist auch vorhanden und eine Packung Nudeln. Was hältst du von Pasta mit einer deftigen Fleischsoße?"

„Wein?"

„Haben wir ebenfalls."

Sie lachte, als er mit den Augenbrauen wackelte und ein albernes Grinsen aufsetzte, um ihr seine Begeisterung zu zeigen.

„Das klingt herrlich. Und zum Dessert gibt es etwas ganz Besonderes, das kann ich dir versprechen. Ich habe nämlich vor, dir die höchsten Genüsse zu verschaffen, meine Schöne."

Nach einem wundervollen Abend und einer noch viel schöneren Nacht frühstückten sie am folgenden Morgen in aller Eile, brachten das Haus in Ordnung, packten ihre Sachen zusammen und legten das Gepäck in den Kofferraum ihres Mietwagens. Danach spazierten sie ein letztes Mal zum Gutshaus hinüber, um sich vor allem von Amanda zu verabschieden.

Vor der Haustür angekommen, bekamen sie gerade noch mit, wie Bradley in einen kleinen Sportflitzer sprang und davonbrauste. Als er sie im Rückspiegel erblickte, hob er eine Hand und winkte, dann war er auch schon verschwunden. Der Wagen von William Tremayne war bereits fort, und beide atmeten sie erleichtert auf. Sie würden Amanda also allein antreffen.

John öffnete ihnen lächelnd die Tür und bat sie herein. Kurze Zeit später saßen sie mit Amanda im Esszimmer und tranken mit ihr noch eine letzte Tasse Tee. Isabell unterbreitete ihr dabei den

Vorschlag, für einige Wochen nach Deutschland zu kommen und in Lunau von allem auszuspannen.

„Während du bei mir und Christa wärst, könnte Kjell sich um deine Gesundheit kümmern, Amanda. Na, was sagst du dazu? Kannst du dir vorstellen, eine Weile bei uns in Lunau zu leben?"

Als Amandas sie nacheinander nur sprachlos ansah, ergriff Kjell das Wort: „Da Sie hervorragend deutsch sprechen, wäre auch die Verständigung mit den anderen Dorfbewohnern kein Problem. Und glauben Sie mir, meine Mutter wäre glücklich darüber, Sie im Haus zu haben. Das hat sie mir gestern am Telefon bestätigt."

„Ihr seid ja ... verrückt, ihr zwei!", rief Amanda aus, aber sie lachte dabei. „Ihr meint das wirklich ernst, was?"

„Natürlich meinen wir das ernst. Wenn du mir ein paar Tage Zeit lässt, wird dich ein urgemütliches Zimmer erwarten, das kann ich dir schon mal versprechen."

Eine Weile blieb es still, dann nickte Amanda. „Ihr könnt euch überhaupt nicht vorstellen, was das für mich bedeutet, meine Lieben. Ich bin seit Jahren nicht mehr von Valentine Rock fort gewesen. Natürlich nehme ich eure Einladung dankbar an! Ich muss selbstverständlich ein paar Vorbereitungen treffen, damit hier alles weiterläuft, aber das ist kein Problem. Ach, wie ist das aufregend, Kinder!"

„Ich rufe dich an, sobald wir in Lunau angekommen sind, Amanda", versprach Isabell. „Oh, ich kann es kaum erwarten, dich mit allen bekannt zu machen! Wenn du möchtest, kann ich die Flüge und alles Weitere für dich buchen. Was meinst du?"

„Das wäre schön. Ich freue mich, Darling. Ach, was heißt hier freuen? Ich bin aufgeregt wie ein junges Mädchen vor ihrem ersten Rendezvous."

„Werden Sie die Reise gut aushalten?", wollte Kjell wissen.

„Machen Sie sich keine Sorgen, mein Lieber. Ich werde diese Reise so gut aushalten, wie noch keine zuvor."

Zweieinhalb Stunden später saßen er und Isabell bereits in der Maschine nach Gatwick. Alles ging planmäßig vonstatten und am Abend landeten sie in Hamburg.

„Wir hätten noch eine Nacht länger einplanen sollen“, sagte Kjell, als sie schließlich an einem der Laufbänder standen und auf ihr Gepäck warteten.

Isabell sah erstaunt zu ihm auf. „Wieso? Hast du was vergessen? Haben *wir* was vergessen?“

„Nein, aber wir hätten vielleicht einen Tag und eine Nacht in London verbringen können, bevor uns der Alltag in Lunau wieder einholt. Darüber haben wir gar nicht nachgedacht.“

„Ach Kjell, ja, das wäre wunderbar gewesen.“

„Hier in Hamburg gibt es auch tolle Hotels. Ich sage dir, wenn uns in der nächsten Zeit danach ist, hauen wir einfach übers Wochenende hierher ab und mieten uns ganz feudal im Atlantik oder einem der anderen Luxushotels ein, okay?“

„Ja, irgendwann machen wir das, Kjell.“

Kjell wusste, dass er sich etwas vormachte, aber die Vorstellung zusammen mit ihr in einem der großen Alsterhotels zu übernachten, gefiel ihm zu sehr, deshalb gönnte er sich für einige Minuten die Illusion, es könnte wahr werden. Komisch, dachte er, ich bin doch normalerweise überhaupt nicht für diese Luxusschuppen zu haben.

KAPITEL 11

Der Alltag in Lunau hatte sie schnell wieder. Schon wenige Tage nach ihrer Rückkehr fühlte sich Isabell, als wäre sie niemals fort gewesen. Plötzlich war der August da, und mit ihm kamen Tag für Tag mehr Touristen in die Lüneburger Heide. Die gemütlichen Häuschen im Feriendorf waren so gut wie ausgebucht, und das Café war nahezu jeden Nachmittag bis auf den letzten Platz gefüllt.

Isabell stand manchmal bis spät in die Nacht in der Küche und backte, kreierte Torten und verpackte kleine und sehr feine Leckereien zum Mitnehmen. Die Arbeit machte ihr Spaß, aber es blieb kaum Zeit für ein Privatleben.

Auch die andern Bewohner von Lunau hatten nun mehr zu tun. Die Geschäfte waren besser besucht, das Sortiment in den Läden wurde erweitert und dem Bedarf der Feriengäste und Tagesausflügler angepasst. An jeder Ecke war Betriebsamkeit zu spüren. Im Friseursalon von Katja Reichert musste man lange auf einen Termin warten, an der einzigen Kasse der Drogerie von Martin und Hilde Steinbach gab es neuerdings sogar Warteschlangen, und das Lebensmittelgeschäft von Klaus und Sonja Lehmann wurde täglich beliefert, anstatt wie sonst alle zwei Tage.

Der alljährliche Heideblüten-Tourismus überrollte Lunau, aber die Einwohner des Dorfes genossen diese Zeit und hofften, dass dieser Rausch, ebenso wie das gute Wetter, möglichst viele Wochen anhielt. Schließlich bedeutete der Ansturm nicht nur eine Menge Arbeit, sondern sorgte auch für Einnahmen. Wie jedes Jahr stellte Christa sogar eine Aushilfe für den Buchladen ein.

So war Isabell, die zum ersten Mal diese aufregende Zeit miterlebte, ganz froh, dass Amanda nun doch erst zum Ende des Monats nach Deutschland kommen würde. Zwar schaffte sie es trotz der vielen Arbeit irgendwie, das Zimmer für ihre Schwiegermutter vorzubereiten, aber diese Nebenbeschäftigung verschlang den größten Teil ihrer ohnehin knapp bemessenen Freizeit.

An den kurzen Feierabenden half Luisa ihr bei der Verschönerung des Gästezimmers. So hatten sie es geschafft, es neu zu streichen und sämtliche Möbel auf Vordermann zu bringen. Es sah schon viel wohnlicher aus. Die Wände erstrahlten jetzt in einem zarten Lindgrün, da Isabell wusste, dass ihre Schwiegermutter diese Farbe besonders gerne mochte. Die neuen Vorhänge mit dem romantischen Rosenmuster hatte Luisa genäht. Sie passten perfekt dazu. Es waren sogar ein paar Kissenhüllen dabei abgefallen. Isabell war sehr zufrieden mit dem Ergebnis und Christa war geradezu begeistert.

Kjell dagegen traf sie eigentlich nur noch im Vorbeigehen oder, wenn es hochkam, auf einen Kaffee, den er manchmal bei ihr im Geschäft trank. Auch er hatte deutlich mehr zu tun. Er erweiterte die Sprechzeiten, und das Wartezimmer seiner Praxis platzte nicht selten aus allen Nähten. In den Prospekten, die in den Ferienhäusern auslagen, wurde auch auf den neuen Arzt in Lunau hingewiesen, dafür hatte Barbara Milchert gesorgt, der die Verwaltung des Feriendorfes unterstand.

An manchen Abenden telefonierten Kjell und sie miteinander. Dann erzählten sie sich von ihrem Tag. Diese Gespräche blieben jedoch stets auf einer freundschaftlichen Ebene. Sie wünschte sich sehnlichst, er würde ihr ins Ohr flüstern, wie gerne er bei ihr wäre, wie sehr sie ihm fehlte, aber das tat er nicht, und sie fand nicht den Mut dazu.

Insgeheim sehnte sich Isabell nach seiner Nähe. Sie vermisste die Wärme seines Körpers, seine Zärtlichkeiten und den fantastischen Sex mit ihm ebenso wie die guten Gespräche, die sie stets miteinander geführt hatten. Und sie fragte sich oft, ob es ihm genauso erging, denn die seltsame Distanz, die er in den wenigen Tagen auf Valentine Rock für kurze Zeit abgelegt hatte, war inzwischen mit voller Wucht zurückgekehrt. Kjell war höflich und freundlich zu ihr, aber das war er zu anderen Menschen auch. Manchmal glaubte sie zwar, seinen brennenden, begehrlichen Blick auf sich zu spüren, doch wenn sie ihn dann ansah, wandte er sich sofort ab, und sie war sich sicher, sie hätte sich das nur eingebildet, weil sie es so sehr herbeisehnte.

Auf Valentine Rock war er bereitwillig auf ihre Verführung eingegangen, aber wie sollte ein gesunder Mann auch schon auf so ein offensives Angebot reagieren? Ihr wurde immer noch heiß, sobald sie daran dachte, wie sie vor ihm in die Knie gegangen war. Obwohl die anschließende Nacht mit ihm unbeschreiblich schön gewesen war, schalt sie sich wegen ihrer Kühnheit. Wenn ihr früher jemand gesagt hätte, dass sie mal einen Mann so hemmungslos verführen würde, wäre sie auf der Stelle in Ohnmacht gefallen.

Drei Wochen war das nun schon her, und nun lag sie allein in ihrem Bett und ermahnte sich wieder einmal, doch endlich einzusehen, dass ihre Affäre mit Dr. Kjell Loewenthal unwiederbringlich vorbei war.

Luisa hatte ihr am Nachmittag erzählt, sie hätte ihn zusammen mit Julia in seinem Auto gesehen. Ihre Freundin hatte es unbedarft, fast beiläufig erwähnt. Woher sollte sie auch wissen, wie weh ihr das tat. Nach der Rückkehr aus Cornwall hatte sie ja nur lächelnd abgewinkt, als Luisa sie nach ihrer Beziehung zu Kjell gefragt hatte. Noch nicht einmal ihre beste Freundin wusste also, was wirklich in ihr vorging. Wenn sie jetzt an das Gespräch vom Nachmittag zurückdachte, kamen der Schmerz und die Erkenntnis mit voller Wucht zurück.

„Sie sind … zusammen weggefahren?"

„Ja, und ich muss zugeben, ich hab mich schon darüber gewundert", hatte ihr Luisa etwas nachdenklich geantwortet. „Ich war mir sicher, dass der Große sich dieses Mal endgültig von Julia gelöst hätte."

Die folgenden Sekunden waren grausam gewesen. Natürlich hatte sie versucht, sich nichts anmerken zu lassen, doch in ihrem Kopf und in ihrem Herzen erwachte ein quälender Zweifel zu neuem Leben und wurde schnell zur Gewissheit. Es war, als bräche eine alte Wunde auf und jemand würde mutwillig darin herumstochern. Erst nach einigen tiefen Atemzügen, war sie in der Lage, auf Luisas Bemerkung zu reagieren: „Haben sie das früher auch gemacht? Ich meine, sind Kjell und Julia oft zusammen weggefahren?"

Luisa hatte ihren Kopf ein wenig zur Seite geneigt und sie eindringlich angesehen. „Ab und zu", antwortete sie zögernd. „Sag mal, Isa, bist du dir sicher, dass da nichts zwischen dir und Kjell …?"

„Ja! Das war … wohl nur ein kleines Strohfeuer, mehr nicht. Vollkommen … unwichtig." Sie hatte sich wirklich angestrengt, ein möglichst unbeteiligtes Gesicht aufzusetzen, auch wenn ihr zum Weinen zumute war.

Oh ja, es war wie ein Dolchstoß mitten ins Herz gewesen, als sie gehört hatte, dass Kjell und Julia zusammen das Dorf verlassen hatten, aber hatte sie nicht von Anfang an damit gerechnet, dass er trotz seiner Beteuerungen irgendwann doch wieder bei Julia Brix landen würde? Natürlich war ihr das klar gewesen. Ja, sie hatte gewusst … nein, befürchtet, dass es so enden würde. Es tat verdammt weh. Viel zu sehr! Viel zu stark! Wenn sie nur daran dachte, dass dieser fabelhafte Mann sie nie mehr in den Armen halten würde, um ihr zu sagen, dass alles gut sei und ihr nichts passieren könne, solange er nur bei ihr war …

„Oh!", rief sie plötzlich aus und setzte sich auf. „Oh nein!"

Aufgebracht warf sie die Zudecke beiseite, sprang aus dem Bett und ging hinüber ans Fenster. Inzwischen war es weit nach Mitternacht, aber hinter den Vorhängen seines Wohnzimmers brannte noch Licht.

„Verdammt, verdammt!" Isabell stampfte mit dem nackten Fuß auf, während sie hinüberstarrte. „Isabell, du blöde Kuh!", schimpfte sie. „Zum Himmeldonnerwetter, du bist verliebt! Du hirnrissige Ziege hast dich in einen Kerl verknallt, der eine andere will! Na toll! Das hast du ja mal wieder wunderbar hinbekommen, oh Gott!" Sie würde es nicht aushalten, ihn mit Julia oder überhaupt mit einer anderen Frau zu sehen. Erneut fluchte sie laut vor sich hin, verfluchte ihn und dann sich selbst.

Und endlich kamen die Tränen.

Obwohl es schon fast ein Uhr war, konnte Kjell sich noch immer nicht aufraffen, ins Bett zu gehen. Er würde sowieso nicht einschlafen können. Viel zu viel schwirrte ihm im Kopf herum, worüber er nachdenken musste.

Da war zunächst einmal der ersehnte Rückruf von Finn Andersen. Der ehemalige Kriminalbeamte hatte einiges in die Wege geleitet, um mithilfe seiner früheren Kollegen herauszufinden, woher der Schließfachschlüssel aus der Schneekugel stammte, leider ohne Erfolg. Die Möglichkeiten waren auch für die Polizei begrenzt. Mehr als Telefonanrufe bei diversen Banken und das Überprüfen von Schließfachnummern bei der Deutschen Bahn waren nicht drin. Kjell hatte sich das leichter vorgestellt. In Deutschland und Großbritannien hatten Finn und seine Kontaktmänner von der Kripo inzwischen alle Möglichkeiten ausgeschöpft, vergebens.

Allerdings hatte Finn herausgefunden, dass die Schlüssel für die Schließfächer an den Bahnhöfen völlig anders aussahen, als der, den Isabell und er gefunden hatten. In der Beziehung waren sie zwar ein wenig schlauer, tappten aber weiterhin im Dunkeln.

Dann war da noch die Sache mit Julia.

Kjell blies die Wangen auf und stieß die Luft wieder aus. Am Nachmittag hatte er sie nach Hamburg zu einer Röntgenpraxis gefahren, um endlich die Computertomografie von ihrem Kopf machen zu lassen. Das Ergebnis war alles andere als beruhigend. In Julias Kopf wuchs ein Tumor, und nun war es an ihm, seine ehemalige Freundin von der notwendigen Operation zu überzeugen, solange noch Zeit dazu blieb. Julia hatte ihm jedoch klar zu verstehen gegeben, dass sie einem Eingriff niemals zustimmen würde. Sie wollte ihr Schicksal annehmen und weigerte sich, auch nur darüber nachzudenken. Es war zum Verzweifeln. Er hoffte, dass ihre Entscheidung dem ersten Schock geschuldet war, doch er kannte sie gut und bezweifelte es. Vielleicht könnte Julias Bruder helfen, sie umzustimmen, aber auch diese Chance war verschwindend gering. Vor einigen Stunden hatte er mehrmals versucht, seinen alten Freund Rafael zu erreichen, doch bisher ohne Erfolg. Zumindest hatte er eine Nachricht in der Werbeagentur hinterlassen, für die Rafael Brix arbeitete. Mehr konnte er im Augenblick nicht für Julia tun.

Und schließlich Isabell. Seine Gefühle für sie entwickelten sich zu einem immer größer werdenden Problem. Er fand kaum noch Ruhe, trotz seines umfassenden mentalen Trainings schaffte er es nicht, sich zu entspannen. Er wünschte, er wäre in der Lage, die Qual irgendwie zu beenden. Diese maßlose Sehnsucht, sein immerwährendes Verlangen, das ihm in jeder Sekunde des Tages und erst recht in den einsamen Nächten das Leben zur Hölle machte.

Sofort nach ihrer Reise hatte er beschlossen, ihr den Absprung zu erleichtern, damit sie die Aufgabe, die ihr durch das Erbe aufgebürdet wurde, unbelastet annehmen konnte. Für ihn war es offensichtlich, dass sie es tief in ihrem Herzen wollte. Wenn er auch nur den geringsten Zweifel daran gehabt hätte, dass ihre Zukunft auf Valentine Rock lag, dass sie nur dort richtig glücklich sein würde, hätte er sich anders entschieden, aber die Dinge lagen nun mal nicht anders.

Die wenigen Tage auf dem Gut in Cornwall hatten ihm nur noch deutlicher vor Augen geführt, wohin es Isabell wirklich zog. Von ihrer offenbar unsterblichen Liebe zu James Valentine einmal abgesehen war ihm letztlich klar geworden, dass er ihr den Weg ebnen musste, damit sie in ihre Heimat zurückgehen konnte, wann immer sie es für richtig hielt. Sein größtes Bestreben war ihr Glück. Sie durfte sich ihm gegenüber nicht verpflichtet fühlen, nur weil sie gerne mit ihm Sex hatte, das wollte er nicht zulassen. Das würde er auch sich selbst nicht antun.

Nun musste er einen Weg finden, nicht jedes Mal innerlich die Fassung zu verlieren, wenn er ihr begegnete.

Er schreckte zusammen, als plötzlich Siggi auf seinen Schoß sprang, ihm die Hand leckte und vertrauensvoll zu ihm aufsah. Der Hund riss ihn aus seinen trüben Gedanken und sah ihn an, als wüsste er genau, womit sich sein Herrchen quälte. Kjell lächelte bitter und strich Siggi über den silbergrauen Kopf, als das Tier ein kurzes Jaulen von sich gab. „Ja, ich weiß, Kumpel, dir fehlt sie auch. Wir lieben sie beide, nicht wahr? Aber es sieht so aus, als müsstest du nun wieder mit mir vorliebnehmen, mein Kleiner. Sie wird uns verlassen. Sie kann gar nicht anders." Er seufzte, setzte Siggi zurück auf den Boden und erhob sich aus dem Sessel. Langsam ging er hinüber zum Fenster und schob den Vorhang ein Stück beiseite. Im Haus seiner Mutter brannte kein einziges Licht mehr. Wahrscheinlich lagen außer ihm alle Lunauer seit Stunden im Tiefschlaf. Er warf einen Blick auf seine Armbanduhr, schüttelte den Kopf und sah noch einmal zu Siggi, der sich wieder auf seiner Decke zusammengerollt hatte. „Es ist fast drei Uhr. Okay, du hast ja recht", sagte er zu seinem Hund. „Ich sollte zumindest versuchen, wenigstens eine Mütze voll Schlaf zu bekommen."

Siggi hob den Kopf und fiepte kurz.

Christa Loewenthal machte sich Sorgen, und offenbar war sie damit nicht allein, denn ihre Freundin Ruth äußerte sich ähnlich. Sie hatten zusammen Mittag gegessen, da sie sonst kaum noch Zeit für einen gemütlichen Plausch unter Freundinnen fanden, saßen nun bei einer Tasse Kaffee an ihrem Küchentisch und sprachen über die beiden Menschen, die ihnen neuerdings ein wenig Kummer bereiteten.

„Seit sie von ihrer Reise zurück sind, benehmen sie sich seltsam. Man könnte sogar denken, Kjell geht Isabell bewusst aus dem Weg", sagte Ruth.

„Ja, das Gefühl habe ich auch. Bevor sie gefahren sind, war alles in Ordnung. Erinnerst du dich, wir haben noch darüber gewitzelt, dass sich die zwei womöglich ineinander verguckt haben könnten. In England muss irgendwas vorgefallen sein, was sie aus der Bahn geworfen hat. Vielleicht sind sie dort endlich zusammen im Bett gelandet und wissen jetzt nicht, wie sie mit der Situation umgehen sollen", überlegte Christa laut. „Zudem war Kjell gestern den halben Tag mit Julia unterwegs. Ich weiß nicht, ob mir das gefällt. Versteh mich nicht falsch, ich mag Julia Brix, doch ich glaube nicht, dass sie für Kjell die Richtige wäre."

Ruth nickte zustimmend. „Das glaube ich auch nicht, Christa, aber die Sache war schon merkwürdig. Mittwochnachmittag ist die Praxis ja geschlossen. Er ist gleich nach der Vormittagssprechstunde in sein Auto gestiegen und losgefahren. Normalerweise bleibt er immer noch eine Weile am Schreibtisch sitzen und beschäftigt sich mit den Patientenakten, heute ist er sofort nach oben in die Wohnung gegangen, hat sich umgezogen und kurze Zeit später das Haus verlassen. Offenbar hat er Julia Brix bei der Gärtnerei abgeholt, denn als ich die Hauptstraße hinunterging, fuhren sie zusammen an mir vorbei. Luisa hat sich auch gewundert, wir liefen uns in eben der Sekunde über den Weg."

„Hm, merkwürdig. Bevor Isabell und Kjell nach Cornwall geflogen sind, erschienen sie mir wie ein potenzielles Liebespaar, das sich ein bisschen ziert", warf Christa ein und rieb sich über ihren Unterarm. Inzwischen war endlich der Gips ab, doch dort, wo er gesessen hatte, juckte die Haut immer noch.

„Im Gegensatz zu dir, meine liebe Christa, bin ich allerdings davon überzeugt, dass sie schon vor England was miteinander hatten. Ich muss gestehen, dass ich nach wie vor das Gefühl habe, dass da mehr als nur Freundschaft im Spiel ist. Du musst nur darauf achten, wie sie sich gegenseitig ansehen. Besonders wenn einer von beiden denkt, dass der andere es nicht sieht. Wenn ich ein klein wenig romantischer veranlagt wäre, würde ich das total ergreifend finden, bin ich aber nicht." Ruth grinste.

Christas Mundwinkel hoben sich. „Du bist mir eine Heuchlerin. Natürlich berührt dich das. Und im Übrigen ist mir das auch schon aufgefallen. Vor ein paar Tagen zum Beispiel habe ich beobachten dürfen, wie mein Sohn in eine Art Trance geriet, als er Isabell betrachtete. Er kam vom Spaziergang mit dem Hund zurück und Isabell goss gerade die Blumenkübel auf der Veranda. Sie hat ihn nicht gesehen und war vertieft in ihre Arbeit. Kjell stand da wie vom Donner gerührt und hat sie eine kleine Ewigkeit nur verzückt angestarrt."

„Meine Güte!" Ruths Grinsen wurde noch breiter. „Der arme Mann ist also geliefert."

Christa verdrehte die Augen und griff nach der Kaffeetasse, um den letzten Rest auszutrinken. „Sieht ganz so aus. Und unserer Isabell geht es ähnlich, wenn ich mich nicht irre."

„Ich kann mir nicht vorstellen, dass wir uns gleich beide irren, was das angeht."

„Dann frage ich mich, warum die sich so dämlich verhalten, seit sie zurück sind. Und natürlich frage ich mich auch, wieso er sich plötzlich wieder mit seiner alten Flamme Julia sehen lässt. Für mich passt das alles nicht zusammen."

„Meinst du, wir sollten eingreifen?", fragte Ruth. Der Zweifel war ihrer Stimme anzuhören.

„Nein, auf keinen Fall. Das müssen sie selbst regeln. Du weißt doch, wie so was laufen kann. Ich werde mich nicht in die Nesseln setzen. Kjell ist mein Sohn. Ich weiß zwar, dass er sich unglaublich schwertut, wenn er über seine Gefühle sprechen soll, aber er wird es tun, sobald er nicht mehr weiterweiß, dessen bin ich mir sicher."

„Ich halte ihn für einen klugen Mann, Christa. Und gescheite Männer neigen manchmal dazu, sich in ihrer eigenen Logikfalle zu verlaufen, wenn du weißt, was ich meine."

„Glaub mir, ich weiß, wovon du redest. Und ich bin erstaunt darüber, wie gut du ihn schon jetzt einschätzen kannst. Kjell tut nämlich genau das ganz besonders gern. Die Krux an der Sache ist nur, dass er es selbst meist nicht bemerkt. Aber auch da muss er durch. Wenn er sich erst ein paar Wunden und Narben holen muss, um klarzusehen, soll er sie sich holen, das ist meine feste Überzeugung. Er ist Mitte dreißig, ich kann ihm nicht mehr die Nase putzen oder ihm über die aufgeschürften Knie pusten. Die Zeiten sind lange vorbei."

„Du könntest ihm signalisieren, dass du für ihn da bist, wann immer er dich braucht."

„Glaub mir, das weiß er ganz genau."

Isabell freute sich auf ihre Schwiegermutter.

Trotz des heftigen Liebeskummers oder vielleicht gerade deswegen, sah sie der Ankunft von Amanda mit großer Aufregung und freudiger Erwartung entgegen. Die Mutter ihres verstorbenen Mannes bedeutete ein Stück Geborgenheit. Amanda zeigte ihr mit jedem Wort und jeder Geste, wie zugetan sie ihr war, und das war genau das, was sie jetzt am dringendsten brauchte. Nun hatte sie nur noch einen einzigen Abend und eine Nacht zu überstehen, bis zu Amanda Valentine-Tremaynes Ankunft in Lunau.

Sie hatten vereinbart, dass Isabell sie vom Flughafen in Hamburg abholen würde. Christa würde ihr dafür sogar ihr neues Auto leihen.

An diesem Abend stand eine Verabredung mit Luisa an. Zusammen mit ihrer Freundin wollte sie sich noch einmal das Zimmer für Amanda genau ansehen und dem Raum den letzten Schliff geben. Sie hatte Kerzen besorgt, und Luisa würde frische Rosen für die hübsche Kristallvase auf dem Tisch und ein paar blühende Topfpflanzen für die Fensterbank mitbringen.

Isabell war dabei aufzuräumen und die Theken zu säubern, als Kjell in der Tür des Cafés auftauchte. Ihr Herz machte einen kleinen Sprung, als er mit großen Schritten auf sie zukam. Die Art, wie er das tat, wirkte entschlossen.

„Hallo, Isabell." Zur Begrüßung nickte er ihr zu, lächelte leicht.

„Hallo, Doc." Er nannte sie schon seit Wochen nicht mehr Bella. Es tat ihr leid, sie hatte diesen Kosenamen gerne aus seinem Mund gehört. Besonders in ganz speziellen Momenten, aber darüber wollte sie jetzt lieber nicht nachdenken.

„Christa ist oben", sagte sie und versuchte sich ebenfalls an einem Lächeln.

„Ich wollte zu dir."

„Oh." Ihr Herz schlug einen wilden Purzelbaum.

„Mein Freund Finn Andersen hat sich gemeldet. Er sieht leider keine Möglichkeit, herauszufinden, wozu der ominöse Schlüssel passt."

Sie seufzte und atmete tief durch, um irgendwie ihren holpernden Pulsschlag zu besänftigen. „Das ist … blöd."

„Du sagst es."

Sein Blick flog über ihr Gesicht, verweilte sekundenlang auf der Höhe ihres Mundes, glitt einen Moment weiter hinunter, bevor er ihr wieder in die Augen sah. Die Bewegung, die er dabei mit dem Kopf machte, wirkte hastig und seltsam abgehackt.

„Ich wollte … dich nur darüber informieren."

„Okay."
„Tja, dann gehe ich mal wieder."
„Hm." Sie sah zu, wie er sich abwandte und langsam einen Schritt auf die Tür zu machte. „Kjell!"
„Ja?" Er drehte sich so schnell zu ihr um, dass sie um ein Haar gelächelt hätte. „Wie geht es Siggi? Ist alles okay mit ihm?"
„Es geht ihm gut … so weit."
Er benimmt sich sonderbar. Wahrscheinlich hat er mir gegenüber ein schlechtes Gewissen, dachte sie. „Und … wie geht es dir, Doc?"
Sein Blick intensivierte sich für einen Moment. „Mir geht es wie Siggi."
„Aha." Für einen Augenblick sagten sie beide kein Wort, sahen sich nur an. „Möchtest du vielleicht einen Kaffee mit mir trinken?", traute sie sich endlich zu fragen. „Wir müssen uns doch noch … darüber unterhalten, wie wir jetzt vorgehen. Ich meine, wegen des Schlüssels."
Er sah sie an, leckte sich über die Unterlippe und lächelte. Wieder einmal wurde ihr bewusst, was dieses atemberaubende Lächeln mit ihr anstellte. Es wühlte sie auf, ihre Nerven waren zum Zerreißen gespannt.
„Ich … Warum eigentlich nicht", antwortete er endlich.
Beinahe hätte sie vor Erleichterung laut aufgestöhnt. „Fein", erwiderte sie stattdessen. „Setz dich. Ich komme gleich zu dir."
„Ja", sagte er heiser.
Als sie sich zu ihm setzte und ein Tablett mit den Tassen auf dem Tisch abstellte, griff er sofort nach seinem Kaffee.
„Vorsicht, der ist heiß", warnte sie ihn.
„Schon okay."
„Morgen kommt endlich Amanda", informierte sie ihn.
„Ich weiß, sie hat mich angerufen."
„Oh."
Er lächelte erneut, das machte ihr zu schaffen. Sie fühlte, wie Hitze in ihr hochkroch.
„Solange sie in Deutschland ist, wird sie meine Patientin sein, deshalb habe ich auch Kontakt zu ihr. Übrigens habe ich einen

Behandlungsplan für sie zusammengestellt. Sie sagte mir, sie hat vor, ungefähr einen Monat zu bleiben."

„Stimmt. Luisa und ich haben das Zimmer ganz wundervoll hergerichtet. Willst du es dir ansehen?"

Er räusperte sich und nahm einen weiteren Schluck von seinem Kaffee, ohne sie anzusehen. „Ein anderes Mal vielleicht."

Ihr erschien es, als würde er das glühend heiße Getränk regelrecht hinunterstürzen. „Kjell … kann ich dich etwas fragen?"

Sein Blick glitt zurück zu ihr. „Was immer du willst."

„Ist es … vorbei mit uns?"

Ihre Frage hing in der Luft wie ein Schwert, das mit der Spitze auf sein Herz zielte. Erst musste er schlucken, dann trocken husten. Sein Körper schien sich bei dem Versuch, ihr zu antworten, zu verhärten.

„Kjell?"

Er bemühte sich, ihr direkt in die Augen zu sehen, die ihm viel himmelblauer vorkamen als sonst. „Ich denke, es ist für uns beide besser so, Isabell."

„Oh!"

Ihre Augen füllten sich mit Tränen, damit hatte er nicht gerechnet und ihm drehte sich der Magen um.

„Verstehe mich richtig, ich möchte nur verhindern, dass du … falsche Erwartungen an unsere Beziehung knüpfst, die dich in deinen Entscheidungen beeinflussen könnten", schickte er mit sanfter Stimme nach.

Isabell sprang auf und wischte sich mit dem Handrücken eine einzelne Träne von der Wange. Sie schaffte es, sich wieder zu fangen, denn mehr Tränen flossen nicht.

„Falsche Erwartungen?", fragte sie leise.

Automatisch erhob auch er sich, stand ihr nun direkt gegenüber. „Ja, ich denke … ach verdammt noch mal, Isabell, ich möchte eben nicht, dass du dich irgendwie an mich gebunden fühlst. Und ich … ich bin der Meinung, dass wir es lieber beenden sollten, bevor dieser Fall eintritt."

Ihr Gesichtsausdruck ließ sich irgendwo zwischen Abscheu und Wut einordnen. Wahrscheinlich eine Mischung aus beidem. Sie starrte ihn an, als ob er ein gefährliches und sehr hässliches Monster aus einer anderen Welt wäre. In diesem Augenblick wurde ihm mit tödlicher Sicherheit bewusst, dass er soeben einen riesigen, vielleicht sogar den größten Fehler seines Lebens gemacht hatte. „Hör zu, ich wollte nicht ... Das sollte jetzt nicht heißen, dass ich ..."

„Ich möchte, dass du sofort gehst", flüsterte sie kaum hörbar. „Auf der Stelle! Verschwinde, Kjell."

Er sah sie an und sie starrte zurück. „Isabell ..."

Sie hob eine Hand, um ihm Einhalt zu gebieten. „Ich weiß, dies ist dein Elternhaus und wir werden uns nicht aus dem Weg gehen können, aber ich bitte dich trotzdem, jetzt zu gehen."

Es blieb ihm nichts anderes übrig, als ihrer Aufforderung zu folgen. Wenigstens war es jetzt raus. Es ist besser für sie, sagte er sich ein weiteres Mal, bevor er an ihr vorbeiging und das Café verließ.

Wie betäubt erledigte Isabell die restliche Arbeit, dann sank sie auf einen der Stühle im Café und versuchte die Tränenflut wegzuatmen, die ihre Augen brennen ließ und ihr die Kehle zuschnürte. Sie wollte nicht weinen, das hatte dieser arrogante Kerl nicht verdient. Tapfer kämpfte sie dagegen an, auch wenn sich die eine oder andere Träne ihren Weg bahnte, schaffte sie es, den großen Heulkrampf zu verhindern.

Sie saß noch immer auf dem Stuhl, als Luisa hereinkam und ihr einen fröhlichen Gruß zurief. Ihre Freundin stellte den Korb ab, in dem sich die Blumen befanden, die sie für Amandas Zimmer mitgebracht hatte, und kam näher. Kaum sah Luisa sie an, verpuffte der Schwung, mit dem sie hereingekommen war.

„Um Himmels willen, was ist dir denn passiert?" Sie ging vor ihr in die Knie und griff nach ihren Händen. „Isa, du siehst aus, als wäre jemand gestorben."

„Es ist niemand gestorben. Es ist nur ... Kjell. Er hat ... Er benimmt sich einfach ... furchtbar." Ihre Stimme war belegt und sie musste sich räuspern. „Lass uns nach oben gehen. Ich muss nur eben abschließen."

Luisa erhob sich und stemmte die Hände in die Taille. „Kjell? Aber der Große benimmt sich doch niemals schlecht. Und du hast mir gesagt, ihr seid gar kein Paar. Isabell, ich verstehe kein Wort."

Zumindest half ihr Luisas Anwesenheit, die brennenden Tränen zurückzuhalten und sich etwas zu beruhigen. „Lass uns raufgehen, ich erkläre es dir oben."

Wenig später saßen sie zusammen in den zwei schönen alten, mit flaschengrünem Samt bezogenen Sesseln, die in Amandas Zimmer standen. Sie hatten sich eine Kanne Tee mit hinaufgenommen und Luisa schenkte ein.

„Und nun erzähl mir endlich, was unser Lunauer Vorzeigemann dir Schlimmes angetan hat, Isabell."

„Ich weiß gar nicht, wo ich anfangen soll."

„Leg los. Ich habe das Gefühl, dass es dir guttun würde, dir mal Luft zu machen. Du bist mir schon häufiger bedrückt vorgekommen, seit du aus England zurück bist." Luisa schüttelte den Kopf und rührte einen Löffel Zucker in ihren Tee. „Ich bin allerdings davon ausgegangen, dass du einfach nur Heimweh hast. Na ja, wir haben alle viel zu tun im Moment, deshalb war ich vielleicht auch nicht ganz so aufmerksam, aber ich wäre trotzdem niemals darauf gekommen, dass deine Stimmung etwas mit Kjell zu tun haben könnte. Du hast ja kaum noch ein Wort über ihn verloren. Und als ich dich fragte ..."

„Ach Luisa, es ist alles so verworren."

„Du bist also doch in ihn verliebt?"

„Ja, ganz furchtbar sogar. Mir ist das selbst erst vor ein paar Tagen so richtig klar geworden. Kjell und ich ... wir haben ..." Isabell brach ab. Es fiel ihr schwer, die passenden Worte zu finden.

„Vor einiger Zeit hast du mir erzählt, dass er dich geküsst hat."

Isabell nickte. „Dabei ist es nicht geblieben, Lu. Da war von Anfang an etwas zwischen uns, das irgendwie ... mächtig war. Dann kam Christas Unfall und die Sache mit den Schneekugeln ..."

Kaum hatte sie angefangen, kamen die Worte wie von selbst aus ihrem Mund. Sie erzählte Luisa alles, was sie mit Kjell erlebt hatte. Natürlich ließ sie die intimen Details weitestgehend aus, aber sie verschwieg ihrer Freundin nicht, wie stark die Anziehung und die Leidenschaft zwischen ihr und Kjell gewesen waren. Ihre Erzählung endete mit dem Vorfall, der sich vor einer halben Stunde im Café abgespielt hatte.

„Du bist dir sicher, dass du ihn richtig verstanden hast? Irgendwie will diese Macho-Nummer überhaupt nicht zu dem Kjell passen, den ich schon mein Leben lang kenne." Luisa schüttelte abermals den Kopf. „Vielleicht hat er sich nur unklar ausgedrückt. Das soll ja bei Männern vorkommen. Nein, das passt wirklich nicht zu ihm, Isa. Der Große war immer der Verlässliche, der charakterfeste Typ, bei dem man stets wusste, woran man war."

„Dann hat er sich seit seiner Jugend offenbar verändert, das soll ja auch vorkommen. Oh ja, er war immer höflich und wahnsinnig nett und … ein guter Freund eben. Anfangs, bei unseren ersten Begegnungen, habe ich ihn vollkommen anders eingeschätzt und fühlte mich unsicher in seiner Gegenwart. Ich meine, ein Mann mit dieser Attraktivität und dem beruflichen Hintergrund muss doch ein arroganter und selbstverliebter Kerl sein. Das habe ich zumindest gedacht, bis ich ihn näher kennenlernte. Offensichtlich war mein erster Eindruck doch richtig." Sie griff nach ihrer Tasse und trank einen Schluck Tee. „Nein, Luisa, da war nichts falsch zu verstehen. Kjell bildet sich tatsächlich ein, ich würde mich ernsthaft in ihn verlieben und zu guter Letzt doch noch andere Erwartungen an unsere Beziehung knüpfen. Deshalb hat er lieber rechtzeitig die Notbremse gezogen. Natürlich nur, weil er ja so wahnsinnig toll ist und ich ihm für alle Zeiten verfallen könnte, wenn wir länger … na, du weißt schon."

„Aber, Süße, du *hast* dich doch auch in ihn verliebt."

Isabell sah ihrer Freundin in die Augen. „Ja, und? Das kann er doch nicht wissen! Bis vor ein paar Tagen, habe ich das ja selbst nicht gewusst. Außerdem nehme ich an, dass er sowieso nur einen Grund gesucht hat, um mich auf Abstand zu halten. Wahrscheinlich ist er wieder zu Julia zurückgekehrt, wie es immer alle erwartet haben."

„Er ist nicht mit Julia zusammen, das hätte ich mitbekommen."

„Aber du hast sie doch zusammen wegfahren gesehen."

„Ich bitte dich! Es kann mindestens hundert harmlose Gründe dafür geben."

„Nenne mir einen!"

„Ähm ..."

„Ach, hör schon auf, Luisa! Im Grunde interessiert es mich auch nicht."

„Nein, im Ernst, ich wüsste das, Isabell. Julia wirkt zurzeit nicht gerade so, als wäre alles in ihrem Leben eitel Sonnenschein. Ich habe mehrmals miterlebt, wie sie sich benimmt, wenn Kjell und sie wieder zusammengefunden hatten. Sie schwebt dann geradezu durch den Alltag, lacht, sprüht nur so vor lauter Glück." Luisa schenkte Tee nach. „Weißt du, im Augenblick ist sie wortkarg und gibt sich zurückhaltend. Besonders in den letzten Tagen. Jetzt, wo ich genauer darüber nachdenke, fällt mir auf, dass ich sie kaum sehe."

„Ihr wohnt doch in einem Haus."

„Ja, aber meine kleine Einliegerwohnung hat einen eigenen Eingang, wie du weißt. Ich höre sie zwar manchmal, wenn sie zu Hause ist, das ist es aber auch schon. In der Gärtnerei oder in der Baumschule bin ich selten, und im Blumenladen kommt sie nicht allzu oft vorbei. Jedenfalls nicht mehr so oft wie früher. Sie hat mir im letzten Jahr alles übergeben, was mit dem Laden zu tun hat, weil sie keine Lust darauf hat. Ich führe das Geschäft inzwischen allein, sie bekommt nur noch die monatliche Abrechnung."

Isabell erhob sich und ging hinüber zum Fenster, sah aber nicht hinaus, sondern lehnte sich mit dem Rücken an die Fensterbank, um den Blick durch den Raum schweifen zu lassen. „Das Zimmer ist wunderschön geworden", wechselte sie abrupt das Thema.

„Ja, deine Schwiegermutter wird sich hier wohlfühlen." Auch Luisa stand auf, trat zu ihr und strich ihr eine Locke über die Schulter nach hinten. „Wie lange bleibt sie?"

„Ungefähr einen Monat. Kjell wird sie ärztlich betreuen. Er hat sich zum Ziel gesetzt, sie in dieser Zeit deutlich fitter zu machen."

„Du wirst sie begleiten, wenn sie wieder abreist, stimmt's?", fragte Luisa leise.

In Isabells Brust formierte sich ein stechender Schmerz. „Wahrscheinlich. Was soll ich denn noch hier? Es würde mir zu wehtun, Kjell dauernd über den Weg zu laufen, und womöglich sogar mitzuerleben, wie er mit Julia glücklich wird. Ich habe schon einmal einen Mann verloren, den ich geliebt habe, und bei Kjell ist das … Was ich sagen will, im Augenblick ist das alles etwas zu viel für mich, verstehst du? Ich liebe Lunau. Ich bin so wahnsinnig gerne hier. Du und Christa, vielleicht noch Ruth, ihr werdet mir unsagbar fehlen, aber ich würde es einfach nicht aushalten. Ich will mir das nicht länger als nötig antun."

„Du wirst mir auch fehlen, Isabell, und wie! Ich hatte noch nie eine so tolle Freundin wie dich."

Sie lächelten sich an und nahmen sich herzlich in den Arm. „Geht mir genauso, Lu. Du wirst mir sogar ganz furchtbar fehlen, du kannst mich auf Valentine Rock besuchen, sooft du nur willst."

„Du kannst dich darauf verlassen, dass ich dich besuchen werde. Ich wollte immer schon mal nach Cornwall, allein schon wegen der mediterranen Vegetation."

Isabell brachte ein Grinsen zustande. „Ich habe einen sehr gut aussehenden Cousin, vielleicht gefällt er dir."

Luisa winkte ab. „Hör mir mit den Männern auf! Ich will gar keinen."

„Sag doch nicht so was, Lu. Du hast mal angedeutet, dass es früher hier in Lunau jemanden für dich gab. Vielleicht wird das ja doch noch was mit euch."

Über das hübsche Gesicht der jungen Floristin schien der vertraute Schatten zu fallen. Bekümmert schüttelte sie den Kopf.

„Nein, das ist ausgeschlossen. Dieser Mann hatte niemals das geringste Interesse an mir. Er hat noch nicht einmal geahnt, dass ich so wahnsinnig in ihn verliebt war." Luisa setzte sich zurück in den Sessel. „Außerdem ist das Schnee von gestern. Ich habe das längst überwunden, glaub mir. Er ist schon so lange fort, und er wird nie nach Lunau zurückkehren."

„Ach, das kann man nicht wissen."

„Doch ich weiß das", erwiderte Luisa bestimmt. „So, nun komm her, wir trinken den Kräutertee aus, dann muss ich dringend ins Bett. Mein Wecker klingelt um fünf. Die Nacht ist kurz genug. Sobald die Jungs aus der Gärtnerei vom Großmarkt zurück sind, muss ich einige Sträuße und Gestecke vorbereiten."

Kjell konnte sich kaum daran erinnern, wann er zum letzten Mal den Drang verspürt hatte, sich hemmungslos zu betrinken.

Natürlich gab er diesem unvernünftigen Bedürfnis nicht nach. Er war Arzt und nahm seinen Beruf ernst. Für ihn war es selbstverständlich, jederzeit in der Lage zu sein, zum Beispiel einen nächtlichen Notfall zu behandeln, falls es nötig wurde. Deshalb beschränkte er sich auch jetzt auf ein Glas Rotwein. Obwohl er sich am liebsten mit einer ganzen Flasche Hochprozentigem ins Bett verkrochen hätte, um sich möglichst rasch und mit wenig Genuss in einen seligen Rausch zu versetzen, blieb er seinen Prinzipien treu.

Mürrisch und wütend auf sich selbst, saß er im Wohnzimmer, hielt das Weinglas in der Hand und achtete trotz allem darauf, dass er dessen Inhalt nicht allzu schnell hinunterstürzte.

Sein Zorn richtete sich nicht nur gegen sich selbst. Innerlich verfluchte er die ganze Situation, in die er da geraten war. Es war nicht viel gewesen, was er erwartet und sich erhofft hatte, als er zurück nach Lunau gekommen war. Seine Praxis, ein ruhiges Leben in dem Heidedorf, wo er sich schon immer zu Hause gefühlt hatte. Nach der aufreibenden Zeit als Elitesoldat hatte er nach einem geregelten und gefahrlosen Leben geradezu gelechzt.

Und dann war er gleich am ersten Tag Isabell begegnet.

Wenn er ehrlich war, hatte sie ihn sofort bezaubert. Alles an ihr hatte ihn fasziniert. Ihre schüchterne Herzlichkeit, der silberblaue Blick aus den unfassbar traurigen Augen, aber auch die Art, wie sie regelrecht aus ihrem Kokon aus Zurückhaltung und Schüchternheit zu springen schien, sobald sie sich durchsetzen musste. Wenn er nur an den Tag dachte, als Siggi angeschossen wurde ... Wahrscheinlich hatte er sich damals schon rettungslos in sie verliebt.

Noch immer wurde ihm warm ums Herz, wenn er die Gedanken an die Momente des Glücks zuließ. Diese kostbaren Augenblicke, in denen die Traurigkeit aus ihren Augen verschwand, und er die Gewissheit hatte, dass nur er allein der Grund dafür gewesen war. *Unbezahlbar!*

Der Schmerz in seiner Brust war enorm und kostete Kraft. Wenn er irgendwann in der Vergangenheit daran gezweifelt hatte, ob das Gefühl, das er Julia entgegengebracht hatte, Liebe gewesen war, konnte er jetzt nur noch müde den Kopf darüber schütteln. Nun wusste er, wie es sich wirklich anfühlte, wenn man jemanden über alle Maßen liebte. So sehr, dass es wehtat. So sehr, dass man glaubte, vor lauter Schmerz zu vergehen, sobald man dem geliebten Menschen nicht mehr nahe sein durfte.

Isabell würde gehen, das wusste er, spätestens, wenn Amanda wieder zurück in ihre Heimat reiste. Die Erkenntnis brachte ihn fast um vor Kummer. Einen Monat, dachte er, höchstens noch einen verdammten Monat, dann wird sie für immer aus meinem Leben verschwunden sein.

Und auch die Zeit bis dahin bedeutete schon die Hölle für ihn. Er hatte keine Ahnung, wie er mit diesem unbeschreiblichen Schmerz umgehen sollte, denn er hatte nicht die geringste Erfahrung damit. Im Augenblick wollte ihm nichts einfallen, das ihn ablenken konnte. Stets hatte er Erfüllung in seinem Beruf gefunden, doch plötzlich spürte er nur noch diese tiefe Leere in sich. Vielmehr hatte er nun das Gefühl, dass mit Isabell alles verschwinden würde, was seinem Leben einen Sinn verlieh.

Natürlich hatte sie ihn völlig falsch verstanden, aber darauf kam es jetzt nicht mehr an. Es war ihm vor allem wichtig, dass sie sich in ihren Entscheidungen frei fühlte, und das war nun der Fall. Ihre direkte Frage hatte ihn unvorbereitet getroffen, und wie immer war er, wenn es um Gefühlsdinge ging, überfordert gewesen. Bei seinen Patienten fiel es ihm nie schwer, die richtigen Worte zu finden, doch wenn es um seine eigenen Belange ging, versagte er regelmäßig. Das kannte er bereits. Er konnte sich kaum noch daran erinnern, wie oft er diese Schwäche schon verflucht hatte. Dennoch, Isabell wusste jetzt, dass er es für besser hielt, ihre Beziehung zu beenden. Die wahren Gründe spielten keine Rolle.

Sie würde fortgehen aus Lunau und aus seinem Blickfeld verschwinden – und damit würde sie ihm endgültig das Herz herausreißen.

KAPITEL 12

Amanda Valentine-Tremayne lebte sich so schnell in Lunau ein, dass alle nur darüber staunen konnten. Jeder im Dorf, der von ihrem Besuch erfuhr, erwartete automatisch, dass die reiche und verwöhnte englische Lady sich mit dem Dorfleben, ihrem kleinen Zimmer oder gar mit der Verpflegung schwertun würde, doch nichts davon traf ein. Im Gegenteil. Es war offensichtlich, dass Isabells Schwiegermutter sich wohlfühlte.

Unter der ärztlichen Betreuung von Kjell und unter Isabells liebevoller Zuwendung machte sich bei ihr schon nach zwei Wochen eine deutliche Veränderung ihres Gesundheitszustands bemerkbar. Amanda wirkte agiler, sah gesünder und jünger aus und hatte sogar ein bisschen zugenommen, was ihr gut stand.

Zudem verstand sie sich hervorragend mit ihren Altersgenossinnen Christa und Ruth. Die drei Damen wurden schnell zu einem eingeschworenen Team und hatten jede Menge Spaß miteinander.

An einem ruhigen Sonntagmorgen frühstückte Amanda mit ihren neuen Freundinnen in Christas heimeliger Küche.

Sie waren allein, denn Isabell war zusammen mit Luisa nach Lüneburg zu einer Benefizveranstaltung gefahren. Eine Schule, in die auch Luisa einst gegangen war, sammelte Spenden für ein Kinderhospiz. Die beiden Frauen hatten sich für einen gemeinsamen Stand entschieden, an dem sie Kuchen und Blumengestecke anbieten würden, um die Spendenaktion zu unterstützen. Aus diesem Grunde hatte Christa beschlossen, das Buchladen-Café trotz der Heideblütenzeit ausnahmsweise einmal nicht zu öffnen.

„Der freie Tag wird dir guttun, Christa“, bemerkte Ruth, die gerade aufgestanden war, um Kaffee nachzuschenken. „Ihr habt in der letzten Zeit ganz schön geschuftet.“

Christa winkte ab. „Während der Heideblüte haben alle viel zu tun. Das geht vorbei.“

„Ich glaube, ich wiederhole mich, aber dieses Dorf ist einfach zauberhaft“, sagte Amanda und lächelte. „Es hat ein ganz besonderes Flair. Ich kann verstehen, dass Isabell sich hier so wohlfühlt."

Ruth zog die Augenbrauen in die Höhe. „Ich denke, so wohl fühlt sich deine Schwiegertochter hier gar nicht mehr. In der letzten Zeit wirkt sie eher unglücklich."

„Kjell!", sagten Amanda und Christa wie aus einem Mund. Sie sahen sich an und schmunzelten über ihren gemeinsamen Gedanken.

„Da sagt ihr was." Ruth wandte sich an Amanda: „Christa und ich haben gleich nach ihrer Rückkehr aus Cornwall festgestellt, dass zwischen den beiden irgendwas nicht mehr so richtig stimmt."

„Auf Valentine Rock erschienen sie mir fast ... innig miteinander", warf Amanda ein. „Sie erwähnten zwar, dass sie nur Freunde seien, aber mein Gefühl sagte mir etwas anderes, wenn ich sie zusammen erlebte."

„Uns ging es ähnlich." Christa seufzte und legte ihren Kopf leicht schief. „Und wenn ich mich nicht irre, geht es meinem Sohn auch nicht besonders gut. Er wird immer verschlossener. Das war noch nie ein gutes Zeichen."

„Es geht ihm hundsmiserabel, wenn du meine Meinung hören willst", stellte Ruth nüchtern fest. „Er ist irgendwie viel ... stiller geworden. Verschlossen ist tatsächlich das richtige Wort dafür. Seine Pflichten als Arzt erfüllt er einwandfrei und zuverlässig, aber es ist nicht zu übersehen, wie dreckig es ihm geht. Ich habe ihn gefragt, was los ist. Natürlich habe ich mich auch für ein Gespräch angeboten, er hat abgelehnt und so getan, als wäre alles in bester Ordnung. Pah! Dabei sieht selbst ein Blinder, dass er leidet wie ein gequälter alter Hofhund."

„Mir tut es sehr weh, ihn so zu sehen", murmelte Christa und räusperte sich. „Er ist immer so verflucht hilflos, wenn es darum geht, seine Gefühle zu ordnen. Das war schon früher so."

„Ich glaube, die beiden lieben sich." Amanda hatte einige Zeit zugehört, jetzt sah sie von einer zur anderen. „Ich bin mir sogar ziemlich sicher. Guckt sie euch doch nur an, wenn sie sich begegnen." Sie nahm einen Schluck von ihrem Kaffee. „Isabell war die große Liebe meines Jungen. Sie war sein Ein und Alles. Ihr könnt euch wahrscheinlich denken, dass es mir nicht leichtfällt, zu sehen, dass sie sich so schnell neu verliebt hat, aber Kjell mochte ich sofort. Man kann sogar sagen, dass ich ihn auf der Stelle ins Herz geschlossen habe." Sie sah Christa an und lächelte warm. „Du hast einen wunderbaren Sohn, meine Liebe, und ich wäre wirklich froh, wenn die zwei zusammenfinden könnten. Isabell ist noch viel zu jung, um allein zu bleiben. Wir wissen ja, dass sie ein paar Probleme lösen muss, die mit Jamies Erbe zu tun haben. Vielleicht macht ihnen das so großen Kummer."

„Hm." Christa erwiderte Amandas Blick. „Natürlich kann es mit dem Erbe zu tun haben, aber ich habe eher die Befürchtung, dass da auch irgendein Missverständnis zwischen den beiden in der Luft schwebt. Ich kenne meinen Sohn. Natürlich ist er ein intelligenter Mann, doch leider neigt er dazu, Dinge, die ihn belasten und die mit seinen Gefühlen zu tun haben, zu verschweigen, abzuwiegeln oder schlimmstenfalls irgendwie umständlich zu erklären. Sobald der Junge leidet, wird er stumm, oder er verbockt die ganze Chose. Ich hoffe, ihr wisst ungefähr, wie ich das meine."

Die beiden anderen nickten. Eine Weile saßen sie da, tranken ihren Kaffee und dachten nach.

„Wir greifen nicht ein, oder?", fragte Amanda. „Das wäre nicht richtig, denke ich."

Christa und Ruth lachten. „Genau die Frage haben wir uns auch schon gestellt", gab Ruth zu. „Und wir sind zu dem Schluss gekommen, dass wir, solange es irgend geht, abwarten sollten, bevor wir etwas unternehmen."

„Du hast abgenommen, Isa. Du wirst immer dünner", stellte Luisa fest.

Isabell zuckte ein wenig zusammen, denn sie war wieder einmal in Gedanken gewesen. Kurz sah sie zu ihrer Freundin, die den kleinen Lieferwagen der Gärtnerei über die Landstraße Richtung Lunau lenkte. Nach dem gelungenen Benefizmarkt für das Hospiz waren sie nun auf dem Weg zurück nach Hause.

„Hm." Was sollte sie darauf antworten? Ihr wollte nichts einfallen.

„Du wirst nicht nur dünner, du siehst auch aus, als würdest du kaum Schlaf bekommen, und im Gegensatz zu früher bist du entsetzlich einsilbig geworden", fuhr Luisa fort. „Ich mache mir wirklich Sorgen um deine Gesundheit, dein Liebeskummer bringt dich noch um, wenn du nichts dagegen tust."

„Du hast ja recht, aber selbst wenn ich wollte, ich könnte gar nichts dagegen tun. Es kommt mir vor, als würde ich in einem tiefen Loch sitzen. Ich weiß einfach nicht, wie ich da herausfinden soll."

„Vielleicht solltest du doch noch mal mit dem Großen reden, er sieht nämlich auch nicht gerade wie das blühende Leben aus, wenn du mich fragst."

„Ich werde auf keinen Fall mit Kjell reden. Es reicht mir schon, wenn wir uns über den Weg laufen, weil er zu seiner Mutter oder zu Amanda will."

„Warum denn bloß nicht, Herrgott noch mal?"

„Weil er dann sofort annehmen würde, dass ich vorhabe, wieder bei ihm zu landen. Nein danke!" Isabell stieß unwillig ein Schnauben aus. „Der Herr Doktor glaubt ja sowieso, ich würde mich jede Nacht nach ihm verzehren und mich vor Verlangen in den Schlaf heulen."

Luisa zog einen Mundwinkel in die Höhe. „Und? Tust du das etwa nicht?"

„Du bist eine wahre Freundin, du Scheusal!"

„Damit kann ich leben."

Eine Weile blieb es still im Auto. Isabell sah aus dem Seitenfenster und lehnte die rechte Schläfe an die kühle Scheibe. „Ich halte es nicht mehr lange aus", gab sie schließlich leise zu. „Ich werde langsam verrückt. Jede Nacht stehe ich im Dunkeln an meinem Schlafzimmerfenster und starre zu ihm rüber. Er ist immer sehr lange wach. Manchmal bis zwei oder drei Uhr morgens. Ich gehe meist erst ins Bett, wenn auch bei ihm das Licht ausgeht."

„Ach, mein armes Mädchen, kein Wunder, dass du so kaputt aussiehst. Du bekommst ja tatsächlich kaum noch Schlaf."

„Ich würde gerne wissen, warum er nicht zur Ruhe kommt."

„Vielleicht aus denselben Gründen wie du. Schon mal daran gedacht?"

Isabell lachte bitter auf. „Dann hätte er sich wohl nicht von mir getrennt."

„Getrennt? Ich dachte, ihr seid überhaupt niemals ein Paar gewesen?"

„Meine Güte, Luisa, leg doch nicht jedes Wort auf die Goldwaage. Natürlich waren wir nicht richtig zusammen, nur …"

„Ja, ich weiß. Nur im Bett."

Anstatt darauf zu antworten, seufzte Isabell.

Kjell gestand sich ein, dass es eine Sache war, sich einzureden, dass es das Beste war, sich aus dem Weg zu gehen oder sich zumindest distanziert zu verhalten, um nicht noch mehr in Versuchung zu geraten. Eine ganz andere Sache war es allerdings, das auch durchzuziehen.

Es war nicht durchführbar, sich tatsächlich nicht zu begegnen. Ein Dorf wie Lunau hatte seine eigenen Gesetze, was das anging. Hinzu kamen die speziellen Umstände: Isabell lebte und arbeitete im Haus seiner Mutter, das ließ jeden einzelnen Tag zu einer Art Spießrutenlauf werden.

Fast täglich begegneten sie sich, auch wenn sie dann kaum miteinander sprachen. Ihre Konversation beschränkte sich auf das Nötigste, um für die anderen den Anschein zu wahren, alles sei in bester Ordnung. Wenn Isabell ihn tatsächlich mal direkt ansah, wirkte ihr Blick kühl und geringschätzig. Er hatte sie enttäuscht, das ließ sie ihn spüren.

Nach wie vor war sie hingerissen von Siggi. Es brachte ihn völlig aus dem Tritt, mit ansehen zu müssen, wie zärtlich und liebevoll sie mit seinem Hund umging. Auch Siggis Zuneigung zu Isabell war ungebrochen. Sobald sie sich über den Weg liefen, spielte der Hund verrückt und wollte zu Isabell. Wie gut er ihn verstehen konnte.

Langsam, aber sicher zweifelte er an seinem Verstand. Während seiner Ausbildung in der Eliteeinheit hatte er gelernt, unter gewissen Umständen keinerlei Gefühle zu zeigen, wenn möglich, diese nicht einmal zuzulassen. Jene speziellen Mechanismen im Gehirn waren nicht zuletzt notwendig, um in lebensgefährlichen Situationen die eigene Psyche zu schützen. Wenn es jedoch um Isabell ging, versagte er kläglich, kam an seine Grenzen.

Er schlief kaum noch, hatte keinen Appetit mehr und im Grunde hielt ihn nur seine Arbeit einigermaßen auf Trab und damit am Leben. Für seine Patienten machte er weiter und funktionierte wie eine gut geölte Maschine. Doch sobald die Sprechzeiten beendet, die Hausbesuche erledigt waren und der Papierkram bewältigt war, brach er emotional und auch physisch regelrecht zusammen. Wenn er dann abends allein in seiner Wohnung saß, kam er vor Sehnsucht und Verlangen dem Wahnsinn nahe, und der Teufelskreis ging wieder von vorne los. Sein Körper rebellierte und seine Seele quälte sich, er fand aber keinen Ausweg aus dieser Hölle.

Sogar sein Hund kam dabei zu kurz, das ärgerte ihn zusätzlich. Es war ihm stets wichtig gewesen, dass Siggi ein schönes und ausgefülltes Hundeleben genießen konnte. Es hatte ihm immer große Freude bereitet, zusammen mit dem kleinen Kerl durch die Natur zu streifen und herumzutollen, doch nun reduzierte er die Spaziergänge auf das erforderliche Maß. Stattdessen hockte er unzufrieden und vor sich hin brütend in seinem Sessel und tat sich selber leid. Was für ein Desaster! Wann würde dieser verfluchte Schmerz endlich aufhören?

Er liebte sie, er wollte bei ihr sein. Er *musste* bei ihr sein! Zum ersten Mal seit seiner Kinderzeit liefen ihm Tränen übers Gesicht.

Isabell hatte Kopfschmerzen. Das pochende Stechen in den Schläfen hatte sich gleich nach dem Aufwachen in ihrem Schädel festgesetzt und machte ihr zu schaffen. Nach dem Frühstück hatte sie ein paar Aspirin genommen, doch das Schmerzmittel wollte nicht helfen.

Sie saß bei ihrer zweiten Tasse Kaffee in Christas Küche, als sie plötzlich Kjells feste Schritte auf der Treppe hörte. Automatisch richtete sie sich kerzengerade auf und wappnete sich innerlich für die Begegnung mit ihm. Als er sie sah, schien er einen Moment zu stutzen.

„Guten Morgen, Isabell."

„Morgen." Kurz streifte ihr Blick sein Gesicht. Er sah müde aus, unter seinen tiefblauen Augen lagen dunkle Schatten.

„Ist meine Mutter nicht hier?", wollte er wissen.

„Nein. Sie ist schon früh zu einer Nachuntersuchung in die Klinik nach Lüneburg gefahren. Gina, unsere Aushilfe, schmeißt heute den Buchladen allein."

„Ach ja, das war ja heute. Hab ich ganz vergessen. Und Amanda?"

„Sie begleitet Christa. Die beiden wollen hinterher shoppen gehen."

„Shoppen? Amanda?" Ein angedeutetes Lächeln huschte über Kjells Gesicht. „Wer hätte das vor ein paar Wochen gedacht."

„Stimmt. Sie hat sich toll erholt."

„Hat sie ihren Stock dabei?"

„Ja, sie meint, du hättest ihr geraten, ihn noch eine Weile zu benutzen."

Kjell nickte. „Auch wenn sie ihn eigentlich nicht mehr wirklich braucht, gibt er ihr doch Sicherheit." Er blieb unentschlossen in der Tür stehen. „Du bist blass", stellte er fest. „Geht es dir nicht gut?"

„Nur Kopfschmerzen."

„Hast du etwas genommen?"

„Zwei Aspirin, aber die helfen nicht sonderlich gut."

„Hm. Warst du sehr angespannt in der letzten Zeit?"

Sie konnte kaum glauben, dass er diese Frage stellte. Männer sind alle Idioten, dachte sie und verdrehte im Geiste die Augen. Dennoch würde sie ihm nicht den Gefallen tun, auch noch sein Ego zu streicheln. „Wie du weißt, ist zurzeit ziemlich viel zu tun."

„Darf ich … hättest du was dagegen, wenn ich mir mal deinen Nacken ansehe? Es könnte sein, dass der Schmerz dort seinen Ursprung hat."

Einen endlosen Augenblick lang sahen sie sich an, dann erhob Isabell sich zögernd und ging auf ihn zu. Was ist schon dabei, dachte sie. Vielleicht kann er mir ja helfen, diese blöden Kopfschmerzen loszuwerden. „Wenn du meinst."

Auch er trat näher. „Dreh dich um", forderte er sie auf, als sie direkt vor ihm stand. Seine Stimme klang ein wenig heiser.

Ohne ein Wort zu sagen, folgte sie seiner Anweisung. Sanft hob er ihr Haar an und legte es über die Schultern nach vorne. Sie erschauerte. Ihre Lider schlossen sich wie von selbst, als sie seine Fingerspitzen auf ihrer Haut spürte, zum Glück konnte er das nicht sehen. Der Ansturm der Gefühle war so unglaublich, dass sie vor Wonne am liebsten aufgestöhnt hätte. Erst im letzten Moment schaffte sie es, den verräterischen Laut zu unterdrücken. Kjells Finger strichen über ihren Nacken, den Haaransatz, hinauf auf den Hinterkopf und wieder hinunter bis auf ihre Schulterpartie.

„Hier ist alles verhärtet", hörte sie ihn mit rauer Stimme sagen.

Sie nahm wahr, dass er zögerte, schließlich begann er vorsichtig, ihre Nackenpartie zu massieren und mit seinen Daumen leichten Druck auszuüben, während er die betroffene Region bearbeitete.

Und dann stöhnte sie doch und hätte sich am liebsten sofort auf die Zunge gebissen. Sie erschauerte unter der Berührung seiner Hände. Sie spürte, wie ihre Muskeln nachgaben und die vertraute Hitze der Begierde sie durchströmte. Mit letzter Kraft kämpfte sie dagegen an, sich einfach an seinen festen Körper sinken zu lassen und ihn anzuflehen, sie auf der Stelle zu lieben.

„Tut das gut?", fragte er gedämpft.

„Ja, oh ja. So gut!" Herrje, das hatte sie nicht sagen wollen! Zumindest nicht auf diese Weise.

Das unterdrückte Stöhnen, das nun von ihm kam, brachte sie wieder zur Besinnung. Erschrocken rückte sie ein Stück von ihm ab, sodass er seine Hände von ihrem Nacken lösen musste. Ihr Körper brannte, schrie nach mehr, aber sie wollte sich auf keinen Fall vor ihm erniedrigen.

„Besser?“ Seine Stimme klang belegt.

„Ja, ich … danke, Kjell.“

Einen Moment lang sah er sie an, dann atmete er durch. „Falls es nicht nachlässt, sag mir Bescheid. Ich kann dir helfen.“

Die Bilder, die bei dieser Bemerkung in ihrem Kopf entstanden, ließen die Hitze mit voller Wucht neu auflodern. *Oh mein Gott! Ja, hilf mir, Kjell, hilf mir!* In der nächsten Sekunde schämte sie sich bereits für ihre Gedanken. Sie war überfordert, verwirrt und von ihren Gefühlen überwältigt. Vielleicht sprudelte auch deshalb der nächste Satz einfach aus ihr heraus: „Du bist mit Julia unterwegs gewesen, hab ich gehört.“

Er stutzte und zog dabei seine Augenbrauen über der Nasenwurzel zusammen.

„Stimmt.“

„Ein Ausflug?“

Das leise Stöhnen, dass er ausstieß, klang wenig begeistert. „Nein. Wir … waren zusammen in Hamburg.“

Ihr Herz zog sich voller Schmerz zusammen. „Ah, in Hamburg. Schön.“

Mit ernster Miene erwiderte er ihren Blick. „Nein, es war nicht schön. Wie ich schon sagte, es war kein Ausflug. Julia … musste sich einer Untersuchung unterziehen. Als ihr Arzt habe ich sie dorthin begleitet.“

„Oh.“ Sie wusste nicht, wie sie auf diese Mitteilung reagieren sollte.

„Mehr kann ich dir leider noch nicht sagen, Isabell.“ Sein finsterer Gesichtsausdruck sprach Bände.

„Ich verstehe“, antwortete sie. „Deine Schweigepflicht.“

„Genau.“ Wieder ließ er ein Geräusch hören, das sich irgendwo zwischen Seufzen und Stöhnen einordnen ließ. „Okay, dann …“

Kjell war schon im Begriff zu gehen, aber in der Tür drehte er sich noch einmal zu ihr um. Sie bemerkte, dass seine Augen nun so dunkel wie der Himmel bei Nacht waren.

„Die Diamanten liegen noch immer in meinem Bankschließfach, Isabell.“

„Ja, ich weiß. Würdest du sie dort noch eine Weile für mich aufbewahren?“

„Natürlich. Da sollten sie sicher sein. Sobald du eine Lösung findest …“

„Ja“, unterbrach sie ihn. „Ich kümmere mich darum.“

„Gut.“ Wieder wandte er sich ab.

„Kjell?“

„Ja?“

„Danke.“ Damit er wusste, was sie meinte, tippte sie kurz auf ihren Nacken.

„Dafür nicht.“

Dann war er fort. Sie hörte seine sich entfernenden Schritte auf der Treppe. Kurz darauf schlug die Haustür zu. Sie ging hinüber ans Küchenfenster, sah durch die geschlossene Gardine hinaus und beobachtete, wie er mit verhaltenen Bewegungen die Veranda verließ und die Straße überquerte. Als er die Auffahrt zu seinem Grundstück erreichte, blieb er plötzlich stehen, drehte sich um und sah zu ihr hinauf. Schnell trat sie zurück. Es wäre ihr unangenehm, wenn er mitbekommen haben könnte, wie sie ihm nachsah. In der nächsten Sekunde fuhr ihr erneut der Schrecken durch alle Glieder. Er kehrte um. Dieses Mal waren seine Schritte ausholend, wirkten kraftvoll und entschlossen.

Sie keuchte auf, als sie das Geräusch der Haustür und gleich darauf seine Schritte auf der Treppe vernahm. Es klang, als würde er immer mehrere Stufen auf einmal nehmen. Ihr Herz klopfte wie wild. Die Erwartung, nein Hoffnung, er würde hereinstürzen, sie in seine Arme reißen und sie in ihr Zimmer verschleppen, war sofort gegenwärtig, doch natürlich geschah nichts dergleichen.

Er stand nur da und sah sie mit blitzenden Augen an. Groß und umwerfend attraktiv füllte er nahezu den Türrahmen aus.

„Ich glaube, ich hatte gerade eine Idee, wo sich das Schließfach befinden könnte, das wir suchen“, sagte er.

„Erzähl mir von deinem zweiten Sohn“, schlug Christa ihrer neuen Freundin Amanda vor, als sie zusammen in einem hübschen Café direkt an der Ilmenau saßen und sich einen Milchkaffee genehmigten.

„Brad?“ Amanda schüttelte resigniert den Kopf. „Er ist völlig anders, als Jamie es war. James war ein vernünftiger und aufrechter Mann. Bradley hat sich leider nicht so positiv entwickelt wie sein Bruder. Er ist egoistisch, arrogant und maßlos von sich überzeugt. Mein Mann hat es verstanden, ihn mir zu entfremden, das tut noch immer weh.“

„So etwas ist schlimm für jede Mutter.“

„Ja, das ist es. Ich komme kaum an den Jungen heran. Er lässt keinen Zweifel daran, dass er nicht das geringste Interesse an mir hat.“ Amanda seufzte. „Dabei war er ein zauberhaftes Kind. Ein wunderhübscher, fast engelhafter Junge mit seinen blonden Haaren und braunen Augen. Jeder, der mit ihm zu tun hatte, war hingerissen. Jetzt, als erwachsener Mann, sieht er noch immer umwerfend gut aus, aber leider weiß er das auch. Alles, was ihn interessiert, sind schöne Frauen, schnelle Autos, Designeranzüge und die Anerkennung seines Vaters. Er ist ein richtiger Hai geworden, wenn es um seine Geschäfte geht.“

„Inwiefern?“ Christa nahm einen Schluck Kaffee und leckte sich den Milchschaum von der Oberlippe. „Soweit ich weiß, arbeitet er doch in der Firma deines Mannes, oder?“

Amanda stieß ein bitteres Lachen aus. „Firma? Das klingt so harmlos. Es ist vielmehr ein Imperium, Christa. Ein Imperium aus Kasinos und Hotels, die über die ganze Welt verteilt sind. William ist ein Mogul, wie er im Buche steht. Er regiert seine Spielbanken und Hotels wie ein Imperator. Bradley ist sein einziger Thronfolger. Er verhätschelt ihn maßlos, macht ihm aber auf der anderen Seite auch die Hölle heiß, um ihn in geschäftlichen Dingen kaltblütiger werden zu lassen. Das wirkt sich natürlich auf den Charakter des Jungen aus. Wie gesagt, mir tut das weh. Dennoch habe ich mich schon fast daran gewöhnt, für meinen Sohn Bradley keine Rolle mehr zu spielen. Im Grunde habe ich meine Jungen beide verloren, den einen an den Tod und den zweiten an William und seine Machenschaften. Vielleicht hänge ich auch deshalb so an Isabell. Für mich ist sie die Tochter, die ich niemals hatte."

„Warum trennst du dich nicht von deinem Mann, Amanda? Entschuldige, aber die Frage liegt doch auf der Hand."

„Das kann auch nur eine so starke und eigenständige Person wie du fragen, Christa." Sie lächelte leicht. „In den vergangenen Jahren war ich dazu einfach zu schwach, zu hilflos und viel zu teilnahmslos. Früher war auch ich eine willensstarke Frau, aber William Tremayne, der Alkohol und die Medikamente gaben eine verhängnisvolle Mixtur ab. Weißt du, anfangs habe ich diesen Mann wahrhaftig geliebt. Nur deshalb erlangte er solche Macht über mich. Als ich ihn kennenlernte, war ich ein Häufchen Elend. George, mein erster Mann war gerade gestorben, mein Kind noch klein, und ich saß plötzlich da mit diesem riesigen Landgut und all der Verantwortung, die ich niemals wollte." Ein geseufzter Atemzug entwich ihr, bevor sie weitersprach: „Dann kam der mächtige William Tremayne, ein Geschäftsfreund von George, und bot mir seine Hilfe an. Damals erschien er mir wie mein Retter in der größten Not. Er kümmerte sich rührend um mich, umgarnte mich nach allen Regeln der Kunst. Er half mir, mich in die Verwaltung des Gutes einzuarbeiten und verführte mich schließlich. Mein George war noch nicht einmal ein Jahr tot, da heiratete ich William." Amanda hielt inne, um sich einen Schluck von ihrem Kaffee zu genehmigen. Ihr Blick ging in die Ferne. „Damals war ich davon überzeugt, genau das Richtige zu tun. Für mich, aber vor allem für meinen süßen Jamie. Ich redete mir ein, dass der Junge einen Vater brauchte und dass William Tremayne mich aufrichtig liebte und meinem Kind dieser Vater sein würde. Welch ein Trugschluss! Kaum hatte er mich geschwängert, verlor er jegliches Interesse an mir. Er betrog mich und ging sogar so weit, mich und meine Kinder zu bedrohen, als ich ihn deshalb zur Rede stellte."

Erneut stockte sie und blickte versonnen auf das Wasser der Ilmenau. Christa ließ sie gewähren, gönnte ihr die Pause.

Einen Augenblick später zog Amanda ein Taschentuch aus ihrer Jackentasche und putzte sich die Nase, erst danach sprach sie weiter: „Sehr schnell verlor ich jegliches Selbstbewusstsein und flüchtete mich in den Alkohol. Damit begann mein wahres Martyrium.“ Ihr Blick glitt zurück zu Christa. „Das soll jetzt übrigens nicht wie eine Entschuldigung klingen. Ich weiß, dass es ein großer Fehler war, meine Depressionen in Alkohol zu ertränken. Ich wusste es immer. Mir fehlte damals nur die Kraft, für eine andere Lösung.“

Christa atmete tief durch, dann legte sie eine Hand auf die von Amanda. „Inzwischen bist du wieder eine starke Frau, Amanda Valentine!“ Absichtlich ließ sie den Namen Tremayne weg. „Eine sehr starke Frau sogar! Du hast es aus eigener Kraft geschafft, ohne den Alkohol zu leben, und du hast Freunde, die dir ab jetzt zur Seite stehen werden. Glaube mir, alles wird sich zum Guten wenden.“

Isabell starrte ihn an. „Wo?“

„In einem Hotel!“, antwortete Kjell. Sogar ihm fiel auf, wie aufgeregt seine Stimme klang. „Ein Hotelzimmer, Isabell!“

„Ein Hotelzimmer? Aber so weit waren wir doch schon.“

„Nein, du verstehst mich nicht. Ich meine keine der Suiten aus den Tremayne-Hotels, in denen er gewohnt hat, wenn er geschäftlich unterwegs war. Ich glaube, dass dein Mann ein Zimmer dauerhaft angemietet hat, nur um dort den Safe benutzen zu können.“ Tief durchatmend trat er einen Schritt näher, bis er direkt vor ihr stand, und umfasste ihre Schultern. „Verstehst du, Isabell, auch der Zahlencode würde dazu passen. Deshalb bin ich eigentlich nur darauf gekommen. Ich habe an … Na ja, ich habe an Hotels gedacht, und da fiel mir ein, dass die kleinen Safes in Hotelzimmern nicht nur mit Schlüsseln, sondern häufig zusätzlich mit einem Code geöffnet werden, den man als Gast selber eingeben muss.“

Langsam nickte sie. „Hotels. Ja, du meinst die Hotels, in denen er zusammen mit mir war … privat“, sagte sie nachdenklich.

„Richtig. Und was fällt dir da als Erstes ein? Na? Denk an die Schneekugel mit der Spieluhr, Isabell!“

„Wien!"

„In welchem Hotel seid ihr dort abgestiegen?"

„Im Sacher."

„Im Sacher? Alle Achtung!"

„Jamie hatte sich in den Kopf gesetzt, eine dieser luxuriösen und berühmten Suiten mit Opernnamen für uns zu buchen, doch davon war keine mehr frei. Unser Zimmer war trotzdem wunderschön und sehr exquisit ausgestattet. Ich fühlte mich wie eine Königin, aber auch ein kleines bisschen fehl am Platz, wenn du weißt, was ich meine."

Er nickte, denn wie so oft, verstand er tatsächlich, was sie damit sagen wollte. All die Schwierigkeiten und Probleme, die sie miteinander hatten, rückten plötzlich in den Hintergrund. „Du solltest sofort im Sacher anrufen und fragen, ob dein Mann dort ein Zimmer gemietet hat."

„Jetzt bin ich aufgeregt, Kjell."

„Das bin ich auch." Ohne zu zögern, ging er hinüber in den Flur, wo das Telefon seiner Mutter auf einem Regal stand. Er hob ab, rief die Auskunft an und ließ sich die Durchwahl vom Hotel Sacher in Wien geben.

Er notierte die Nummer und legte wieder auf. „Merkwürdiges Gefühl. Ich habe seit ewigen Zeiten nicht mehr mit der Auskunft telefoniert. Normalerweise schaut man einfach ins Internet", bemerkte er schmunzelnd, als er ihr den Zettel mit der Telefonnummer reichte.

Es war nicht zu übersehen, dass Isabell ein wenig die Hände zitterten, als sie die Nummer eintippte und gleich darauf den Lautsprecher einschaltete, damit er das Gespräch verfolgen konnte. Es dauerte nur einen Augenblick, bis auf der anderen Seite abgehoben wurde.

„Hotel Sacher. Sie sind mit der Rezeption verbunden und sprechen mit Konrad Monz, dem diensthabenden Concierge. Was kann ich für Sie tun?"

„Guten Tag, mein Name ist Isabell Valentine. Vielleicht können Sie mir helfen, Herr Monz. Ich würde sehr gerne einige Tage in Wien verbringen und wollte mich vergewissern, ob mein

Mann, James Valentine, bereits ein Zimmer bei Ihnen gebucht hat."

„Sehr wohl, gnädige Frau. Einen Augenblick bitte. Ich schaue gerne für Sie nach."

Während sie mit gespannter Miene wartete, zwinkerte Kjell ihr aufmunternd zu.

„Verehrte gnädige Frau, es liegt eine Buchung auf Ihren Namen vor. Wie ich sehe, handelt es sich um eine dauerhafte Belegung eines unserer De-luxe-Doppelzimmer."

Lächelnd nickte sie ihm zu und ihre Augen wurden groß.

„Lieber Herr Monz, Sie haben mir wirklich sehr geholfen. Ich war mir nicht ganz sicher, ob die Buchung bei ihnen noch aktuell ist. Vielen Dank für Ihre freundliche Auskunft."

Sie wartete noch die überschwängliche Verabschiedungsfloskel des Portiers ab und legte auf.

Langsam ging Isabell an ihm vorbei zurück in die Küche. Dort ließ sie sich auf einen der Stühle fallen und fuhr sich mit beiden Händen durch die Locken.

„Er hat auf meinen Namen dauerhaft ein Zimmer im Sacher gebucht, ich fasse es nicht." Ihr Blick glitt zurück zu ihm. „Wie bist du nur darauf gekommen, Kjell? Und wie, zum Teufel, konnte Jamie annehmen, dass ich es jemals herausfinden würde?"

„Um deine erste Frage zu beantworten: Wie ich vorhin schon andeutete, habe ich über Hotels im Allgemeinen nachgedacht. Erinnerst du dich, als wir nach unserem Rückflug aus London am Flughafen in Hamburg ankamen? Wir sprachen über das Atlantik. Frag mich nicht, warum mir gerade dieses Gespräch einfiel, als ich auf dem Weg nach Hause war, keine Ahnung. Jedenfalls nahm so der Gedankengang mit den Safes in den Zimmern seinen Lauf." Er räusperte sich. „Und was deine zweite Frage angeht, ich gehe mal davon aus, dass das Sacher sich irgendwann bei dir gemeldet hätte, um nachzufragen, ob du das Zimmer noch benötigst. Ein Hotelzimmer, das du ja niemals nutzt. Da es keine regelmäßigen Abbuchungen gibt oder gegeben hat, die dir hätten auffallen können, nehme ich an, dass dein Mann es für eine bestimmte Zeit im Voraus bezahlt hat."

„Du hast recht, nach Ablauf dieser Zeit hätte das Hotel mich sicherlich kontaktiert."

„So ist es. Und dein Ehemann hat damit gerechnet, dass du spätestens dann aufmerksam geworden wärest."

„Er hat Spuren gelegt, die nicht so leicht zu sehen sind."

„Das musste er, Isabell. Schließlich wollte er verhindern, dass außer dir noch jemand diesen Spuren folgen kann." Kjell ging zu ihr an den Tisch und setzte sich ebenfalls. „Denk mal nach! Der Weg hätte nämlich auch sehr gut in die andere Richtung funktioniert."

„Wie meinst du das?"

„Na ja, nehmen wir mal an, wir hätten die Schneekugeln nicht geöffnet, dann hätte sich das Sacher irgendwann bei dir gemeldet. Dem Personal ist natürlich bekannt, dass in diesem Zimmer der Safe belegt und verschlossen ist, und um ihn zu öffnen, braucht es den Schlüssel und den Zahlencode. Du hättest also angefangen, danach zu suchen."

„Und ich wäre höchstwahrscheinlich über die Schneekugel mit der defekten Spieluhr gestolpert, die Jamie mir in Wien geschenkt hat, als wir im Sacher abgestiegen sind."

„Genau! Er war ein kluger Mann, dein Jamie. Nach dem Diamantenfund war es ja fast schon eine logische Folge, dass wir die anderen Kugeln ebenfalls geöffnet haben, erinnerst du dich?"

Sie nickte zustimmend. „Vor allem, wenn der Weg andersherum gelaufen wäre, denn dann hätte ich ja sogar gewusst, was ich suche. Nämlich den Schlüssel für den Zimmersafe und den passenden Code. Ich hätte in jedem Fall in allen Schneekugeln nachgesehen."

Kjell lehnte sich entspannt zurück und verschränkte die Hände hinter dem Kopf. „Hochsaison hin oder her, du musst nach Wien, Isabell."

Für einen endlos scheinenden Augenblick fixierte sie ihn. Plötzlich wirkte sie nervös. Sie stand auf und begann auf und ab zu gehen. Die Hände in die Hüften gestemmt marschierte sie hinüber zum Fenster, sah hinaus und kam wieder an den Tisch.

Er wusste, was kommen würde. Sofort fühlte er sich hin und her gerissen zwischen heißer Freude und Panik.

„Kjell … bitte begleite mich“, brachte sie endlich mit zitternder Stimme hervor. „Ich bitte dich von ganzem Herzen, lass mich nach alldem nicht alleine diesen Safe öffnen!“

Am Abend desselben Tages saßen Christa, Amanda und Ruth einträchtig auf der Veranda des Buchladen-Cafés und gönnten sich einen Feierabendplausch. Ein wunderschöner warmer Sommertag lag hinter ihnen, und die Temperatur war noch sehr angenehm.

„Ihr wart also erfolgreich“, fragte Ruth und schmunzelte, während sie Amanda betrachtete, die ungewohnt lässig in Jeans und einem leichten, türkisblauen Baumwollpullover gekleidet neben ihr saß und einen gelösten Eindruck machte. An die englische Lady erinnerte vielleicht noch die lange Perlenkette, die sie dazu trug, und die naturgegebene Eleganz, die Amanda zu eigen war.

„Wie du siehst“, antwortete Amanda lachend, strich sich durchs aschblonde Haar und zwinkerte Christa fröhlich zu. „Lüneburg ist wirklich reizend und ein Traum für Shopping-Touren.“

Auch Christa hatte sich ein paar neue Sachen gegönnt und war zufrieden mit ihrer Ausbeute. „Vor allem meine neue Tasche ist der Hit! Ich habe schon ewig nach so einem Sahnestückchen gesucht.“

„Sie sieht aus wie die von Mary Poppins. Hättest du sie nicht genommen, ich hätte es bestimmt getan.“ Amanda griff nach ihrem Wasserglas und zwinkerte Christa zu. „Schade, dass du nicht bei uns sein konntest, Ruth, meine Liebe.“

Ruth winkte lächelnd ab. „Och, ich bin sowieso nicht unbedingt der Typ für derartige Unternehmungen. Meine Sachen nähe ich mir meist selbst, das erhält mir meinen persönlichen Stil.“

„Und der ist in jedem Fall ausgefallen“, erwiderte Amanda. „Liebste Ruth, ich finde dich einfach … ungemein originell.“

Alle drei lachten.

„Guten Abend, Ladies!“, rief Kjell den Frauen fröhlich zu und unterbrach damit deren lustiges Gezwitscher. Nach einem späten Hausbesuch kam er die Straße herunter und sah sie auf der Veranda sitzen.

„Kjell! Du kommst sicher von Margarete Meissner. Wie geht es der ältesten Lunauerin heute?“, fragte Ruth.

„Alles bestens. Sie verträgt die Medikamente gut und nimmt sie inzwischen sogar freiwillig, weil sie eingesehen hat, dass sie ihr helfen. Ich bin sehr zufrieden mit ihr.“ Er schmunzelte ein wenig, wurde dann aber gleich wieder ernst. „Es ist ein Segen, dass ich euch gerade alle zusammen antreffe. Isabell und ich müssten dringend etwas mit euch besprechen.“

Natürlich fiel ihm auf, dass seine Mutter und ihre Freundinnen sofort wissende Blicke austauschten. Er konnte sich zwar keinen Reim darauf machen, doch darauf kam es im Augenblick auch nicht an. „Ich würde vorschlagen, dass wir uns in ein paar Minuten allesamt oben in der Küche einfinden, wäre euch das recht? Ich nehme an, dass Isabell ebenfalls Feierabend machen kann.“ Er hatte es kaum ausgesprochen, da trat Isabell auch schon durch die Tür.

„So, drinnen bin ich fertig. Den letzten Kuchen für morgen habe ich aus dem Ofen geholt. Krieg ich auch was zu trinken?“

„Kjell meinte gerade, ihr hättet etwas mit uns zu besprechen. Warum legt ihr also nicht einfach los?“, fragte Christa.

Jetzt war es an ihm und Isabell einen kurzen Blick zu wechseln. „Nicht hier draußen“, gab er seiner Mutter zur Antwort.

Ruth erhob sich als Erste. „Gut, dann mal ran an den Konferenztisch.“

Auch Christa und Amanda standen auf. „Ich werde wohl besser eine Kanne Tee aufsetzen“, sagte Christa lapidar, griff nach ihrem leeren Glas und ging ins Haus.

„Ich glaube, Christas Idee, Tee zu kochen, war genau richtig“, stellte Amanda schniefend fest, nachdem Kjell, der auf Isabells Bitte hin diese Aufgabe bereitwillig übernommen hatte, mit seinem Bericht zum Ende kam.

Isabells Schwiegermutter hatte während seiner Ausführungen geweint, doch nun hatte sie sich wieder gefangen und tupfte mit einem Taschentuch die letzten Spuren ihrer Tränen von den Wangen.

„In den letzten Monaten ist kein einziger Tag vergangen, an dem ich nicht unendlich um meinen lieben Sohn getrauert habe, aber heute bin ich einfach nur stolz auf Jamie. Bei so einem ausgeklügelten Plan muss das, was da in diesem Safe liegt, wirklich wichtig sein."

Isabell, der auch ein paar Tränen über die Wangen gelaufen waren, stand auf, ging zu ihrer Schwiegermutter und nahm sie in den Arm.

„Leider heißt das andererseits, Jamie wollte tatsächlich Vorsorge treffen. Er hat befürchtet, dass ihm etwas passieren könnte, Amanda. Ich mag den Gedanken gar nicht zu Ende denken."

„Mein Engel, jegliche Schlussfolgerung sollten wir uns so lange ersparen, bis wir erfahren haben, was James für dich hinterlegt hat. So wie ich die Sache einschätze, wollte er unbedingt verhindern, dass meinem Ehemann oder Bradley diese Dinge vor dir in die Hände fallen. Alles andere wird sich zeigen."

„Ich denke, für euch, für Isabell, klärt sich alles auf, sobald wir diesen Safe geöffnet haben", sagte Kjell und räusperte sich.

„Das heißt also, dass ihr zwei euch wieder aus Lunau verabschiedet, ja?" Christa verdrehte die Augen und stieß einen Laut aus, der eine Mischung aus Zischen und Ächzen war.

„Es tut mir leid, Mama. Ich weiß, wir stecken noch mitten in der Saison, aber diese Sache …"

„Ach, mein Junge", unterbrach Christa ihn und winkte ab. „Das war kein Vorwurf, sondern nur eine erste Auseinandersetzung mit der Situation." Sie grinste. „Wann fliegt ihr?"

„Übermorgen. Wir werden nur eine Nacht weg sein", schob Isabell nach und setzte eine schuldbewusste Miene auf. „Wir könnten die Sache auch an einem Tag hinbekommen, da man von Hamburg aus direkt fliegen kann, aber das wäre sehr stressig."

„Kinder, macht euch deshalb keinen Kopf!" Ruth stand auf und schenkte für alle Tee nach. „Das sind, wenn es hochkommt, zwei Tage. Meine Güte, das kriegen wir doch locker hin. Wir Mädels sind ein unglaublich gutes Team."

„Natürlich kriegen wir das hin", sagte Amanda und sah Christa an. „Ich wollte schon immer mal Bücher verkaufen oder in einem Café kellnern."

Als sie ihr helles und neuerdings kraftvolleres Lachen hören ließ, stimmten alle mit ein.

KAPITEL 13

Schon die Lobby war kostbar ausgestattet. Marmorsäulen, ein mächtiger Kronleuchter, edle Hölzer und ausgesuchte Kunstgegenstände ließen bereits im Entree keinen Zweifel am legendären Luxus des Hotels aufkommen. Bevor sie gestern ihre Flüge gebucht hatten, hatte Isabell noch einmal im Hotel angerufen und ihr Kommen angekündigt. Vielleicht verhielt sich der Concierge deshalb so selbstverständlich, als wäre sie gerade eben von einem Spaziergang zurückgekehrt, nachdem sie ihren Namen genannt hatte.

„Herzlich willkommen, gnädige Frau. Sollten Sie noch irgendwelche Wünsche haben …" Der Concierge gab galant Informationen von sich, die ein Gast nach Meinung der Hotelleitung offenbar unbedingt wissen musste.

Nachdem der eifrige Mann mit seiner Rede durch war und Isabell ihre Schlüsselkarte in den Händen hielt, fragte Kjell nach einem weiteren freien Zimmer, doch das Hotel war ausgebucht. Auch in Wien gehörte der August zu den Monaten, in denen man nur mit viel Glück ein Hotelzimmer bekam. Zumal, wenn es sich um eines der Traditionshäuser wie das Sacher handelte.

Diese Reise zerrte an seinen Nerven. Kjell machte sich nichts vor, es würde eine unvorstellbare Herausforderung für seine Selbstbeherrschung darstellen, mit Isabell in einem Doppelzimmer, vielleicht sogar im selben Bett zu schlafen. Inständig schickte er den Wunsch gen Himmel, es möge sich eine leidlich bequeme Couch in diesem verfluchten Zimmer befinden, zu dem einer der Pagen sie geleitete. Da sie beide nur wenig Gepäck dabeihatten, trug der uniformierte junge Mann lediglich Isabells kleinen Koffer. Kjell hatte sich seine Reisetasche über die Schulter geworfen. Er gab sein Gepäck nur ungern aus der Hand, da er stets mit einer medizinischen Notfallausrüstung unterwegs war.

Das Zimmer war beeindruckend, stellte er sofort fest, als der Page sie hineingeführt hatte, aber das hatte er erwartet. Mit einem angedeuteten Nicken drückte er dem Knaben einen Geldschein in die Hand, und schon waren sie allein.

Auch Isabell sah sich staunend um. Sie öffnete die Tür zum Badezimmer und lächelte. „Das ist Luxus pur, nicht wahr?"

„Das kann man wohl sagen. Ist dies das Zimmer, in dem ihr damals gewohnt habt?"

„Nein. Wir waren ein Stockwerk tiefer. Dieses hier ist sogar noch luxuriöser ausgestattet. Sieh dir das an, in den Spiegel des Badezimmers wurde ein Fernseher integriert." Sie lachte.

Das Gefühl der Erleichterung, das es nicht das Zimmer war, in dem sie mit ihrem Mann übernachtet hatte, übernahm für einige Sekunden die Oberhand. Erst als er wieder normal denken konnte, sah er sich weiter um.

Der Raum war vielleicht fünfzig Quadratmeter groß und in Pastelltönen gehalten. Auf der linken Seite, gleich hinter dem Badezimmer, stand ein Bett von beeindruckenden Ausmaßen an der Wand, davor eine Truhe, deren Deckel mit cremeweißem Leder gepolstert war. Die rechte Seite beherrschte ein mächtiger Schreibtisch, auf dem die obligatorische Informationsmappe lag, neben der eine gefüllte Wasserkaraffe mit passenden Gläsern und ein Teller mit Gebäck, Pralinen und anderen süßen Köstlichkeiten bereitstanden. Die Möbel waren hell und die Wände mit lindgrünem Brokat bespannt, dessen Muster sich in den schweren Vorhängen der breiten Fensterfront wiederholte. Auf dem Boden lag ein Teppich mit Rosenmuster, der ihn sofort an das Gutshaus auf Valentine Rock erinnerte. Vor dem Fenster stand ein einzelner, samtbezogener Sessel mit passendem Hocker, daneben ein Jugendstiltischchen. In einer mächtigen Kristallvase darauf prunkten cremeweiße Rosen. Eine Couch gab es hingegen nicht. Kjell fluchte leise in sich hinein.

„Hast du was gesagt?", fragte Isabell, während sie aus ihren Riemchensandaletten schlüpfte, barfuß zum Bett hinüberging und ihre Handtasche auf der Truhe ablegte.

„Nein." Er sah sie an. Der Örtlichkeit angemessen, hatten sie sich beide eleganter gekleidet, als es ihr Alltag in Lunau üblicherweise erforderte. Sie trug ein fliederfarbenes Sommerkleid mit weit schwingendem Rock und dazu ein farblich passendes Bolerojäckchen aus feiner Wolle. Ihre Lockenpracht hatte sie hochgesteckt, doch einzelne golden glänzende Strähnen kringelten sich über ihren kleinen Ohrmuscheln und liebkosten die zarte Haut ihres Nackens. Er fand ihren Anblick hinreißend.

Während er sie wie hypnotisiert betrachtete, marschierte sie durchs Zimmer und öffnete die Schränke. In einem der Fächer des Kleiderschranks befand sich der Safe.

„Hier ist er", teilte sie ihm mit. „Kjell, alles in Ordnung mit dir?"

„Ja." Er räusperte sich und ging zu ihr. „Okay, dann mal los." Aus der Innentasche seines Sakkos zog er den Schlüssel und gab ihn ihr. Isabell steckte ihn ins Schloss des kleinen Safes, drehte ihn und gab den Code ein. Der Safe sprang auf.

„So weit, so gut", murmelte Kjell.

Sekundenlang zögerte Isabell, sah ihn an und blickte dann wieder auf den Safe.

„Mach schon", forderte er sie auf.

Sie nickte und zog die kleine Stahlklappe auf. Im Inneren des Tresors lagen tatsächlich Unterlagen. Neben einem dicken Bündel Papieren, das zusammengerollt worden war, damit es überhaupt hineinpasste, gab es eine dünne Mappe aus flexiblem Kunststoff und einen Briefumschlag. Isabell zog ein Teil nach dem anderen heraus und reichte alles an ihn weiter.

„Okay", sagte er. „Dann sehen wir uns mal an, was wir da gefunden haben."

Sie gingen hinüber zum Schreibtisch und legten dort alles ab.

„Mir ist ganz komisch zumute", murmelte Isabell. „Mach du den Kram auf."

Er nickte und griff zuerst nach dem Umschlag. „Fangen wir mal damit an. Dein Name steht drauf."

„Das ist Jamies Handschrift."

„Ich denke, das dürfte persönlich sein, also solltest du den auch öffnen."

„Ich kann nicht."

„Feigling." Er grinste, aber nur, um ihr ein wenig die Anspannung zu nehmen. „Du willst doch wissen, was drinsteht, oder?"

Sie seufzte entnervt auf. „Gib schon her", sagte sie und riss ihm den Umschlag aus der Hand.

Er war nicht verschlossen und die Notiz, die Isabell herauszog, war erstaunlich unpersönlich, wie er feststellte, als sie ihm den Zettel schließlich unter die Nase hielt.

Gratuliere Curly, ich wusste, dass Du früher oder später hier auftauchen wirst. Die aufgerollten Papiere beweisen, dass William in großem Stil Steuern hinterzogen hat, und noch einiges mehr. Immobilienbetrug, Bestechungsgelder etc. Alles ist dabei. Am besten wird es sein, Du lässt die Unterlagen unverzüglich der britischen Staatsanwaltschaft zukommen. Ich habe William die Wahl gelassen, das selbst in Ordnung zu bringen, doch da er sich weigerte ... Die anderen Unterlagen bedürfen keiner Erklärung.

Pass auf Dich auf, Curly! Ich hoffe, Du musst das nicht allein durchkämpfen und jemand, dem Du vertraust, ist jetzt bei Dir. Wenn nicht, rede mit Ian. Er wird Dir sicher helfen und Dir beistehen. Lass William nicht wissen, dass Du diese Papiere besitzt, bevor alles öffentlich ist, sonst ist dein Leben in Gefahr.
In Liebe James

„Curly?", fragte Kjell und zupfte spielerisch an einer Locke, die ihr in die Stirn fiel.

„So hat Jamie mich nun mal genannt." Isabell holte tief Luft. „In dieser Notiz unterstellt er William praktisch, dass der ihn umgebracht hat, oder?"

„Ja, so verstehe ich das auch." Kjell nahm sich die Aktenrolle vor, blätterte einzelne Papiere durch und überflog sie. „Soweit ich das beurteilen kann, geht es hier um etliche Millionen, Isabell. Das Zeug sollte wirklich schleunigst an die zuständigen Behörden weitergeleitet werden."

„Okay. Und wie machen wir das?"

„Gute Frage. Ich lasse dich auf keinen Fall alleine und ohne Schutz mit diesen brisanten Papieren durch die Weltgeschichte düsen." Kjell nahm die dünne Mappe und schlug sie auf. Wie erwartet, enthielt sie das Testament von Jerome Valentine und das von James sowie eine Kopie der Vereinbarung, die der mit Amanda getroffen hatte. Isabells Mann hatte seinen Letzten Willen kurz und klar abgefasst. Isabell war seine Alleinerbin. Jeromes Testament hingegen war deutlich umfangreicher formuliert worden, aber das lag vielleicht an der Zeit, in der es geschrieben wurde.

Nachdem sie auch diese beiden Dokumente gelesen hatten, legte Kjell sie in die Mappe zurück. „Dein Mann hat seinem Stiefvater also die Pistole auf die Brust gesetzt. Kurz danach starb er bei einem Bootsunfall. Die Folgerung, die sich daraus ergibt, ist sicher nicht leicht für dich und Amanda zu verkraften, doch ich denke, wir müssen davon ausgehen, dass die Sache damit klar ist, oder?"

Isabell nickte. Sie schloss kurz die Augen und sah ihn dann an. „Das ist alles so furchtbar, Kjell! Es sieht wirklich so aus, als hätten sie Jamie ermordet, damit Williams Machenschaften nicht auffliegen. Wenn das so war, hat Bradley seinen eigenen Bruder getötet oder zumindest dabei geholfen! Das ist …"

Sie schluchzte auf und er zog sie an sich, strich ihr beruhigend über den bebenden Rücken. „Es ist gut", flüsterte er, als sie den leisen Versuch machte, sich von ihm zu befreien. „Es ist gut", wiederholte er und hielt sie fester an sich gedrückt. „Alles wird wieder gut. Die beiden werden hinter Schloss und Riegel landen, dafür werden wir sorgen."

„Danke, Kjell", wisperte sie an seiner Brust. „Ich danke dir so sehr."

Er ließ sie eine Weile weinen, als sie sich schließlich doch von ihm zurückzog, hielt er sie nicht davon ab.

„Entschuldige mich einen Moment", bat sie und verschwand im Badezimmer.

Kjell atmete einige Male durch, hatte aber trotzdem das Gefühl, als würde der Sauerstoff nicht bis dorthin kommen, wo er ihn am dringendsten benötigte.

Als Isabell zurück ins Zimmer kam, hatte er sein Jackett abgelegt und stand in der offenen Balkontür. Der Raum war gut klimatisiert, doch ihm war nach frischer Luft. Bis eben hatte er noch nicht einmal bemerkt, dass es diesen Balkon gab, dann hatte er hinter einer der Gardinen den Türgriff entdeckt.

Isabell kam zu ihm, schob ihn ein Stück beiseite und trat hinaus, sodass er nun hinter ihr stand und ihr dabei zusehen konnte, wie sie über die Dächer von Wien blickte.

„Von hier aus schaut man genau auf die Staatsoper."

„Möchtest du dir etwas ansehen, wo wir schon mal hier sind?", fragte er leise.

Sie schüttelte den Kopf. „Nein, Kjell. Wien ist eine traumhafte Stadt, aber ..."

„Ich weiß", unterbrach er sie. „Ich verstehe dich. Du musst mir nichts erklären."

„Es war unsere Hochzeitsreise."

„Ja. Ich sagte doch, du brauchst mir nichts zu erklären."

Plötzlich drehte sie sich zu ihm um. Ihre Augen waren groß und klar wie immer, keine Spur von Tränen.

„Was hat sich zwischen uns verändert, Kjell? Sag mir, warum du mich nicht mehr willst."

„Aber ... ich ..." Er fühlte sich überfordert. Manchmal war ihre Direktheit entwaffnend. Gerade erst hatte sie die Bestätigung bekommen, dass der Mann, den sie geliebt hatte, höchstwahrscheinlich ermordet worden war. In dieser Situation hätte er niemals damit gerechnet, dass sie sich über ihn und ihre Beziehung Gedanken machte.

„Wir sitzen hier noch bis morgen früh fest, Doc. Lass uns also die Zeit nutzen." Sie seufzte und kam zurück ins Zimmer, schloss die Balkontür und zog die Gardine zu. „Ich möchte dich gerne verstehen, also versuche bitte, es mir noch einmal ganz genau zu erklären."

„Vielleicht möchte ich das ja gar nicht tun."

Ihr Blick wurde intensiver. „Ich finde, ich habe ein Anrecht darauf zu erfahren, warum du dich so plötzlich von mir zurückgezogen hast. Warum du ... so distanziert mit mir umgehst, nachdem … alldem. Ich möchte es nur verstehen." Sie ging hinüber zur Betttruhe und setzte sich auf den gepolsterten Deckel, deutete auf den einzelnen Sessel, der ein Stück davon entfernt stand. „Bitte!"

Bevor er ihrer Aufforderung nachkam, trat er an den Schreibtisch, zog den Kristallzapfen aus der Karaffe und schenkte sich und auch ihr ein Glas Wasser ein. Mit den gefüllten Gläsern kam er zurück und reichte ihr eins. Erst danach setzte er sich. Er beugte sich vor, stütze die Unterarme auf die Oberschenkel und drehte das Wasserglas in den Händen. Es fiel ihm schwer, sie anzusehen. „Ich hielt es für besser, dass wir unsere Affäre beenden, bevor sie für uns zu kompliziert wird, das sagte ich dir doch bereits."

„Nein, eigentlich hast du gesagt, du wolltest sie beenden, bevor sie *für mich* zu kompliziert wird, das ist ein riesiger Unterschied, Doc. Das hat mir nämlich suggeriert, dass du deinerseits unserer … Affäre, wie du es nennst, ziemlich gleichgültig gegenüberstehst."

„So ist das ganz und gar nicht. Außerdem … stimmt es auch nicht, dass ich dich … nicht mehr begehre. Das Gegenteil ist der Fall." Er schloss kurz die Augen, weil er kaum glauben konnte, dass er sich so weit aus dem Fenster lehnte. „Ich begehre dich wie verrückt. Ich kann an nichts anderes denken", hörte er sich sagen, und stöhnte innerlich auf, sobald es heraus war.

Regungslos saß sie da und starrte ihn an. Sekundenlang, ohne ein Wort zu sagen.

„Aber das weißt du doch auch, Isabell. Du weißt genau, wie heftig ich auf dich reagiere", schob er nach, als sie noch immer nichts erwiderte.

Schließlich keuchte sie leise auf und trank einen Schluck von ihrem Wasser. Endlich eine Reaktion, dachte er.

„Dann verstehe ich dich erst recht nicht, Kjell."

„Ich habe es dir genauso erklärt, wie ich es gemeint habe, du hast es nur falsch verstanden oder wolltest es falsch verstehen."

„Ich kann es aber immer noch nicht begreifen."

„Meine Güte, Isabell! Du hast dieses Vermögen geerbt und damit auch eine Verantwortung." Er stand auf, weil er es nicht mehr ertrug, sich nicht bewegen zu dürfen. Er stellte sein Glas ab und machte ein paar Schritte durch den Raum, öffnete dabei seine Manschetten und krempelte die Ärmel seines Oberhemds bis zu den Ellenbogen auf. „Du wirst zurückgehen – du *musst* zurückgehen."

„Und?"

„Isabell, ich kann und werde Lunau nicht verlassen! Verstehst du, was ich damit sagen will?" Eine Weile ließ er das Gesagte auf sie wirken. „Und du hast deinen Mann über alles geliebt. Das ist auch okay so. Du weinst noch immer um ihn, immer wieder, so wie gerade eben. Versteh mich nicht falsch, das ist vollkommen nachvollziehbar. Ich will nur nicht ..." Plötzlich wusste er nicht mehr weiter. Er war an seine Grenzen gestoßen. Wenn er nicht in der nächsten Minute vor ihr auf die Knie fallen und ihr seine ewige Liebe schwören wollte, musste er sich erst mal sammeln.

Sie stand ebenfalls auf, kam zu ihm und sah zu ihm auf. Automatisch drückte er das Rückgrat durch und schob die Hände in die Hosentaschen.

„Ja, Kjell, ich weine noch um Jamie. Ich war mit diesem Mann verheiratet. Jedes junge Mädchen in Cornwall hat mich um ihn beneidet, doch er wollte immer nur mich. Stets hat er versucht, mich wie eine Königin zu behandeln. Er war gut, integer, rundherum ein wunderbarer Mensch. Ja, er hat mich geliebt ... sicher hat er das getan." Seufzend wandte sie sich ab, ging zum Schreibtisch und stellte dort ihr Glas ab. „Aber heute weiß ich, dass ich ihn nicht so geliebt habe, wie es hätte sein müssen, wie er es verdient gehabt hätte. Und mir ist erst vor Kurzem schmerzlich klar geworden, dass er das im Gegensatz zu mir immer gewusst haben muss, das tut weh. Es gibt viele Gründe, warum man um einen Menschen weint oder warum man überhaupt weint, Kjell! Ich habe meinen Mann nicht so bedingungslos geliebt wie er mich. Und das Schlimmste für mich ist, dass ich ihn niemals so rasend begehrt habe, wie ich dich begehre. Vielleicht heule ich auch einfach, weil ich mich so verdammt schlecht deshalb fühle."

Ihr Geständnis hing zwischen ihnen wie eine dichte Wolke, die es zu durchdringen galt. Sein Magen zog sich schmerzhaft zusammen. Kjell machte einen großen Schritt und war bei ihr, umfasste ihre Schultern. „Hör zu, lass uns das alles vorerst vergessen. Wir haben da einen ganz schönen Brocken zu bewältigen." Geräuschvoll holte er Luft. „Ich helfe dir, dein Erbe anzutreten, Isabell. Und ich helfe dir, alles in die Wege zu leiten, damit die Tremaynes hinter Schloss und Riegel kommen. Alles andere wird sich zeigen."

„Ja, lassen wir es auf uns zukommen." Sie lächelte.

Er legte einen Finger unter ihr Kinn und hob es an. „Du kannst dir nicht vorstellen, wie sehr ich nach dir verlange."

„Dann zeig es mir", flüsterte sie, stellte sich auf die Zehenspitzen und hauchte ihm einen Kuss auf den Mund.

„Bella!", sagte er rau. „Bella!"

Endlich! Endlich hatte er sie wieder so genannt! Es war schon eigenartig, erst in dieser Sekunde glaubte sie ihm, dass er sie noch immer begehrte. Sie spürte, dass sein Körper unter Strom stand, dennoch blieb er verhalten. Er erwiderte ihren sanften Kuss, ließ ihn aber nicht leidenschaftlicher werden, sondern zog sich viel zu bald von ihr zurück. Ihre Hand auf seiner Brust fühlte seinen starken, schnellen Herzschlag. Ernst sah er sie an. Ein tiefgründiger Blick, den sie nicht zu deuten wusste.

„Warte!", sagte er. „Wir haben Zeit, und ich möchte, dass wir zumindest ein bisschen klarer sehen." Er deutete zum Schreibtisch, wo die Papiere lagen. „Es gibt Dinge, die können wir nicht aufschieben, Bella."

Er strich ihr mit beiden Händen durchs Haar, und Isabell sah, dass sie leicht zitterten. Wie immer hatte er es auf den Punkt gebracht. „Ja, du hast recht. Was machen wir denn nun als Erstes?"

„Ich habe einen vorläufigen Plan, aber dafür muss ich zunächst noch einmal meinen Freund Finn Andersen kontaktieren." Er ging hinüber zum Bett, dorthin wo er vor ein paar Minuten sein Jackett abgelegt hatte, und zog sein Handy aus der Innentasche.

„Okay." Gebannt hörte sie zu, wie er mit seinem Freund sprach. Sie vertraute Kjell und wusste, dass er alles in seiner Macht Stehende tun würde, um ihr zu helfen.

„Könntest du dir ein oder zwei Tage für mich freischaufeln, Finn?", hörte sie ihn fragen, nachdem er sich gemeldet hatte.

„Gut. Ich halte mich gerade in Wien auf und komme morgen Mittag wieder in Hamburg an. Können wir uns treffen? Am besten irgendwo in der Innenstadt. Gegen vierzehn Uhr wäre gut." Kjell nickte ihr zu und lächelte. „Sehr gut, Finn. Ich werde da sein. Ach übrigens, ich komme nicht allein. Alles andere erklären wir dir, wenn wir uns sehen. Bis morgen, und danke, mein Freund!" Er beendete die Verbindung. Sein Lächeln vertiefte sich. „Sagtest du nicht vor Kurzem, dass du dir gerne mal das Hotel Atlantik anschauen würdest? Finn hat es als Treffpunkt vorgeschlagen. Wir tauschen also, wenn auch nur für einen Kaffee, ein Luxushotel gegen das andere aus."

„Was hast du vor?"

„Ich werde Finn die brisanten Papiere übergeben und ihn bitten, alles Nötige zu veranlassen. Vor Jahren hat er mir erzählt, dass er einen Kontakt zu Scotland Yard hat, den kann er jetzt für uns nutzen. Das hat den nicht unerheblichen Nebeneffekt, dass du gleich morgen den Kram los bist, schon mal eine Sorge weniger. Bei Finn Andersen sind die Unterlagen in Sicherheit." Er streckte sich und atmete tief durch. „So, nun rufe ich noch schnell meine Mutter an, damit sie Bescheid weiß, dass wir erst am späteren Nachmittag wieder in Lunau eintreffen werden, danach brauche ich dringend was zu essen."

„Gute Idee, ich habe auch Hunger."

Er stöhnte geräuschvoll auf, verdrehte vielsagend die Augen und brachte sie damit zum Lachen.

Da sie beschlossen hatten, das Hotelzimmer nicht mehr zu verlassen, nutzten sie den Zimmerservice und bestellten sich ein paar Köstlichkeiten und eine Flasche Wein direkt aufs Zimmer. Nach dem Essen gönnte sich Isabell ein langes Schaumbad in der herrlichen Marmorbadewanne, und Kjell duschte ausgiebig. Anschließend wickelten sie sich in die flauschigen Bademäntel des Hotels, machten es sich auf dem Bett bequem und nahmen sich noch einmal die Papiere vor. Sie blätterten sie durch, lasen darin, legten sie dann aber doch wieder beiseite. Mit den Geschäftsunterlagen sollten sich Menschen auseinandersetzen, die davon mehr verstanden, befanden sie.

„Du kannst praktisch sofort dein Erbe antreten, sobald ihr, Amanda und du, wieder in England seid."

Isabell zog die Stirn kraus, ging aber nicht weiter auf seine Bemerkung ein. „Ich frage mich die ganze Zeit, warum Jamie mit aufs Boot gegangen ist. In der Notiz schreibt er, dass er William die Wahl gelassen hat, sich selbst zu stellen. Das heißt doch, dass er sich bewusst einer Gefahr ausgesetzt hat, als er mit Bradley und William rausgefahren ist, oder siehst du das anders?"

„Darüber habe ich auch schon nachgedacht. Du wirst wohl nie erfahren, wieso er sich so entschieden hat. Wir können nur Vermutungen anstellen. Vielleicht hat er nicht daran geglaubt, dass die Tremaynes tatsächlich so weit gehen würden, ihn auszuschalten. Wir sollten nicht vergessen, dass wir nicht genau wissen, was zwischen den Männern gesprochen wurde." Er beugte sich hinüber zum Nachtschrank, um nach seinem Glas zu greifen. „Fest steht, sie haben etwas bei dir vermutet und haben dich deshalb unter Druck gesetzt. Für sie muss es also von großer Wichtigkeit sein. Ob es nun diese Geschäftsunterlagen waren oder das Testament von Jerome Valentine, das sie in die Finger bekommen wollten, wer weiß. Amanda sagte, dass sie annehmen, der Besitz gehöre ihr, und dass sie kein eigenes Testament gemacht hat. Bei euch in Großbritannien ist die gesetzliche Erbfolge ähnlich wie bei uns, das würde für die Tremaynes bedeuten, dass nach Amandas Tod William der Haupterbe des Landguts wäre. James und Bradley würden jeder bestenfalls fünfundzwanzig Prozent erben oder sogar nur den Pflichtteil bekommen. Davon gehen die Tremaynes jedenfalls aus. Sie haben keine Ahnung von James' Testament. Mit anderen Worten, auch Valentine Rock könnte für William schon Grund genug sein, James aus dem Weg zu räumen. Sein eigener Sohn ist ihm, wie wir inzwischen wissen, vollkommen ergeben. Dein Mann jedoch wäre langfristig für ihn zu einem Problem geworden, sobald es zum Beispiel um spätere Landverkäufe oder die Veräußerung der Zuchthengste gegangen wäre."

„Wenn das so oder so ähnlich in den Köpfen der Tremaynes abgelaufen ist, müssten sie doch auch darüber nachgedacht haben, dass statt Jamie ich nach Amandas Tod erben würde." Isabell setzte sich auf und rutschte ein bisschen herum, bis sie ihm auf dem Bett gegenübersaß.

„Kann sein, aber wahrscheinlich sind sie davon ausgegangen, dass sie dich locker auszahlen könnten, solange sie dich nur genug einschüchtern. So ähnlich könnte ich mir das wenigstens vorstellen, nachdem ich die beiden kennengelernt habe."

Isabell zog die Stirn kraus, trank nachdenklich einen Schluck Wein und stellte das Glas auf dem Nachttisch ab. „Stimmt. Nach Amandas Tod hätten sie mir sehr vermutlich einen Vorschlag gemacht, den ich nicht abgelehnt hätte." Isabell glitt vom Bett, klaubte die Papiere zusammen und legte sie auf den Schreibtisch.

Er sah ihr zu, verfolgte jede ihrer Bewegungen. Der Gedanke daran, dass sie unter diesem Ungetüm von Bademantel nahezu nackt war, bekam in seinem Kopf immer mehr Oberhand. Als sie zurück aufs Bett gekrabbelt kam, klaffte der Kragen des weißen Frotteemantels ein wenig auf, sodass der Ansatz ihrer bezaubernden Brüste sichtbar wurde. Ihm lief das Wasser im Mund zusammen und er spürte, wie sich sein Blut erhitzte.

Ihre Blicke trafen sich und sagten mehr, als Worte es jemals tun könnten. Isabell befeuchtete ihre Oberlippe mit der Zunge. Sie tat das nicht bewusst, nicht lasziv oder besonders verführerisch. Vielmehr war es eine instinktive und schnelle Bewegung. Dennoch traf es ihn wie ein Blitz, der direkt in seine Lenden einschlug. Ohne sie aus den Augen zu lassen, stellte auch er sein Glas ab und griff nach dem Gürtel des Bademantels, um sie zu sich zu ziehen.

Wortlos ließ sie es geschehen, rutschte zu ihm, bis sie neben ihm, halb unter ihm lag. Er brach den Blickkontakt nicht ab, während er ihren Bademantel öffnete und danach seinen eigenen abstreifte. Sie legte eine Hand auf seine Brust, als er sich über sie beugte und mit den Lippen ihre Kehle streifte. Unter seiner Berührung warf sie den Kopf zurück. Sie zitterte, ihr ganzer Körper schien zu beben. Er hatte noch nie zuvor eine Frau erlebt, die so tief empfinden konnte, sich so hemmungslos und so schnell in ihrer Erregung verlor. Unter dem Bademantel trug sie nur einen winzigen Slip aus weißer Baumwollspitze. Kjell strich über ihre Arme und ließ dabei seine Daumen über die Seiten ihrer Brüste gleiten. Bedächtig streichelte er ihre zarte Haut, liebkoste mit zwei Fingern ihren flachen Bauch, umrundete ihren Bauchnabel und zeichnete den Saum ihres Höschens nach. Sie seufzte, wisperte seinen Namen und hob die Hüften, damit er ihr den Slip abstreifen konnte.

Während er sie küsste, spürte er ihre Hände an seinem nackten Rücken, konnte fühlen, wie sie ihre Finger unter den Bund seiner Shorts schob und drängend seine Hinterbacken umfasste.

„Du bist ungeduldig wie immer", flüsterte er lächelnd an ihrem Mund.

„Das machst nur du." Sie seufzte. „Nur du, Kjell!"

Sein eigenes unvermitteltes Stöhnen war Beweis genug dafür, wie sehr ihn dieses Geständnis erregte. Hingerissen von ihrer Hingabe küsste er ihre Brüste, leckte die aufgerichteten Knospen, bis sie hart wie Perlen waren. Mit federleichten Berührungen ließ er dabei die Fingerspitzen über ihren Venushügel tanzen.

Isabells Stöhnen wurde lauter, ihre Bewegungen unkontrollierter. Mit ihrer Körpersprache bettelte sie um Erlösung. Er liebte das.

Begierig rieb sie sich an ihm, bis er sich von ihr löste, um seine Shorts ganz abzustreifen. Dann kniete er sich vor sie, verharrte zwischen ihren geöffneten Schenkeln und genoss für einen Moment ihre atemlose Erwartung. In dieser Sekunde fühlte er sich mächtig, übergroß und voller Leben.

Sie hob die Beine und schlang sie um seine Hüften, zog ihn so zu sich heran. Fast zögernd drang er in sie ein, schwelgte in dem berauschenden Gefühl, ihr doch noch einmal so nahe sein zu können. Beinahe widerstrebte es ihm, sich in ihr zu bewegen. Am liebsten wäre er für alle Zeiten auf diese Weise mit ihr verbunden geblieben.

Isabells ungezügelte Leidenschaft riss ihn jedoch mit, bis es auch für ihn kein Halten mehr gab.

Die Maschine hob pünktlich ab und gegen Mittag landeten sie in Hamburg.

Beim Auschecken aus dem Sacher hatte Isabell erfahren, dass James das Zimmer für volle zwei Jahre im Voraus bezahlt hatte, und zwar mit der Auflage, nach Ablauf dieser Zeit persönlich bei ihr nachzufragen, ob die Buchung fortgeführt werden sollte.

Nach einem Gespräch mit dem Chefconcierge und dessen anschließendem Telefonat mit einem der Direktoren des Sacher wurde die Buchung storniert. Über den offenen Restbetrag stellte man ihr einen Scheck aus, den Isabell als Trinkgeld für die Angestellten mit den niedrigsten Gehältern im Hotel ließ. So waren alle mehr als zufrieden gewesen.

Jetzt saßen sie im Taxi, fuhren durch Hamburgs Straßen und waren auf dem Weg ins nächste Fünfsternehotel. Nach knapp einer halben Stunde Fahrt hielten sie vor dem Hotel Atlantik, einem der berühmten und altehrwürdigen Alsterhotels.

An der Rezeption erfragten sie den Weg zum Atrium-Café, und als sie dort ankamen, saß Finn bereits an einem der Tische und wartete auf sie. Als er sie hereinkommen sah, erhob er sich und lächelte ihnen entgegen.

„Ich bin auch gerade gekommen und habe mit meiner Bestellung auf euch gewartet“, teilte er ihnen nach der Begrüßung mit.

Isabell war beeindruckt. Der Mann war nur wenig kleiner als Kjell, aber mindestens genauso athletisch gebaut und sah trotz seines etwas kantigen Gesichts blendend aus.

Sie bestellten Kaffee und Gebäck. Isabell lehnte sich entspannt zurück und nahm sich vor, sich überwiegend aufs Zuhören zu beschränken und die Tatsache zu genießen, dass sie von zwei so attraktiven Männern flankiert wurde. Beinahe hätte sie laut aufgelacht, als zwei Frauen in ihrem Alter, die an einem der anderen Tische Platz nahmen, in ihre Richtung sahen und prompt die Köpfe zusammensteckten.

„Wie geht es deiner Frau?“, fragte Kjell seinen Freund. „Verläuft die Schwangerschaft ohne größere Probleme?“

Finn Andersen strahlte über das ganze Gesicht. „Ja, alles völlig unkompliziert. Obwohl Kira erst im siebten Monat ist, sieht sie aus, als würde sie jede Minute platzen, aber der Gynäkologe sagt, dass das bei Zwillingen nicht selten vorkommt.“

„Das ist richtig. Allerdings müsst ihr auch damit rechnen, dass eure Babys etwas eher das Licht der Welt erblicken möchten, als es für sie geplant ist.“ Kjell grinste.

„Oh, Sie und Ihre Frau bekommen Zwillinge? Wie aufregend!“, warf Isabell ein, die sich an dieser Stelle nicht mehr zurückhalten konnte.

„Da sagen Sie was, Isabell. Ich bin schon jetzt mit den Nerven am Ende, aber meine wunderbare Frau ist die Ruhe selbst, und sie wird dabei auch noch von Tag zu Tag schöner.“

Sein glückliches Lächeln sprach Bände. Isabell fand es anrührend, dass Finn, der äußerlich nicht unbedingt sanft wirkte, überhaupt keinen Hehl aus der tiefen Liebe machte, die er für seine Ehefrau empfand.

Nachdem der Kaffee serviert worden war, weihte Kjell seinen Freund in knappen Worten ein. Finn hörte geduldig zu. „Hast du die Unterlagen dabei?“, fragte er schließlich.

Kjell nickte, griff nach seiner Tasche und zog die zusammengerollten Papiere heraus. Er legte auch noch die handgeschriebene Notiz von James Valentine dazu. „Ich möchte dich bitten, einige Zeit zu warten, bis du das an die zuständigen Behörden weitergibst. Isabell braucht ein wenig Vorsprung, wenn du weißt, was ich meine.“

„Ja, ich verstehe. Du willst zunächst auf Nummer sicher gehen.“

Kjell nickte. „Du kannst dir vermutlich denken, dass es wichtig ist, dass diese Unterlagen weiterhin gut aufgehoben sind. Außerdem möchte ich nicht, dass Isabell durch sie unnötig in Gefahr gerät.“ Er sah sie an und lächelte schief, bevor er sich wieder an seinen Freund wandte und fortfuhr: „Die betreffenden Herren haben nämlich bereits mehrfach bewiesen, dass sie nicht zimperlich sind."

„Es wird wohl das Beste sein, wenn du mir einfach Bescheid gibst, sobald ich loslegen kann", sagte Finn. „Bis dahin werden die Papiere bei mir absolut sicher sein. Du kannst dich auf mich verlassen."

„Das weiß ich. Deshalb hab ich dich kontaktiert."

„Ihr werdet also schon demnächst nach Cornwall aufbrechen, ja?"

„Es wird uns nichts anderes übrig bleiben. Isabells Schwiegermutter ist zurzeit bei uns in Lunau. Sobald sie abreist, werden wir sie begleiten, und Isabell kann offiziell ihr Erbe antreten. Meine Mutter und meine Assistentin werden mich zwar vierteilen, weil ich dauernd unterwegs bin, aber da muss ich durch."

„Wenn es dich beruhigt, könnte ich dir und Isabell auch einen meiner Mitarbeiter an die Seite geben", schlug Finn vor. „Einige meiner Jungs sind hervorragende Personenschützer."

Kjell winkte ab. „Danke für das Angebot. Ich weiß das durchaus zu schätzen, aber das bekomme ich schon hin."

„Daran zweifle ich nicht. Solltest du mal keine Lust mehr dazu haben, fremden Leuten Spritzen in den Hintern zu jagen, komm zu mir, Doktor. Ich hätte einen Job für dich."

Noch am selben Abend hielten sie erneut Kriegsrat in Christas Küche. Kjell war darauf vorbereitet, dass es für Amanda nicht leicht sein würde, was Isabell und er in Wien herausgefunden hatten, doch entgegen seinen Befürchtungen hielt sie sich erstaunlich gut.

„Ich habe so was geahnt", gab sie leise zu.

„Jedenfalls ist neben Jamies Testament jetzt auch das von Jerome Valentine wieder aufgetaucht", sagte Isabell und tätschelte ihrer Schwiegermutter die Hand.

„Das stimmt natürlich", erwiderte Amanda. „Wobei ich schon das eine oder andere Mal darüber nachgedacht habe, ob dieser Wisch eigentlich noch zeitgemäß ist. Mein erster Mann erzählte mir einmal, dass es das Ziel seines Großvaters war, in den britischen Adelsstand erhoben zu werden. Ich glaube, dieser Jerome war ein ziemlich arroganter und größenwahnsinniger Kerl. Mit seinem Testament wollte er wohl nur sicherstellen, dass sein Königreich nicht eines Tages auseinandergerissen wird."

„Dennoch gibt es keinen direkten Nachkommen mehr und Isabell ist nun die alleinige Besitzerin von Valentine Rock", warf Christa ein.

„Immerhin trägt sie den Namen der Familie", erwiderte Amanda und lächelte.

„Vielleicht tue ich das ja nicht für immer", sagte Isabell leise. „Es könnte doch sein, dass ich eines Tages wieder heirate."

Eine eiskalte Welle schien über Kjells Kopf zu schwappen, doch er bemühte sich, sich nicht das Geringste anmerken zu lassen. Bisher hatte er noch nicht darüber nachgedacht, dass Isabell eine neue Beziehung eingehen könnte. Die Trennung von ihr, die nun unwiderruflich bevorstand, würde schon grauenvoll genug werden, doch sich vorzustellen, dass sie sich irgendwann einem anderen Mann hingeben könnte, schnürte ihm schier die Luft ab. Sofort kam ihm Ian Landry in den Sinn. Ob es nun der sein würde oder ein anderer Kerl, er hasste den Mann, der Isabell eines Tages zum Altar führen durfte, schon jetzt aus tiefstem Herzen.

„Ich trage auch einen Doppelnamen, Darling", gab Amanda zu bedenken und unterbrach damit vorerst seine quälenden Gedankengänge.

Kjell registrierte, dass Isabell vollkommen entspannt blieb, als sie ihrer Schwiegermutter antwortete: „Das würde ich nicht wollen, Amanda. Wenn ich tatsächlich wieder heirate, wird es für mich ein Neuanfang sein."

„Informierst du die Vertretungsärzte, Ruth?", fragte er, um das unangenehme Thema zu beenden.

„Natürlich, ich werde mich um alles kümmern", sagte Ruth lächelnd.

„Ich möchte diese Geschichte so schnell wie möglich hinter mich bringen. Deshalb werde ich gleich heute Abend unsere

Flüge buchen, wenn es recht ist." Er fühlte Isabells Blick auf sich, brachte es aber nicht fertig, ihn zu erwidern.

„Ich würde gerne noch ein wenig länger hierbleiben, meine Lieben", sagte Amanda nach einem tiefen Atemzug. „Mir ging es lange nicht mehr so gut und nach Hause zieht mich vorerst überhaupt nichts." Sie zögerte einen Moment. „Außer dem lieben John vielleicht, den vermisse ich ein bisschen."

„Du kannst so lange bleiben, wie du willst, Amanda", bestätigte Christa und schenkte ihrer neuen Freundin ein warmes Lächeln. „Ich freue mich sehr darüber, dass du deinen Aufenthalt bei uns verlängern möchtest. Du bist hier immer willkommen."

„Ich danke dir von Herzen, meine liebe Christa. Ich nehme das sehr gerne an. Aber du musst mich wieder im Laden helfen lassen. Der Tag gestern wird mir unvergesslich bleiben. Ich hatte lange nicht mehr so viel Spaß."

„Wie wunderbar! Dann bleiben wir drei alten Krähen uns und dem Dorf ja noch eine Weile erhalten. Das wird die Lunauer freuen", warf Ruth lachend ein.

KAPITEL 14

Zwei Tage später stellten sie ihren Mietwagen erneut vor Isabells Cottage auf Valentine Rock ab.

Kaum hatten sie ihr Gepäck ins Haus gebracht, rief Isabell im Haupthaus an, um ein paar Worte mit John zu reden und ihn herzlich von Amanda zu grüßen. Vom alten Butler erfuhr sie, dass er William und Bradley nur selten zu Gesicht bekam. Er wusste niemals genau, wann sie im Hause sein würden, das ärgerte ihn und den Rest des Personals sehr, wie er ihr mitteilte, denn so konnten sie sich auf nichts einstellen.

„Ich rufe noch schnell bei Ian an, damit er auch weiß, dass ich wieder hier bin", ließ sie Kjell wissen, nachdem sie das Gespräch mit John beendet hatte.

„Ich mach derweil mal Kaffee", brummte Kjell und wandte sich ab.

Als sie kurz darauf zu ihm ging, saß er bereits vor zwei dampfenden Bechern am Esstisch. Wie immer, wenn er auch für sie Kaffee vorbereitete, hatte er genau die richtige Menge Milch hineingetan. „Liebe Grüße von Ian", sagte sie und setzte sich zu ihm.

„Hm, danke."

„John konnte mir nicht sagen, ob William oder Bradley nach Hause kommen. Im Augenblick sind sie beide unterwegs."

„Gut."

„Wollen wir noch etwas unternehmen, oder bist du zu müde?" Ihr fiel auf, dass sein Blick intensiver und durchdringender wirkte als sonst.

„Lass uns einfach hierbleiben. Ein paar Lebensmittel haben wir ja auf dem Weg hierher besorgt, das sollte für ein Abendessen und das Frühstück reichen, oder meinst du nicht?"

„Das reicht in jedem Fall", bestätigte sie.

„Wir können gleich nach dem Frühstück nach St. Ives zum Notar fahren, wenn du willst. Amanda hat den Mann bereits angerufen, er weiß also Bescheid. Wir brauchen keinen gesonderten Termin."

„Das ist gut."

„Es ist zu früh, um sich um das Abendessen zu kümmern. Wollen wir ein paar Schritte gehen?“, fragte er lächelnd und schlug einen humorvolleren Ton an. „Du kannst dich dabei schon mal daran gewöhnen, jeden Tag deine Ländereien abzuschreiten.“

„Lass diese Witze. Ich habe mich noch nicht einmal richtig an den Gedanken gewöhnt, dass Valentine Rock mir gehört.“ Ihr war tatsächlich immer ein bisschen mulmig zumute, sobald sie darüber nachdachte.

„Dann wird es höchste Zeit, Isabell. Komm, lass uns gehen. Die Sonne scheint und wartet darauf, dich anzustrahlen.“

Sie machten einen ausgedehnten Spaziergang und landeten schließlich wieder bei den Ställen. „Hast du Lust auszureiten?“, fragte Isabell.

Kjell schüttelte den Kopf. „Gott bewahre!“ Er lachte, aber als Ian Landry auf sie zukam, blieb ihm das Lachen im Halse stecken. So wie beim letzten Mal begrüßte Isabell ihren Cousin sehr liebevoll. Kjell hatte Mühe, freundlich zu bleiben, als Ian ihm die Hand reichte. Die Eifersucht hatte ihn fest in ihren scharfen Krallen.

„Na, ihr seid ja schnell wieder hergekommen“, stellte Ian grinsend fest. „Du hast wohl doch Heimweh, was Isi?“

Sie winkte lachend ab.

„Wie geht es unserer Lady?“, wollte Ian wissen, es war klar, dass er damit Amanda meinte.

„Sie erholt sich prächtig“, erwiderte Isabell. „Du würdest dich wundern, wie gut sie inzwischen aussieht.“

Ian Landry nickte. „Das glaube ich dir sogar. Ich war immer der Meinung, dass sie nur eine Weile von hier … also von den Tremaynes fortmuss, um wieder Lebensmut zu fassen und sich zu erholen.“

„Siehst du Brad noch ab und zu?“

„Nein, so gut wie gar nicht“, antwortete Ian kopfschüttelnd. „Seit James tot ist, haben wir nicht mehr viel gemeinsam. Das ist nun auch schon weit über ein Jahr her. Die alten Zeiten sind offenbar ein für alle Mal vorbei." Er deutete auf das Haus, in dem er nun alleine wohnte, seit Isabells Eltern zurück nach Irland gegangen waren. „Habt ihr vielleicht Lust auf ein kaltes Getränk? Ich habe vorhin Eistee gemacht und könnte eine kleine Pause ganz gut gebrauchen."

„Ja, gerne", erwiderte Isabell erfreut.

Sie setzten sich auf die Terrasse des Hauses, und Ian servierte eisgekühlten Tee mit frischer Zitrone, der sehr belebend wirkte, wie Kjell bemerkte.

Isabell und Ian plauderten miteinander, er hielt sich hingegen zurück, obwohl er insgeheim zugeben musste, dass Isabells Cousin ihm auf dem zweiten Blick nicht unsympathisch war.

„Sie haben sich also gut um Amanda gekümmert, Doktor?", wandte sich Ian nach einer Weile an ihn.

Kjell nickte. „Ja, und ich muss sagen, sie ist wirklich eine angenehme Patientin."

„Das glaube ich Ihnen gerne. Ich mag sie sehr, unsere Lady."

„Sie hat dir offiziell die Verwaltung übergeben, nicht wahr?", fragte Isabell.

„Ja, allerdings mache ich den Job ohnehin bereits eine ganze Zeit, wenn auch hinter den Kulissen. Wie gesagt, habe ich sämtliche Aufgaben von deinem Vater übernommen. Du weißt ja, dass er sich in den vergangenen Jahren schon mit der Leitung des Guts befasst hat, um Amanda zu entlasten. Sie wurde zusehends kränker." Er lehnte sich zurück und strich sich das dunkle Haar aus der Stirn. „Der alte Tremayne hat an der Arbeit hier jedenfalls keinerlei Interesse, höchstens an dem Wert des Ganzen. Und von Brad will ich gar nicht erst anfangen. Es ist wirklich schade, dass er nicht mehr von seiner Mutter abbekommen hat. Vielleicht hätte James ihn in den Griff bekommen können, aber so steht er allein unter dem Einfluss des Alten." Ian stieß ein widerwilliges Schnauben aus. „Wenn du mich fragst, Isi, sollte unsere Chefin lieber schnell ganz gesund werden und noch möglichst lange leben, sonst geht es mit dem Gut bergab." Wieder sah er Kjell an. „Wir alle hier sind Ihnen sehr dankbar, dass sie Amanda im Auge behalten, Doktor. Es ist eine Schande, dass ihr Arzt hier sich überhaupt als solcher bezeichnen darf. Außerdem steht der alte Quacksalber auf Tremaynes Gehaltsliste, das weiß jeder."

„Hast du vielleicht Lust, zum Abendessen rüberzukommen?", fragte Isabell, als sie sich kurze Zeit später von Ian verabschiedeten.

„Das ist lieb von dir, Isi, sonst sehr gerne, aber gerade heute Abend habe ich bereits eine Verabredung." Er grinste breit und wackelte vielsagend mit den Augenbrauen.

Isabell lachte. „Na, dann viel Erfolg, du alter Schürzenjäger!"

Auf dem Weg zurück zum Cottage beschloss Kjell, dass Ian Landry eigentlich ein ganz netter Kerl war.

„Ich rufe dann mal Finn an und sage ihm, dass er loslegen kann, einverstanden?", fragte er Isabell. Sie stand in der Küche und bereitete das Abendessen vor. „Ich komme gleich zu dir, um dir unter die Arme zu greifen."

„Lass dir ruhig Zeit", entgegnete sie lächelnd. „Das bisschen Salat schnippeln und Steaks braten. Das bekomme ich auch gut alleine hin."

Kjell zog sein Handy aus der Tasche, rief Finn Andersens Nummer auf und wartete, bis sein Freund sich meldete.

„Hey, ich bin es."

„Kjell! Seid ihr schon auf der Insel?"

„Ja, sind wir. Gleich morgen früh fahren wir zum zuständigen Notar. Danach ist Isabell dann offiziell die Besitzerin von Valentine Rock. Du kannst also alles in die Wege leiten, damit die Tremaynes möglichst schnell hinter Schloss und Riegel kommen."

„Wird gemacht. Ich werde zusehen, dass ich für morgen einen Flug nach London bekomme."

„Schick mir die Spesenrechnung."

„Darauf kannst du dich verlassen, mein Lieber. Wir sehen uns, sobald du wieder im Lande bist."

Nach dem Essen und ausnahmsweise einmal zwei Gläsern Rotwein wollten sie es sich eigentlich noch eine Weile vor dem

Fernseher gemütlich machen, doch ihre Libido übernahm das Kommando und sie wechselten frühzeitig ins Schlafzimmer. Nach einer weiteren berauschenden und sehr langen Liebesnacht schlief Kjell erschöpft ein, ebenso wie Isabell.

Ein Geräusch riss ihn aus dem Tiefschlaf, und als er die Augen öffnete und sah, dass Isabell nicht mehr neben ihm lag, war er auf der Stelle hellwach und setzte sich auf.

„Na, da haben wir ja unseren lieben Herrn Doktor! Ein beeindruckender Brustkorb, mein Lieber. Sie trainieren offenbar regelmäßig, was? Hätte nicht gedacht, dass auch Sie zu diesen albernen Fitnessfanatikern gehören, die sinnlos ihre Muskeln vollpumpen." William Tremayne stand breitbeinig vor dem Bett und sah auf ihn herunter. In der Hand hielt er eine Pistole, deren Lauf auf seine nackte Brust zielte.

„Wo ist Isabell?", fragte Kjell möglichst ruhig. In Gedanken verfluchte er den schweren Rotwein, den er getrunken hatte. Der Wein und der ausgiebige Sex waren offenbar eine betäubende Mischung gewesen. Normalerweise schlief er nicht so tief, dass er nicht mehr mitbekam, was um ihn herum geschah.

„Wenn ich Sie bitten dürfte, sich etwas anzuziehen, Doktor, wir machen einen kleinen Ausflug." Kalt erwiderte William Tremayne seinen Blick. „Aber erheben Sie sich möglichst langsam und ganz besonders artig. Sollte Ihnen der abstruse Gedanke kommen, den Helden spielen zu müssen, würde das unserer Isabell nicht gut bekommen." William grinste böse. „Brad wartet nebenan nur darauf, dass ich ihm erlaube, ihr ein bisschen … hm, sagen wir mal … näher zu treten. Er war schon immer scharf auf das Mädel, wissen Sie."

Durch die offene Tür hörte Kjell ein leises Stöhnen aus dem Wohnzimmer. Er sprang auf und schlüpfte hastig in seine Jeans und das Polohemd, das er am Tag zuvor getragen hatte. William hielt währenddessen unablässig die Waffe auf ihn gerichtet und deutete damit schließlich in Richtung des Wohnzimmers. „Nach Ihnen, Doktor."

In Kjells Kopf schlugen die Gedanken wilde Kapriolen. Als er sich Isabell gegenübersah, atmete er auf. In ihrem Blick lag

Furcht, aber es ging ihr so weit gut, auch wenn dieser Lackaffe von Bradley ihr einen Arm um die Taille geschlungen hatte und sie viel zu fest an sich presste. Isabell trug nur ein längeres T-Shirt, das ihr gerade bis über den Po reichte. Er war dabei gewesen, als sie es nach dem Sex übergestreift hatte, und er wusste, dass sie darunter nackt war. Draußen war es stockdunkel, stellte er mit einem Seitenblick auf eines der Fenster fest. Er musste tatsächlich im Tiefschlaf gewesen sein, als die Tremaynes ins Haus gekommen waren.

„Was wollt ihr denn von uns?“, fragte Isabell mit zitternder Stimme.

„Honey, wir haben dich mehrere Male ersucht, mit uns zu kooperieren, aber das hast du nicht getan“, antwortete William, ohne Kjell aus den Augen zu lassen. „Unsere Warnungen hast du allesamt ignoriert. Nun ja, inzwischen bin ich zu dem Schluss gelangt, dass du wirklich nicht die geringste Ahnung hast, was wir eigentlich von dir wollten, deshalb haben wir dich auch in Ruhe gelassen. Ich nehme an, dass James mir in seiner letzten Stunde doch noch die Wahrheit gesagt hat. Er war ja so verflucht anständig. Wie ich deinem … Leibarzt hier schon mitteilte, werden wir zusammen einen kleinen Ausflug machen. Sie dürfen vorangehen, Doktor.“

„Isabell sollte sich ebenfalls anziehen“, sagte Kjell. Sein Blick heftete sich auf ihr Gesicht. Er wollte ihr Sicherheit vermitteln, wusste im Augenblick aber nicht, wie er das bewerkstelligen konnte.

William nickte. „Brad, geh mit unserem Mädchen nach nebenan und lass sie sich etwas überziehen. Ich weiß, du wirst es genießen, ihr dabei zuzusehen, nicht wahr?“

Bradley grinste und schob Isabell sofort zur Schlafzimmertür. „Es ist mir ein Vergnügen. Komm, Isi, lass mich endlich in dein Schlafzimmer.“ Er feixte.

„Fass sie an und du bist tot.“ Kjell biss die Zähne so fest zusammen, dass sein Kiefer schmerzte. Das fiese Lachen, das Bradley ausstieß, machte ihn nur noch wütender.

„Jetzt fürchte ich mich aber, Doktor.“

Isabell hatte Todesangst. Noch nie in ihrem ganzen Leben hatte sie solche Panik verspürt. Kjell versuchte, den Blickkontakt mit ihr aufrechtzuerhalten, doch das war nicht leicht.

Seit einiger Zeit waren sie auf dem Meer, auf Williams Jacht, und ließen den Hafen von St. Ives immer weiter hinter sich.

Kjell saß ihr gegenüber. Man hatte ihm die Hände auf den Rücken gefesselt und ihn an die Ankerwinde gebunden. Sie selbst wurde von Bradley mit einer vorgehaltenen Pistole bedroht, aber gefesselt war sie nicht.

Aus Kjells Nase tropfte ein wenig Blut und sein rechtes Jochbein war aufgeplatzt, heftig angeschwollen und verfärbte sich bereits. Kaum, dass sie an Bord gewesen waren, hatte Bradley damit angefangen, sie zu beleidigen und zu betatschen, und hatte dabei anzügliche Witze gerissen. Kjell war ausgerastet. Er hatte getobt, Bradley angeschrien und wollte trotz der Handfesseln auf ihn losgehen. Daraufhin hatte Bradley ihr die Waffe an die Schläfe gehalten und Kjell war sofort ruhig geworden. Kaum hatte William ihn an die Ankerwinde gebunden, war Bradley zu ihm gegangen und hatte Kjell mehrmals mit der Waffe ins Gesicht geschlagen. Für sie war es die Hölle gewesen, das mit ansehen zu müssen, aber Kjell hatte nicht einen einzigen Laut von sich gegeben.

Und nun fuhren sie hinaus aufs Meer. Unterdessen zitterte sie am ganzen Körper, aus Angst und vor Kälte. Es war noch immer stockdunkel, doch weit weg am Horizont erahnte man bereits den Morgen. Eine drückende Vorahnung verstärkte ihre Furcht, wegen der Wucht dieses Gefühls wurde sie fast ohnmächtig.

Irgendwann stoppte William die Maschine und kam zurück an Deck. „Meine Lieben, es ist an der Zeit auszusteigen.“ Er grinste diabolisch. „Doktor, noch einen großen Schluck Whiskey vielleicht, oder reichen die Fesseln aus, um das Unvermeidliche zu beschleunigen?“ Sein Blick fiel auf sie. „Tut mir leid, Honey, aber du bist mir ein Stachel im Fleisch. Dein Einfluss auf meine *geliebte* Ehefrau gefällt mir gar nicht. Ganz zu schweigen von eventuellen Ansprüchen, die du geltend machen könntest. Nein, keine Tränen, meine Liebe, lass das Heulen.“ Sein Grinsen vertiefte sich und er beugte sich vor, sodass sein Gesicht dicht vor ihrem war. „Weißt du, was wirklich verrückt ist, dass dein eifriger Ehemann letztlich darauf verzichtet hat, mich und seinen eigenen Bruder auf direktem Weg in Teufels Küche zu bugsieren. Wahrscheinlich wollte er dich schützen, aber da war es schon zu spät, denn er hatte mir gestanden, was er herausgefunden hatte. Mir war die Sache längst zu heikel geworden, verstehst du? Ja, zum Schluss hat er mir versprochen, dass er die Beweise vernichtet hat, doch er war nicht nur ein Schlaukopf, sondern auch ein elender Moralist, dein James. Die Aussicht, mein Schicksal oder das meines Sohnes in seine Hände zu legen, wollte mir so gar nicht gefallen. Wer weiß, wie lange er noch dichtgehalten hätte. Und wer weiß, was er dir alles erzählt hat, während ihr euch in den Laken gewälzt habt."

William sah sich um, blickte in die Dunkelheit, dann in Richtung Land. In weiter Ferne sah man die Lichter von St. Ives aufblitzen.

„Macht euch keine falschen Hoffnungen, Kinder. Die Fischer fahren frühestens in zwei Stunden raus, aber dieses Gebiet hier gehört sowieso nicht zu den bevorzugten Fischereigründen, also tut euch selbst einen Gefallen und hört auf zu strampeln, das verlängert nur unnötig die Qual." Er nickte Bradley zu. „Bring es hinter dich, mein Sohn. Verabschiede dich von einer alten Liebe."

Bradley umfasste grob Isabells Oberarm und schob sie an die Reling. Auch wenn sie von vornherein wusste, dass es sinnlos war, versuchte sie sich zur Wehr zu setzten, doch gegen die körperliche Überlegenheit ihres Schwagers war sie machtlos.

„Du hast damals die falsche Wahl getroffen, Süße", sagte Bradley noch, dann hob er sie kurzerhand hoch und warf sie einfach über Bord. Kjells heiserer Schrei folgte ihr.

Trotz der warmen Jahreszeit erschien ihr das Wasser eisig. Als die Wellen über ihr zusammenschlugen, begann sie wie wild zu strampeln. Automatisch schrie sie, als ihr Kopf die Wasseroberfläche durchbrach, und schnappte gierig nach Luft. Die Motoren heulten auf und die Jacht entfernte sich, der Strahlenkranz ihrer dumpfen Beleuchtung wurde rasch kleiner, bis er gar nicht mehr zu sehen war. Verzweifelt sah Isabell sich um, aber die Dunkelheit war undurchdringlich. Alles, was sie erkennen konnte, waren die Lichter von St. Ives, viel zu weit weg, um auf Rettung zu hoffen.

„Bella!" Kjell tauchte so plötzlich neben ihr auf, dass sie erschrak.

„Kjell! Oh Gott, Kjell!"

Er schwamm nur mithilfe seiner Beine. „Du musst mir irgendwie die Fesseln lösen. Sie sitzen nicht sehr fest, aber ich schaffe es nicht allein", sagte er prustend.

„Wir ertrinken, Kjell." Ihr Gesicht war nass von Wasser und den Tränen. Sie schluchzte, strampelte, warf wild die Arme in die Luft, um nicht unterzugehen, denn immer wieder schlugen die Wellen über ihrem Kopf zusammen.

„Nein, werden wir nicht. Ruhig, Liebes, ruhig! Nicht so hektisch schlagen, spar deine Kräfte."

Isabell reagierte nicht. Es blieb ihm nichts anderes übrig, als sie härter anzufassen. „Hör mir zu, verdammt noch mal!", schrie er sie an. „Ich lass dich nicht ertrinken, aber zuerst musst du mir helfen." Er hatte den Eindruck, sie beruhigte sich tatsächlich. „Mach genau, was ich dir sage, versprich mir das."

Sie spuckte Wasser und hörte auf, hektisch mit den Armen zu rudern.

„Die Fesseln müssen weg", sagte er. Er trat Wasser und drehte ihr den Rücken zu. „Versuch aufrecht zu bleiben und mach dabei gleichmäßige und langsame Schwimmbewegungen mit den Beinen, während du die Knoten löst. Dir passiert nichts, vertrau mir."

„Was ist, wenn ich sie nicht aufbekomme?"

„Das wirst du, Bella, sie sind nicht kompliziert. Sie liegen nur an einer Stelle, die ich selbst nicht erreichen kann."

Tatsächlich brauchte sie kaum länger als eine Minute, um ihn zu befreien. Er griff nach dem fingerdicken Seil, bevor es in die Tiefe sinken konnte. „Komm zu mir, Bella, halt dich einen Moment an mir fest und ruh dich aus. Ich halte dich. Du gehst nicht unter." Als sie tat, was er verlangte, atmete er erleichtert durch. Wäre sie weiterhin panisch geblieben, hätte es böse enden können, doch so hatten sie eine Chance. Er sah zu den Lichtern von St. Ives. Sie waren verdammt weit weg, aber er würde es versuchen. Natürlich würde er es versuchen, denn er wollte, dass Isabell weiterlebte. „Hör zu, Liebes, wir werden schwimmen, bis wir in Sicherheit sind, wir schaffen das. Ich binde dir jetzt das Seil um, nur zur Absicherung, verstehst du? Streif deine Schuhe ab, die behindern dich nur." Unablässig trat er Wasser, hielt sie so beide an der Oberfläche und achtete darauf, dass sie seine Anweisungen befolgte. Er verknotete das Seil um ihre Taille. Das andere Ende zurrte er mit einem Spezialknoten an seinem Gürtel fest. Dieser Knoten würde sich im Notfall leicht wieder lösen lassen, aber das brauchte sie nicht zu wissen. „Wir müssen jetzt los, um in Bewegung zu bleiben und nicht zu viel Energie zu vergeuden. Sobald du merkst, dass deine Kraft nachlässt, sagst du es mir. Es ist wichtig, dass du das rechtzeitig tust." Er hoffte, dass sie eine gute Schwimmerin war, dass sie lange durchhalten würde. Das war vielleicht entscheidend für sie beide. „Wenn du nicht mehr kannst, gibt es zwei sichere Möglichkeiten, dich bei mir auszuruhen, während ich weiterschwimme." Er lächelte sie aufmunternd an, obwohl er nicht wusste, ob sie das sehen konnte. „Vertraust du mir?"

„Ja, Kjell. Ja, das tu ich."

„Denk an meine Ausbildung, Liebes. Ich bin bei einer meiner Prüfungen dreißig Kilometer im offenen Meer geschwommen. Wir schaffen das, und nun los. Langsam, schön gleichmäßig, ja so ist es gut. Nicht zu schnell, nicht hastig. Lass dich auf den Rhythmus der Wellen ein. Das Wasser trägt dich."

Eine ganze Weile schwammen sie nebeneinander her, aber die Lichter wollten einfach nicht näher kommen. Er selbst hätte sich sehr viel zügiger fortbewegen können, doch er passte sich ihrer Geschwindigkeit an. Sie bewegte sich gleichmäßig und lag gut im Wasser, das machte ihm Mut.

„Kjell."

„Brauchst du eine Pause?"

„Ja. Ich … meine Beine …Ich spüre meine Beine kaum noch." Ihre Stimme drohte zu kippen.

„Nicht panisch werden! Komm her zu mir. Ich schwimme weiter, du legst dich auf meinen Rücken. Mach dich dabei so gerade, wie es geht, dann belastest du mich am wenigsten. Atme tief und gleichmäßig, während du dich ausruhst. Du darfst die Arme auf keinen Fall um meinen Hals legen, sondern dich nur unterhalb meiner Achseln festhalten, damit ich genug Bewegungsfreiheit habe, verstanden?"

„Ja, verstanden."

„Ich bin stolz auf dich, meine Bella. Es kann sein, dass ich dich nach einiger Zeit seitwärts schleppen muss, aber das sehen wir dann, okay?"

Es klappte gut. Sie verhielt sich so, dass er keinerlei Probleme hatte. Die Methode, einen Kameraden im Notfall auf dem Rücken zu transportieren, hatte er lange und ausdauernd geübt, und Isabell war deutlich kleiner und leichter als ein kraftstrotzender Kampfschwimmer. Obwohl sie praktisch auf ihm lag, kam er jetzt schneller voran. Er wusste, dass er vorsichtig sein und seine Kraft gut einteilen musste, doch er wollte sie vor allem nach Hause bringen. Wenn er es denn schaffte, die Entfernung zum Land war noch immer gewaltig. „Bella?"

„Ja?"

„Ich möchte, dass du etwas weißt."

„Was?"

„Ich liebe dich." Es war eine spontane Entscheidung, es ihr zu sagen. Er konnte den Gedanken nicht ertragen, dass sie vielleicht sterben würden, ohne dass sie es wusste. An seinem Rücken fühlte er, wie sie für einen Moment die Luft anhielt. Dann spürte er ihre Lippen in seinem Nacken. „Ich liebe dich auch, Kjell, so sehr!"

Eine Welle des Glücks erfasste ihn, schickte neue Energie durch seinen Körper. „Dann sollten wir darüber reden, sobald wir wieder trocken sind."

Wenn er sich nicht täuschte, hatte sie soeben sogar gelacht.

Inzwischen war der Tag angebrochen und es war hell.

Isabell blinzelte in die Sonne. Die Zeit, in der sie schon im Wasser waren, kam ihr endlos vor. Ihr Körper fühlte sich taub an, so, als wäre er überhaupt nicht mehr vorhanden. Zwischendurch war sie eine Weile wieder selbst geschwommen, doch nun waren ihre Kräfte verbraucht. Sie konnte sich nicht vorstellen, auch nur noch einen einzigen Schwimmzug zu bewältigen. Kjell atmete jetzt angestrengter, jedoch gleichmäßig. Sie bewunderte und liebte ihn für seinen Kampfgeist. In regelmäßigen Abständen drehte er sich immer wieder auf den Rücken und streckte sich aus, ließ sich eine Weile treiben, hielt sie währenddessen an seiner Brust fest. Sie hatte keine Ahnung, warum er dabei nicht unterging, aber denken konnte sie ohnehin nicht mehr. Das Sprechen hatten sie inzwischen eingestellt. Seine Atemzüge waren die einzigen Geräusche auf der Welt, die ihr noch wichtig waren. Solange Kjell atmete, würden sie beide leben.

Und dann, als der Gedanke an das Sterben ihr schon fast gleichgültig wurde, fühlte sie plötzlich, wie er sie an sich zog und sie auf die Füße stellte.

„Wir haben es geschafft, Bella", keuchte er kaum verständlich.

Ganz deutlich spürte sie Sand unter ihren Füßen und konnte es dennoch nicht glauben. Allerdings fehlte ihr die Kraft, um stehen zu bleiben.

„Wir müssen … unbedingt trinken", krächzte Kjell. „Trinken." Langsam zog er sie weiter aus dem Wasser heraus. Erst als sie beide sicher am Strand waren, brach er zusammen.

Sie wollte schreien, aber es kam kein einziger Laut aus ihrer Kehle, dann wurde ihr schwarz vor Augen.

Weiß. Alles war weiß.

Vorsichtig öffnete Isabell die Augen ein Stück weiter. Ihre Lider waren ungewohnt schwer, so schwer, wie ihre Gliedmaßen sich anfühlten. So, als wären sie über Nacht mit Gewichten ausgestattet worden. Kaum schaffte sie es, sich zu bewegen. Nun, wo sie die Augen endlich offen hatte, erkannte sie, dass sie in einem Krankenzimmer lag, in einem Bett. Dieses Bett und der

Tropf an dem sie hing, waren eindeutig irdisch. Diese Gewissheit bedeutete vor allem eines: Kjell hatte es tatsächlich geschafft, sie beide an Land zu bringen!

Sie hatte das nicht geträumt, sie lebten noch. Doch dann tauchte vor ihrem inneren Auge der furchtbare Moment auf, als er zusammengebrochen war. Sie glaubte sich daran zu erinnern, dass er nicht mehr geatmet hatte. *Nein!* Sie wollte nicht ohne ihn weiterleben!

„Kjell!“ Sie hatte nach ihm rufen wollen, aber die Stimme schien ihr abhandengekommen zu sein und es war nur ein leises Knarren zu hören gewesen.

„Ich bin da, Bella“, hörte sie ihn sagen.

Sein heiseres Krächzen kam von ihrer rechten Seite, und als sie den Kopf drehte, sah sie ihn und schickte ein stummes Dankesgebet gen Himmel.

Kjell erwiderte ihren Blick, lächelte sie an, und sofort füllten sich ihre Augen mit Tränen. Auch er lag in einem Krankenbett und an einem Tropf, richtete sich nun aber etwas auf. Seine Bewegungen wirkten mühsam und merkwürdig verlangsamt.

„Wir haben es geschafft, Bella.“

Sie nickte, denn aus ihrer Kehle kam nicht ein einziger Ton. „Ich liebe dich“, formte sie mit den Lippen.

„Ich liebe dich unendlich“, flüsterte er.

Die Tür wurde geöffnet und eine junge dunkelhaarige Ärztin kam herein. Sie sah von ihr zu Kjell und ihr Lächeln schien den gesamten Raum zu erwärmen.

„Guten Morgen, Herrschaften“, rief sie auf Deutsch, dann kam sie zunächst zu ihr. „Ich bin Dr. Keller, ihre behandelnde Ärztin. Können Sie schon sprechen, Mrs Valentine?“

Isabell schüttelte den Kopf.

„Machen sie sich keine Sorgen, das kommt wieder. Eventuell können Sie heute Abend bereits flüstern. Ich würde allerdings davon abraten, in den nächsten Tagen große Reden zu schwingen oder Arien zu singen.“ Sie lachte und deutete mit einer Kopfbewegung auf Kjell. „Meinem lieben Kollegen hier haben Sie es zu verdanken, dass ich Ihren Namen kenne und über die Umstände Ihres Marathonschwimmens informiert bin. Abgesehen von den Leuten am Strand, die den Rettungswagen gerufen haben, weiß offiziell niemand, dass Sie beide hier sind. Zu Ihrer Sicherheit sitzt zusätzlich ein Polizeibeamter vor der Tür, der wie eine Bulldogge ausschaut und schon deshalb jeden abschreckt, der hier herein möchte. Vielleicht sollte ich noch erwähnen, dass Dr. Loewenthal mir persönlich mit dem Tode gedroht hat, wenn ich auch nur einen einzigen Gedanken daran verschwende, sie in getrennten Zimmern unterzubringen." Sie seufzte betont theatralisch. „Ärzte sind wirklich *großartige* Patienten."

Isabell lächelte und sah Kjell an. Er wirkte außerordentlich zufrieden und grinste.

„Und nun zum Wichtigsten: Den Umständen entsprechend geht es Ihnen beiden gut. Das Salzwasser hat Ihre Haut ein bisschen strapaziert, aber auch das gibt sich wieder. Sie leiden unter körperlicher Erschöpfung und natürlich unter den Folgen der Unterkühlung. Wir haben Ihnen ein Stärkungsmittel, eine große Dosis Magnesium, diverse Vitamine und eine Menge Elektrolyte verabreicht." Dr. Keller zeigte auf den Tropf, an dem Isabell hing. „Ansonsten kann ich Ihnen nur raten, schlafen Sie in den nächsten Stunden viel und essen Sie. Sogar unser lieber Dr. Loewenthal hat meiner Entscheidung zugestimmt, Sie noch bis morgen Vormittag hierzubehalten. Dann dürften Sie sich weitestgehend auch wieder bewegen können." Sie wandte sich Kjell zu. „Wie sieht es bei Ihnen aus? Schon besser?"

„Normaler Verlauf", erwiderte er grinsend.

„Übrigens, Sie haben meinen tiefen Respekt, Herr Kollege." Lächelnd nickte sie ihm zu und ging zur Tür, doch dann sah sie noch einmal Isabell an. „Dr. Loewenthal hat eine schier übermenschliche Leistung vollbracht, Mrs Valentine. Den Berechnungen nach ist er an die sechs Stunden geschwommen. Die meiste Zeit davon hat er Sie offenbar geschleppt. Wenn ich Sie wäre, würde ich den Mann festnageln. Der holt Sie im Zweifel noch aus der Hölle zurück." Augenzwinkernd verließ Dr. Keller das Krankenzimmer.

„Du kannst mir gerade nicht widersprechen, deshalb möchte ich dir etwas sagen, Bella.“ Kjell legte sich auf die Seite und sah sie an.

Erwartungsvoll erwiderte sie seinen Blick und nickte.

„Ich wusste nicht, ob wir es wirklich schaffen würden. Offen gesagt hatte ich zwischenzeitlich große Zweifel. Nun sind wir hier, und ich habe eine Entscheidung getroffen, während ich darauf wartete, dass du endlich aufwachst.“ Er hustete. „Ich habe nicht vor, noch einen einzigen Tag ohne dich zu leben, also komme ich hierher zu dir, nach Valentine Rock. Du bist mir wichtiger als ... alles.“ Erneut hustete er. Seine Stimme war noch angeschlagen. „Ich will bei dir sein, nur das zählt für mich. Ärzte werden überall gebraucht.“

Isabell schüttelte heftig den Kopf, doch Kjell lächelte nur.

„Ich weiß, ich habe gesagt, dass ich nie wieder aus Lunau fort möchte, aber ich könnte es nicht ertragen, dich gehen zu lassen, Bella, und dieses Gefühl ist ungleich mächtiger. Wir gehören zusammen, du und ich, und du musst hier sein, also werde ich auch hier sein. So einfach ist das.“

Isabell konnte kaum glauben, was er da sagte. Durch Gesten und heftiges Kopfschütteln versuchte sie ihm klarzumachen, dass sie dieses Angebot nie und nimmer von ihm annehmen würde, denn für ihn wäre es ein echtes Opfer, sein geliebtes Lunau zu verlassen. Sie liebte ihn zu sehr, um ihm das zu nehmen.

Kjell ging jedoch nicht auf ihre wilden Zeichen ein. Er ließ sich zurück auf den Rücken fallen und schloss die Augen. „Ich habe meine Entscheidung getroffen. Lass uns schlafen, Liebes. Wir reden morgen in Ruhe über alles. Dann informiere ich meine Mutter. Ich brauche auch eine Lösung für Ruth. Meine Güte, das wird nicht leicht werden.“

Am nächsten Vormittag teilte Dr. Keller ihnen mit, dass William und Bradley Tremayne verhaftet worden waren. Die Meldung beherrschte die Nachrichtensendungen in Großbritannien und wahrscheinlich auch darüber hinaus. Kjell telefonierte mit Finn Andersen und erfuhr so, dass der sich noch immer in London befand, aber im Laufe des Tages zurück nach Hamburg fliegen würde.

Als Finn hörte, was ihm und Isabell zugestoßen war, stieß er einen derben Fluch aus. „Gut zu wissen, dass ihr beide wohlauf seid. Jetzt haben wir etwas gemeinsam, Kjell. Meine Kira und ich mussten ebenfalls mal unfreiwillig zusammen ins Meer hüpfen, allerdings nur für ein paar Minuten, und das hat mir schon mehr als gereicht. Grüß mir Isabell. Wir sehen uns in Hamburg. Mach's gut, Kumpel."

Da Isabells Stimme noch immer sehr leise und heiser klang, übernahm Kjell gleich im Anschluss auch ein Telefonat mit Ian Landry, der sich sofort bereit erklärte, ihnen frische Kleidung in die Klinik zu bringen und sie abzuholen.

Kurz nach dem Mittagessen verabschiedeten sie sich von Dr. Keller, stiegen in Ians SUV und ließen sich von ihm zum Gut kutschieren.

Kjell war schon den ganzen Morgen aufgefallen, dass Isabell ungewöhnlich still war, er schob das nicht nur auf ihre lädierte Stimme. Irgendetwas schien sie zu beschäftigen. Natürlich hatte er mehrmals nachgefragt, ob alles in Ordnung sei, hatte jedoch keine zufriedenstellende Antwort von ihr erhalten.

Im Cottage angekommen, fing sie sofort an, die Koffer zu packen.

„Was machst du denn, Bella? Unser Flug geht erst morgen. Du hast jede Menge Zeit, die paar Sachen zusammenzusuchen, die du mitnehmen willst. Wir sind doch ohnehin bald zurück."

„Nein, das sind wir nicht, Kjell." Sie reckte sich vorsichtig. „Herrje, ich hatte noch nie in meinem Leben so einen fürchterlichen Muskelkater", flüsterte sie.

Bis eben hatte er auf der Couch gesessen, nun stand er auf und ging zu ihr. „Was soll das heißen? Natürlich werden wir schon bald wieder hier sein. Ich habe nicht vor, die ganze Geschichte unnötig in die Länge zu ziehen."

Das Seufzen, das Isabell hören ließ, klang nachsichtig.

„Hast du vielleicht mal einen einzigen Gedanken daran verschwendet, dass auch ich eine Meinung dazu haben könnte, mein Held?", flüsterte sie mit stark belegter Stimme.

Er sah sie an, verstand aber kein Wort. „Heißt das jetzt, du willst nicht, dass ich hier bei dir lebe? Bella, ich versichere dir, dass ich mir das gut überlegt habe und ich werde es niemals bereuen, solange wir zusammen sind."

„Das glaube ich dir sogar, und ich weiß dein Angebot zu schätzen, dennoch lehne ich es ab."

„Das kannst du nicht. Ich lasse es nicht zu, dass du das tust. Ich sagte doch schon, ich komme damit klar. Meine Entscheidung, in Lunau zu bleiben, ist unter völlig anderen Voraussetzungen entstanden. Da wusste ich noch nicht, dass ich … dir begegnen würde. Du hast alles verändert, Isabell."

„Dein Leben ist in Lunau."

Er umfing ihre Schultern, zog Isabell an sich und hauchte ihr einen Kuss auf die Lippen. „Mein Leben bist du, Bella. Ich liebe dich! Verstehst du? Du bist mit Sicherheit all das, was ich eigentlich niemals wollte, aber jetzt kann ich nicht mehr ohne dich existieren." Kopfschüttelnd räusperte er sich. „Verflucht noch mal, ich habe noch nie so viel Süßholz geraspelt wie in den letzten paar Minuten."

„Kjell, mir geht es doch genau wie dir. Ich liebe dich über alles. Erst durch meine Liebe zu dir ist mir klar geworden, dass das, was ich für Jamie empfunden habe, weit entfernt von echter Liebe war."

„Wo liegt dann das Problem, verdammt?"

„Mein Problem liegt ganz einfach darin, dass ich noch nie glücklicher war als in Lunau. Ich, Kjell, ich möchte hier nicht mehr leben. Für kein Geld der Welt und erst recht nicht für ein Opfer, das du mir aus Liebe zu Füßen legst. Ich möchte in Lunau sein, nirgendwo sonst, zusammen mit dir … und mit Siggi natürlich, für immer und solange wir leben."

Es dauerte ein paar Sekunden, bis er begriff, dass sie es ernst meinte. Irgendwo in seinem Inneren löste sich etwas. Es fühlte sich an, als würde sich sein Herz um ein Vielfaches vergrößern.

Sprachlos und unendlich glücklich zog er sie in seine Arme und küsste sie lange und voller Zärtlichkeit. In Isabells Augen schimmerten Tränen.

„Für Valentine Rock habe ich bereits eine Lösung gefunden“, erklärte sie ihm mit ihrer leisen, heiseren Stimme. „Ich setze Ian weiterhin offiziell als Verwalter ein. Er kennt sich mit dem Land und der Pferdezucht aus. Ian ist der beste Mann für den Job. Ich vertraue ihm und kann mich auf ihn verlassen. Wir leben im Zeitalter des Internets. Es ist kein Problem für ihn, mich jederzeit über alles zu informieren, was mit dem Gut zu tun hat. Amanda kann wie bisher im Gutshaus wohnen, wenn sie es denn will, und uns und ihre neuen Freundinnen in Lunau so oft besuchen, wie es ihr gefällt.“ Sie holte Luft und räusperte sich. „Außerdem werde ich meinen Eltern anbieten, zurückzukommen. Ich schätze, das wird sie sehr glücklich machen. Wenn sie es wollen, können sie ihr altes Haus wiederhaben. Ian könnte das große Cottage von Bradley beziehen, falls er damit einverstanden ist. Sollte unsere Zeit es zulassen, können wir hierherkommen und sie und Valentine Rock besuchen, wann immer uns danach ist. Mehr will ich gar nicht.“

„Hast du zufällig gerade Hunger, meine Bella?“, fragte er grinsend.

„Und wie, Doc!“

EPILOG

„Sieh mal, Siggi, die Blätter verfärben sich immer mehr. Der Herbst ist da.“ Isabell streichelte das kleine silbergraue Fellknäuel, das zu ihren Füßen hockte und mit dem üblichen hingebungsvollen Blick zu ihr aufsah. Entspannt und in eine dicke Wolljacke gehüllt, saß sie auf der Veranda des Cafés. Gerade war sie von einem langen Spaziergang mit dem Hund zurückgekommen, nun wartete sie auf Kjell, der zwei Hausbesuche erledigte, bevor sie ihren gemeinsamen Feierabend genießen konnten.

Neben ihr auf dem Tisch lag ein Brief aus England. Er kam vom obersten Strafgericht aus London und enthielt die Vorladungen. Kjell und sie würden ihre Aussagen machen müssen, aber damit hatten sie natürlich gerechnet. Während William noch immer schwieg, hatte Bradley Tremayne ein umfassendes Geständnis abgelegt.

James und er hatten getrunken in dieser Nacht auf der Jacht. Offiziell hatten sie die Tatsache begossen, dass James seinen Stiefvater und dessen Sohn nicht anzeigen würde und dass William sich bereit erklärt hatte, von nun an auf unlautere Geschäfte und Steuerbetrügereien zu verzichten. Doch William Tremayne hatte andere Pläne gehabt. Er war es gewesen, der James Valentine in den frühen Morgenstunden niedergeschlagen hatte. Gemeinsam hatten sie ihn dann über Bord geworfen. Auch den Mordversuch an Kjell und ihr hatte Bradley inzwischen zugegeben. Die Tremaynes würde also viele Jahre, vielleicht sogar den Rest ihres Lebens, hinter Gittern verbringen. Zusammen mit den Wirtschaftsdelikten war die Liste der Anklagepunkte lang und es würde mehrere Prozesse geben.

Isabell konnte noch immer kaum glauben, wie kaltblütig die beiden Männer vorgegangen waren, doch sie hatte mit ihrer Vergangenheit ihren Frieden gemacht. Auch von Jamie hatte sie sich nun endgültig verabschieden können. Natürlich tat es ihr leid um ihn. Er war ein großartiger, aufrechter Mann gewesen und er hatte sie sehr geliebt. Inzwischen grämte sie sich nicht mehr.

Sicher, sie hatte seine Liebe nicht so erwidert, wie er es verdient gehabt hätte, doch niemand konnte etwas für seine Gefühle. Ihre Liebe gehörte allein Kjell und er hatte ihr letztlich geholfen, mit alldem besser fertig zu werden. In jeder Weise hatte dieser Mann sie gerettet. Sie wusste, dass seine Liebe zu ihr unerschütterlich war und es immer bleiben würde.

Siggi sprang plötzlich auf und wedelte aufgeregt mit dem Schwanz, so wusste Isabell, dass Kjell im Anmarsch war, bevor sie ihn sehen konnte. „Na, lauf schon“, sagte sie leise. Der Hund preschte sofort los, um sein geliebtes Herrchen gebührend zu begrüßen. Auch sie erhob sich und verließ die Veranda, um Kjell entgegenzugehen. Sie musste lachen, als sie sah, wie begeistert der kleine Kerl an den Beinen seines Herrchens hochsprang. Kaum hatte Kjell sie gehört, hatte er nur noch Augen für sie. Sie liebte den speziellen Ausdruck, den sein Gesicht annahm, sobald er sie ansah.

„Na du“, sagte er und drückte ihr einen Kuss auf die Lippen. „Fertig für heute?“

„Ja, und du?“ Sie hakte sich bei ihm unter und sie gingen die schmale Straße entlang bis zu ihrem Haus.

„Alles erledigt. Vorausgesetzt, es gibt keinen Notfall, der uns den Feierabend verhagelt“, erwiderte er lachend. Sein Blick wurde forschend. „Bedrückt dich etwas?“

„Eigentlich nicht. Das heißt, ich mache mir ein bisschen Sorgen um Luisa. Sie kommt mir in den letzten Tagen so traurig vor.“

„Vielleicht hat es mit Julia zu tun.“

„Kann schon sein“, antwortete sie zweifelnd. „Ich denke es wird mal wieder Zeit für einen Mädelsabend.“

Er lachte und zog sie an sich. „Es ist ganz schön kühl geworden, was?“, stellte er fest.

„Na ja, wir haben Ende September, Doc.“

„Die Heide verblüht“, sagte er. „Bald wird es hier viel ruhiger werden. Dann ist es am schönsten in Lunau.“

„Ich weiß, ich habe die ruhige Zeit hier schon erlebt.“ Sie lächelte.

„Du bist erst im Januar gekommen, da hast du das Beste verpasst. In der Herbstsonne duftet der Wacholder nämlich am stärksten. Der Winter hier ist auch toll. Die Weihnachtszeit vor allem. Wenn die Gemeinde die große Tanne vor der Kirche mit mindestens tausend Lichtern schmückt und jeder Lunauer etwas Schmuck hineinhängt, das ist einfach grandios. Jeder im Dorf weiß dann, dass dieser unglaubliche Baum uns allen gemeinsam gehört."

Inzwischen waren sie vor ihrem Haus angekommen. „Ich freue mich schon darauf, Kjell. Vor allem freue ich mich darauf, es mit dir zu erleben. Jedes Jahr wieder."

Er stellte seinen Arztkoffer ab und küsste sie erneut. Am Schalkragen ihrer Strickjacke zog er sie dicht zu sich heran. „Ich liebe dich, meine Bella."

„Ich liebe dich auch, mein Held."

„Lass uns reingehen. Ich erwarte einen Anruf von einem alten Freund."

„Von Rafael Brix?"

„Ja." Kjell nickte und zog die Stirn kraus. „Ich hoffe, dass er sich heute Abend endlich meldet. Er muss dringend mit Julia sprechen, eventuell sogar hierherkommen, ob er nun will oder nicht. Julia weigert sich nach wie vor, sich operieren zu lassen. Ich habe alles versucht, jetzt kann nur noch ihr Bruder helfen. Es bleibt nicht mehr viel Zeit, um einzugreifen. Der Tumor in ihrem Kopf wächst verdammt schnell."

Es war ihm anzusehen, wie sehr ihm die Sache unter die Haut ging, und sie konnte ihn gut verstehen. Seit einiger Zeit wusste auch Isabell von Julias Krankheit, so wie die meisten Menschen in Lunau. Die Gärtnereibesitzerin selbst machte kein Geheimnis daraus. Im Gegenteil. Julia Brix ging fast rational an die grausame Tatsache heran, dass sie nicht mehr lange zu leben hatte. Sie ordnete ihre Papiere, ihren Nachlass und sorgte dafür, dass die Firma auch ohne sie gut dastehen würde, indem sie Luisa zur Geschäftsführerin gemacht hatte und diese in alle Belange der Gärtnerei einwies.

„Du kannst nicht jedes Wunder bewirken, Doc. Mit einigen Dingen müssen wir uns abfinden, auch wenn es noch so wehtut. Sie passieren einfach, und wir können rein gar nichts dagegen tun."

„Keine Sorge, ich weiß das, Liebes. Ich bin nur der Meinung, dass man sich niemals kampflos in sein Schicksal ergeben sollte." Er legte einen Arm um ihre Schultern, während sie die kurze Auffahrt hinauf zum Haus gingen.

„Ich bin dankbar, dass du so denkst, mein Schatz."

Drinnen legten sie ihre Jacken ab und Kjell stellte die Arzttasche an ihren Platz, dann gingen sie nach oben. Siggi verschwand sofort auf seine geliebte Decke in der Ecke des Wohnzimmers.

„Mach es dir schon mal gemütlich, ich hole uns ein Glas Wein", sagte Kjell. „Essen können wir auch später noch. Ich muss erst mal ein wenig Luft holen und abschalten. Der Tag war verdammt lang."

Auf dem Weg in die Küche legte er eine CD ein. Sie hatten vor einiger Zeit ihre Vorliebe für leise Klaviermusik entdeckt und nun erfüllten sanfte Töne den Raum.

Isabell ließ sich auf das Sofa fallen, streckte die Beine aus und lehnte sich in die weichen Polster. Kurz darauf kam Kjell mit zwei Gläsern Wein zurück und setzte sich zu ihr. Sie nahm ihr Glas entgegen und sie prosteten sich zu. Nachdem sie beide einen Schluck getrunken hatten, nahm er ihr das Glas aus der Hand und platzierte es neben seinem auf dem Tisch.

„Du willst also noch viele Jahre mit mir hier leben, ja?", fragte er und verzog dabei seinen Mund zu diesem einmaligen Lächeln, das ihr jedes Mal aufs Neue den Atem raubte.

„Das weißt du doch, Doc."

„Was hältst du dann davon, es amtlich zu machen, Bella?"

Ihr Herz begann wie wild zu klopfen, aber sie brachte keinen Ton heraus. Natürlich hatte sie schon darüber nachgedacht, doch sie hätte nicht für möglich gehalten, dass er das Thema so frühzeitig zur Sprache bringen würde. Noch immer lächelnd stand er auf und ging ins Schlafzimmer. Als er zurückkam, hatte er ein kleines Schmuckkästchen in der Hand. Er öffnete es und nahm den Inhalt heraus, dann schob er den Couchtisch ein wenig beiseite und kniete vor ihr nieder. „Meine geliebte Bella, könntest du dir vorstellen, einen einfachen Landarzt zu heiraten und dein Leben an seiner Seite zu verbringen?“ Sein Lächeln vertiefte sich. „Sag ja, und du machst mich zum glücklichsten Mann der ganzen Welt.“

Der Ring, den er ihr hinhielt, war wunderschön. Ein klassischer Brillantring, so wie er sein sollte. „Ich könnte mir nichts Schöneres vorstellen, als die Frau dieses überhaupt nicht einfachen Landarztes zu werden“, sagte sie schließlich und tippte ihm auf die Brust. Sie atmete tief durch, sah in seine mitternachtsblauen Augen und nickte. „Ja! Von ganzem Herzen ja, Kjell Loewenthal!“

Er strahlte, nahm ihre Hand, hauchte einen Kuss auf ihre Fingerspitzen und schob den Ring über ihren Ringfinger. Dann zog er sie in seine Arme und küsste sie so hingebungsvoll, dass es ihr die Tränen in die Augen trieb.

„Kjell?“

„Hm?“

„Ich habe Hunger!“

– ENDE –

ISABELLS LIEBLINGSTORTEN

Malakofftorte – eine österreichische Köstlichkeit

180 g Butter
200 g Puderzucker
4 Eidotter
180 g gemahlene Mandeln
150 ml Schlagsahne
1 großes Paket Löffelbiskuits
Rum

Zur Verzierung der Torte:
¼ l Schlagsahne
Mandelsplitter

Die Butter schaumig rühren, Zucker und Eidotter dazugeben.
Die Sahne schlagen, Mandeln unterheben, die Butter-Zucker-Ei-Mischung hinzufügen und alles vorsichtig miteinander vermengen.
Den Boden einer Springform (24 cm Durchmesser) mit leicht in Rum getauchten Löffelbiskuits auslegen. Den Rand der Form ebenfalls mit halbierten Löffelbiskuits auslegen.
Die Löffelbiskuits mit der Mandel-Schlagsahne-Mischung bestreichen, danach wieder eine Schicht Löffelbiskuits auslegen.
So weiterverfahren, bis die Mandel-Schlagsahne verbraucht ist.
Die oberste Schicht sollte aus Biskuits bestehen.
Die Torte im Kühlschrank einige Stunden ziehen lassen.
Zum Schluss die ¼ l Sahne schlagen, die gesamte Torte damit überziehen und Mandelsplitter darüberstreuen.

Birnen-Sekt-Torte – eine sanfte Verführung

Zutaten für den Mürbeteig:
200 g Mehl
100 g Butter
60 g Zucker
1 Messerspitze Backpulver
1 Ei

Zutaten für den Belag:
1 große Dose Birnen
¼ l Sekt
¼ l Birnensaft
1 Päck. Vanillepudding

Zutaten für den Guss:
3 Eier (getrennt)
50 g Zucker
1 Päckchen Vanillezucker
1 Becher Sauerrahm oder Schmand

Für den Mürbeteig alle Teigzutaten zusammenknetet.
Eine Springform (Durchmesser 26 cm) fetten. Den Mürbeteig ausrollen und in die Form geben, dabei den Rand hochziehen.
Den hochgezogenen Rand mit einem Teigrad so bearbeiten, dass er perfekt aussieht.
Die abgetropften und in Spalten geschnittenen Birnen auf dem Boden verteilen.
Aus dem Sekt, dem Birnensaft und dem Puddingpulver einen Pudding kochen und über die Birnen verteilen. Die Oberfläche eventuell etwas glatt streichen.

Den Kuchen bei 200 Grad ca. 25 Minuten backen.

Für den Guss das Eiweiß steif schlagen. Das Eigelb mit dem Zucker und dem Vanillezucker schaumig rühren.

Den Sauerrahm unterrühren, Eischnee unterheben.
Den Guss auf die Birnen-Sekt-Masse gießen und weitere 20 Minuten backen.
Den Kuchen in der Form erkalten lassen.

Käsekuchen

Für den Teig:
65 g Butter
60 g Zucker
1 Ei
150 g Mehl
1 Teelöffel Backpulver

Teigzutaten verkneten, Teig in die Form geben und fast bis zum Rand hochziehen, da die Quarkmasse durch die Hitze an Volumen gewinnt.

Für die Quarkfüllung:
1 kg Magerquark
2 P. Vanille- oder Sahnepuddingpulver
400 g Zucker
4 Eier
2 Eigelb
1 Becher Sahne

Alle Zutaten glatt rühren und auf den Teig geben.
Im vorgeheizten Ofen bei 200 Grad ca. 1 Stunde backen.
Nach ca. 45 Min. Backzeit ist die Quarkmasse etwa zur Hälfte fest. Zur Kontrolle die Form leicht rütteln.

Für die Baisercreme:
2 Eiweiß mit 1 Esslöffel Zucker schaumig schlagen.
Nun Baisercreme auf dem Quark verteilen. Dies kann als Muster gespritzt oder als „Deckel“ aufgestrichen werden.
Anschließend noch einmal ca. 15 Minuten in den Backofen und fertig backen.

Kuchen unbedingt in der geschlossenen Form abkühlen lassen, da der Quark noch nicht fest ist!

Nusstorte

Für den Mürbeteig:
175 g Butter
70 g Zucker
1 Prise Salz
1 Prise Zimt
1 Ei
250 g Mehl

Teigzutaten verkneten, den Teig in eine Springform geben und den Rand hoch ausarbeiten.

Tortenboden mit Marmelade bestreichen.

Für die Füllung:
200 g Zucker
200 g gem. Nüsse oder Mandeln
4 Eier
geriebene Zitronenschale
Nach Belieben: Schokostreusel

Alles mit dem Mixer schaumig rühren und auf den Teig geben. Bei 200 Grad etwa 50 Minuten backen. In der Form erkalten lassen!

Isabell wünscht perfektes Gelingen und guten Appetit!

Anmerkung der Autorin:

Ich bedanke mich von ganzem Herzen bei meinen Leserinnen Sylvie Döring, Marina Frank und Silvia Hertel für diese wunderbaren Tortenrezepte.

Liebe Leser,

Lunau und seine Bewohner zu erschaffen, hat mir große Freude bereitet. Das kleine Heidedorf ist mir rasend schnell ans Herz gewachsen. Schon während ich die Liebesgeschichte von Kjell und Isabell schrieb, reifte die Idee in mir, dort noch mehr Paare ihr Glück finden zu lassen, damit ich mich nicht ganz so schnell von dem Dorf und den Lunauern, ob nun alteingesessen oder zugereist, trennen muss. Vielleicht geht es Ihnen ja ähnlich, nachdem sie nun die erste Geschichte aus Lunau gelesen haben.

Wollen Sie erfahren, wer der sympathischen Floristin Luisa einst das Herz gebrochen hat? Hah, ich weiß es schon, denn ich schreibe bereits an ihrer Geschichte.

„Der Holundergarten“, die Geschichte von Luisa und … wird einige Überraschungen bereithalten, das kann ich schon mal versprechen. Freuen Sie sich zusammen mit mir auf das Frühjahr 2015. Vielleicht treffen wir uns dann ja alle im Buchladen-Café von Christa wieder. Es würde mich freuen!

Ihre
Susanne Schomann

„In Touch“ mit MIRA!
Das **Verlagsprogramm** elektronisch abrufbar
Interaktiv dabei sein: **Buchbesprechungen**, **Gewinnspiele**, **Aktionen**, **Leseproben** und vieles mehr.
Folgen Sie uns auf **Twitter**, **Facebook**, **Instagram**, **Pinterest** und **google+**
www.mira-taschenbuch.de
mtb
MIRA
TASCHENBUCH

Lesen Sie auch von Susanne Schomann:

Susanne Schomann
Die Farbe des Mondes

Der Mond schimmert silbern auf den See – und auf Ben, der plötzlich vor Nora steht. Wie Geschwister aufgewachsen, haben sie erbittert gestritten und sich nie versöhnt. Bis jetzt …

Band-Nr. 25740
8,99 € (D)
ISBN: 978-3-95649-002-6
eBook: 978-3-95649-306-5
448 Seiten

Susanne Schomann
Eine Spur von Lavendel

Kriminalkommissar Alexander Hellberg fühlt sich magisch zu Linda hingezogen. Aber sie ist die Witwe seines ehemals besten Freundes, der ermordet wurde …

Band-Nr. 25691
8,99 € (D)
ISBN: 978-3-86278-769-2
eBook: 978-3-95576-210-0
448 Seiten

Deutsche Originalausgabe

Susanne Schomann

Sophies Melodie

Sophie bekommt die Chance ihres Lebens: Sie soll ein Buch über den berühmten Sänger und Songwriter Constantin Afra schreiben! In Schottland. Denn nach dem Tod seiner Frau hat er sich in die Einsamkeit der Highlands zurückgezogen …

Band-Nr. 25620

8,99 € (D)

ISBN: 978-3-86278-462-2

eBook: 978-3-86278-939-9

368 Seiten

Susanne Schomann

Bernsteinsommer

Der Zauber der Ostseeinsel Sameland begeistert Kira genau wie früher, als sie dort unbeschwerte Sommer verbracht hat. Nirgendwo fühlt sie sich freier. Und nirgendwo kann sie schneller ihr Herz verlieren, als sie dem sexy Ex-Polizisten Finn Andersen begegnet …

Band-Nr. 25582

8,99 € (D)

ISBN: 978-3-86278-303-8

eBook: 978-3-86278-940-5

304 Seiten

Deutsche Originalausgabe

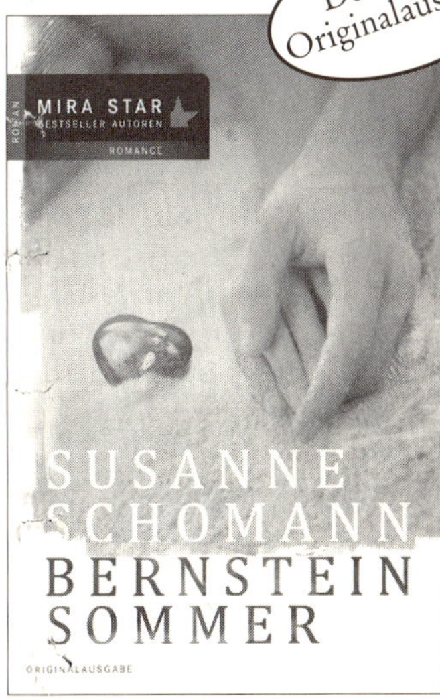

Italienische Sprachkenntnisse sind nur eine Frage der Einstellung!

Anna Gold
Verpissimo!
Ein Sommer in Italien

Band-Nr. 25744
8,99 € (D)
ISBN: 978-3-95649-009-5
eBook: 978-3-95649-314-0
304 Seiten

Auswandern nach Italien! Nix hält Dana und ihre allerbeste Freundin Mel in Deutschland: Ihre Jobs sind ätzend, ihre Freunde (Käfer-Klaus und Mickey) betrügerisch beziehungsweise Muttersöhnchen. Kurzentschlossen investiert Mel in eine Villa im Piemont, die ihr der italienische Makler am Telefon ans Herz gelegt hat. Eine Frühstückspension ist angedacht. Nur: Der schrullige Vorbesitzer (Müll-Mastro, die Altlast) weigert sich auszuziehen. Zahlende Gäste kommen entweder gar nicht oder sind Rocker. Oder Grufties. Meer ist weniger, und was um alles in der Welt ist die Kottize Fischikale? Die Freundinnen sind mittendrin im dolce vita für Hartgesottene inklusive italienischer (Alb-)Traummänner …